누구를 위하여 종은 울리나 1

For Whom the Bell Tolls

세계문학전집 288

누구를 위하여 종은 울리나 1

For Whom the Bell Tolls

어니스트 헤밍웨이

김욱동 옮김

민음사

마사 겔혼에게

어떤 사람도 그 혼자서는 온전한 섬이 아니다.

모든 사람은 대륙의 한 조각, 본토의 일부이니.

흙 한 덩이가 바닷물에 씻겨 내려가면, 유럽 땅은 그만큼 줄어들기 마련이다.

한 곶(串)이 씻겨 나가도 마찬가지고,

그대의 친구나 그대의 영토가 씻겨 나가도 마찬가지다.

어떤 사람의 죽음도 그만큼 나를 줄어들게 한다.

나는 인류에 속해 있기 때문이다.

그러니 누구를 위하여 종은 울리나 알려고 사람을 보내지 마라.

그것은 그대를 위하여 울리는 것이니.

— 존 던

차례

누구를 위하여 종은 울리나 1

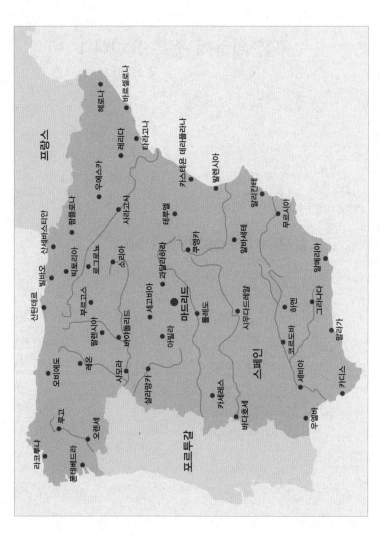

❖ 『누구를 위하여 종은 울리나』의 배경이 되는 스페인 지도

1

그는 갈색 솔잎이 깔린 숲 바닥에 두 팔을 포개고 그 위에 턱을 고인 채 납작 엎드려 있었다. 머리 위 높은 소나무 가지 끝으로 바람이 불고 있었다. 그가 엎드려 있는 산허리는 완만 했지만 그 아래는 깎아 세운 듯 가팔라서 골짜기 너머로 꾸불 꾸불한 아스팔트 도로가 거뭇거뭇 저만큼 내려다보였다. 도 로를 따라 개울이 흐르고 있었고, 골짜기 훨씬 아래쪽 개울가 에는 제재소가 한 채 보였으며, 댐에서 떨어지는 물이 여름 햇 빛을 받아 하얗게 반짝였다.

"저게 그 제재소입니까?" 그가 물었다.

"그렇소."

"기억이 나지 않는데요."

"당신이 이곳에 다녀간 뒤에 생긴 거요. 그전 것은 훨씬 아 래, 골짜기 훨씬 아래쪽에 있소."

그는 복사한 군사지도를 땅바닥에 펴 놓고 자세히 들여다 보았다. 노인은 그의 어깨 너머로 굽어보았다. 키가 작달막하고 야무지게 생긴 노인은 농부들이 즐겨 입는 검은색 작업복 윗도리에 무쇠처럼 뻣뻣한 회색 바지를 입고 로프로 바닥을 댄 신발을 신고 있었다. 노인은 이제 막 산을 올라온 터라 몹시 숨을 헐떡거렸고 그들이 짊어지고 온 묵직한 짐 두 개 중 하나에 한쪽 팔을 걸치고 있었다.

"그렇다면 이곳에서는 다리가 보이지 않겠군요."

"그렇소. 이곳은 골짜기라도 그리 험한 편은 아니고, 개울 역시 그다지 빠르게 흐르지 않소. 하지만 저 아래 도로가 숲으로 굽어들어 보이지 않는 근처에서는 물이 갑자기 떨어져 가파른 골짜기를 이루고……." 노인이 말했다.

"그건 저도 기억납니다."

"그 골짜기에 다리가 걸려 있소."

"그럼 놈들의 초소는 어디어디에 있습니까?"

"저기 보이는 저 제재소에 하나 있소."

주변을 조사하던 이 젊은이가 색 바랜 카키색 플란넬 셔츠의 주머니에서 망원경을 꺼내 손수건으로 렌즈를 닦은 뒤 눈에 대고 접안부(接眼部)를 돌리자, 갑자기 제재소의 나무판자가 손에 잡힐 듯 똑똑히 나타났다. 문 옆에 나무 벤치, 원형 회전톱이 있고 활짝 열어젖힌 작업장 뒤로 수북이 쌓아 놓은 커다란 톱밥 무더기, 개울 건너편 산허리에서 목재를 운반해 오는 인공 수로가 보였다. 망원경으로 바라보는 개울물은 맑고 잔잔했으며, 소용돌이치며 떨어지는 낙수 아래쪽 댐에서 물보라가 튀어 바람에 나부꼈다.

"보초는 한 놈도 없군요."

"제재소에서 연기가 올라오고 있는데. 빨랫줄에 옷도 걸려 있고." 노인이 대꾸했다.

"그런 것들은 보이지만 보초는 보이지 않아요."

"아마 그늘에 들어가 있겠지. 저긴 지금 한창 더울 테니까. 여기선 보이지 않는 그늘에 들어가 있을 거요." 노인이 설명했다.

"그럴지도 모르겠습니다. 다음 초소는 어디 있어요?"

"저 다리 아래쪽에 있소. 그 골짜기 위쪽으로 5킬로미터 떨어진 도로 인부의 오두막집에 있지."

"저곳엔 몇이나 있습니까?" 그가 제재소를 가리키며 물었다.

"사병 넷에 하사관 한 놈이 있을 거요."

"아래쪽에는요?"

"그보다 더 많겠지. 나중에 알아보리다."

"그리고 다리에는요?"

"언제나 두 놈이 있소. 양끝에 한 놈씩."

"우리도 병력이 얼마 필요할 겁니다. 얼마나 모을 수 있겠습니까?" 그가 물었다.

"당신이 필요한 만큼 모을 수 있소. 이제 이곳 산중*에도 사람이 꽤 많으니까." 노인이 대답했다.

"모두 몇 명이나 되죠?"

---

* 이 작품의 지리적 배경은 스페인의 수도 마드리드와 세고비아 사이의 과다라마 산맥에 있는 산악 지대다.

"백 명은 넘을 거요. 하지만 모두 소부대로 분산되어 있소. 모두 몇 명이나 필요하오?"

"다리를 조사한 뒤에 알려 드리겠습니다."

"지금 조사하겠소?"

"아닙니다. 때가 올 때까지 우선 이 화약을 감춰 둘 장소로 이동하고 싶습니다. 될 수 있으면 다리에서 반시간 넘게는 걸리지 않는 아주 안전한 곳에 감춰 뒀으면 합니다."

"그야 간단하지. 지금 우리가 가려는 데서 다리까지는 쭉 내리막길일 거요. 하지만 거기까지 올라가려면 이제부터 정신 좀 차려야 할 거요. 배가 고프진 않소?" 노인이 말했다.

"고픕니다. 하지만 식사는 나중에 하기로 하죠." 젊은이가 말했다. "한데 영감님 성함이 뭐라고 했죠? 그만 깜빡 잊어버렸습니다." 노인의 이름을 잊어버렸다는 것은 그에게는 좋지 못한 징조였다.

"안셀모요. 안셀모. 바르코데아빌라* 태생이지." 노인이 대답했다. "짐 메는 걸 도와주리다."

후리후리하고 몸이 여윈 청년은 금발이 햇볕에 색이 바랜 데다 얼굴도 바람과 햇볕에 그을어 있었다. 역시 햇볕에 색이 바랜 플란넬 셔츠와 농사꾼들이 입는 바지를 입고, 로프로 바닥을 댄 신발을 신은 청년은 허리를 굽혀 가죽 멜빵 한쪽에 팔을 끼우고는 무거운 짐을 번쩍 들어 어깨 위에 얹었다. 그러고 나서 다른 한쪽 멜빵에 팔을 끼워 짐의 무게를 등으로 옮겨 놓

* 스페인 중부 아빌라 주에 있는 소도시.

았다. 짐이 닿았던 셔츠는 아직도 땀에 젖어 있었다.

"자, 이젠 됐습니다. 어떻게 가는 거죠?" 그가 말했다.

"위쪽으로 올라가는 거요." 안셀모가 대답했다.

무거운 짐 때문에 허리를 구부리고 땀을 흘리면서 두 사람은 산허리 일대를 뒤덮고 있는 소나무 숲속을 쉬지 않고 꾸준히 올라갔다. 젊은이한테는 사람들이 다져 놓은 오솔길이 통 보이지 않았지만, 두 사람은 산등성이를 올라가 산비탈을 돈 뒤 조그마한 개울을 건넜다. 노인은 줄곧 앞장서서 돌이 깔린 개울가 가장자리를 따라 위쪽으로 올라갔다. 비탈길은 점점 험해지고 한층 더 힘이 들었지만, 마침내 겨우 머리 위에 매끈매끈한 화강암이 우뚝 서 있고 바위 가장자리 너머로 물이 쏟아져 내리는 곳에 이르렀다. 노인은 튀어나온 이 바위 밑에서 젊은이가 도착하기를 기다리고 있었다.

"걸을 만하오?"

"괜찮습니다." 젊은이가 대꾸했다. 그는 구슬 같은 땀을 흘리고 있었고, 험한 비탈길을 올라오느라 허벅지 근육이 부들부들 경련을 일으키고 있었다.

"여기서 좀 기다리시오. 내가 먼저 가서 사람들에게 알리리다. 당신도 그런 걸 짊어진 채 총을 맞고 싶진 않을 테니까."

"농담이라도 그런 말은 마십시오. 여기서 먼가요?" 젊은이가 대꾸했다.

"아주 가깝소. 한데 당신 이름이 뭐요?"

"로베르토입니다." 젊은이가 대답했다. 그는 미끄러뜨리듯 짐을 풀어 개울가 조약돌들 사이에 조심스레 내려놓았다.

"그럼 예서 기다려요, 로베르토. 곧 데리러 돌아오리다."

"그렇게 하십시오. 한데 영감님은 이 길로 다리까지 내려갈 작정입니까?"

"천만에. 다리로 갈 땐 다른 길로 갈 거요. 그쪽이 더 가깝고 쉬우니까."

"이 물건을 다리에서 너무 멀리 떨어진 곳에다 두고 싶지 않은데요."

"두고 보면 알 거요. 그곳이 당신 마음에 들지 않으면 다른 곳을 찾아보고."

"어디 두고 보기로 하죠." 젊은이가 대답했다.

그는 짐 옆에 앉아서 노인이 바위 위로 기어 올라가는 모습을 물끄러미 바라보았다. 오르기 힘든 곳은 아니었지만 별로 애쓰지도 않고 손쉽게 잡을 곳을 척척 찾아내는 솜씨로 보아 노인이 전에도 여러 번 그곳을 오른 적이 있었다는 것을 알 수 있었다. 그러나 누가 저 위쪽에 있든 그는 아무런 흔적도 남기지 않으려고 무척 세심한 주의를 기울였던 것 같다.

로버트 조던이라는 젊은 사나이는 몹시 배가 고픈 데다 불안하기까지 했다. 배가 고팠던 적이야 가끔 있었지만 이렇게 불안을 느낀 적은 일찍이 없었다. 앞으로 자신에게 어떤 일이 닥쳐오느냐 하는 것에는 별로 관심이 없었던 데다, 이 나라에 서는 적군의 전선 후방에서 움직이는 것이 얼마나 쉬운지 체험을 통해 잘 알고 있었기 때문이다. 좋은 안내인만 있다면 적군의 전선 후방에서 움직이는 것이 적군의 전선을 통과하는 것만큼이나 간단했다. 만약 적에게 잡힌다면 자신에게 일어나는 일에 신경을 쓰는 일만이 사태를 어렵게 만들 따름이었다. 그 문제와 더불어 신뢰할 수 있는 사람을 결정하는 것도 어려웠다. 함께 일할 사람을 전적으로 믿거나, 아니면 전적으로 믿지 말아야 했다. 신뢰할 것인가 말 것인가 결단을 내려야 했다. 그는 그런 문제에 대해서도 조금도 걱정하지 않았다. 하지만 문제는 다른 데 있었다.

이 안셀모라는 사람은 훌륭한 안내인으로 산악 지대를 돌아다니는 데는 놀랄 만큼 능숙했다. 로버트 조던도 걷는 데는 자신이 있었지만, 동이 트기 전부터 그를 따라다녀 본 바로는 이 노인은 녹초가 되도록 자신을 걷게 할 수도 있다는 것을 알 수 있었다. 로버트 조던은 지금까지 판단력을 제외한 모든 점에서 이 안셀모라는 인간을 믿었다. 아직 안셀모의 판단력을 시험해 볼 기회는 없었지만 어쨌든 판단은 자기가 책임질 수밖에 없었다. 아니, 지금 그가 걱정하는 문제는 안셀모에 관한 일이 아니었다. 또 다리의 문제도 다른 여러 문제 이상으로 곤란하지는 않았다. 그는 명령만 내려지면 어떤 종류의 다리든 폭파할 방법을 잘 알고 있고, 지금까지 크고 작은 온갖 구조의 다리를 폭파해 왔다. 비단 그 다리가 안셀모가 보고한 것보다 두 배나 더 크다 할지라도 두 배낭 속에는 그것을 보기 좋게 폭파하기에 충분한 화약과 온갖 장치가 들어 있었다. 1933년 도보 여행으로 라그랑하*로 가는 도중 건넌 적이 있고, 또한 엊그제

---

* 스페인 중부 세고비아 근처의 소도시로 주인공이 폭파하려는 다리 양쪽에서 접근할 수 있다.

밤 골츠 장군이 에스코리알* 외곽 어느 집 2층에서 설명해 주기도 한 그 다리가 실제로는 두 배나 커도 말이다.

"다리를 폭파하는 건 아무것도 아냐. 알고 있나?" 골츠 장군이 연필로 커다란 지도 위를 가리키면서 말했다. 램프 불빛이 빡빡 깎은, 흉터 있는 그의 머리를 비추고 있었다.

"네, 알고 있습니다."

"아무것도 아니라고. 그저 다리를 폭파하는 것만으론 실패란 말이야."

"네, 장군 동지."

"공격 시각을 기준으로 지정된 시각에 다리를 폭파하는 것이 이 일의 관건이란 말일세. 그건 말 안 해도 잘 알 테지. 그게 바로 자네 권리이고, 또 폭파하는 방법일 테니 말일세."

골츠는 연필을 바라보다가 그것으로 이를 탁탁 두들겼다.

로버트 조던은 아무 말도 하지 않았다.

"자네의 권리가 무엇인지, 어떻게 일을 수행해야 하는지는 잘 알 테지." 골츠는 그를 바라보고 고개를 끄덕이면서 말을 이었다. 이번에는 연필로 지도를 톡톡 두드렸다. "난 그런 식으로 이 일을 처리해야 하네. 그렇다고 우리가 마음대로 할 수 있는 문제도 아니지."

"어째서입니까, 장군 동지?"

"어째서냐고?" 골츠 장군이 화를 내며 언성을 높였다. "자넨 몇 차례나 공격을 목격했으면서도 그걸 내게 묻는 건가?

---

* 마드리드에서 북서쪽으로 45킬로미터 떨어진 소도시.

내 명령이 변경되지 않는다는 보장이 어디 있어? 공격이 취소되지 않는다는 보장이 어디 있느냔 말이야. 또 예정 시각 여섯 시간 이내에 공격이 시작되리라는 보장이 어디 있어? 도대체 지금까지 예정대로 공격이 이루어진 적이 단 한 번이라도 있었나?"

"장군님이 하시는 공격이라면 제시간에 시작되겠죠." 로버트 조던이 대꾸했다.

"그건 한 번도 내 공격이 아니었어. 물론 공격 계획을 세우는 건 나지만 말이야. 하지만 그건 내 공격은 아니지. 포병대만 해도 내 것은 아냐. 난 공적으로 요청할 뿐이지. 그들은 파견할 수 있는 포병대가 있는데도 내 요청에 응해 준 적이 한 번도 없었거든. 이런 건 지극히 사소한 예에 지나지 않아. 그것 말고도 여러 가지 문제가 있지. 그 사람들이 어떤지 자네도 잘 알잖나. 일일이 예를 들 필요도 없어. 늘 무슨 일이 생긴다니까. 언제든 누군가 간섭하려 든단 말이야. 그러니 이번에는 분명히 명심해 두게."

"그렇다면 다리 폭파는 언제 해야 됩니까?" 로버트 조던이 물었다.

"공격을 개시한 뒤야. 공격 개시 직후. 그 이전엔 절대 안 돼. 그래야만 증원 부대가 이 도로로 올라오지 못하거든." 그가 연필로 가리켰다. "개미 새끼 한 마리도 이 도로를 올라오지 못하도록 해야 한단 말일세."

"그럼 공격은 언제 시작됩니까?"

"명령은 나중에 내리겠네. 하지만 그 날짜와 시간은 공격

가능성을 가리키는 것으로만 알란 말일세. 그때를 대비해서 준비해 둬. 공격이 시작된 뒤에 다리를 폭파하게. 알겠나?"그는 연필로 가리키며 다시 말을 이었다. "놈들이 증원 부대를 데리고 올 수 있는 도로는 역시 이 도로뿐이야. 내가 공격할 산길 쪽에서 놈들이 탱크와 포를 가져올 수 있고, 또 트럭을 몰고 올 수 있는 도로도 역시 이 도로밖엔 없어. 난 다리가 폭파된 것을 알고 있어야만 해. 공격을 개시하기 전에는 절대로 안 돼. 공격이 지연되면 다리를 수리할 수 있으니까. 절대 안 된다고. 공격 개시와 동시에 폭파해야 하고, 또 다리가 폭파된 것을 내가 미리 알고 있어야만 해. 보초는 둘밖에 없어. 자네를 안내할 사람은 조금 전 그곳에서 온 사람일세. 꽤 믿을 만한 사람이라더군. 어쨌든 자네도 알게 될 거야. 그 사람은 산에 동지들이 있네. 자네가 필요한 만큼 인원을 동원하게. 될 수 있는 한 적게 인원을 동원하되 충분히 활용해. 이런 일까지 낱낱이 자네에게 이야기할 필요는 없겠지만."

"그럼 공격이 시작되었다는 것을 저는 어떻게 판단합니까?"

"공격은 사단 전체를 동원해서 할 예정이고, 사전 행동으로 우선 공중 폭격이 있을 거야. 자네 설마 귀머거리는 아니겠지?"

"그럼 비행기가 폭격을 하면 공격이 시작된 것으로 생각해도 되겠습니까?"

"반드시 그렇다고만은 할 수 없지. 하지만 이번 경우엔 그렇게 생각해도 좋아. 내 공격이니까." 골츠가 이렇게 대답하면서 머리를 가로저었다.

"알겠습니다. 썩 마음이 내키는 일은 아니지만 말입니다."
로버트 조던이 대답했다.

"나 역시 그래. 만약 자네가 맡고 싶지 않다면 지금 말해 주
게. 이 일을 할 수 없다면 지금 얘기하란 말이야."

"하겠습니다. 훌륭히 해내겠습니다." 로버트 조던이 대답
했다.

"내가 꼭 알아야 할 일은, 개미 새끼 한 마리도 그 다리 위로
올라오지 못하게 한다는 것. 그게 절대적으로 중요해." 골츠
가 말했다.

"알겠습니다."

"난 이 일을 이런 식으로 부탁하기는 싫어." 골츠가 말을 이
었다. "차마 이 일을 하라고 명령할 수 없었어. 내가 내건 조건
들을 자네가 싫어도 억지로 받아들일 수밖에 없다는 걸 아니
까. 난 자네가 납득할 수 있도록, 일어날지도 모르는 모든 난
관과 이 일의 중요성을 이해할 수 있도록 이렇게 자세히 설명
하는 걸세."

"다리가 폭파되면 장군께선 어떻게 라그랑하까지 진격하
실 겁니까?"

"우리는 그 산길을 총공격한 뒤, 다리를 수리할 만반의 준
비를 갖추고 전진할 거야. 아주 복잡하지만 멋진 작전이거
든. 지금까지 그랬듯이 이번 공격도 복잡하면서도 멋진 작전
이 될 걸세. 작전 계획은 마드리드에서 세워졌네. 그 실패한
교수 빈센테 로호의 걸작 중 하나지. 공격은 내가 하기로 했

고, 언제나 그렇듯 이번에도 병력이 충분하지 않아. 하지만 아주 가능성 있는 작전이야. 이번 작전을 다른 때보다도 퍽 낙관적으로 생각하네. 그 다리만 폭파되면 작전은 성공이니까. 세고비아를 점령할 수 있거든. 자, 이보게, 어떻게 진행될지 가르쳐 주지. 알겠나? 우리가 공격하는 건 산길의 꼭대기가 아냐. 여길 확보해 두자는 거지. 공격은 훨씬 너머 쪽이야. 자, 보게…… 여길…… 이렇게 해서……."

"모르고 있는 편이 나을 것 같은데요." 로버트 조던이 말했다.

"하긴 그렇지. 하지만 그걸 알고 간다 해도 그리 부담 될 건 없잖나, 안 그런가?" 골츠가 말했다.

"아뇨, 알고 싶지 않습니다. 그러면 어떤 사태가 벌어지건 제가 누설했다는 말은 듣지 않을 테니까요."

"하기야 모르고 있는 편이 좋긴 하지." 골츠가 이마를 연필로 가볍게 두드렸다. "나 역시 알고 싶지 않은 기분이 몇 번이나 들었으니까. 하지만 자넨 다리에 관해서만은 모든 것을 알고 있어야 한다는 걸 명심하고 있겠지?"

"네, 명심하고 있습니다."

"그러리라고 믿네. 난 자네에게 설교할 생각은 추호도 없어. 자, 한잔하세. 한참 떠들었더니 목이 몹시 컬컬하군, 호르단 동지. 자네 이름을 스페인어로 부르니까 좀 우습군, 호르단 동지."

"장군님의 성함인 '골츠'는 스페인어로 어떻게 발음합니까?"

"호체야." 골츠는 히죽 웃으면서 마치 심한 감기에 걸려 기침하는 것처럼 목구멍 깊은 곳에서 나오는 목소리로 말했다. "호체." 그가 목쉰 소리로 되풀이했다. "헤네랄 호체* 동지일세. 스페인어로 '골츠'를 어떻게 발음하는지 미리 알았더라면 이 전선으로 오기 전에 좀 더 나은 이름을 붙였을 거야. 사단을 지휘하게 되고, 무엇이고 내 마음에 드는 이름을 붙일 수 있게 되었을 때 고른 것이 하필 '호체'라니. 헤네랄 호체······. 이젠 바꾸려고 해도 너무 늦었어. 자넨 파르티잔 일이 마음에 드나?" 파르티잔이란 전선 후방에서 수행하는 게릴라 작전을 일컫는 러시아 말이다.

"네, 아주 좋습니다." 로버트 조던이 히죽 웃었다. "야외에서 하는 일이라 건강에도 아주 좋거든요."

"나도 자네 나이 땐 아주 좋아했지. 소문을 듣자니 자넨 다리를 썩 잘 폭파한다더군. 아주 과학적으로 한다던데. 물론 소문으로 들은 얘기지만. 난 아직 자네 솜씨를 직접 내 눈으로 본 적은 없어. 어쩌면 자네는 실제론 아무 일도 해 본 적이 없을지도 모르지. 정말로 다리를 폭파해 봤나?" 그는 이제 로버트 조던을 놀려 대고 있었다. "자, 이걸 한 잔 들게." 그는 스페인산 브랜디가 담긴 잔을 로버트 조던에게 건네주었다. "정말로 다리를 폭파시킨 적이 있는 건가?"

"가끔 했습니다."

"이번 다리는 그렇게 가끔 하는 일이 돼서는 안 돼. 자, 이제 다리 얘긴 그만하지. 이제 그 다리에 대해선 충분히 이해했을

---

* General Golz를 스페인어로 발음한 것.

테니까. 우린 아주 진지하네. 그래서 아주 엉뚱한 농담도 할 수 있는 거지. 이보게, 전선 저쪽에는 젊은 아가씨들이 많은가?"

"아뇨, 아가씨들하고 놀 시간이 없습니다."

"그 말엔 찬성할 수 없어. 군무가 비정규적일수록 생활도 불규칙해지는 법이거든. 자네가 하는 일은 지극히 비정규적인 일이 아닌가. 이제 보니 자넨 머리도 깎아야겠는걸."

"깎아야 한다면 깎겠습니다." 로버트 조던이 대답했다. 그러나 골츠처럼 면도칼로 빡빡 깎게 되면 성(姓)을 갈겠다고 생각했다. "저는 아가씨가 아니라도 생각할 일이 많습니다." 그가 시무룩한 표정으로 말했다.

"어떤 제복을 입으면 좋겠습니까?" 로버트 조던이 잠시 후 물었다.

"제복 같은 건 필요 없어." 골츠가 대답했다. "머리도 깎든 말든 상관없고. 그저 한번 놀려 본 거야. 자넨 나와는 아주 다르니까." 골츠는 이렇게 말하고 다시 술잔 두 개에 술을 가득 따랐다.

"자넨 절대로 아가씨 따위는 생각하지 않을 테지. 하지만 난 아무것에 대해서도 생각하지 않는다네. 왜 그래야만 하느냐고? 난 소비에트의 장군이니까.* 절대로 생각하지 않지. 그러니 내 생각을 시험해 보려고 하진 말게."

의자에 앉아 제도판에 지도를 펴 놓고 무슨 일인가 하고 있

---

* 스페인 내전 중 소비에트는 좌파 인민전선 정부에서 싸웠다. 한편 독일과 이탈리아는 프란시스코 프랑코를 중심으로 한 우파 반란군을 지원했다.

던 골츠의 참모 하나가 로버트 조던이 알아들을 수 없는 말로 큰 소리로 투덜거렸다.

"입 닥쳐. 난 농담하고 싶으면 농담하는 사람이야. 아주 진지하기 때문에 지금 농담도 할 수 있는 거라고." 골츠가 영어로 말했다. "자, 이것을 마저 들고 어서 떠나게. 내 말 알아듣겠지?"

"네, 알겠습니다." 로버트 조던이 대답했다.

두 사람은 악수를 나누었고, 그는 거수경례를 하고 밖으로 나와 참모용 차가 기다리고 있는 곳으로 걸어갔다. 노인은 차 안에서 그를 기다리다 잠이 들어 있었다. 노인이 여전히 잠을 자는 동안 그들은 과다마라*를 통과하는 도로로 차를 몰았다. 나바세라다** 가도를 지나 등산 클럽의 오두막에 도착해 로버트 조던은 세 시간쯤 자고 다시 출발했다.

로버트 조던이 골츠와 만난 것은 그것이 마지막이었다. 골츠는 절대로 햇볕에 타는 법이 없는 이상하다 싶을 만큼 흰 얼굴에 독수리같이 생긴 두 눈, 큼직한 코와 얇은 입술, 빡빡 깎은 대머리에 주름살과 흉터가 있는 사나이였다. 내일 밤이면 그들은 어둠에 싸인 에스코리알 궁 밖의 가도를 달리고 있으리라. 캄캄한 어둠 속 보병을 실은 트럭의 긴 대열, 중무장을 하고 트럭 위를 기어오르는 병사들, 트럭에 기관총을 실어 올리는 기관총 부대, 차체가 긴 탱크 운반용 트럭에 널판을 대고

---

* 스페인 세고비아와 아빌라 주에 있는 마을.
** 스페인 중부 마드리드 자치 지역에 있는 마을.

올라가는 탱크, 그리고 산길을 공격하기 위해 어두운 밤을 뚫고 출동하는 사단. 그는 그런 것에 대해서는 생각하지 않으려고 했다. 그런 것은 그가 상관할 바가 아니었다. 그것은 골츠가 해야 할 일이었다. 그가 해야 할 일은 오로지 하나밖에 없었고, 그는 그 일만 생각하면 되었다. 그리고 그것을 명백히 생각해 낸 뒤에는 만사를 운명에 맡긴 채 걱정하지 않기로 했다. 걱정하는 것은 공포를 느끼는 것과 마찬가지로 어리석은 짓이다. 그것은 일을 한층 더 어렵게 할 뿐이다.

그는 개울가에 앉아 바위 사이로 흘러내리는 맑은 물을 지켜보고 있었다. 개울 건너편으로 물냉이가 밭처럼 무성하게 자라 있는 것이 눈에 띄었다. 개울을 건너가 물냉이를 두 움큼 뽑아 진흙 묻은 뿌리를 흐르는 맑은 물에 깨끗이 헹군 뒤 다시 배낭 옆으로 돌아와 앉아 깨끗하고 싱싱한 푸른 잎사귀와 후추 같은 맛이 도는 사박사박한 줄기를 깨물어 먹었다. 개울가에 무릎을 꿇고 물에 젖지 않도록 자동권총을 허리띠 뒤로 돌린 뒤 양손으로 바위를 짚고 몸을 굽혀 냇물을 들이켰다. 물은 이가 시리도록 차가웠다.

그가 양손을 짚고 몸을 일으켜 세우며 고개를 돌리니 노인이 바위를 타고 내려오는 것이 보였다. 노인의 뒤를 낯선 사나이 하나가 따라오고 있었다. 그 사나이 역시 이 지방에서는 마치 제복처럼 입는, 농부의 검정 작업복 윗도리와 거무튀튀한 바지를 입고 로프로 바닥을 댄 신발을 신고 있었으며, 등에 카빈총을 걸머지고 있었다. 머리에는 아무것도 쓰고 있지 않았다. 두 사람은 마치 산양처럼 바위를 기어 내려왔다.

두 사람이 옆으로 오자 로버트 조던이 일어섰다.

"살루드, 카마라다.(안녕하시오, 동지.)" 그가 카빈총을 멘 사나이에게 인사하고 빙그레 미소 지었다.

"살루드.(안녕하시오.)" 상대방도 마지못해 하는 것처럼 인사했다. 로버트 조던은 수염이 텁수룩하고 우수에 젖은 듯한 사나이의 얼굴을 바라보았다. 둥그스름한 얼굴에 역시 둥글둥글한 머리가 어깨에 바싹 붙어 있었다. 두 눈은 조그맣고 양 눈썹 사이는 매우 벌어져 있었으며, 조그마한 두 귀가 머리 바로 옆에 납작하게 붙어 있었다. 키는 160센티미터가 채 안 돼 보였지만 몸집이 다부지고 손과 발도 무척 컸다. 코는 휘어져 납작하고, 입은 한쪽 언저리가 찢어져 있으며, 얼굴 전체를 뒤 덮다시피 한 수염 사이로 상처 자국이 윗입술에서 아래턱까지 길게 나 있었다.

노인은 이 사나이에게 고개를 끄덕이며 미소를 지었다.

"이 사람이 이 지역의 두목이오." 그가 히죽 웃고 나서 마치 근육을 자랑하듯 양쪽 팔뚝을 구부리며 카빈총을 멘 사나이를 장난기 어린 경탄의 눈빛으로 바라보았다. "아주 기운이 장사지."

"말 안 해도 알겠군요." 로버트 조던이 말하고 또다시 미소를 지었다. 그는 이 사나이의 인상이 마음에 들지 않았고, 그래서 속으로는 조금도 미소를 짓고 있지 않았다.

"신분을 증명할 만한 것을 가지고 있소?" 카빈총을 멘 사나이가 물었다.

로버트 조던은 주머니 덮개에 꽂았던 안전핀을 뽑고 플란넬 셔츠의 왼쪽 가슴주머니에서 접힌 종이를 꺼내 사내에게 건네주었다. 사내는 종이를 펴 들고 의심스러운 눈초리로 들여다보더니 두 손으로 뒤집었다.

옳지, 이 사람은 글을 모르는구나, 하고 로버트 조던은 알아차렸다.

"봉인을 보세요." 그가 말했다.

노인이 봉인을 가리키자 카빈총을 멘 사나이는 손가락으로 종이를 돌리면서 찬찬히 들여다보았다.

"이건 무슨 봉인이오?"

"한 번도 본 적 없어요?"

"없소."

"봉인이 두 개 있어요. 하나는 군정보 기관인 S. I. M.*이고, 또 하나는 참모 본부의 봉인이죠." 로버트 조던이 말했다.

"이 봉인은 전에 본 적 있소. 하지만 이곳엔 나 말고는 지휘자가 없어. 그 배낭 속엔 뭐가 들어 있소?" 사내가 무뚝뚝하게 내뱉었다.

"다이너마이트야. 어젯밤 우리가 어둠 속에서 전선을 뚫고 하루 종일 이 다이너마이트를 이 산 위까지 운반해 온 거야." 노인이 자랑하듯 말했다.

"나도 다이너마이트를 사용할 줄 알지." 카빈총을 멘 사나이가 말했다. 그는 증명서를 로버트 조던에게 돌려주고는 그의 얼굴을 훑어보았다. "그래, 다이너마이트라면 쓸 데가 있

---

* Servicio de Inteligencia Militar의 약어. 스페인 내란 중 활동한 군사 정보기관.

지. 얼마나 갖고 왔나?"

"당신 주려고 갖고 온 게 아니에요. 이 다이너마이트는 다른 용도가 있어요. 당신 이름이 뭐죠?" 조던이 그에게 조용히 물었다.

"그건 알아 뭐 하려고?"

"파블로라고 한다오." 노인이 대신 말했다. 카빈총을 멘 사나이는 무뚝뚝한 표정으로 두 사람을 바라보았다.

"그렇군요. 나도 당신 소문은 많이 들었어요." 로버트 조던이 말했다.

"나에 대해 어떤 소문을 들었다는 거지?" 파블로가 물었다.

"당신이 뛰어난 게릴라 지휘자라는 것과 우리 공화 정부*에 충성스럽다는 것, 그 충성심을 실제 행동으로써 증명하고 있다는 것, 그리고 진지하고 용감한 사람이다 같은 것 말이죠. 참모 본부에서 노형에게 안부를 전하더군요."

"그런 얘기를 모두 어디서 들었지?" 파블로가 물었다. 로버트 조던은 그가 아첨을 조금도 달가워하지 않는다는 것을 알아차렸다.

"부이트라고**에서 에스코리알에 걸쳐 그 소문을 들었소." 그가 전선 저쪽 지방 일대의 이름을 들먹이면서 말했다.

"부이트라고에도 에스코리알에도 내가 아는 사람은 한 사람도 없을 텐데." 파블로가 그에게 말했다.

---

* 스페인 내란 중 공화 정부는 파시스트 군과 맞서 싸웠다.
** 스페인 마드리드 북쪽 75킬로미터 떨어진 곳에 위치한 부이트라고 데 로조야.

"하지만 산 너머 저쪽엔 전에 살지 않던 사람들도 많이 살고 있죠. 한데 노형은 고향이 어딥니까?"

"아빌라. 한데 도대체 이 다이너마이트로 뭘 할 작정이지?"

"다리를 폭파할 거요."

"무슨 다리 말이오?"

"그건 내가 알아서 할 일입니다."

"만약 그 다리가 이 지역 안에 있다면 그건 내가 알아야 하는 일이오. 당신도 당신이 살고 있는 근처의 다리를 폭파하진 않을 테지. 사는 곳과 작전을 수행하는 곳은 달라야 하는 법이거든. 난 내가 할 일을 잘 알고 있어. 일 년이 지난 뒤에도 여전히 목숨이 붙어 있을 놈이라면, 자기가 할 일쯤은 알고 있어야 하지."

"이건 내가 알아서 할 일입니다." 로버트 조던이 대꾸했다. "함께 상의해 봅시다. 이 짐을 좀 나눠 질 생각은 없어요?"

"싫소." 파블로는 고개를 내저었다.

그러자 노인은 갑자기 그를 향해 몸을 돌리더니 로버트 조던이 겨우 알아들을 만한 사투리로 화가 난 듯 빠르게 쏘아붙였다. 마치 케베도*의 작품을 읽고 있는 것 같았다. 안셀모는 옛 카스티야어로 말하고 있었는데 대략 이런 내용이었다. "네놈은 짐승이냐? 네놈은 짐승이냔 말이야? 아마 몇 배로 그럴 테지. 도대체 네놈에게도 머리가 있느냐? 아니, 없어. 있을 리가 없지. 우린 지금 아주 중요한 임무를 띠고 여기에 왔는데,

* 케베도 이 비예가스(1580~1645). 스페인의 정치가이자 작가.

네놈은 사는 곳을 조금도 건드리지 않으려고 인도주의의 이익보다 네놈의 여우 굴을 더 소중하게 생각하는구나. 네 인민의 이익보다도 먼저 말이다. 난 네놈 아비를 위해 이 일 저 일 다 해 줬다. 지금도 네놈 일이라면 이 일 저 일 안 하는 일이 없지 않느냐. 그 짐을 썩 짊어지지 못해?"

파블로는 눈길을 아래로 떨어뜨렸다.

"사람은 누구든지 진짜 자신이 할 수 있는 방식으로 할 수 있는 일을 해야만 하는 거요. 난 여기서 살지만 작전 수행은 세고비아 너머에서 하고 있소. 만약 당신이 이곳에서 소동을 일으킨다면 놈들이 이 산에서 우리를 쫓아내고 말 거요. 우리가 이 산에서 살 수 있는 이유는 우리가 여기서 아무 짓도 하지 않기 때문이오. 이게 바로 여우의 원칙이라는 거지."

"그렇겠지. 지금 늑대가 필요할 때 여우의 원칙을 들먹이는 거야." 안셀모가 매섭게 쏘아붙였다.

"난 영감보다 더한 늑대요." 파블로가 받아넘겼다. 이 말로 보아 로버트 조던은 그가 짐을 지려고 마음먹었음을 알 수 있었다.

"흠…… 하기야 자네가 나보다 더한 늑대긴 하지. 내 나이 벌써 예순여덟이니까." 안셀모가 그를 빤히 쳐다보며 말했다.

그는 땅에 침을 탁 뱉고 머리를 흔들었다.

"아니 그렇게 나이가 많아요?" 로버트 조던이 그 순간 사태가 잘 수습될 것 같아서 분위기를 좀 더 부드럽게 하려고 물었다.

"오는 7월이면 예순여덟이 돼."

"7월까지 우리 목숨이 붙어 있게 된다면 말이죠." 파블로가 내뱉었다. 그러고는 로버트 조던을 향해 말했다. "당신 배낭은 내가 지기로 하지. 다른 배낭은 영감에게 맡기시오." 무뚝뚝하던 그의 어조는 이제 거의 슬픔에 가깝게 변했다. "아주 힘이 센 영감이니까."

"배낭은 내가 지겠어요." 로버트 조던이 말했다.

"아니 그럴 필요 없어. 이 힘 센 사람한테 맡기시오." 노인이 말렸다.

"내가 지겠어." 파블로가 말했고, 그의 말투에는 로버트 조던을 불안하게 하는 비애의 감정이 깃들어 있었다. 그는 그 비애의 감정이 무엇인지 알고 있었는데, 그것을 이곳에서 보게 되니 어쩐지 불안했다.

"그럼 그 카빈총은 내게 주세요." 그가 말했다. 파블로가 총을 건네주자 그는 그것을 등에 걸머메었다. 두 사람이 앞장서서 느릿느릿 힘겹게 오르기 시작했다. 화강암 턱을 붙잡고 몸을 추어올리며 기어 올라가, 그 바위 끝을 넘어 숲속의 푸른 개간지가 있는 곳으로 나왔다.

그들은 조그마한 목장 가장자리를 돌아 걸었다. 로버트 조던은 짐을 지지 않아 발걸음이 가벼웠는데 땀이 나올 정도로 무거운 짐을 진 뒤라 카빈총이 상쾌하리만큼 가볍게 어깨에 딱 달라붙어 있었다. 군데군데 풀이 깎이고 땅에 박혀 있던 말뚝 자국이 눈에 띄었다. 풀밭 사이로는 말들에게 물을 먹이러 냇가까지 끌고 내려간 자국이 보였고, 말 몇 마리가 방금 깔긴 듯한 똥이 보였다. 밤이 되면 이곳 말뚝에 말을 매 놓고 먹이를 주고, 낮이 되면 숲속에 감추어 두는구나, 하고 그는 생각했다. 이 파블로라는 작자는 대관절 말을 몇 마리나 갖고 있을까?

그는 파블로의 바지 무릎과 샅폭이 닳아서 비누처럼 반들반들하던 것을, 왜 그렇게 되었는지 알지 못한 채 바라보았던 일이 이제야 겨우 생각났다. 이 작자는 장화를 가지고 있는 것일까? 아니면 알파르가타*를 신고 말을 타는 것일까? 어쩌면 훌륭한 장비를 갖추고 있을지도 모르지. 하지만 아까 보인 비애가 도무지 마음에 들지 않는단 말이야, 하고 그는 생각했다. 그런 비애는 좋지 않아. 임무를 그만두거나 배반하기 전에 나타나는 비애지. 동지를 팔아먹기 전에 흔히 나타나는 비애 말이야.

그들 앞쪽 숲에서 말이 히힝 하고 울었고, 곧이어 나뭇가지 끝과 끝이 맞붙다시피 한 꼭대기에서 햇살이 조금 새어들어오는 곳에 소나무의 갈색 나무줄기에 밧줄을 둘러쳐 만든 울타리가 보였다. 말들은 사람들이 가까이 다가가자 그들 쪽으로 머리를 쳐들었다. 울타리 밖 나무 밑에는 안장이 방수포에 덮인 채 쌓여 있었다.

짐을 지고 가던 두 사람은 그 앞에 다다르자 우뚝 걸음을 멈췄다. 로버트 조던은 말을 칭찬해 줘야 한다는 것을 깨달았다.

"참 훌륭한 말이군." 이렇게 말하고는 파블로 쪽으로 얼굴을 돌렸다. "당신한테는 기마대까지 모조리 있군요."

밧줄 울타리 안에는 말이 다섯 마리 있었는데, 세 마리는

---

* 로프로 바닥을 댄 신발.

적갈색이었고 나머지 한 마리는 밤색, 다른 한 마리는 사슴 가죽 색이었다. 로버트 조던은 대충 훑어보고 난 다음 다시 한 마리 한 마리 주의 깊게 분류하면서 세밀히 살펴보았다. 파블로와 안셀모는 얼마나 훌륭한 말들인지 아주 잘 알고 있었다. 침울했던 파블로는 어느덧 가슴 뿌듯한 표정으로 서서 사랑스러운 듯 말들을 지켜보았고, 노인 역시 그 말들이 마치 자신이 순식간에 만들어 낸 경이로운 물건이라도 되는 것처럼 굴었다.

"그래 저 말들이 어때 보입니까?" 그가 물었다.

"전부 내가 빼앗아 온 거요." 파블로가 말했다. 로버트 조던은 그가 자랑스럽게 하는 말을 듣자 기분이 한결 좋아졌다.

"저놈은 말이야, 참 대단한 놈이오." 로버트 조던은 적갈색 말 중에 이마에 하얀 점이 있고 왼쪽 앞다리가 흰 커다란 종마를 가리키며 말했다.

마치 벨라스케스*의 그림 속에서 튀어나온 것처럼 아름다운 말이었다.

"모두 좋은 말들이지. 당신, 말을 볼 줄 아나?" 파블로가 물었다.

"알죠."

"그거 다행이군. 저 중에 흠이 있는 놈이 하나 있는데 알아보겠소?" 파블로가 물었다.

로버트 조던은 이제 글도 모르는 사람한테 시험당하고 있

---

* 디에고 벨라스케스(1599~1660). 스페인의 화가.

다는 것을 깨달았다.

말들은 하나같이 아직도 머리를 쳐든 채 사람들을 바라보고 있었다. 로버트 조던은 이중으로 두른 울타리 사이로 미끄러져 들어가 사슴 가죽 색의 말 궁둥이를 찰싹 때렸다. 그러고 나서 울타리 밧줄에 몸을 기댄 채 말들이 울타리 안을 빙빙 도는 것을 지켜보았다. 말들이 발을 멈춘 뒤에도 일 분 정도 더 지켜보고 서 있다가 허리를 굽혀 울타리 밖으로 나왔다.

"저 밤색 말은 오른쪽 뒷다리를 절고 있군요. 말굽이 갈라져 있어요. 제대로 편자를 박아 준다면 금방 악화되지는 않겠지만, 아주 단단한 길을 걷게 된다면 바로 쓰러져 버릴 거요." 그가 파블로 쪽을 보지도 않고 말했다.

"저 말은 우리가 빼앗아 올 때부터 말굽이 저 모양이었어."

"당신 말 중에 가장 좋은 놈은 이마에 하얀 점이 있는 적갈색 종마인데, 그놈은 정강이뼈 위쪽이 부어 있어요. 그게 마음에 걸립니다."

"그건 아무것도 아니야. 사흘 전에 다쳤으니. 더 나빠질 거라면 벌써 그랬을 테니까." 파블로가 대꾸했다.

그는 방수포를 걷어 젖히고 안장을 보여 주었다. 미국식 가죽 안장 비슷한 흔해빠진 바케로, 즉 카우보이 안장 두 개, 손으로 가공한 가죽과 뚜껑이 달린 묵직한 등자에 여러 장식을 한 카우보이 안장 하나, 그리고 검은색 가죽으로 만든 군용 안장이 두 개 있었다.

"우린 과르디아 시빌(민병대) 두 놈을 처치했지." 그가 군용 안장을 설명하면서 말했다.

"대단한 노획물이네요."

"놈들은 세고비아와 산타마리아델레알*로 가는 도중에 말에서 내려 서 있었어. 마부증을 조사하느라고 말이야. 그래서 우린 말을 다치게 하지 않고 놈들만 죽일 수 있었지."

"민병대를 많이 죽였어요?" 로버트 조던이 물었다.

"몇 놈 죽였지. 하지만 말에 상처를 입히지 않고 처치한 건 그 두 놈뿐이었소." 파블로가 대답했다.

"아레발로**에서 기차를 폭파한 사람이 바로 이 파블로야. 그게 바로 이 사람이야." 안셀모가 끼어들었다.

"우리와 함께 폭파탄을 설치한 외국인이 하나 있었는데, 혹시 그자를 아나?"

"이름이 뭔데요?"

"잊어버렸는데. 아주 드문 이름이었어."

"어떻게 생겼어요?"

"당신처럼 피부가 희지만 키는 그리 크지 않고, 커다란 손에 코가 납작했소."

"카슈킨이군. 아마 카슈킨이었을 거요."

"그래 맞아. 아주 희한한 이름이었어. 그 비슷한 이름이었지. 그 사람은 어떻게 됐소?"

"지난 4월에 죽었어요."

"이젠 모두가 다 그렇게 되는군. 우리도 곧 그런 운명이 될

---

* 스페인 중부 지방의 마을.
** 스페인 중부의 아빌라 주에 있는 소도시.

테지." 파블로가 우울한 표정을 지으며 말했다.

"사나이의 최후란 다 그런 거야. 사나이들이란 늘 그렇게 종말을 맞거든. 그런데 자넨 도대체 어떻게 된 건가? 그 배 속에 뭐가 들어 있는 거야?" 안셀모가 말했다.

"놈들은 너무나 강해." 파블로가 말했다. 마치 혼잣말을 하고 있는 것 같았다. 그는 침울한 표정으로 말들을 바라보았다. "놈들이 얼마나 강한지 영감은 모를 거요. 적군은 늘 우리보다 강하고 장비도 우수하거든. 언제나 아군보다는 물자가 많아. 한데 난 고작 이런 곳에서 이런 말들과 살고 있을 뿐이지. 그러니 어떻게 앞날을 기대할 수 있겠느냐 말이오. 적에게 쫓기다가 결국은 죽고 마는 거야. 그저 그것뿐이라고."

"자네가 쫓기고 있는 것만큼 자네도 놈들을 쫓고 있잖나." 안셀모가 대꾸했다.

"천만에요. 이젠 그렇지도 않죠. 이제 우리가 이 산을 떠난다면 어디로 갈 수 있겠어요? 어디 대답 좀 해 봐요. 이제 어디로 갈 수 있다는 거죠?"

"스페인에는 곳곳에 산이 있잖아. 여기를 떠나면 시에라 데 그레도스*가 있지."

"나한테는 아니에요. 쫓겨 다니는 데는 이제 신물이 났으니까. 여기 있으면 우린 무사하죠. 이제 당신이 그 다리를 폭파한다면 우린 쫓기게 될 거야. 놈들이 우리가 여기 있다는 걸 알고 비행기로 수색한다면 우리를 찾아내고 말 거라고. 놈들

---

* 스페인의 카스티야 고원에 걸쳐 있는 산.

이 무어인*들을 보내 뒤지게 한다면, 결국 우린 발견되어 여길 떠날 수밖에 없어. 이제 난 이 모든 일에 진절머리가 났어. 내 말 알겠소?" 파블로는 이렇게 말하며 로버트 조던 쪽으로 몸을 돌렸다. "외국인인 당신이 여기 와서 나한테 이래라 저래라 할 권리가 어디 있느냐 말이야?"

"난 당신에게 아무것도 이래라 저래라 한 적 없소." 로버트 조던이 대답했다.

"곧 그렇게 할 테지. 저 봐, 저런 몹쓸 물건이 있잖아." 파블로가 말했다.

파블로는 그들이 말을 보느라고 땅에 내려놓았던 무거운 짐 두 개를 손가락으로 가리켰다. 말을 보고 있는 동안 이런 생각들이 그의 머리에 떠오른 모양이었고, 또 로버트 조던이 말에 대해 잘 아는 것을 보자 말문이 열린 모양이었다. 세 사람은 밧줄 울타리 옆에 서 있었고, 햇살이 여기저기 반점을 이루며 적갈색 종마의 갈기를 비추고 있었다. 파블로는 그를 한번 흘끗 바라보고 나서 발로 무거운 짐을 밀었다. "이런 몹쓸 물건이 말이야."

"난 내 임무를 수행하기 위해 온 것뿐이에요. 이 전쟁을 지휘하는 사람들의 명령을 받고 왔단 말이죠. 만약 내가 당신에게 도움을 청한다 해도 당신은 거절해도 좋아요. 그러면 난 다른 조력자를 찾을 것이고. 하지만 난 아직 당신에게 도움을 청한 적이 없어요. 나한테는 명령을 수행해야 할 의무가 있어요.

---

* 이베리아 반도와 북아프리카에 살았던 이슬람교도를 가리킨다.

그것이 중대한 일이라는 것만은 당신에게 단언할 수 있죠. 내가 외국인이라는 사실은 내 잘못이 아니에요. 차라리 스페인에서 태어났더라면 좋았을 거라는 생각이 들어요." 로버트 조던이 그에게 말했다.

"지금 나한테 가장 중요한 건 여기서 소란을 일으키지 않았으면 하는 것뿐이오. 나한테 지금, 내 임무는 나하고 함께 있는 사람들과 나 자신을 지키는 것뿐이거든." 파블로가 말했다.

"자네 자신이라, 맞는 말이야. 자네 자신만 생각하게 된 것은 벌써 오래전부터지. 자네 자신과 자네 말들. 저 말들을 손에 넣기 전까지만 해도 자네는 우리하고 한편이었어. 하지만 이제 자네도 자본가가 되었어." 안셀모가 말했다.

"그건 부당한 말이에요. 난 언제든지 대의명분을 위해 이 말들을 내놓을 용의가 있어요." 파블로가 대꾸했다.

"그럴 가능성은 별로 없을걸. 내가 보기엔 그럴 가능성은 거의 없어. 훔치는 것, 그건 잘하지. 먹는 것, 그것도 잘하고. 사람 죽이는 것, 그것도 잘해. 그런데 싸우는 것, 그건 못해." 안셀모가 경멸하듯 내뱉었다.

"영감은 괜히 입을 헤프게 놀리다 큰코다칠 거요."

"난 무서운 게 없는 늙은이야. 그리고 또 말 같은 것도 없는 늙은이고." 안셀모가 대꾸했다.

"영감은 제명대로 못 살 거요."

"난 목숨이 붙어 있는 날까진 죽지 않을 늙은이지. 그리고 여우 따위는 눈곱만큼도 무서워하지 않아." 안셀모가 대꾸했다.

파블로는 아무 말 없이 짐을 들었다.

"그건 늑대도 마찬가지지. 그리고 비록 자네가 늑대라 하더라도 마찬가지야." 안셀모가 다른 짐을 들면서 말을 이었다.

"입 닥쳐요. 당신은 밤낮 입만 나불거리는 영감이야." 파블로가 그에게 쏘아붙였다.

"그리고 한번 한다고 말하면 꼭 해치우고 마는 영감이지." 안셀모는 배낭을 지고 허리를 구부린 채 대꾸했다. "게다가 이젠 배가 고픈 늙은이야. 목도 마르고. 자 어서 가, 슬픈 표정을 짓고 있는 게릴라 대장님. 뭔가 먹을 게 있는 데로 우리를 데려가 줘."

일이 아주 이상하게 되어 가는군, 하고 로버트 조던은 생각했다. 하지만 안셀모는 사내다운 노인이야. 이 사람들은 사람이 좋을 땐 기가 막히게 좋거든, 하고 그는 생각했다. 좋을 땐 세상에서 이 사람들처럼 좋은 사람들도 없지만, 한번 나빠지는 날에는 걷잡을 수 없이 나쁜 사람들이 되거든. 안셀모는 우리를 여기까지 데리고 왔을 때 자신이 무슨 짓을 하고 있는지 틀림없이 알고 그랬을 거야. 하지만 마음에 들지 않아. 정말 마음에 안 들어.

다만 한 가지 좋은 징조는 파블로가 배낭을 짊어지고 있다는 것, 그리고 내게 카빈총을 맡겼다는 것뿐이지. 어쩌면 이 작자는 늘 이 모양인지도 모르겠어, 하고 로버트 조던은 생각했다. 어쩌면 그저 우울한 사람들 중 하나인지도 몰라.

아냐, 속아서는 안 돼, 하고 그는 속으로 다짐했다. 넌 저 사나이가 전에 어떤 인간이었는지 잘 모르지 않나. 하지만 저 사나이는 금세 불쾌해했다가도 그것을 감추려고 들지도 않아. 그가 그것을 감추기 시작했을 때는 벌써 어떤 결정을 내리고 하는 수작일 거야. 그 점을 잊어버려서는 안 돼, 하고 조던은 스스로를 타일렀다. 저자가 우호적인 행동을 하기 시작할 때는 벌써 무슨 결심을 내리고 하는 수작일 거야. 하지만 그가 갖고 있는 말만큼은 썩 좋군. 아주 훌륭해, 하고 그는 생각했다. 그 말들이 파블로를 그렇게 기분 좋게 해 준 것처럼, 무엇이 나를 그렇게 기분 좋게 해 줄 수 있을까. 노인 말이 옳아. 말 때문에 그는 부자가 되었고, 부자가 되자마자 인생을 향락하고 싶어졌던 거야. 하지만 얼마 뒤면 경마 클럽에 가입할 수 없는 걸 슬퍼하게 될 테지, 하고 그는 생각했다. 파우브레 파블로.(가엾은 파블로.) 일 라 망케 손 호키.(경마 클럽에 가입하지 못하다니.)

이런 생각을 하자 그는 한결 기분이 좋아졌다. 저만큼 앞서 나무 사이를 뚫고 가는 두 사람의 구부린 등과 커다란 배낭을 바라보면서 히죽 웃었다. 하루 종일 자신을 상대로 농담 한마디 하지 않았는데 이렇게 농담을 하고 나니 한결 기분이 가벼워졌다. 너도 이제 다른 사람들처럼 되어 가는구나, 하고 그는 혼잣말을 했다. 너도 확실히 우울해지고 있어. 그는 골츠와 함께 있던 탓에 근엄해지고 우울해졌던 것이다. 이 임무가 그를 조금 억누르고 있었다. 약간 억눌리고 있는 거지, 하고 그는 생각했다. 아니, 꽤 억눌리고 있었는지도 몰라. 골츠는 쾌활했고, 떠나오기 전에 그를 즐겁게 해 주려고 했지만 그는 끝내 그렇게 되지 못했던 것이다.

곰곰이 생각해 보면 뛰어난 사람들은 하나같이 쾌활했다.

쾌활한 편이 훨씬 나았고, 또한 그것은 어떤 일의 징표 같았다. 마치 아직 살아 있는 동안에 벌써 불멸을 맛보는 것과 같다고 할까. 그건 복잡한 문제다. 그러나 이제 그런 인간은 그리 많이 남아 있지 않았다. 아니, 쾌활한 인간은 그리 많이 남아 있지 않았다. 아주 극소수에 지나지 않았다. 이봐, 자꾸만 그런 식으로 생각한다면 너마저 남지 않게 될지도 몰라. 이젠 그런 생각은 집어치워, 이 구식 친구야, 이 구닥다리 동지야, 지금 넌 다리 폭파원이 아닌가. 사색가가 아니란 말이다. 아, 배가 고파 죽겠구나, 하고 그는 생각했다. 파블로한테 먹을 게 많았으면 좋겠는데.

2

그들은 울창한 숲 사이를 뚫고 좁다란 골짜기에서 컵 모양
으로 꺼진 곳 위쪽 끄트머리에 이르렀다. 나무들 사이 저만치
그들 앞쪽으로 우뚝 솟아 있는 너럭바위 아래 틀림없이 캠프
가 있을 것 같은 곳이 보였다.

캠프를 치기에 훌륭한 장소였다. 바로 옆까지 가기 전에는
조금도 눈에 띄지 않았고, 로버트 조던은 이 캠프가 공중에서
도 발견되지 않으리라는 것을 알 수 있었다. 위쪽에서 내려다
보아도 아무것도 보이지 않을 것이다. 곰의 소굴처럼 교묘하
게 감추어져 있었다. 그러나 경비는 좀 더 철저히 서야 할 것
같았다. 가까이 다가가면서 세심히 살펴보았다.

너럭바위 암층에 커다란 동굴이 있었고, 그 입구 한옆에서
한 사나이가 바위에 등을 기댄 채 두 다리를 쭉 뻗고 앉아 있
었다. 카빈총은 바위에 기대 세워져 있었다. 칼로 막대기를 깎

고 있던 그는 가까이 다가오는 일행을 빤히 바라보더니 다시 깎기 시작했다.

"올라.(어이.) 데리고 온 이 사람은 누구야?" 앉아 있던 사나이가 물었다.

"영감과 다이너마이트 폭파원이야." 파블로가 대답하고는 동굴 입구에 짐을 내려놓았다. 안셀모도 짐을 내려놓았고, 로버트 조던은 총을 벗어 바위에 기대 놓았다.

"그렇게 동굴 가까이에 놓지 마요." 막대기를 깎고 있던 사나이가 말했다. 두 눈이 푸르고 사람이 좋아 보이기는 하지만 게을러빠진 거무튀튀한 집시 얼굴에 피부색은 마치 불에 그슬린 가죽 같았다. "안에서 불을 피우고 있으니까."

"네가 일어나 치우지 못해? 저 나무 밑에 갖다 놔." 파블로가 명령했다.

집시는 일어서려고 하지도 않고 뭐라고 입에 담지 못할 상소리를 하더니 "그냥 두라지. 그러다가 폭발하면 제 몸이 산산조각 나는 거지. 그래야만 온갖 병이 나을 것 같은데." 그가 귀찮다는 듯 느릿느릿 말했다.

"뭘 만들고 있나?" 로버트 조던이 집시 옆에 앉았다. 집시는 만들고 있던 물건을 그에게 보여 주었다. 그것은 '4'자 모양의 덫이었는데 지금은 그 덫의 빗장을 깎는 중이었다.

"여우를 잡는 거요. 사냥감을 잡는 나무토막이 달려 있죠. 그놈을 맞으면 여우 놈의 잔등이 부러지고 말죠." 그가 로버트 조던에게 히죽 웃어 보였다. "이렇게 말이죠. 자, 봐요!" 그는 덫의 틀이 튀어서 나무토막이 떨어지는 시늉을 해 보이더니 머리를 흔들고 손을 오그리고 두 팔을 벌려 잔등이 부러진 여우 흉내를 냈다. "아주 효과적이거든요." 그가 설명했다.

"이 녀석은 토끼를 잡는다오. 집시라서 토끼를 잡으면 여우를 잡았다고 허풍을 떨지. 여우를 잡으면 아마 코끼리를 잡았다고 할 거요." 안셀모가 말했다.

"그럼 내가 코끼리를 잡는다면요?" 집시가 이렇게 묻고는 또다시 흰 이를 드러내고 웃으며 로버트 조던에게 윙크했다.

"그럼 그땐 탱크를 잡았다고 떠들 테지." 안셀모가 그의 말에 대꾸했다.

"난 탱크를 잡을 겁니다. 탱크를 잡을 거라고요. 그때도 영감은 내키는 대로 또 뭐라고 하겠죠."

"집시들이란 말만 많지 적을 해치우는 일은 별로 없거든." 안셀모가 그에게 말했다.

집시는 로버트 조던에게 또 한 번 윙크하더니 다시 나무를 깎기 시작했다.

파블로는 벌써 굴 속 보이지 않는 곳으로 들어가고 없었다. 조던은 그가 음식을 가지러 갔기를 바랐다. 그는 집시 옆에 앉아 있었다. 오후의 햇볕이 나뭇가지 사이로 내리쬐어 뻗고 있는 두 다리가 따뜻했다. 얼마 안 가 동굴 속에서 기름 냄새며 마늘 냄새며 고기 튀기는 냄새 등 음식 냄새가 풍겨 나오자 그는 배가 고파 배 속이 뒤집힐 지경이었다.

"우린 탱크를 잡을 수도 있지. 그렇게 어려운 일은 아냐." 그가 집시에게 말을 건넸다.

"이걸로 말이오?" 집시가 두 개의 배낭을 가리켰다.

"맞아. 내가 가르쳐 주지. 자넨 덫을 만들면 돼. 그리 힘들진 않아." 로버트 조던이 말했다.

"당신하고 나하고 말이오?"

"물론. 안 될 것도 없지." 로버트 조던이 대답했다.

"여보, 영감님." 집시가 안셀모에게 소리쳤다. "이 배낭 두 개를 안전한 곳으로 옮겨 주실래요? 아주 중요한 물건이니까."

안셀모는 투덜거리더니 "난 술을 가지러 가야겠어." 하고 로버트 조던에게 말했다. 로버트 조던은 자리에서 일어나 동굴 입구에 두었던 배낭을 들어 나무 그루터기에 하나씩 나란히 기대어 놓았다. 속에 무엇이 들었는지 잘 알고 있기 때문에 두 짐을 가깝게 붙여 놓는 것이 싫었던 것이다.

"내게도 한 잔 가져다주세요." 집시가 그에게 말했다.

"포도주는 있나?" 로버트 조던이 다시 집시 옆에 앉으면서 물었다.

"포도주? 어디 있다 뿐인가요? 가죽 부대에 가득 차 있죠. 어쨌든 적어도 반쯤은 들어 있을 거요."

"그럼 먹을 것은?"

"없는 게 없죠. 우린 장군들 못잖게 잘 먹는다고요." 집시가 대답했다.

"그런데 집시들은 전쟁 중엔 뭘 하지?" 로버트 조던이 물었다.

"여전히 집시로 지내죠."

"거참 좋은 직업이군."

"최고죠. 형씨 이름은 뭐라 하오?" 집시가 대꾸했다.

"로베르토. 자네 이름은?"

"라파엘이죠. 그런데 그 탱크 얘긴 정말이오?"

"정말이고말고. 안 될 것도 없잖나?"

그때 안셀모가 붉은 포도주가 넘칠 듯 가득 든 돌그릇과 술잔 세 개를 손가락으로 손잡이를 겹쳐 잡아 들고 동굴 밖으로 나왔다. "저것 봐요." 집시가 말했다. "술잔이고 뭐고 몽땅 있다니까요." 파블로가 그 뒤를 따라 나왔다.

"식사도 곧 나올 거요. 담배 가진 것 있소?" 그가 말했다.

로버트 조던은 배낭 있는 데로 가서 그중 하나를 열고 안주머니를 뒤져 골츠 본부에서 얻은 납작한 러시아제 담배 한 갑을 꺼냈다. 담뱃갑 가장자리를 엄지 손톱으로 찢어 뚜껑을 연 뒤 파블로에게 건네자 그는 대여섯 개비를 뽑았다. 커다란 손에 담배를 든 파블로는 그중 한 개비를 집어 들고 햇빛에 비추어 보았다. 입에 무는 부분이 판지로 된 길쭉하고 가느다란 궐련이었다.

"공기만 잔뜩 들어 있고 담배는 조금밖엔 들어 있지 않군. 난 이런 담배를 잘 알지. 그 이상한 이름의 외국인이 갖고 있었거든." 그가 말했다.

"카슈킨 말이군요." 로버트 조던이 이렇게 말하고 집시와 안셀모에게도 담배를 권하자 그들은 한 개비씩 집어 들었다.

"더 많이 집어요." 그가 말하자 그들은 또 한 개비씩 더 집어 들었다. 그가 네 개비씩 더 나눠 주자 그들은 손에 담배를 든 채 고개를 두 번 흔들어 고맙다고 인사했다. 담배 끝이 위

아래로 끄덕끄덕 흔들리는 모양이 마치 군도를 들고 경례라도 하는 것 같았다.

"그랬지. 참 이상한 이름이었어." 파블로가 말했다.

"자, 포도주를 들지." 안셀모는 술그릇에서 잔으로 술을 떠 로버트 조던에게 준 뒤 자기 잔과 집시의 잔에도 떠 담았다.

"내 몫은 없나?" 파블로가 물었다. 그들은 모두 동굴 입구 옆에 모여 앉아 있었다.

안셀모는 파블로에게 자기 잔을 주고는 잔 하나를 더 가지러 동굴 안으로 들어갔다. 동굴에서 나오자 그는 술그릇 위로 허리를 굽히고는 한 잔 가득 술을 떠 담았다. 그들은 일제히 술잔을 부딪쳤다.

포도주는 술 부대에 넣어 두었던 탓에 송진 냄새가 희미하게 나기는 했지만 혀끝에 닿는 감촉이 순하고 산뜻한 것이 맛이 참 좋았다. 로버트 조던은 술기운이 피로에 젖은 온몸을 타고 후끈하게 퍼져 나가는 것을 느끼며 천천히 마셨다.

"음식도 곧 나올 거요. 한데 그 이상한 이름의 외국인은 대관절 어쩌다 죽은 거요?" 파블로가 말했다.

"포로가 되자 자살해 버렸소."

"어떡하다 그렇게 됐나?"

"부상을 입었는데 포로가 된 게 싫었던 거죠."

"좀 더 자세히 얘기해 주겠소?"

"나도 잘은 모릅니다." 그는 거짓말을 했다. 속속들이 자세히 알고 있었지만 이제 그 얘기를 하는 것은 재미없는 일이라고 생각했기 때문이다.

"그 사람은 기차를 폭파하다가 부상을 입고 만약 도망치지 못하게 되면 자기를 총으로 쏴 죽여 달라고 우리에게 부탁했어. 그 사람은 말하는 방식도 아주 유별났지." 파블로가 말했다.

그때도 역시나 몹시 신경이 날카로워져 있었군, 하고 로버트 조던은 생각했다. 불쌍한 카슈킨.

"그 친구는 자살에 대해 편견이 있었지. 내게 그 얘기를 하더군. 또 고문당할 것을 무척 두려워했고." 파블로가 말했다.

"그런 말까지 당신에게 했어요?" 로버트 조던이 그에게 물었다.

"물론이죠. 그 사람은 우리 모두에게 그런 식으로 얘기했는걸." 집시가 말참견을 했다.

"자네도 기차 사건에 가담했나?"

"두말하면 잔소리. 우리 모두가 기차 폭파에 참여했어요."

"말하는 방식이 아주 유별났지만 그래도 무척 용감한 사람이었어." 파블로가 말했다.

불쌍한 카슈킨, 하고 로버트 조던은 생각했다. 이런 지방에서 그는 도움을 주었다기보다 오히려 해가 되었을지도 몰라. 그가 그토록 신경이 날카로워져 있었다는 사실을 그때 미리 알았더라면 좋았을 텐데. 그랬더라면 작전에서 그를 제외했을 텐데. 이런 임무를 완수하면서 그런 식으로 말하는 사람을 주위에 둘 순 없어. 그런 이야기를 입에 올려선 안 되지. 비록 그가 임무를 이미 완수했다 하더라도 그런 종류의 얘기를 하게 되면 득이 되기보다 오히려 해가 되는 법이거든.

"하기야 그 친구는 좀 이상하긴 했죠. 머리가 살짝 돌지 않았나 했습니다."로버트 조던도 맞장구를 쳤다.

"하지만 기차를 폭파하는 솜씨는 아주 대단하던데요. 아주 용감하기도 했고."집시가 말했다.

"하지만 머리가 좀 돌긴 돌았어. 이런 일을 하려면 두뇌가 치밀하고 아주 냉정해야 하거든. 그런 얘기는 사람들에게 할 것이 못 돼."로버트 조던이 말했다.

"그런데 당신 말이오, 만약 당신이 이번 다리 일로 부상당한다면 그냥 내버려 두기를 바라겠단 말인가?"파블로가 물었다.

"이봐요, 내 얘기를 똑똑히 들어 두란 말이오. 만약 내가 누구에게 부탁하고 싶은 일이 생기면, 난 그때 가서 그 사람에게 부탁할 거요."로버트 조던은 몸을 앞으로 굽혀 술을 또 한 잔 떠 담았다.

"그래요. 훌륭한 사람들이란 말하는 게 대개 이런 식이란 말이야."집시가 맞는다는 듯 맞장구를 쳤다. "아, 저기 나오네!"

"넌 벌써 식사를 했을 텐데."파블로가 말했다.

"그래도 아직 두 번은 더 먹을 수 있을 것 같은데."집시가 받아넘겼다. "자, 음식을 날라 오는 사람을 좀 봐요."

젊은 아가씨가 허리를 굽히고 커다란 무쇠 쟁반을 들고 동굴 입구에서 나왔다. 로버트 조던은 비스듬히 옆으로 돌린 그녀의 얼굴을 바라보면서 어딘지 조금 이상한 데가 있다는 것을 알아챘다. 그녀는 생글 미소를 짓고 나서 인사했다. "올라 (안녕하세요), 동지."로버트 조던도 "살루드.(안녕하시오.)"하

고 대답하고는 빤히 바라보는 것도 아니고 그렇다고 시선을
아주 돌려 버리는 것도 아니게 하려고 조심했다. 젊은 여자는
납작한 무쇠 쟁반을 그의 앞에 내려놓았는데, 아름다운 그녀
의 갈색 손이 그의 눈길을 끌었다. 그녀는 그를 빤히 쳐다보고
는 생긋 웃었다. 햇빛에 탄 얼굴에 하얀 이가 드러나고, 피부
와 두 눈은 모두 황금빛이 도는 황갈색이었다. 두드러진 광대
뼈에 서글서글한 눈매, 탐스러운 입술은 일자로 다물고 있었
다. 머리카락은 햇빛에 몹시 탄 들판의 곡식처럼 황금 갈색이
었지만, 전체를 짧게 깎아 놓아서 길이는 기껏해야 물개의 털
정도밖에 되지 않았다. 그녀는 로버트 조던을 정면으로 바라
보고 생긋 웃으면서 갈색 손을 들어 머리카락을 쓸어 넘기려
고 했지만 손이 지나가자 이내 머리카락이 곤두섰다. 예쁜 얼
굴인데, 하고 로버트 조던은 생각했다. 머리만 저 모양으로 짧
게 깎지 않았더라면 참 미인이겠는걸.

"난 이렇게 머리를 빗어요." 그녀가 말하고는 또 웃었다.
"자, 어서 드세요. 그렇게 쏘아보지만 말고. 바야돌리드*에서
놈들이 머리를 이 꼴로 만들어 놓았어요. 여태껏 자란 게 이 정
도예요."

그녀는 맞은편에 앉아 그를 바라보았다. 그가 마주 보자 그
녀는 생글 미소를 지으며 무릎 위에 두 손을 겹쳐 놓았다. 무
릎에 두 손을 겹치고 앉아 있을 때 바지의 터진 곳으로부터 그

---

* 스페인 북중부의 유서 깊은 도시로 피수에르가 강과 에스게바 강이 만나
는 지점에 위치해 있다.

녀의 길고 미끈한 두 다리가 비스듬히 드러나 보였다. 회색 셔츠 속으로는 조그마한 젖가슴이 봉긋 솟아올라 있었다. 로버트 조던은 그녀를 바라볼 때마다 자꾸만 목구멍이 막히는 것 같았다.

"접시는 없어." 안셀모가 말했다. "당신 나이프를 쓰도록 하구려." 젊은 여자는 포크 네 개를 끝을 아래로 가게 해서 쇠쟁반 한쪽에 걸쳐 놓았다.

그들은 스페인의 풍습에 따라 아무 말도 하지 않고 쟁반 위의 음식을 먹기 시작했다. 토끼 고기에 양파와 피망을 넣어 끓인 요리인데 적포도주 소스에는 병아리콩도 들어 있었다. 흐물흐물하게 잘 익은 토끼 고기는 뼈가 잘 발라지는 데다 소스 맛도 좋았다. 로버트 조던은 식사를 하면서 포도주를 또 한 잔 마셨다. 젊은 아가씨는 식사를 하는 그를 줄곧 지켜보고 있었다. 다른 사람들은 모두 자기 음식을 내려다보며 먹는 데만 정신이 팔려 있었다. 로버트 조던은 자기 앞에 있는 소스 찌꺼기를 빵조각으로 말끔히 훔치고, 뼈다귀를 한쪽 구석으로 밀어 놓고, 뼈가 있던 곳에 남은 소스를 빵조각으로 훔치고 또 그 빵조각으로 포크를 깨끗이 닦아 내고 나이프마저 닦은 다음 그 빵을 먹었다. 그러고 나서 몸을 숙여 포도주를 한 잔 가득 떠 담았다. 아가씨는 여전히 그를 지켜보고 있었다.

로버트 조던은 포도주 잔을 절반쯤 비웠지만 여자에게 말을 건넬 때는 아직도 목구멍이 막히는 것만 같았다.

"아가씨 이름이 뭐요?" 그가 물었다. 파블로는 그의 달라진 어조를 듣더니 힐끗 그를 바라보았다. 그러고는 일어나서 저쪽으로 성큼성큼 걸어가 버렸다.

"마리아. 당신 이름은요?"

"로베르토. 산에 들어온 지는 오래됐나?"

"석 달 됐어요."

"석 달 됐다고?" 그는 그녀의 머리카락을 바라보았다. 그녀가 난처하다는 듯이 머리를 쓰다듬었는데 빽빽하고 짧은 머리카락이 마치 바람에 나부끼는 언덕바지의 곡식 들판처럼 잔물결을 일으켰다. "강제로 깎였죠. 바야돌리드의 감옥에선 정기적으로 머리를 깎이거든요. 이만큼 자라는 데 무려 석 달이나 걸렸어요. 난 기차를 타고 있었죠. 남쪽으로 이송되는 중이었거든요. 기차가 폭파된 뒤에 포로가 많이 붙잡혔지만 난 잡히지 않았어요. 이 사람들과 함께 이곳으로 온 거죠." 그녀가 말했다.

"내가 바위틈에 숨어 있는 이 아가씨를 발견했죠. 우리가 막 떠나려는 참이었어요. 어휴, 그때 이 아가씨가 얼마나 보기 흉했는지 알아요? 데리고 오긴 했지만, 내버려 두고 올걸 그랬나 하고 몇 번이나 후회했다고요." 집시가 말했다.

"그때 이 사람들과 함께 기차에 있었던 또 한 분은 어떻게 됐어요? 금발의 외국인이었는데. 그분은 지금 어디 계실까요?" 마리아가 물었다.

"죽었어. 지난 4월에." 로버트 조던이 대답했다.

"4월에요? 그 기차 사건이 일어난 것도 4월이었어요."

"그렇지. 기차 폭파 사건이 있은 지 열흘 만에 죽었어." 로버트 조던이 말했다.

"가엾은 분. 아주 용감했는데. 그럼 당신도 그분과 같은 일을 하고 있어요?" 그녀가 말했다.

"그렇지."

"그럼 기차 폭파도 한 적이 있어요?"

"있고말고. 세 번쯤."

"이곳에서요?"

"에스트레마두라* 지방에서. 여기로 오기 전엔 에스트레마두라에 있었거든. 우린 에스트레마두라에서 많은 일을 하고 있지. 지금도 그곳에선 우리 동지들이 많이 활약하고 있고."

"그럼 이번엔 무슨 일 때문에 이 산으로 오게 됐어요?"

"그 금발 친구가 하던 일을 맡게 됐어. 그리고 이 지방은 내전에 참가하기 전부터 알고 있었고."

"이 지방을 잘 알아요?"

"아니, 사실은 잘 몰라. 하지만 난 배우는 게 빠른 편이지. 좋은 지도가 있겠다, 능숙한 안내인도 있으니까."

"이 영감님 말이죠. 아주 좋은 영감님이에요." 그녀가 머리를 끄덕였다.

"고맙다." 안셀모가 그녀에게 말했다. 그제야 로버트 조던은 자기가 이 여자와 단둘이만 있는 것이 아니라는 사실을 문득 깨달았다. 또 이렇게까지 목소리가 달라져서야 그녀를 바라보기가 어색하지 않은가 하는 생각도 들었다. 스페인어로 말하는 사람들과 친해지는 데 필요한 두 규칙이 있다. 하나는

---

* 스페인 서부 지방에 있는 자치 지역으로 포도주 산지로 유명하다.

남자들에게 담배를 권하는 것이고, 다른 하나는 여자를 건드리지 않는 것이다. 그런데 그는 지금 이 두 규칙 중 두 번째 규칙을 깨뜨리고 있었다. 그는 자신이 그 규칙에 조금도 아랑곳하지 않고 있다는 사실을 불현듯 깨달았다. 신경 쓰지 않아도 될 일이 아주 많이 있는데, 왜 그런 일까지 신경을 써야 한단 말인가?

"당신은 참 예쁘군. 머리를 깎이기 전에 만났더라면 참 좋았을걸." 그가 마리아에게 말했다.

"이제 곧 자랄걸요, 뭐. 여섯 달만 지나면 꽤 길어질 거예요." 그녀가 말했다.

"우리가 기차에서 이 아가씨를 처음 데리고 왔을 때 당신이 꼭 봤어야 하는데. 어찌나 보기 흉했던지 속이 다 메스꺼울 지경이었다니까요."

"당신은 지금 누구 여자인 거야?" 로버트 조던이 지금 이 문제에서 발을 빼려고 하면서 물었다. "파블로의 여자인가?"

그녀는 그를 바라보며 깔깔 웃더니 그의 무릎을 찰싹 때렸다.

"파블로의 여자라고요? 파블로를 만나 봤나요?"

"그럼 라파엘의 여자야? 라파엘도 만나 봤지."

"라파엘도 아니에요."

"어느 누구의 여자도 아니죠." 집시가 한마디 했다. "이 아가씨는 아주 이상야릇한 여자라고요. 어느 누구의 것도 아니니까요. 하지만 요리 하나는 끝내주죠."

"정말로 누구의 여자도 아니야?" 로버트 조던이 그녀에게 물었다.

"그럼요, 누구의 여자도 아니에요. 농담으로도 진담으로도 누구의 여자도 아니라고요. 물론 당신의 여자도 아니고요."

"그래?" 하고 말했지만 그는 또다시 목구멍이 막혀 오는 것을 느꼈다. "좋아. 난 여자하고 놀 겨를은 없으니까. 그건 사실이야."

"십오 분도 없단 말이에요? 한 시간의 사분의 일도 없단 말이죠?" 집시가 놀려 대며 물었다. 로버트 조던은 아무 대답도 하지 않았다. 마리아라는 젊은 아가씨를 보고 있으려니 목구멍이 자꾸만 막혀 무슨 말이 튀어나올지 자신도 모를 지경이었다.

마리아는 그를 바라보며 웃다가 갑자기 얼굴을 붉혔지만 여전히 그를 빤히 보고 있었다.

"얼굴이 빨개지는군. 자주 얼굴을 붉히는 편인가?" 로버트 조던이 그녀에게 물었다.

"한 번도 그런 적 없어요."

"지금도 빨개졌는데."

"그럼 난 동굴 속으로 들어가 버릴 거예요."

"그냥 여기 있어, 마리아."

"싫어요. 이젠 동굴로 들어가겠어요." 그녀는 이제 미소 짓지 않았다. 그녀는 그들이 식사를 마친 무쇠 쟁반과 포크 네 개를 집어 들었다. 마치 망아지처럼 어색한 움직임이었지만 어린 짐승에게서 볼 수 있는 우아함을 지니고 있었다.

"컵은 놓고 갈까요?" 그녀가 물었다.

로버트 조던은 여전히 그녀를 바라보고 있었고, 그녀는 또다시 얼굴을 붉혔다.

"날 그렇게 만들지 마요. 난 그러고 싶지 않아요." 그녀가 말했다.

"두고 가." 집시가 그녀에게 말했다. 그러고는 "자, 여기요." 하며 돌그릇에 잔을 넣어 술을 가득 떠 담더니 로버트 조던에게 내밀었다. 조던은 그녀가 무거운 무쇠 쟁반을 들고 머리를 숙이고 동굴 속으로 들어가는 모습을 지켜보았다.

"고맙네." 로버트 조던이 말했다. 여자가 사라지자 그의 목소리는 본래대로 돌아왔다. "이게 마지막 잔이야. 이만하면 마실 만큼 마셨으니까."

"그릇의 것은 몽땅 치우죠. 가죽 부대엔 아직도 반도 넘게 남아 있으니까. 우리가 말에 싣고 온 거예요." 집시가 말했다.

"그게 파블로가 한 마지막 습격이었어. 그 뒤론 통 아무 일도 하지 않고 있지." 안셀모가 말했다.

"당신들은 지금 모두 몇 명이나 돼요?" 로버트 조던이 물었다.

"남자가 일곱에 여자가 둘."

"둘이라니요?"

"응. 파블로의 무헤르(마누라)가 있으니까."

"그럼 지금 그 아가씨는요?"

"이 동굴에서 살고 있지. 그 아가씨는 그저 요리나 조금 할 뿐이야. 요리를 잘한다고 했던 것은 기분 좋으라고 한 소리고 대개는 그저 파블로의 마누라를 돕는 정도지."

"파블로의 마누라라는 여자는 도대체 어떤 여자예요?"

"좀 사나운 데가 있는 여자죠. 아주 야만적인 데가 있는 여자라고요." 집시는 히죽 웃었다. "파블로가 추남이라는 생각이 들거든 그의 마누라를 한번 봐요. 하지만 용감한 여자죠. 용감한 것으로 말하자면 아마 파블로보다 백 배는 더 용감할 거요. 하지만 어딘지 야만적인 데가 있어."

"파블로도 처음엔 참 용감했어. 또 얼마나 착실했다고." 안셀모가 말했다.

"콜레라보다 사람을 더 많이 죽였죠." 집시가 맞장구쳤다. "내전이 시작되던 무렵에는 파블로가 장티푸스보다 더 많이 사람을 죽였어요."

"하지만 놈은 오래전부터 아주 기가 죽고 말았어. 아주 무기력해. 죽는 걸 무척 두려워하고 있거든." 안셀모가 말했다.

"처음에 사람을 너무 많이 죽여서 그렇게 된 거겠죠." 집시가 제법 철학자답게 한마디 했다. "파블로는 선(腺)페스트보다 더 많이 사람을 죽였으니까요."

"그것도 그거지만 부자가 된 탓도 있어." 안셀모가 응수했다. "게다가 술을 너무 많이 마시거든. 이젠 놈은 마타도르 데 토로스(투우사)처럼 은퇴하고 싶어 해. 아주 투우사답게 말이지. 하지만 놈은 은퇴할 수 없을걸."

"그가 전선 저쪽으로 가기만 해 봐요. 놈들은 당장에 그의 말을 빼앗고 군대에 처넣고 말걸요. 하기야 나 같은 놈도 군대에 들어가고 싶진 않으니까." 집시가 말했다.

"그건 다른 집시들도 마찬가지야." 안셀모가 받아넘겼다.

"그럴 수밖에요. 도대체 어떤 놈이 군대에 들어가고 싶어 하겠어요?" 집시도 지지 않았다. "군대에 가려고 혁명을 일으킨 건가요? 기꺼이 싸울 생각은 있어도 군대에 들어가고 싶은 마음은 추호도 없죠."

"다른 사람들은 어디 있나?" 로버트 조던이 물었다. 그는 술기운이 돌자 기분이 느긋해지며 졸음이 밀려왔다. 숲의 땅바닥에 벌렁 드러누우니 나무 꼭대기 사이로 산간 지방에서 오후에 뜨는 조그마한 구름이 드높은 스페인 하늘을 유유히 흘러가고 있는 모습이 눈에 들어왔다.

"두 사람은 동굴 속에서 잠을 자고 있죠. 다른 두 사람은 우리가 총을 놔둔 곳 위쪽에서 망을 보고 있고. 그리고 한 놈은 아래쪽에서 보초를 서고 있죠. 모르긴 몰라도 모두 졸고 있을 테지만." 집시가 대답했다.

로버트 조던이 한쪽으로 돌아누우며 물었다.

"그건 무슨 총인데?"

"아주 별난 이름이던데요. 지금은 이름이 기억 안 나요. 좌우간 기관총이죠." 집시가 말했다.

자동소총인가 보다, 하고 로버트 조던은 생각했다.

"무게는 얼마나 되나?" 그가 물었다.

"혼자서도 들고 다닐 순 있지만 꽤 무거워요. 접개식 다리가 세 개 달려 있죠. 우린 그놈을 요전 마지막 멋진 습격에서 빼앗아 왔거든요. 술을 빼앗아 온 습격보다 먼저 한 습격이었죠."

"탄환은 얼마나 갖고 있나?"

"무진장 있죠. 지독하게 무거운 상자에 가득 들어 있으니까요." 집시가 대답했다.

오백 발쯤 되는 모양이군, 하고 로버트 조던은 생각했다.

"탄환은 탄창에서 나오던가 아니면 탄띠에서 나오던가?"

"총 위에 붙어 있는 둥근 쇠 깡통에서 나오던데요."

뭐야, 그럼 루이스 기관총* 아닌가, 하고 로버트 조던은 생각했다.

"영감님은 기관총에 대해선 좀 아시나요?" 그가 이번에는 노인에게 물었다.

"나다.(아무것도.) 아무것도 몰라!" 안셀모가 대답했다.

"그럼, 자넨?" 그가 집시에게도 물어보았다.

"기관총이란 놈은 총알이 무섭게 빠르게 튀어 나간다는 거하고, 총열이 너무 뜨거워 손을 갖다 대면 바로 화상을 입는다는 것쯤은 알죠." 집시가 자랑스러운 듯 대답했다.

"그것도 모르는 사람이 어디 있담." 안셀모가 경멸조로 대꾸했다.

"그럴지도 모르죠. 하지만 이 양반이 기관총에 대해서 아는게 있느냐고 묻기에 대답한 거잖아요." 집시가 대꾸했다. 그러고는 덧붙였다. "그리고 보통 소총과는 달라서 방아쇠를 당기고 있는 동안 탄환이 쉬지 않고 계속 튀어 나가요."

"총신이 막히거나 탄환이 다 떨어지거나 아니면 너무 열에

---

* 1911년 아이작 뉴턴 루이스가 처음 만든 드럼형 탄창의 기관총. 영국군이 채용한 뒤 제1차 세계대전 때 벨기에와 프랑스 등 다수의 연합군이 사용했다.

달아서 녹아 버리든지 하지 않는 한에는 그렇지." 로버트 조던이 영어로 말했다.

"지금 뭐라고 했나?" 안셀모가 그에게 물었다.

"아무것도 아닙니다. 그저 영어로 장래를 점쳐 봤습니다." 로버트 조던이 대답했다.

"참 신기하네요. 잉글레스(영어)로 장래를 점친다고요? 당신은 손금도 볼 줄 알아요?" 집시가 말했다.

"몰라. 하지만 자네가 볼 줄 안다면 내 손금을 보고 앞으로 사흘 동안 무슨 일이 일어날지 좀 가르쳐 줘." 로버트 조던은 대답한 뒤 술 한 잔을 또 떴다.

"파블로의 마누라는 손금을 볼 줄 알죠. 하지만 워낙 성미가 고약하고 지독해 놔서 글쎄 손금을 봐 줄지는 모르겠어요." 집시가 말했다.

로버트 조던은 벌떡 일어나 단숨에 술을 쭉 들이켰다.

"어서 파블로의 마누라를 만나 봅시다. 그토록 성미가 고약하다면 만나서 해결 봐야지." 그가 말했다.

"그 여자를 건드리러 가고 싶지는 않은데요. 나를 끔찍이 미워하거든요." 라파엘이 대꾸했다.

"왜 미워하는데?"

"시간만 허송하는 사람 취급을 한다니까요."

"그런 부당한 법이 어디 있어." 안셀모가 비웃듯이 말했다.

"그 여자는 집시들에게 반감을 품고 있어요."

"그럴 리가." 안셀모가 대꾸했다.

"그 여자한테도 집시의 피가 섞여 있어요." 라파엘이 말했다. "자기가 무슨 말을 지껄이고 있는지 잘 안다고요." 그러고 나서 그가 히죽 웃었다. "그런데도 그 여자 혓바닥은 채찍처럼 매섭기 그지없고 불에 타는 것 같죠. 그런 혓바닥으로 누구든 닥치는 대로 껍질을 벗겨 버리죠. 한 겹 한 겹 말이에요. 참이루 말할 수 없이 사나운 여자라고요."

"그렇다면 그 마리아라는 아가씨하곤 어떻게 지내지?" 로버트 조던이 물었다.

"잘 지내죠. 그 아가씨를 좋아하거든요. 하지만 만약 누구든지 그 아가씨에게 마음을 두고 가까이 하려다가는……." 그는 고개를 흔들고 혀를 찼다.

"그 여자는 아가씨하고 사이가 아주 좋아. 썩 잘 돌봐 주고 있어." 안셀모가 맞장구를 쳤다.

"기차 폭파 당시 우리가 처음 그 아가씨를 발견했을 땐 참으로 괴상했죠." 라파엘이 말했다. "입을 딱 다물고 아무 말도 없이 줄곧 울기만 했다니까요. 글쎄, 누가 어쩌다 건드리기라도 하면 사시나무처럼 벌벌 떨기만 했지 뭐예요. 요새 와서 좀 나아진 거죠. 꼴이 요즘은 훨씬 나아진 편이거든요. 오늘은 제법 명랑하던데요. 조금 전만 해도 당신하고 얘기를 다 하고, 제법 기분이 풀린 모양이에요. 우린 기차를 폭파한 뒤 그 아가씨를 그냥 내버려 두고 올 뻔했죠. 눈물만 줄줄 짜는 데다 못생기고 쓸모 없어 보이는 여자 하나 때문에 우물쭈물 시간을 지체할 수가 없었으니까요. 그런데 그 마누라가 밧줄로 아가씨를 묶어 걷지 못할 때는 밧줄 끝으로 후려갈기며 걷게 했죠. 얼마 뒤 아가씨가 정말로 더 이상 못 걷게 되자 그 마누라가 어깨에 짊어지고 걸었죠. 마누라가 녹초가 되면 내가 지고요. 가슴까지 감기는 가시금작화와 히스 덩굴을 헤치면서 산 중턱까지 높이 올라왔죠. 그 뒤 내가 못 지면, 파블로가 지고 왔죠. 그런데 말이죠, 그 마누라가 우리에게 아가씨를 지게 할 때 쓰는 말투가 정말 기가 막혔다니까요!"그는 그때 일을 회상하고는 고개를 설레설레 내저었다. "그 아가씨는 다리가 길긴 했지만 키는 그리 크진 않았죠. 뼈도 굵지 않았으니까 무게도 그리 대단하지 않았고요. 하지만 막상 짊어지고 가랴, 멈춰서서 총을 쏘랴, 또다시 지고 가려니 꽤 무겁던데요. 그 늙은 마누라가 밧줄로 파블로를 후려갈기더니 놈의 총을 들어 주었죠. 파블로가 아가씨를 내려놓으면 총을 도로 그의 손에 들려 주고요. 그러다가 또 파블로에게 어서 아가씨를 다시 짊어지라고 욕설을 퍼부으면서도 놈의 총에다 총알을 재어 주기도 했고요. 녀석의 탄알 주머니에서 탄알을 꺼내 탄창에 틀어넣고는 다시 욕설을 퍼붓곤 했죠. 그러다가 겨우 날이 저물어 밤이 되자 그제야 겨우 숨을 돌릴 수 있었지 뭐요. 적군에게 기마병이 없었던 게 천만다행이었죠."

"그 기차 일은 무던히 힘들었던 모양이야." 안셀모가 말했다. "난 그때 거기 없었어." 그는 로버트 조던에게 설명했다. "파블로 부대와 오늘 밤 만나게 될 엘소르도 영감의 부대가 있었고, 또 이 산중에 다른 부대가 둘 더 있었어. 난 그땐 전선 건너편에 가 있었지."

"그 이상야릇한 이름의 금발 사나이 말고도……." 집시가 다시 말을 꺼냈다.

"카슈킨."

"그래요, 도무지 욀 수 없는 이름이거든. 그 사람 말고 기관총을 가진 사람이 둘 있었죠. 역시 군에서 파견된 사람들이었어요. 이 작자들은 기관총을 들고 도망칠 수가 없자 그만 내동댕이쳤어요. 기껏해야 그 아가씨 무게밖에 안 되는 걸 가지고. 만약 파블로의 마누라가 그 작자들을 지휘했더라면 틀림없이 갖고 도망치게 했을 거요." 그는 그때 일을 회상하면서 고개를 내젓더니 다시 말을 이었다. "난 머리털 나고 그때 같은 폭파 광경은 본 적이 없었죠. 기차가 차츰차츰 다가왔어요. 우린 멀리 떨어진 곳에서 지켜보고 있었고. 차마 입을 뗄 수 없을 만큼 난 몹시 흥분하고 있었어요. 기차가 수증기를 내뿜더니, 그다음에는 기적이 울리더라고요. 그러고 나서 칙칙폭폭 칙칙폭폭 하는 소리가 점점 똑똑히 크게 들려왔죠. 그때 폭발이 일어났는데, 그 순간 기관차의 앞바퀴가 하늘로 번쩍 올라가고, 땅 전체가 시커먼 연기와 폭음 속으로 치솟는 듯했고, 기관차가 마치 꿈이라도 꾸고 있는 듯 흙과 침목의 구름이 공중으로 솟아올랐죠. 그러더니 기차가 큰 부상을 입은 짐승처럼 쿵 하고 옆으로 곤두박이지 않겠어요. 하얀 수증기가 쾅 하고 폭발하자마자 온갖 파편이 우리 머리 위로 비처럼 떨어지기 시작했고, 곧이어 기관총 소리가 타탓탓타! 하고 나기 시작했죠." 집시는 마치 눈앞에 기관총이 있기라도 한 듯 두 주먹을 내밀어 엄지손가락을 세우고는 아래위로 내둘러 대며 계속했다. "탓! 탓! 탓! 탓! 탓!" 하고 그는 신바람이 나서 큰 소리로 외쳤다. "그런 광경을 본 건 머리털 나고 처음이었어요.

군인들이 기차에서 튀어나오지 않나, 기관총이 놈들을 향해 불을 토하지 않나, 사람들이 퍼덕퍼덕 마구 쓰러지지 않나. 바로 그때였죠. 내가 흥분한 나머지 그만 기관총에 손을 대어 보고, 총열이 타 버릴 만큼 뜨겁다는 걸 안 게 말이오. 그 순간 파블로의 마누라가 냅다 내 따귀를 후려갈기면서 '이 바보 놈아, 어서 쏘지 못해! 쏘지 않으면 네놈 대가리를 걷어차 깨뜨려 버리고 말 테다!' 하고 고래고래 소리 지르는 게 아니겠어요. 그래서 난 또 사격을 시작했지만 총을 꼭 잡고 있는 것도 무척 힘이 들었죠. 적병들은 계속해서 저쪽 언덕 위로 뛰어 올라가고 있고. 얼마 뒤에 무슨 노획물이라도 없나 하고 기차 있는 데까지 가 봤더니 장교 놈 하나가 권총을 들이대고는 몇 놈의 병사를 우리 쪽으로 강제로 돌려세우려고 야단을 하는 게 아니겠어요. 장교 놈은 계속 권총을 휘두르며 졸병들에게 고함을 버럭버럭 지르고 있었어요. 우리 모두가 그놈을 죽어라고 쐈지만 어디 그게 맞아 줘야지. 그러자 졸병 몇 놈이 포복 자세로 사격해 오더군요. 장교 놈은 그놈들 뒤에서 권총을 들고 왔다 갔다 하고. 그런데 우리가 쏘는 탄알이 어디 맞아 줘야지. 기차의 위치 때문에 맞힐 수가 없었어요. 장교 놈이 엎드려 있는 졸병을 두 놈이나 권총으로 쐈도 놈들은 꿈쩍도 안 합디다. 장교 놈이 줄곧 졸병들에게 욕설을 퍼부으니까 그제야 겨우 졸병들이 일어서서 한꺼번에 두서너 명씩 짝을 지어 우리하고 기차 있는 데를 향해 달려오더군요. 그러다 다시 엎드려 총을 쏩디다. 그래서 그쯤 하고 우린 그곳을 떠났는데 그때도 우리 머리 위로 기관총이 여전히 콩 볶듯 불을 퍼부어 댔죠. 바로 그때 내가 아가씨를 발견했어요. 그녀가 기차에서 바위 있는 데로 달려간 곳에서요. 그 뒤론 아가씨도 우리와 같이 뛰었죠. 밤늦게까지 놈들은 우리를 뒤쫓아 다녔어요."

"거참 힘께나 들었겠는데. 가슴이 조마조마했겠군." 안셀모가 말했다.

"우리가 한 일 가운데서 멋들어지게 해치운 건 그 일뿐이었지." 누군가 굵직하고 나지막한 목소리로 말했다. "네 녀석은 지금 뭘 하고 있는 거야, 이 게을러빠진 술주정뱅이에 입에 담지도 못할 만큼 음탕한 집시 후레자식아! 도대체 뭘 하고 있는 거야?"

로버트 조던이 바라보니 쉰 살 정도 되고 파블로만큼이나 몸집이 큰 여자가 서 있었다. 몸통이 거의 키만 한 그녀는 농부들이 입는 검은색 스커트에 블라우스를 입고, 굵은 무통 다리에는 두꺼운 털양말과 로프로 바닥을 댄 검은색 신발을 신고 있었다. 얼굴은 화강암 기념비의 모델처럼 갈색을 띠고 있었다. 손은 컸지만 그래도 제법 볼품이 있었고, 숱이 많은 까만 곱슬머리는 빙빙 사려서 묶어 놓고 있었다.

"어디 대답 좀 해 봐." 다른 사람들은 아랑곳하지 않고 그녀가 집시에게 말을 건넸다.

"이 동지들에게 얘기를 해 주던 참이에요. 이분은 폭파 임무를 띠고 온 사람이고요."

"그런 것도 모를 줄 알아. 냉큼 가서 꼭대기에서 망보고 있는 안드레스와 교대해!" 파블로의 마누라가 소리쳤다.

"메 보이.(가요.) 이제 간다고요." 집시가 말하고 로버트 조던 쪽으로 고개를 돌리며 덧붙였다. "식사 때 또 만나요."

"농담이라도 그건 안 돼. 내 계산으로 네놈은 오늘 세 번이나 밥을 먹었어. 어서 가서 안드레스나 보내." 여자가 쏘아붙였다.

"올라.(안녕하시오.)" 그녀는 로버트 조던에게 인사하고 손을 내밀며 미소 지었다. "안녕하시오. 공화국은 잘돼 갑니까?"

"네, 잘돼 갑니다." 그가 이렇게 대답하며 그녀의 억센 악수에 답했다. "나도 공화국도 무사합니다."

"그렇다니 기쁘네." 그녀가 말했다. 그러고는 그의 얼굴을 빤히 들여다보며 웃었고, 그는 그녀의 눈이 아름다운 회색빛을 띠고 있는 걸 봤다. "또 다른 기차를 해치우기 위해 우리를 찾아왔나?"

"아닙니다." 로버트 조던은 즉각적으로 그녀를 믿고는 이렇게 대답했다. "이번엔 다리입니다."

"노 에스 나다.(다리는 아무것도 아니지.) 다리 같은 건 아무것도 아니거든. 이번엔 우리한테 말들이 있는데 기차 일은 또 언제 하나?"

"그건 나중에 할 겁니다. 이 다리는 아주 중요합니다."

"그 아가씨가 그러는데 기차 폭파 때 우리와 같이 일한 당신의 동지는 죽었다지?"

"네, 그렇습니다."

"참 가엾기도 하지. 그런 엄청난 폭파는 난생처음이었는데. 재주 있는 사람이었어. 나를 무척 기쁘게 해 줬어. 지금 또 기차 작전을 할 순 없을까? 지금 이 산중에는 사람들도 많아. 너

무 많을 지경이지. 먹을 것을 얻는 것도 이젠 힘들어졌어. 이
산에서 나가 버리면 차라리 좋겠어. 이젠 말도 있고 하니까."

"우리는 이 다리를 먼저 해치워야 합니다."

"어디 있는 다리?"

"가까운 데 있습니다."

"그럼 잘됐군. 이 근처에 있는 다리는 죄다 폭파해 버리고
이곳을 빠져나가지. 난 이제 이곳이 그만 진절머리가 나서. 터
무니없이 사람들만 많이 모여들고. 이래서야 어디 좋은 수가
생길 리 있겠어. 이곳은 이제 구역질이 날 정도로 침체됐어."
파블로의 마누라가 말했다.

그녀는 나무 사이로 파블로의 모습을 보았다.

"보라초!(술주정뱅이!) 저 비열한 술주정뱅이!" 그러고 나
서 그녀는 또다시 쾌활한 얼굴로 로버트 조던 쪽으로 돌아섰
다. "술을 아예 부대째로 숲속에 들고 가서 혼자 처마시고 있
다오. 줄곧 술타령이지. 이런 생활이 그를 망쳐 놓았지 뭐야.
젊은 양반, 당신이 이곳에 와서 퍽 반갑소." 그녀가 말하고 그
의 등을 찰싹 때렸다. "아, 당신은 보기보단 몸집이 좋구먼."
그러고는 그의 어깨를 손으로 훑으며 내려와 플란넬 셔츠 밑
의 근육을 만져 보았다. "훌륭해. 당신이 이곳에 와서 참 기쁘
오."

"나 역시 그렇습니다."

"이제 곧 우린 서로를 이해하게 될 거요. 자, 한잔하지." 그
녀가 말했다.

"우린 벌써 꽤 마셨습니다. 아주머니도 하시겠습니까?" 로

버트 조던이 물었다.

"저녁 식사 때나 마시지. 술을 마시면 가슴이 쓰려서." 그녀가 대답했다. 그러고 나서 그녀는 또다시 파블로를 바라보았다. "보라초!(술주정뱅이!)" 그녀가 큰 소리로 외쳤다. 그러고는 로버트 조던 쪽을 보며 고개를 설레설레 흔들더니 말을 이었다. "예전에는 참 좋은 사내였어. 하지만 이젠 끝장이 났소. 한데 한 가지 명심해서 들어 둬야 할 게 있어. 그 아가씨에게는 아주 잘해 주고 돌봐 줘야 해. 마리아 말이오. 그 아이는 지금껏 고생만 해 왔으니까. 알겠소?"

"알겠습니다. 한데 왜 그런 말을 하는 겁니까?"

"그 애가 당신을 만나고 동굴로 돌아와서 어땠는지 봤거든. 동굴에서 나가기 전에도 당신을 빤히 내다보고 있었어."

"아까 그 아가씨하고 농담을 좀 했어요."

"그 아이는 상태가 아주 좋지 않았어. 하지만 이젠 몸도 좋아지고 했으니까 이곳에서 빠져나가야만 해." 파블로의 마누라가 말했다.

"그럼요. 안셀모와 함께라면 능히 전선을 뚫고 나갈 수 있을 겁니다."

"이번 일만 끝나면 당신과 안셀모 영감 둘이서 그 아이를 데리고 갈 수도 있겠어."

로버트 조던은 목구멍이 뜨끔하고 아프면서 목소리가 막히는 것을 느끼며 대답했다. "그럴 수도 있겠죠."

파블로의 마누라는 그를 빤히 바라보고 고개를 끄덕이더니 "아, 그래, 사내들이란 모두 그 모양인가?" 하고 말했다.

"난 아무 말도 하지 않았습니다. 아주머니도 아시겠지만, 그 아가씨는 참 미인이더군요."

"천만에, 지금은 예쁘지 않아. 하지만 지금부터 예뻐지기 시작할 거란 말이지?" 파블로의 마누라가 대꾸했다. "사내들 이란 참. 우리 여자들이 남자들을 낳는다는 게 수치스러워. 농 담이 아니라 진심으로 하는 말이야. 정말이지 공화 정부엔 그 런 아이들을 돌봐 줄 집이 없는 거요?"

"있죠. 좋은 곳이 많고말고요. 발렌시아* 근처 해안에도 있 고, 다른 곳에도 있죠. 거기선 그녀를 잘 대접해 줄 거고, 어린 애들을 상대로 일할 수도 있을 겁니다. 일도 가르쳐 줄 거고 요." 로버트 조던이 대답했다.

"그게 바로 내가 바라는 거야." 파블로의 마누라가 대꾸했 다. "파블로는 벌써부터 저 아이에게 진절머리를 내고 있었 어. 그 작자가 저 꼴이 된 이유 중 하나도 저 애 때문이라고. 저 애 얼굴만 보면 마치 아픈 사람처럼 맥을 못 추니까. 당장에라 도 저 애가 여길 떠나는 게 제일 좋은 방법일 거야."

"이 일이 끝나면 데리고 가죠."

"당신한테 맡기면 그 애를 잘 돌봐 줄 거지? 난 지금 오래된 친구에게 하는 것처럼 당신에게 얘기하고 있어."

"서로 마음만 맞으면 그럴 수 있는 거죠." 로버트 조던이 대 답했다.

"앉아요. 일이란 억지로 한다고 되는 건 아니니까 약속해

---

* 스페인 서부 해안에 있는, 스페인에서 세 번째로 큰 도시.

달라고 부탁하진 않겠어. 다만 당신이 저 애를 죽어도 데리고 가지 않겠다면 큰일이니까 그땐 약속해 달라고 부탁할 거야." 파블로의 마누라가 말했다.

"내가 아가씨를 데리고 가지 않으면 어째서 큰일이라는 건가요?"

"당신이 가 버린 뒤에 그 애가 미쳐 날뛰는 꼴은 차마 보고 싶지 않으니까. 여태 그렇게 미쳐 있다시피 지냈어. 그 일 말고도 나한테는 할 일이 태산 같아."

"다리 일을 끝마친 뒤에 우리가 데리고 가죠. 이 다리를 해치운 뒤 그때까지 내 목숨이 붙어 있으면 데리고 가겠습니다." 로버트 조던이 말했다.

"그런 식으로 말하는 건 듣고 싶지 않아. 그렇게 말하면 행운이 달아나 버리거든."

"약속하려고 그렇게 말했을 뿐입니다. 난 일부러 비관적으로 말하는 사람이 아닙니다."

"어디 손 좀 봅시다." 그녀가 말했다. 로버트 조던이 손을 내밀자 여자는 커다란 손으로 그의 손을 붙잡고 엄지손가락으로 손바닥을 비빈 뒤 한참 동안 자세히 들여다보더니 손을 내려놓았다. 그녀는 자리에서 일어섰다. 그도 따라 일어서자 그녀는 미소를 띠지 않고 그를 바라보았다.

"손금이 어떻습니까?" 로버트 조던이 물었다. "난 그런 건 믿지 않습니다. 그러니 뭐라고 말해도 겁먹지 않아요."

"아무것도 아냐. 아무것도 못 봤어." 그녀가 말했다.

"아뇨, 아주머니는 뭔가 봤어요. 난 그저 호기심으로 알고 싶을 따름입니다. 그런 거 믿지 않아요."

"그럼, 뭘 믿는데?"

"여러 가지를 믿죠. 하지만 그것만은 믿지 않습니다."

"여러 가지라는 게 도대체 뭐지?"

"내가 할 일 말입니다."

"그래. 난 지금 그걸 봤어."

"그 밖에 또 뭘 봤는지 말해 주십시오."

"그 밖엔 본 거 없소." 그녀가 불쾌한 목소리로 말했다. "다리 일은 퍽 어렵다고 했던가?"

"아뇨, 퍽 중요하다고 했죠."

"하지만 역시 힘든 일이겠지?"

"그렇죠. 이제부터 아래로 내려가서 다리를 보고 오려고 합니다. 이곳에는 몇 사람이나 있습니까?"

"쓸 만한 녀석은 다섯. 집시 놈은 마음씨는 착하지만 아무 짝에도 쓸모없어. 심성은 착해. 파블로는 이제 영 믿을 수가 없고."

"엘소르도 영감한테는 쓸 만한 사람이 몇이나 있죠?"

"모르긴 몰라도 아마 여덟쯤 될걸. 오늘 밤 만나게 될 거요. 이리로 오기로 되어 있으니까. 아주 도움이 되는 분이지. 그 영감한테도 다이너마이트가 좀 있어, 그리 많진 않지만. 그분 하고 얘기해 봐."

"이쪽으로 오라고 사람을 보냈습니까?"

"매일 밤 오지. 우린 이웃이니까. 또한 동지이기도 하고 친구이기도 한 그런 사이야."

"사람이 어떻습니까?"

"좋은 사람이지. 게다가 실제로도 퍽 도움이 되는 사람이고. 기차 폭파 땐 대단히 활약을 했어."

"그 밖에 다른 부대에는요?"

"미리 모두에게 지시만 해 두면 꽤 쓸 만한 소총 오십 정쯤은 모을 수 있을 거요."

"얼마나 쓸 만합니까?"

"위급한 경우에 그런대로 쓸 만한 정도."

"소총 하나에 탄약은 몇 발씩이나 갖고 있습니까?"

"스무 발쯤 될까. 물론 녀석들이 이 작전에 얼마나 갖고 오느냐에 달렸지만. 게다가 이번 일에 모두 가담하겠다고 해야 그렇지만. 당신, 이걸 잘 알아 둬요. 이번 다리 작전엔 돈도 안 나오고 노획품도 없을 뿐만 아니라, 당신이 조심스럽게 말하는 것으로 봐선 퍽 위험한 일이 분명한 데다 일을 해치운 뒤엔 지낼 곳을 다른 데로 옮겨야만 할 게 아니겠어? 그러니 이번 일엔 반대할 사람이 많을 거요."

"분명히 그렇겠죠."

"그러니까 부질없는 말은 입 밖에 내지 않는 게 좋아."

"동감입니다."

"그럼 당신이 다리를 살핀 뒤 오늘 밤 엘소르도 영감하고 의논해 보지."

"지금 안셀모 영감을 데리고 아래쪽에 다녀오겠습니다."

"그럼 저 영감을 깨워요. 카빈총은 필요 없나?" 그녀가 말했다.

"고맙습니다. 가져가는 건 좋지만 쓰지는 않을 겁니다. 살 피러 가는 거지 소란을 일으키러 가는 건 아니니까요. 여러 가지로 일러 줘서 고맙습니다. 무엇보다도 난 아주머니의 말투가 마음에 듭니다." 그가 그녀에게 말했다.

"난 뭐든지 솔직하게 탁 터놓고 얘기하는 편이지."

"그럼 내 손금이 어떤지 말해 주세요."

"아니. 아무것도 본 게 없어." 그녀가 말하고는 고개를 설레설레 흔들었다. "자, 어서 가서 다리나 보고 와요. 당신 물건은 내가 잘 간수해 둘 테니."

"뭐라도 덮어서 아무도 손대지 못하게 해 주십시오. 동굴 속보다는 저기가 더 나을 것 같습니다."

"덮어 두고 아무도 손대지 못하게 하리다. 어서 가서 다리나 보고 와요." 파블로의 마누라가 말했다.

"안셀모 영감님." 로버트 조던이 팔베개를 하고 잠 들어 있는 노인의 어깨에 손을 얹으며 불렀다.

노인이 얼굴을 쳐들고 말했다. "그러지. 물론이고말고. 자, 가세!"

3

두 사람은 어스름한 빛 속에서 조심스럽게 나뭇가지를 하나하나 헤치며 마지막 200미터가 조금 안 되는 거리를 따라 내려갔다. 가파른 산허리의 솔밭이 끊어진 곳을 지나자 다리는 이제 45미터 남짓 떨어진 곳에 있었다. 갈색 산등성이 너머로 비치고 있는 오후의 늦은 햇살에 다리는 험준하고 텅 빈 협곡을 배경으로 시꺼멓게 드러나 보였다. 경간(徑間)이 하나인 강철 다리로, 양쪽 끝에 초소가 하나씩 있었다. 다리 폭은 자동차 두 대가 충분히 통과할 수 있을 만큼 넓었고, 탄탄하게 내뻗은 금속 특유의 우아함을 지닌 채 깊은 협곡에 걸려 있었다. 다리 아래로 저 멀리 강물 한 줄기가 바위와 옥돌 사이로 흰 거품을 튀기며 여울져 수로의 본류로 흘러들었다.

햇빛에 눈이 부셔 로버트 조던에게는 겨우 다리 윤곽밖에 보이지 않았다. 그러다가 이내 햇빛이 흐려지더니 마침내 산 너머로 해가 떨어지고 말았다. 해가 진 쪽의 둥근 갈색 산꼭대기를 나무 사이로 건너다보니 눈부신 햇빛은 이제 사라지고 산의 경사면이 부드러운 신록을 띠고 있었으며, 산꼭대기 아래에는 잔설이 군데군데 남아 있었다.

그는 뒤에 남아 있다가 짧은 동안이지만 갑자기 환해지는 선명한 광선에 의지해 다리를 다시 한 번 바라보며 구조를 자세히 살펴보았다. 다리를 파괴하는 것은 그다지 어려운 일이 아니었다. 다리를 살펴보면서 그는 가슴주머니에서 수첩을 꺼내 재빠른 솜씨로 몇 장 스케치했다. 스케치를 하면서도 폭약은 그리지 않았다. 그것은 나중에 할 생각이었다. 지금 당장은 이 다리 경간의 교각을 절단하고 그 일부를 협곡 아래로 떨어뜨리기 위해 어디에 화약을 장치하면 좋을지 그 지점을 적어 두고 있었다. 폭약 대여섯 개를 묶어 동시에 폭발하도록 장치하면 그다지 서두르지 않고서도 과학적으로 정확하게 목적을 달성할 수 있을 것이다. 아니면 커다란 폭약 두 개로 대충 해치울 수도 있을 것이다. 후자의 경우라면 폭약은 아주 큰 것이 필요하고, 다리 양편에 장치해 동시에 폭발하도록 해야 할 것이다. 유쾌한 기분으로 그는 재빠르게 스케치해 나갔다. 드디어 수행할 작전을 파악한 것이 기뻤다. 마침내 실제로 이 일에 착수하게 된 것 또한 기뻤다. 잠시 후 그는 수첩을 덮고 연필을 덮개 안쪽 가죽 연필꽂이에 꽂고 수첩을 호주머니에 집어넣은 뒤 단추를 채웠다.

그가 스케치를 하는 동안 안셀모는 도로와 다리와 초소를 살펴보고 있었다. 그는 위험을 무릅쓰고 다리에 너무 가깝게 접근했다고 생각하고 있었기 때문에 스케치가 끝나자 비로소 마음이 놓였다.

로버트 조던은 주머니의 덮개 단추를 채우고 나서 소나무 줄기 뒤에 납작하게 엎드려 앞쪽을 내다보았다. 그러자 안셀모가 그의 팔꿈치에 손을 올려놓으며 손가락 하나로 앞을 가리켰다.

길 위쪽 그들을 향해 있는 초소에는 보초 하나가 총검이 달린 소총을 무릎 사이에 꽂아 놓고 앉아 있었다. 보초는 궐련을 피우고 있었는데, 실로 뜬 모자를 쓰고 담요 케이프를 두르고 있었다. 45미터 넘게 떨어져 있었으므로 얼굴 생김새 같은 것은 분간할 수 없었다. 로버트 조던은 망원경을 꺼냈고 이제는 이미 해가 저물어 밝은 빛은 없었지만 그래도 조심조심 두 손으로 렌즈를 가리며 들여다보았다. 그러자 손을 뻗으면 잡힐 듯 뚜렷하게 다리 난간이 보였다. 그리고 보초의 움푹 들어간 두 뺨이며, 담배 끄트머리의 재며, 기름이 반짝반짝하는 총검도 똑똑히 보였다. 그것은 농부의 얼굴이었다. 두드러진 광대뼈 아래로 두 뺨이 푹 꺼져 있고, 턱수염이 더부룩했으며, 덥수룩한 눈썹에 두 눈이 그늘져 있었다. 커다란 손에는 소총을 쥐고 있었고, 묵직한 장화가 담요 같은 케이프 자락 밑으로 보였다. 초소 벽에는 낡아 빠진 가죽 술 부대 하나가 걸려 있고 신문도 몇 장 보였지만 전화기는 눈에 띄지 않았다. 물론 이쪽에서는 보이지 않는 곳에 전화기가 있을 테지만, 초소에서 나오는 전화선은 눈에 띄지 않았다. 전화선 하나가 도로를 따라 뻗어 있고, 전선 몇 가닥이 다리 너머 저쪽으로 뻗어 있었다.

초소 밖에는 낡은 석유통 뚜껑을 도려내어 구멍을 군데군데 뚫어서 만든 숯불 화덕이 있고 이것은 돌덩이 두 개 위에 놓여 있었지만 불을 피우고 있진 않았다. 화덕 밑의 재 속에는 불에 그슬려 시꺼멓게 된 깡통이 몇 개 뒹굴고 있었다.

로버트 조던은 옆에 바싹 엎드려 있는 안셀모에게 망원경을 건네주었다. 노인이 히죽 웃으며 머리를 흔들고는 손가락 하나로 눈 옆 머리통을 가볍게 두드렸다.

"야 로 베오.(본 적이 있소.)" 그가 스페인어로 말했다. "저놈은 전에 본 적이 있소이다." 그는 어떤 속삭임보다도 더 조용할 만큼 거의 입술을 움직이지 않고 입 끝으로만 나지막하게 말했다. 로버트 조던이 가볍게 미소 짓는 동안, 그는 보초를 주시한 채 한쪽 손가락으로 그쪽을 가리키면서 다른 쪽 손가락으로는 목을 그었다. 로버트 조던은 머리를 끄덕였지만 웃지는 않았다.

다리 건너편에 있는 초소는 그들에게는 반대 방향으로 향해 있고 도로 아래쪽에 있었기 때문에 안을 들여다볼 수가 없었다. 도로는 폭이 넓고 아스팔트 포장이 되어 있었으며 튼튼해 보였고 다리 건너편 끝에서 왼쪽으로 구부러지다가 다시 오른쪽으로 커브를 그리며 갑자기 사라져 버렸다. 이 지점에서 협곡의 맞은편 요새처럼 튼튼한 암반을 깎아 그전 도로를 현재의 도로 폭으로 넓혀 놓은 것이었다. 산길과 다리에서 내려다볼 때 왼쪽, 즉 서쪽 낭떠러지는 수직으로 깎은 듯한 돌덩이가 나란히 한 줄로 늘어서 경계를 이루는 동시에 보호벽 역할을 하고 있었다. 돌덩이가 늘어서 있는 이 낭떠러지의 가장

자리는 곧장 협곡 아래로 가파르게 떨어졌다. 그 아래는 대협곡에 가까웠고, 물줄기는 다리가 걸려 있는 부분에서 수로의 큰 줄기와 합류하고 있었다.

"또 한 초소는 어디 있습니까?" 로버트 조던이 안셀모에게 물었다.

"저 모퉁이에서 450미터쯤 내려가서. 암벽을 뚫고 만든 도로 인부들의 오두막 속에 있지."

"몇 놈이나 있습니까?" 로버트 조던이 물었다.

그는 또다시 망원경으로 보초를 살펴보았다. 보초는 담뱃불을 초소 판자벽에 비벼 끄고, 주머니에서 가죽 담배쌈지를 꺼내 불이 꺼진 꽁초를 까서 털어 넣었다. 보초는 일어서서 벽에 소총을 기대 놓고 크게 기지개를 켜더니 다시 소총을 들어 어깨에 얹고는 다리 쪽으로 걸어갔다. 안셀모는 땅에 납작 엎드렸고, 로버트 조던은 망원경을 셔츠 호주머니 속에 밀어 넣고는 소나무 뒤로 머리를 숨겼다.

"사병 일곱에 하사 한 놈. 집시 녀석에게서 들어 알고 있어." 안셀모가 그의 귓가에 입을 갖다 대고 나지막하게 속삭였다.

"저놈이 움직이지 않을 때 얼른 이곳을 떠납시다. 너무 가까이 왔나 봅니다." 로버트 조던이 말했다.

"필요한 건 죄다 봤나?"

"네, 필요한 것 모두 봤습니다."

해가 지자 갑자기 싸늘해졌고 그들 뒤쪽 산에 마지막 빛을 뿌리고 있던 노을이 사라지면서 사방이 어두워지고 있었다.

"그래, 어떻소?" 보초가 저녁노을의 마지막 빛에 총검을 번뜩거리며 담요로 만든 외투를 걸친 초라한 꼴로 다른 쪽 초소를 향해 다리를 건너가는 모습을 둘이서 지켜보면서 안셀모가 조용히 속삭였다.

"아주 좋아요. 참 좋습니다." 로버트 조던이 대답했다.

"잘됐구려. 자, 그럼 갈까? 지금이라면 저놈한테 들킬 염려는 없겠어." 안셀모가 말했다.

보초는 다리 저쪽 끝에서 두 사람에게 등을 돌린 채 서 있었다. 골짜기에서 옥돌 사이를 흐르는 물소리가 쏴쏴 하고 들려왔다. 바로 그때 물소리를 뚫고 나지막하게 윙윙거리는 또 다른 소음이 들려왔고, 모자를 비스듬히 젖혀 쓴 보초가 하늘을 쳐다보는 것이 보였다. 머리를 들어 위를 보니 단엽 비행기 세 대가 V 자형 편대를 지어 저녁 하늘 높이 비행하고 있었다. 아직도 저녁노을이 완전히 가시지 않은 고도(高度)에서 엔진 소리를 지속적으로 울려 대는 비행기들이 믿어지지 않을 만큼 빠른 속도로 아주 조그만 은빛으로 하늘 높이 가로질러 날고 있었다.

"아군 비행기요?" 안셀모가 물었다.

"그런가 본데요." 로버트 조던은 대답은 이렇게 했지만 저런 고도라면 정확히 알 수 없다고 생각했다. 적군인지 아군인지 알 수는 없지만 좌우간 저녁 정찰 비행을 하는 것은 분명했다. 사람들이 추격기를 볼 때마다 한사코 아군 비행기라고 말하는 것은, 그래야만 마음이 놓이기 때문이다. 폭격기라면 사정은 달라지겠지만.

안셀모 역시 분명히 똑같은 감정이었다. "아군 비행기로군. 난 알아볼 수 있지. 저건 모스카*야." 그가 말했다.

"잘됐군요. 제게도 모스카처럼 보입니다." 로버트 조던도 맞장구쳤다.

"모스카가 틀림없어." 안셀모가 되풀이해 말했다.

망원경으로 바라보면 금방 알 일이었지만 로버트 조던은 그렇게 하지 않았다. 비행기가 어느 쪽의 것이든 그에게는 중요하지 않았고, 또 이 노인이 아군의 것이라고 좋아하고 있는데 구태여 찬물을 끼얹고 싶지도 않았다. 비행기가 세고비아 쪽으로 사라질 때 보니, 날개가 낮고 날개 끝을 초록색과 빨간색으로 칠한, 스페인 사람들이 모스카라고 부르는 보잉 P32를 러시아형으로 개조한 비행기로는 보이지 않았다. 색깔은 구별할 수 없지만 어쨌든 형체가 달랐다. 아군 비행기가 아니었다. 기지로 돌아가고 있는 파시스트**의 정찰기였던 것이다.

보초는 등을 돌린 채 아직도 반대쪽 초소에 그대로 서 있었다.

"이제 그만 돌아가죠." 로버트 조던이 말했다. 두 사람의 모습이 저쪽에서 보일 수 있는 곳까지는 조심조심 나무 그늘로

---

* 러시아에서 제작한 전투기 I-16으로 스페인인들은 '모스카'라고 불렀다. 모스카는 곤충 '파리'를 뜻하기도 하고, 이 전투기들을 싣고 온 대형 상자에 '모스크바'라는 스탬프가 찍혀 있어 그렇게 부르기도 했다.
** 스페인 내전에서 프란시스코 프랑코를 중심으로 한 우파 반란군을 파시스트 진영인 나치 독일과 이탈리아의 무솔리니 정권, 그리고 살라자르가 집권하고 있던 포르투갈이 지원했다.

해서 언덕을 기어 올라갔다. 안셀모는 90미터쯤 거리를 두고 그의 뒤를 따라왔다. 다리에서 보이지 않는 곳에 이르자 그는 걸음을 멈췄다. 이번에는 뒤따라오던 노인이 앞장서서 어둠에 싸인 가파른 산길을 꾸준히 올라갔다.

"우리 아군에겐 가공할 만한 공군이 있지." 노인은 유쾌하게 말했다.

"그렇죠."

"그러니까 결국은 우리가 승리할 거야."

"승리하고말고요."

"그렇지. 승리하고 난 뒤에 꼭 한번 사냥하러 오시오."

"영감님은 뭘 사냥하는데요?"

"멧돼지, 곰, 늑대, 산양……."

"사냥을 좋아하십니까?"

"좋아하다마다. 무엇보다도 좋아하지. 우리 고장에선 모두 사냥을 한다네. 당신은 사냥을 좋아하지 않나?"

"별로 좋아하지 않습니다. 짐승을 죽이는 게 싫어서요." 로버트 조던이 대답했다.

"난 그 반대야. 사람을 죽이는 건 딱 질색이지만." 노인이 대꾸했다.

"머리가 돌지 않고서야 어느 누가 사람 죽이는 걸 좋아하겠습니까? 하지만 그럴 수밖에 없을 때는 반대하지 않습니다. 대의명분을 위해서라면." 로버트 조던이 말했다.

"하지만 그건 문제가 달라. 우리 집엔 — 이래 봬도 예전엔 버젓한 집이 있었어. 지금은 없지만. — 저 훨씬 아래쪽 숲에서 총으로 쏴서 잡은 멧돼지의 이빨이 있었어. 또 내가 총으로 잡은 늑대의 가죽도 있었고. 겨울이 되면 눈 속에서 사냥을 하지. 그중엔 굉장히 큰 놈도 있었어. 어느 11월 밤에 집으로 돌아오다가 어두컴컴한 마을 동구 밖에서 잡았지. 우리 집 마루에는 늑대 가죽이 네 장이나 깔려 있었어. 밟아서 닳아빠지긴 했지만 틀림없는 늑대 가죽이었지. 또 높은 시에라 산에서 잡은 산양 뿔도 몇 개 있었고, 아빌라의 박제사에게 부탁해서 만든 독수리 박제도 하나 있었는데, 양쪽 날개를 활짝 편 독수리의 노란 눈깔이 마치 살아 있는 진짜 독수리의 눈 같았지. 참으로 멋진 놈이었어. 그런 것들을 바라만 봐도 기분이 무척 좋았거든." 안셀모가 말했다.

"그랬겠군요." 로버트 조던이 맞장구쳤다.

"우리 마을 교회당 문에도 곰의 발을 못으로 박아 놓았지. 어느 봄날 눈 덮인 산속에서 이놈이 바로 그 발로 통나무를 굴리고 있는 걸 총으로 쏴 잡았어."

"그게 언제였습니까?"

"육 년 전 일이지. 마치 사람의 손처럼 생긴 발이 길쭉한 발톱과 함께 말라빠진 채 교회당 문에 못 박혀 있는 것을 볼 때면 기분이 썩 좋았어."

"자랑스러워서요?"

"이른 봄에 산중에서 곰과 느닷없이 맞부딪친 걸 생각하면 그야 자랑스럽지. 하지만 우리와 똑같은 인간을 죽이는 것으로 말하자면, 뭐 하나 좋은 게 없거든."

"사람의 발을 교회당 문에 못 박을 수야 없겠죠." 로버트 조던이 말했다.

"암, 그렇지. 그런 야만적인 일은 생각조차 할 수 없지. 하지만 사람의 손은 곰의 발과 비슷해."

"사람의 가슴도 곰의 가슴과 비슷하죠. 곰의 껍질을 벗겨 보면 근육이 사람과 비슷한 데가 아주 많아요." 로버트 조던이 말했다.

"맞아. 집시들은 곰을 인간의 형제라고 믿지." 안셀모가 대꾸했다.

"미국에 사는 인디언들도 그렇습니다. 그래서 그들은 곰을 죽일 때 곰에게 먼저 사과하고 용서를 구하죠. 곰 대가리를 나무에다 걸어 놓고 용서해 달라고 빌고 그곳을 떠납니다." 로버트 조던이 말했다.

"집시들은 곰을 인간의 형제라고 믿는데, 그 까닭은 껍질만 벗겨 놓고 보면 사람과 비슷한 데다 곰이란 놈도 맥주를 마시고, 음악을 좋아하고, 또 춤추는 것도 좋아하기 때문이야."

"인디언들 역시 그렇게 믿고 있어요."

"그럼 인디언들도 집시들인가?"

"그렇진 않습니다. 하지만 곰에 대한 생각만큼은 같아요."

"옳은 말이야. 집시들도 곰을 형제로 알고 있으니까. 곰도 재미로 도둑질을 하거든."

"영감님도 집시의 피가 섞였나요?"

"천만의 말씀. 하지만 난 집시들을 무척이나 많이 봐 왔지. 내전이 있고부터는 더더욱 말이야. 이 산속에도 많이 있어. 그 사람들은 자기네 동족 아닌 인간은 죽여도 죄가 되지 않는다고 생각해. 입으론 그렇지 않다고 부정하지만 그게 사실이지."

"무어인과 같군요."

"그렇지. 좀처럼 인정하려 하지 않지만 집시들에겐 여러 규칙이 있어. 이번 전쟁에서 많은 집시가 옛날에 그랬던 것처럼 또다시 나빠졌거든."

"그들은 이 전쟁이 무엇 때문에 일어났는지를 이해하지 못하고 있어요. 우리가 왜 싸우고 있는지 몰라요."

"그렇지. 놈들이 아는 것이라곤 그저 전쟁이 일어났다는 것과 옛날처럼 또다시 사람을 죽여도 아무런 처벌을 받지 않는다는 것뿐이지."

"영감님은 사람을 죽여 본 경험이 있습니까?" 로버트 조던은 어둠이 주는 편안함과 그날 하루를 같이 보냈다는 친밀감에서 안셀모에게 이렇게 물어보았다.

"있었지. 몇 번인가 있었어. 하지만 즐거운 마음으로 그러지는 않았어. 내 생각에는 사람을 죽인다는 건 죄악이거든. 비록 상대가 우리가 꼭 죽여야만 하는 파시스트일지라도 말이야. 사람과 곰 사이에는 큰 차이가 있어. 인간을 짐승의 형제라고 생각하는 집시들의 미신을 난 도무지 믿을 수가 없어. 정말이지 난 사람을 죽이는 건 어떤 경우든 반대야."

"그래도 영감님은 사람을 죽이지 않았습니까?"

"그랬지. 그리고 또 앞으로도 죽일 테고. 하지만 만약 목숨이 붙어 있다면 앞으로는 아무도 해치지 않고 살아가고 싶어. 그러면 언젠가 내 죄를 용서받게 될 테지."

"누구한테 용서받아요?"

"그걸 누가 알겠어? 이 세상엔 이제 하느님도 안 계시고, 하느님의 아들도 성령도 모두 안 계시니 누가 용서해 줘? 난 잘 몰라."

"그럼 영감님한테는 이제 더 이상 하느님이 없다는 건가요?"

"없어! 정말 없어. 만약 이 세상에 하느님이 계시다면, 어떻게 하느님이 이 눈으로 똑똑히 보아 온 일들을 일어나게 하셨겠어? 그놈들이나 하느님을 믿으라지."

"그들도 하느님을 주장하고 있죠."

"신앙 속에서 자라났기 때문에 확실히 하느님이 없는 것이 섭섭해. 하지만 이제 인간은 자신에 대해 책임을 져야만 해."

"그렇다면 사람을 죽인 죄를 용서해 주는 것도 영감 자신이겠군요."

"난 그렇게 믿어. 당신이 그런 식으로 분명히 말해 주니, 아마 틀림없이 그럴 거야. 하지만 하느님이 계시든 계시지 않든 사람을 죽이는 건 죄악이라고 생각해. 다른 사람의 생명을 빼앗는 건 내게는 굉장히 중대한 일이거든. 피할 길이 없을 때엔 할 수 없이 사람을 죽이지만, 그렇다고 해도 난 파블로 같은 족속은 아니야." 안셀모가 말했다.

"전쟁에 승리하려면 사람을 죽여야만 합니다. 그건 태곳적부터 변치 않는 진리죠."

"그야 그렇지. 전쟁이라면 죽여야만 하지. 하지만 난 다른 사람들이 좀처럼 생각하지 않는 걸 생각하지."

두 사람은 어둠 속에서 바짝 붙어서 걷고 있었고, 노인은 산에 기어오르면서도 가끔 고개를 돌리며 나지막하게 말을 이어 나갔다. "난 상대가 주교라 할지라도* 죽이고 싶지 않아. 또 어떤 종류의 자본가라 할지라도 죽이고 싶진 않아. 지금껏 우리가 들판에서 일해 왔듯이, 또 지금 우리가 산에 들어와 벌목을 하며 일하고 있듯이, 그놈들을 죽을 때까지, 날마다 일하도록 만들고 싶을 뿐이야. 그러면 저들도 사람이 무엇 때문에 태어났는지 알게 되겠지. 또 저들도 우리가 자는 곳에서 잠을 자 봐야지. 우리가 먹는 것처럼 먹어도 봐야 하고. 하지만 무엇보다도 저들도 일을 해야 해. 그러면 저들도 알게 될 거야."

"그렇게 되면 놈들은 살아남아 영감님을 또다시 노예로 삼을 겁니다."

"그렇다고 저들을 죽여 본댔자 어떤 교훈도 얻지 못할 거요. 저들을 근절해 버린다는 건 도저히 불가능하거든. 저들의 씨로부터는 훨씬 많은 사람이 더 큰 증오를 품고 태어날 테니까. 감옥이 무슨 소용이오. 증오만 만들어 낼 뿐이지. 저들은 모두 이걸 배워야 해."

"하지만 영감님은 이미 사람들을 죽여 왔잖아요."

"죽였지. 그것도 여러 번이나. 또 앞으로도 죽일 거고. 그렇지만 재미 삼아 죽이는 건 아니야. 또 그게 죄악이라는 것도 잘 알고 있고." 안셀모가 대꾸했다.

---

* 스페인 내전에서 가톨릭교회와 왕당파는 프란시스코 프랑코를 중심으로 한 우파 반란군을 지원했다.

"그런데 아까 그 보초 말입니다. 영감님은 아까 그 보초를 죽이는 시늉을 하지 않았습니까?"

"그거야 농으로 한 짓이지. 하지만 놈을 해치우겠어. 그래, 틀림없이 그렇게 할 거야. 우리 임무를 생각하면서 진지한 마음으로 말이지. 하지만 재미 삼아 하는 건 아니야."

"그런 일은 사람 죽이는 걸 즐기는 녀석들에게나 맡겨야겠군요. 여덟 놈에다 다섯 놈이 있죠. 그렇다면 그걸 즐기는 녀석들이 열세 명이 되는 셈이군요." 로버트 조던이 말했다.

"그런 걸 즐기는 녀석이야 얼마든지 있지." 안셀모가 어둠 속에서 대꾸했다. "우리 동지 중에도 그런 녀석이 많아. 전투에서 싸우겠다는 녀석들보다도 많지."

"영감님은 전투에 나가 본 적이 있습니까?"

"없어. 이 내전이 시작됐을 때 세고비아에서 싸운 일이 있지만, 패배하자 도망쳐 버렸지. 다른 사람들과 함께 도망치고 말았어. 그때 우리는 뭘 하고 있는지, 어떻게 해야 하는지 통 몰랐거든. 더구나 내가 갖고 있던 건 사슴 사냥용 산탄에 엽총이었는데 적의 민병대 녀석들은 모제르총*을 갖고 있었거든. 100미터가 안 되는 거리에서도 그 엽총으로는 제대로 맞힐 수가 없었어. 그런데 적군은 300미터 가까운 거리에서도 마치 우리가 산토끼나 되는 것처럼 마구 쏴 대는 게 아니겠어. 마구 쏴 댈뿐더러 제법 잘 쏘더군. 그러니 우린 마치 놈들 앞에서 양떼와 다름없었지." 여기서 그는 말을 끊었다. 그러더니 다

---

* 독일의 마우저가 발명한 것으로 연발식이고 구조가 간단하며 견고하다.

시 이렇게 물었다. "당신 생각으론 이 다리에서 전투가 일어날 것 같나?"

"그럴 가능성이 있죠."

"전투가 벌어질 때마다 난 늘 뺑소니를 쳤어. 내가 어떻게 처신해야 좋을지 모르겠어. 나이가 많은 데다 이것저것 많이 생각해 왔거든." 안셀모가 말했다.

"제가 영감님을 도와드리죠." 로버트 조던이 말했다.

"그럼 자넨 전투에 참가한 경험이 여러 번 있나?"

"몇 번 있었죠."

"그렇다면 다리 이쪽 일에 대해서 어떻게 생각하나?"

"무엇보다도 먼저 다리 일을 생각합니다. 그게 제 임무니까요. 다리를 폭파하는 건 그리 어려운 일은 아닙니다. 나머지 일에 대한 계획은 그다음에 세우도록 하죠. 준비를 위한 일 말입니다. 모두 적어 놓겠습니다."

"그 사람들은 거의 다 까막눈인데." 안셀모가 말했다.

"누가 봐도 다 알 수 있도록 적어 놓을 겁니다. 또 분명하게 설명해 놓을 작정이고요."

"일을 맡게 되면 나도 그 일을 해내겠어. 하지만 세고비아에서 총질을 하던 일을 생각해 보니, 만약 여기서도 한바탕 싸움이 벌어지거나 그보다 더 지독한 총질이 벌어지면, 도망치지 않게 모든 상황에서 내가 해야 할 일을 명확히 알려 주면 좋겠어. 세고비아 전투 때 자꾸 도망치던 일이 기억나는군." 안셀모가 말했다.

"우리는 함께 있을 겁니다. 해야 할 일을 그때그때 가르쳐

드리죠." 로버트 조던이 말했다.

"그렇다면 문젠 없겠군. 하라고 하는 일은 뭐든 할 수 있으니까." 안셀모가 말했다.

"우리가 할 일은 무엇보다도 먼저 다리를 폭파하는 일이고, 그다음이 전투입니다. 만약 전투가 벌어진다면요." 로버트 조던이 말했다. 어둠 속에서 이렇게 말하니 어쩐지 조금 연극 같다는 생각이 들었지만 스페인어로는 그런대로 듣기 좋았다.

"무척 재미있는 일이 될 것 같군." 안셀모가 말했다. 영어식으로 일부러 과묵하게 말하지도 않고, 그렇다고 라틴어식으로 과장을 부리지도 않고 이렇게 솔직하고 똑똑하게 아무런 가면을 쓰지 않고 이야기하는 노인의 말을 들으면서 로버트 조던은 이 노인을 곁에 두게 된 것이 무척 다행이라고 생각했다. 또한 다리를 직접 보고 이리저리 생각해 본 뒤 결국 남은 문제는 단지 초소를 기습하여 흔히 하는 방법으로 다리를 폭파하면 그만이라는 사실을 깨닫자, 골츠의 명령과 그 명령의 필요성에 대해 화가 치밀어 올랐다. 명령을 수행할 때 자신과 이 노인에게 어떤 일이 닥칠지 생각하니 화가 났다. 명령을 수행해야 하는 사람들에게는 좋지 않은 명령이었던 것이다.

아니, 그렇게 생각할 게 아니지, 하고 그는 자신을 타일렀다. 너라는 존재는 없어. 절대 아무 일도 당하지 않는 사람은 없지. 나도 이 노인도 따지고 보면 아무것도 아니야. 다만 네 임무를 완수하기 위한 도구에 지나지 않거든. 세상에는 꼭 필요한 명령이라는 것이 있는데, 그건 네 탓이 아니야. 지금 다리가 하나 있고, 그 다리가 인류의 장래를 결정하는 분기점이 될 수도 있는 거야. 이 전쟁에서 일어나는 모든 일이 그것에 달려 있는 것처럼. 그러니 내가 할 일이라곤 한 가지밖에 없고, 무슨 일이 있어도 그것을 완수해야 해. 빌어먹을, 오직 한 가지뿐! 하고 그는 생각했다. 정말 하나뿐이라면 그건 쉬운 일이지. 쓸데없는 걱정을 말란 말이다, 이 입만 나불거리는 녀석아, 하고 그는 혼잣말을 했다. 다른 일이나 생각해 봐.

그래서 그는 마리아에 대해, 똑같이 황금빛 어린 갈색을 띤 그녀의 살결과 머리카락과 두 눈에 대해 생각했다. 머리카락만은 다른 것들보다 조금 더 검은빛을 띠었지만, 살결이 점점 햇빛에 타서 짙어지면 아마 그것도 점차 연하게 보이겠지. 속은 가무잡잡하지만 표면은 연한 황금빛으로 빛나는 그 반들반들한 살결에 대해 생각했다. 온몸 전체가 반들반들하리라. 그녀는 자신을 당황하게 하는 그 무엇이 그녀와 그 주위에 있는 듯 어색하게 몸을 움직였다. 눈에 보이지는 않지만 그녀의 마음속에서만은 보이는 것처럼. 그가 바라보자 그녀는 낯을 붉혔다. 그리고 그녀는 땅에 앉자 두 팔로 무릎을 껴안았고, 셔츠의 목 언저리가 열려 있었으며, 동그란 젖가슴이 셔츠 밑에서 봉긋 솟아올라 있었다. 그녀를 생각하니 목구멍이 막혀 걷기가 힘들어졌다. 두 사람은 더 이상 말이 없다가 노인이 입을 열었다. "자, 이제 이 바위 사이만 빠져 내려가면 캠프에 도착해."

어두컴컴한 속에서 바위 사이를 빠져나가는데 누군가 버럭 소리를 질렀다. "서라! 거기 가는 건 누구냐?" 두 사람의 귀에 소총 공이치기를 잡아당기는 소리가 들렸다. 곧이어 소총을 앞으로 내밀어 개머리판을 아래쪽으로 내렸을 때 나무에 딱 하고 닿는 소리가 들렸다.

"동지들이야." 안셀모가 말했다.

"어느 쪽 동지 말이냐?"

"파블로의 동지야. 우리를 못 알아보나?" 노인이 사나이에게 말을 건넸다.

"알기야 알지. 하지만 이건 명령이야. 암호를 대 봐." 같은 목소리가 받았다.

"몰라. 우린 지금 저 아래쪽에서 올라오는 길이야."

"그건 알아. 저 다리 쪽에서 올라오는 길이지. 다 알고 있다고. 내가 내린 명령이 아냐. 당신들은 암호의 뒤쪽 절반은 알고 있어야 하지 않나."

"그럼 암호의 앞쪽 절반은 뭔데?" 이번에는 로버트 조던이 물었다.

"잊어버렸어." 사나이가 어둠 속에서 말하고는 껄껄 웃었다. "그럼 좋아. 그 좆 같은 다이너마이트를 갖고 어서 캠프 불 곁으로나 가 봐."

"그게 유격대의 규칙이란 거군. 안전장치를 해." 안셀모가 말했다.

"했다고요. 엄지손가락과 집게손가락으로 내렸소이다." 사나이가 어둠 속에서 대꾸했다.

"자네들은 공이치기에 꼭지가 안 달린 모제르총을 갖고 있을 때도 가끔 그런 짓을 하니까 오발을 하는 거야."

"이게 바로 모제르총이라는 거요. 하지만 나도 엄지손가락과 집게손가락으로 꽉 붙잡고 있다고요. 말로 설명할 순 없지만. 어쨌든 난 늘 그렇게 그걸 내려놓고 있으니까요." 사나이가 말했다.

"총구는 어딜 향하고 있는 거야?" 안셀모가 어둠 속을 향해 물었다.

"영감 쪽이죠. 공이치기를 내렸을 때는 늘 그래요. 캠프에 가거든 아무 놈이든 나와 교대 좀 해 달라고 말해 줘요, 빌어먹을, 좆같이 배가 고파 견딜 수 없으니. 암호 같은 건 벌써 옛날에 까먹어 버렸소."

"당신 이름은 뭐죠?" 로버트 조던이 물었다.

"아구스틴이오. 아구스틴이라고 하는데, 이런 곳에서 보초를 서자니 갑갑해 죽을 맛이오."

"전해 주죠." 로버트 조던이 말했다. 스페인어로 '갑갑하다'는 뜻의 '아부르미엔토'는 어느 나라의 말로도 농부들이 보통 쓸 법한 말은 아니라는 생각이 들었다. 그러나 이 말은 계급과 관계없이 스페인 사람들이 사용하는 가장 보편적인 말 가운데 하나였다.

"내 말 좀 들어 봐요." 아구스틴이 가까이 다가오더니 로버트 조던의 어깨에 한 손을 얹었다. 그러고 나서 부싯돌과 강철을 서로 찰깍 쳐서 코르크나무 껍질에다 불을 붙여 들고는 그 불빛으로 젊은이의 얼굴을 빤히 들여다보았다.

"다른 친구와 닮았군. 하지만 좀 다른 데가 있어." 그가 말했다. "자, 내 말 좀 들어 봐요." 그는 부싯돌을 내려놓고 소총을 들고 섰다. "나한테 얘기해 줘요. 그 다리 얘기가 정말이오?"

"다리 얘기라니 무슨 말이에요?"

"그 좆 같은 다리를 날려 버리고, 젠장 이 좆 같은 산에서 떠나야 한다는 얘기 말이오."

"난 잘 몰라요."

"당신이 모른다고? 그런 엉터리 같은 소리가 어디 있담! 그러면 그 다이너마이트는 누구 건데?" 아구스틴이 물었다.

"그야 내 것이죠."

"그러면서도 그걸 뭐에 쓸지 모른다고? 나한테 시치미 뗄 필요 없소."

"무엇에 쓸지는 알고 있죠. 언젠가는 당신도 알게 될 거요. 하지만 우린 지금 캠프로 가야 되오." 로버트 조던이 대꾸했다.

"젠장, 그럼 어서 가시오. 가서 당신 좆이나 빨라고. 그런데 말이야, 당신에게 도움이 될 만한 이야기를 듣고 싶진 않소?"

"듣고 싶군. 빌어먹을 좆 같은 게 아니라면." 로버트 조던이 그 사나이의 대화에 자주 나오는 상스러운 말을 사용하며 대꾸했다. 아구스틴이란 사나이는 명사에는 하나같이 형용사로 욕설을 붙여 말하고, 이 욕설을 동사로도 사용하기 때문에 로버트 조던은 그가 제대로 된 말을 한 문장이라도 사용할 수 있는지 의심스러웠다. 이 말을 듣자 아구스틴은 어둠 속에서 껄껄 웃어 댔다. "그게 내 입버릇인걸. 듣기 거북스러울지도 모르지. 그럼 어때? 누구나 다 자기 방식대로 말하는 법이니까. 어쨌든 내 말 좀 들어 봐요. 그 다리는 말이야, 나한테는 누워서 떡 먹기요. 다리건 뭐건 마찬가지야. 게다가 난 이제 이 산에 신물이 났어. 그러니 떠나야 한다면 떠날 거라고. 이놈의 산은 내게 아무 의미도 없거든. 우린 이 산을 떠나야 해. 하지만 당신한테 한 가지만 얘기해 두겠소. 폭약을 잘 간수하시오.”

“고맙소. 자네에게 도둑맞지 않게 말이오?” 로버트 조던이 대꾸했다.

“천만에. 좆같이, 나보다 훨씬 장비가 나쁜 놈들에게 말이지.” 아구스틴이 말했다.

“그런가?” 로버트 조던이 물었다.

“당신은 스페인 말을 곧잘 알아듣잖소.” 아구스틴이 이번에는 정색을 하며 말했다. “그러니 당신의 그 염병할 화약을 조심하란 말이오.”

“고맙소.”

“천만에. 내게 고마워할 필요는 없소. 당신 물건이나 조심하라고.”

“그 물건에 무슨 일이라도 생겼소?”

“아뇨. 그렇다면야 당신을 붙잡아 놓고 이런 식으로 시간을 낭비하며 말하지 않을 거요.”

“정말 고맙소. 그럼 우린 캠프로 가겠소.”

“어서 가 봐요. 그리고 누구든 암호를 아는 녀석을 이리로 보내 줘요.” 아구스틴이 말했다.

“캠프에서 당신을 만날 수 있을까요?”

“그럼, 만날 수 있고말고요. 곧 만나게 될 거요.”

“자, 가시죠.” 로버트 조던이 안셀모에게 말했다.

두 사람이 풀밭 가장자리로 내려갈 때는 회색 안개가 자욱이 내려앉아 있었다. 솔밭에 떨어진 솔잎을 밟고 걸어온 뒤인지라 발밑의 풀이 부드럽게 느껴졌다. 풀잎에 맺힌 이슬이 로프 바닥을 댄 신발 밑으로 새어들었다. 나무 사이 저만큼 앞쪽으로 불빛이 내다보이자, 로버트 조던은 저기가 틀림없이 동굴 입구일 거라고 생각했다.

"아구스틴은 여간 좋은 녀석이 아니야. 입은 거칠고 늘 농담을 일삼지만 사람만큼은 진국이지." 안셀모가 말했다.

"영감님은 그를 잘 아십니까?"

"알다마다. 오래전부터 알지. 난 그 친구를 무척 믿고 있네."

"녀석이 지껄이는 것도요?"

"암, 그렇지. 자네도 눈치챘겠지만, 여기 파블로란 놈은 이젠 아주 위험해."

"그럼 어떻게 하는 게 제일 좋겠습니까?"

"누굴 시켜 늘 망을 보게 하는 수밖에 없어."

"누구를 시키죠?"

"당신. 나. 그놈 마누라와 아구스틴. 아구스틴도 그놈이 위험하다는 걸 알고 있으니까."

"영감님은 전에도 사태가 지금처럼 나쁘다고 생각하셨어요?"

"아니. 아주 갑작스럽게 나빠졌어. 하지만 이곳으로 올 수밖에 없었지. 어쨌든 이 지방은 파블로와 엘소르도 영감의 수중에 있어. 혼자서 무슨 일을 하지 않는 한, 이 지방에선 녀석들을 상대해야 해." 안셀모가 대답했다.

"엘소르도는 영감은 어떤가요?"

"좋은 사람이지. 한쪽 녀석이 나쁜 만큼 좋은 사람이야." 안셀모가 대답했다.

"영감님은 파블로가 정말로 나쁜 놈이라고 지금도 믿고 있습니까?"

"오후 내내 그 일만 생각했어. 이제까지 들었던 것과 똑같은 소리만 듣고 보니 역시 지금도 그렇게 생각되는군. 정말이야."

"그렇다면 다른 다리를 폭파한다고 꾸며 대고는 차라리 여길 떠나는 게 낫지 않을까요? 그래 놓고 다른 부대에서 사람을 모으는 편이 말입니다."

"아냐. 이 지방은 녀석의 수중에 있는걸. 녀석이 모르게 움직일 수가 없어. 여간 조심해서 움직이지 않으면 안 돼."

4

두 사람이 동굴 입구에 다다르고 보니 입구에 쳐 놓은 담요 사이로 한 줄기 불빛이 새어 나오고 있었다. 배낭 두 개는 캔버스 천에 덮여 그대로 나무 밑에 놓여 있었고, 로버트 조던이 무릎을 꿇고 만져 보니 천은 이슬에 젖어 뻣뻣해져 있었다. 그는 어둠 속을 더듬어 캔버스 천 아래에 있는 배낭의 바깥 주머니에서 가죽으로 싼 납작한 술병을 꺼내 호주머니에 살짝 집어넣었다. 배낭 윗부분을 졸라매는 쇠고리에 붙은 길쭉한 자물쇠를 열고 배낭 꼭대기의 노끈을 풀어 두 손을 넣고는 물건이 잘 들어 있나 확인했다. 배낭 한쪽 구석에는 묶어 놓은 덩어리가 자루 속에 들어 있었고, 자루는 침낭으로 뚤뚤 감겨 있었다. 노끈을 졸라매고, 도로 배낭 윗부분에 자물쇠를 채운 다음, 이번에는 다른 쪽 배낭 속으로 손을 집어넣어 낡은 폭발 장치가 든 나무 상자의 네모진 윤곽이며, 뇌관이 들어 있는 시가 상자, 두 갈래 쇠줄로 둘둘 동여맨 조그마한 실린더(그 모든 것이 어렸을 적 들새의 알을 모을 때 하던 것처럼 조심스레 포장되어 있었다.), 총신에서 분리해 가죽 재킷에 싸 둔 기관총의 개머리판, 탄지(彈指) 두 개와 탄창 네 개를 커다란 잡낭 안주머니에서 더듬어 보았다. 그리고 다른 쪽 주머니에 든 조그마한 구리 코일과 굵은 절연선 코일도 더듬어 보았다. 동선이 들어 있는 주머니에서는 펜치 몇 개와 폭약 밑에 구멍을 뚫는 데 쓸 나무 송곳 두 개를 더듬어 보았다. 그러고 나서 제일 끝의 안주머니에서 골츠의 사령부에서 얻은 커다란 러시아산 담뱃갑을 꺼낸 뒤, 배낭 윗부분을 졸라매고 자물쇠를 채우고 덮개를 버클로 죄고 다시 두 개의 배낭 위에 캔버스 천을 덮었다. 안셀모는 벌써 동굴 속에 들어가 있었다.

로버트 조던은 일어서서 노인의 뒤를 따르려다 문득 생각을 바꾸어 배낭을 덮은 캔버스 천을 걷어치우고 한 손에 배낭 하나씩을 간신히 들고 동굴 입구를 향해 걷기 시작했다. 배낭 하나를 내려놓고 입구에 걸친 담요를 쳐든 뒤 머리를 숙이고 배낭의 가죽 멜빵 부분을 한 손에 하나씩 잡고 동굴 속으로 들어갔다.

동굴 속은 따뜻하고 연기가 자욱했다. 한쪽 벽에 테이블이 있고, 수지(獸脂) 양초가 병에 꽂혀 그 위에 놓여 있었으며, 테이블 가에는 파블로와 알지 못하는 사나이 세 명과 집시 라파엘이 앉아 있었다. 촛불이 그들 뒤의 벽에 그림자를 던지고 있었고, 안셀모는 그가 들어온 테이블 오른쪽에 서 있었다. 파블로의 마누라는 동굴 한쪽 구석에 피워 놓은 화덕의 숯불 위로 몸을 굽히고 서 있었다. 젊은 아가씨는 파블로의 마누라 옆에 무릎을 꿇고 앉아서 쇠 냄비 속을 젓고 있었다. 그녀는 로버트 조던이 동굴 입구에 서 있는 것을 보자 냄비에서 나무 주걱을 꺼내 든 채 그를 바라보았다. 그의 눈에는 파블로의 마누라가 풀무질을 하여 피어오르는 불빛에 아가씨의 얼굴이며 팔이며 국물이 주걱에서 흘러내려 쇠 솥 속으로 떨어지는 것이 환히 보였다.

"뭘 들고 있는 거요?" 파블로가 물었다.

"내 물건들이요." 로버트 조던은 대답한 뒤 테이블에서 조금 떨어진 동굴 입구 옆쪽에 배낭 두 개를 간격을 두고 내려놓았다.

"밖에 두는 게 안전하지 않을까?" 파블로가 물었다.

"어두워서 혹시 누가 발로 걷어찰 수도 있죠." 로버트 조던은 이렇게 대답하고는 테이블 있는 데로 걸어가 담뱃갑을 테이블 위에 놓았다.

"이 동굴 속에 그런 다이너마이트 같은 걸 놓아두고 싶진 않은데." 파블로가 말했다.

"불에선 꽤 떨어져 있습니다." 로버트 조던이 대꾸했다. "담배 좀 피우시죠." 그는 뚜껑에 커다란 군함이 컬러로 그려져 있는 종이 담뱃갑을 엄지 손톱으로 뜯어 파블로에게 내밀었다.

안셀모가 생가죽을 씌운 의자를 그에게 가져다주었고, 그는 거기에 앉았다. 파블로는 뭔가 또 할 말이 있는 것처럼 그를 바라보더니 갑자기 담뱃갑으로 손을 내밀었다.

로버트 조던은 다른 사람들에게도 담뱃갑을 내밀었다. 그는 아직 다른 사람들의 얼굴은 보지 않고 있었다. 그는 그중 한 사람만 담배를 집어 들고, 나머지 두 사람은 손을 대지 않는 것을 눈여겨보았다. 그들은 온통 파블로에게만 시선을 집중하고 있었다.

"어떤가, 집시?" 그가 라파엘에게 말을 건넸다.

"괜찮아요." 집시가 대답했다. 로버트 조던은 방금 동굴에 들어왔을 때 그들이 자기들 이야기를 하는 중이었다는 것을 알아차렸다. 집시마저도 불안해하고 있었다.

"아주머니가 또 자네에게 먹을 걸 줄까?" 로버트 조던이 집시에게 물었다.

"그럼요, 왜 안 주겠어요?" 집시가 대꾸했다. 아까 오후에 함께 있으면서 사이좋게 농담을 주고받던 때와는 아주 다른 태도였다.

파블로의 마누라는 말없이 석탄불에 풀무질만 하고 있었다.

"아구스틴이라는 사람이 저 위쪽에서 지루해서 죽을 지경이라고 그럽디다." 로버트 조던이 말했다.

"지루하다고 죽는 법은 없어. 죽으라고 그냥 내버려 둬." 파블로가 대꾸했다.

"포도주 있어요?" 로버트 조던이 몸을 앞으로 내밀며 두 손을 테이블에 얹고는 앉아 있는 모두를 향해 물었다.

"이젠 별로 없어." 파블로가 퉁명스럽게 말했다. 로버트 조던은 다른 세 사람에게 시선을 돌리면서 그들이 자신의 입장을 어떻게 받아들이는지 확인하려고 했다.

"그럼 물이나 한 잔 주오." 그가 아가씨를 소리쳐 불렀다. "아가씨, 물 한 잔만 가져다줘요."

젊은 여자는 파블로의 마누라를 바라보았지만 마누라는 아무 말도 하지 않았고 들은 척도 하지 않았다. 그러자 아가씨는 물 항아리 있는 데로 가서 한 잔 가득 물을 담았다. 그러고 테이블로 와서 그의 앞에 놓았다. 로버트 조던은 그녀를 향해 빙그레 웃었다. 동시에 배에 힘을 주어 숨을 들이쉬고 의자에 앉은 채 몸을 왼쪽으로 기웃이 비틀었다. 그러자 권총이 혁대에서 그가 바라는 곳으로 미끄러져 내려왔다. 뒷주머니 쪽으로 손을 뻗는데, 파블로가 그를 지켜보고 있었다. 모두의 시선이 자기에게 집중되고 있다는 것을 깨달았지만 그는 오직 파블로만 지켜보고 있었다. 그는 뒷주머니에서 가죽으로 싼 납작한 술병을 꺼내 마개를 돌린 다음 컵을 쳐들어 물을 절반쯤 마시고는 아주 천천히 컵에 술을 따랐다.

"이건 아가씨에겐 너무 독해. 그렇지만 않다면 한 잔 주겠지만." 이렇게 말하고 그는 또 한 번 그녀에게 빙긋 웃어 보였다. "조금밖에 남지 않았군. 그렇지만 않다면 당신에게도 한 잔 권할 텐데요." 그가 이번에는 파블로에게 말을 건넸다.

"난 아니스*를 좋아하지 않아." 파블로가 대꾸했다.

코를 찌르는 듯한 매큼한 향기가 테이블 주위에 퍼졌고, 그는 잘 알려진 성분 하나의 향기를 감지했던 것이다.

"그렇다면 다행이군요. 이젠 별로 남아 있지 않으니까." 로

---

* 산형과의 한해살이풀로, 독특한 향과 단맛이 나는 아니스 씨를 향료로 쓴다.

버트 조던이 말했다.

"그건 도대체 무슨 술이에요?" 집시가 물었다.

"약이지. 어디 맛 좀 보겠나?" 로버트 조던이 물었다.

"어디에 쓰는 약인데요?"

"만병통치약. 무슨 병이든 다 고치지. 자네도 어디가 아프면 이걸로 고칠 수 있어." 로버트 조던이 말했다.

"그럼 어디 한번 맛이나 봐요." 집시가 말했다.

로버트 조던은 그에게 컵을 내밀었다. 물을 섞어 지금은 우유 빛깔이 도는 노란색으로 변해 있었다. 그는 집시가 한 모금 이상은 마시지 않길 바랐다. 이제 아주 조금밖에는 남지 않았고, 이 한 잔은 그에게는 석간신문과도, 카페에서 보내던 그 옛날의 여러 밤과도 같은 것이었기 때문이다. 이달의 이맘때가 되면 언제나 향기롭게 꽃이 피던 밤나무, 시내 변두리의 넓은 거리를 천천히 달리던 큰 말들, 서점, 간이매점, 화랑, 몽수리 공원*, 스타드 버펄로**, 뷔트 쇼몽 공원***, 개런티 보증신탁 회사, 시테 섬****, 고풍스러운 푸아요 호텔, 책을 읽으며 한가롭게 저녁을 보낼 수 있는 모든 것과도 맞먹을 만한 것이었다. 혀끝이 짜릿짜릿하고 머리와 배 속이 후끈해지며 생각이 달라지는 이 우유 빛깔의 액체를 맛보면 한때 그가 즐겼고 이제는 잊어버린 모든 것이 마법처럼 되살아났다.

---

* 프랑스 파리 남부 지역에 있는 녹지 공원.
** 파리에 있는 사이클링 경기장으로 1922년에서 1957년까지 운영되었다.
*** 파리 북동부 지역에 있는 녹지 공원.
**** 파리의 센 강에 남아 있는 섬.

집시는 얼굴을 찌푸리더니 컵을 돌려주었다. "아니스 향내는 나지만 쓸개처럼 지독히 쓰군요. 이런 약을 먹느니 차라리 앓는 게 낫겠소." 그가 말했다.

"그건 쑥이야. 이건 진짜 압생트*인데 이 술 속에 쑥이 들어 있거든. 흔히 사람들은 골치가 빠개지는 것 같다고 하지만 난 그 말을 믿지 않아. 그저 생각이 바뀔 뿐이지. 한 번에 두서너 방울씩 천천히 이 속에 물을 부어야만 해. 하지만 난 그걸 물속에다 한꺼번에 쏟아 넣었지." 로버트 조던이 그에게 말했다.

"무슨 소릴 지껄이고 있는 거야?" 파블로는 자신이 조롱당한다고 생각하는지 쏘아붙였다.

"약의 효능에 대해 설명하는 거요." 로버트 조던이 대답하며 히죽 웃었다. "마드리드에서 샀죠. 이게 마지막 병인데 삼 주일 갔어요." 이렇게 말하고는 한입에 쭉 마셨는데 술이 미묘하게 감각을 마비시키며 혀끝 너머로 미끄러져 내려가는 것이 느껴졌다. 그는 또다시 파블로를 바라보고 히죽 웃었다.

"일은 잘돼 가요?" 그가 물었다.

파블로가 아무 대답도 하지 않자 로버트 조던은 테이블에 앉아 있는 다른 세 남자를 찬찬히 바라보았다. 그중 한 남자는 얼굴이 세라노 햄**처럼 갈색인 데다 크고 넓적하고, 찌부러진 들창코였다. 갸름한 러시아제 담배를 이상한 각도로 물고 있어 얼굴이 한층 더 납작해 보였다. 이 사나이는 짧게 자른 희

* 향쑥과 아니스로 만드는 독한 술.
** 산중에서 방목한 돼지의 뒷다리로 만든 스페인산 고급 햄.

끗희끗한 머리에 더부룩한 회색 수염을 기르고 있었고, 목덜미에서 단추를 채우게 되어 있는 흔한 검은색 작업복을 입고 있었다. 로버트 조던이 그를 바라보자 그는 얼른 테이블 쪽으로 시선을 떨어뜨렸지만 두 눈은 깜박거리지도 않고 차분했다. 나머지 두 명은 누가 보아도 형제가 틀림없었다. 무척 닮은 두 사람은 모두 키가 작고 체격이 탄탄하고 머리카락이 검었으며, 이마 위로 머리숱이 별로 없고, 까만 눈에 살빛은 갈색이었다. 그중 하나는 왼쪽 눈 위 이마에 가로로 난 상처 자국이 있었다. 조던이 그들을 바라보자 그들도 침착하게 그를 마주 보았다. 한 사람은 스물여섯이나 여덟쯤 되어 보였고, 다른 사람은 그보다 두 살쯤 많아 보였다.

"뭘 그렇게 봐요?" 상처 자국이 있는 남자가 물었다.

"당신을 보고 있지." 로버트 조던이 대답했다.

"뭐 이상한 거라도 있소?"

"아니. 자, 담배를 피우겠나?" 로버트 조던이 대답했다.

"한 대 피우죠." 동생이 대답했다. 그는 아직 담배에 손을 대지 않았다. "이건 그 사내가 갖고 있던 것과 똑같은 거로군. 기차 사건 때의 그 사내 말이야."

"당신도 기차 폭파 때 있었나?"

"모두가 있었죠. 이 영감만 빼놓곤 모두가 있었어요." 그의 형이 조용한 목소리로 말했다.

"우리가 지금 해야 할 일이 바로 그거야. 또 다른 기차 말이야." 파블로가 말했다.

"할 수 있고말고요. 물론 이 다리를 해치운 뒤에 말입니다."

로버트 조던이 대꾸했다.

 그는 이때 파블로의 마누라가 숯불에서 얼굴을 돌리고 귀를 기울이고 있는 것을 보았다. 그가 다리라는 말을 꺼내자 모든 사람이 쥐 죽은 듯 잠잠해졌다.

 "다리를 해치운 뒤에 말입니다." 그는 의도적으로 한 번 더 이렇게 말하고 나서 압생트를 한 모금 마셨다. 이제 탁 털어놓고 말해 버리는 게 좋겠어, 하고 그는 생각했다. 어차피 닥칠 일이 아닌가.

 "난 다리를 폭파하지 않겠어." 파블로가 테이블 위로 시선을 떨어뜨리며 말했다. "나도, 내 부하들도."

 로버트 조던은 아무 말도 하지 않았다. 그는 안셀모를 바라보며 술잔을 쳐들었다. "그렇다면 우리끼리 해야겠네요, 영감님." 그가 말하고 미소를 지었다.

 "이런 비겁한 녀석들은 빼놓고 말이지." 안셀모가 맞장구쳤다.

 "뭐가 어째요?" 파블로가 노인에게 내뱉었다.

 "자네와는 상관없는 일이야. 자네보고 한 말이 아니니까." 안셀모가 그에게 말했다.

 로버트 조던은 테이블에서 파블로의 마누라가 서 있는 불가로 시선을 옮겼다. 그녀는 아직까지 입 한 번 벙긋하지 않았을뿐더러 아무런 표정도 보이지 않았다. 그러나 그때 그에게는 들리지 않았지만 그녀가 아가씨에게 무슨 말인가를 했다. 그러자 아가씨가 화덕에서 일어서 벽을 따라 살금살금 걸어가더니 동굴 입구에 쳐 놓은 담요를 쳐들고는 밖으로 나가 버렸다. 결국 이제야 올 것이 오는가 보군, 하고 로버트 조던은 생각했다. 바로 이거야. 일이 이렇게 되기를 바라지는 않았지만, 아무래도 이런 식으로 되어 가는 것 같군.

"그렇다면 당신의 힘을 빌리지 않고 우리 힘으로 다리 작전을 수행하겠습니다." 로버트 조던이 파블로에게 말했다.

"그건 안 돼." 파블로가 쏘아붙였다. 로버트 조던은 그의 얼굴에 땀이 흐르는 것을 지켜보았다. "어느 다리건 여기서 폭파하는 건 안 돼."

"안 된다고요?"

"당신은 어떤 다리도 폭파해선 안 된단 말이야." 파블로가 격렬한 어조로 되풀이해 말했다.

"그럼 당신은 어떻게 생각하나요?" 로버트 조던은 몸 하나 까딱하지 않고 거대한 체구로 불 곁에 버티고 서 있는 파블로의 마누라에게 말을 건넸다. 마누라는 그들 쪽으로 돌아서며 대답했다. "난 그 다리를 폭파하는 데 찬성이야." 그녀의 얼굴은 환한 불빛을 받아 상기되어 있었다. 화롯불에 비친 얼굴이 그렇듯 열기로 달아올라 한층 더 따뜻하고 검고 아름답게 빛나고 있었다.

"지금 뭐라고 했어?" 파블로가 그녀에게 물었다. 로버트 조던이 고개를 돌려 바라보니 그의 얼굴에는 배신당한 표정이 감돌고 이마에는 땀이 줄줄 흐르고 있었다.

"그 다리를 폭파하는 데 찬성이고 당신 생각에는 반대야. 그 이상도 이하도 아냐." 파블로의 마누라가 말했다.

"나 역시 그 다리를 폭파하는 데 찬성이오." 얼굴이 납작하고 코가 찌부러진 사내가 테이블 위에서 담뱃불을 비벼 끄면서 말했다.

"나한테는 다리 같은 건 아무래도 상관없어." 형제 중의 하나가 받았다. "나도 파블로 아주머니 쪽에 찬성이야."

"나도 그래." 다른 형제도 맞장구쳤다.

"나도 마찬가지." 집시가 말했다.

로버트 조던은 파블로를 지켜보면서 만약의 경우에 대비해 오른손을 아래로 가만가만 내리고는, 또 그렇게 되기를 얼마쯤 기대하면서 화롯가에 서 있는 파블로의 마누라 쪽으로 시선을 돌려 조심스레 바라보았는데, 그들이 충성을 다짐하는 동안 그녀는 자랑스럽게 그리고 자못 단호하고도 건강하게 얼굴을 붉히고 있었다.(어쩌면 그것이 가장 간단하고 용이한 일이라고 느끼긴 했지만, 그렇다고 해서 구태여 여기까지 일이 잘되어 온 것을 망쳐 버리게 되지 않기를 바라면서, 또 가족이든 가문이든 부대든 간에 모든 것이 일단 싸움이 시작되면 대번에 낯선 사람에 대해서는 등을 돌리고 만다는 것을 알면서도, 사태가 이렇게 되어 버린 이제 와서는 해치워 버리는 것이 무엇보다도 간단하고 최선이고 가장 효과적일 거라고 생각했다.)

"난 공화 정부의 편이야." 파블로의 마누라가 자못 행복한 듯이 말했다. "그리고 공화 정부가 바로 저 다리야. 그 뒤에 다른 계획을 세울 시간은 얼마든지 있을 테지."

"그렇다면 네년은, 머리통은 씨수소 같고 가슴속은 갈보 같은 네년 생각에는 다리를 폭파하고 난 뒤에 살아남을 수 있을 것 같냐? 앞으로 어떤 일이 일어날지 알고나 있어?"

"어차피 일어날 수밖에 없는 일이야. 어차피 겪을 일이라면 겪을 수밖에 없지." 파블로의 마누라가 대꾸했다.

"우리에게 아무런 이득도 되지 않을 일 때문에 짐승처럼 쫓겨 다녀도 네년은 아무렇지도 않다고? 그런 일로 죽어도 아무 상관없단 말이야?"

"그까짓 것 아무렇지도 않아. 그까짓 걸로 겁줄 생각은 집어치워, 이 겁쟁이야." 파블로의 마누라가 말했다.

"뭐, 겁쟁이라고." 파블로가 비참한 목소리로 외쳤다. "그래, 책략을 품고 있는 남자를 넌 겁쟁이로 취급하는구나. 어리석은 바보짓의 결과가 어떤 것인지 빤히 내다볼 수 있는 남자를 말이야. 무엇이 어리석은 바보짓인지를 알아채는 것은 비겁한 것과 달라."

"하지만 무엇이 비겁한지 아는 것도 바보짓은 아니거든." 안셀모가 한마디 하지 않고는 도저히 견딜 수 없다는 듯이 내뱉었다.

"영감은 죽고 싶소?" 파블로가 그에게 정색하며 쏘아붙였다. 로버트 조던은 그 말을 단순한 위협으로만 생각하지 않았다.

"그야 죽고 싶진 않지."

"그렇다면 입조심해. 알지도 못하면서 함부로 지껄이지 말고. 이 일이 얼마나 중대한지 영감은 모르는 거요?" 그가 거의 동정에 가까운 말투로 말했다. "그래 이 일이 얼마나 중대한 일인지 아는 사람이 나 하나뿐이란 거야?"

나도 그렇게 생각하지, 하고 로버트 조던은 생각했다. 파블로 영감, 암, 나도 그렇게 생각한다고. 하지만 난 달라. 당신도 그것을 알고 있고, 나도 그것을 알고 있어. 당신 마누라는 내 손금에서 그것을 읽었는데도 아직 잘 모르고 있어. 아직도 그녀는 그것을 모르는 거야.

"내가 두목 노릇을 그냥 하는 줄 아는 모양이지?" 파블로가 물었다. "난 내가 무슨 말을 하는지 잘 알아. 너희들 다른 녀석들은 아무것도 몰라. 이 영감쟁이는 엉뚱한 소리를 지껄이고 있어. 그저 심부름이나 하고 외국인에게 길 안내나 해 주는 영감인 주제에. 그리고 이 외국인으로 말하자면, 자기들의 이익을 위해 여기까지 온 거라고. 이 사람의 이익 때문에 우리 모두가 희생할 판이야. 난 너희 모두의 이익과 안전을 위하는 사람이란 말이다."

"흥, 안전이라고?" 파블로의 마누라가 내뱉었다. "이 세상에 안전이라는 건 없어. 여기서 안전을 찾고 있는 녀석들이 너무 많아서 더 위험해진 거야. 지금 이 마당에 안전을 찾고 있다간 도리어 모든 걸 잃어버리고 말지."

그녀는 한 손에 커다란 주걱을 들고 테이블 옆에 서 있었다.

"왜 안전이 없어? 위험 속에서도 어떤 기회를 붙잡아야 하는지 알아내는 게 안전이라는 거지. 말하자면 투우사가 자신이 지금 뭘 하고 있는지를 알고, 하늘에 운을 맡기지 않고 안전을 꾀하는 것과 마찬가지지." 파블로가 대꾸했다.

"뿔로 떠받힐 때까진 그렇겠지." 마누라가 신랄하게 내뱉었다. "투우사들이 황소한테 떠받히기 전에 그따위 소리를 해대는 걸 난 귀가 따갑도록 들었어. 피니토가 이건 누구나 다 알고 있는 것이라는 둥, 황소는 자기를 절대로 받지 않는다는 둥, 오히려 자진해서 황소 뿔에 걸려든다는 둥 하며 지껄이는 걸 지겹도록 들었어. 투우사들이란 잘난 듯이 늘 그렇게 입을 놀려 대다가 떠받히기 일쑤거든. 그런 뒤에 우리가 병원으로 녀석들을 문안 가고 말이야.” 그리고 그녀는 병문안 갔을 때 일을 흉내 내기 시작했다. “좀 어때요, 선생님, 어떠세요?” 그녀는 이렇게 큰 소리로 외치고 나서 이번에는 부상한 투우사의 힘없는 목소리를 흉내 내어 “부에나스, 콤파드레?(어, 친구?) 잘 지냈어, 필라르?”하고 말했다. “아니 어쩌다 이런 일을 당했어요, 피니토, 치코(아이 같은 분)? 어떡하다 이렇게 끔찍한 재난을 당했단 말이에요?” 이번에는 원래의 목소리로 외쳤다. 그러다가 다시 맥없는 낮은 목소리로 말했다. “아무렇지도 않아, 필라르. 아무렇지도 않다고. 이렇게 될 일이 아니었거든. 난 놈을 근사하게 해치워 버렸단 말이야. 알지? 어떤 녀석도 그보다 더 멋지게 해치울 순 없을걸. 정확한 방법으로 놈을 해치워 버렸으니까. 틀림없이 숨통을 끊어 놓았다고. 놈은 휘청휘청하더니 제 몸무게 때문에 제풀에 쓰러질 판이었어. 난 자못 기분이 으쓱해서 한껏 멋을 부리며 황소에게서 발을 옮겨 놓으려 했지. 그랬더니 그때, 아, 그놈의 황소 놈이 뒤에서 내 궁둥이 사이를 한쪽 뿔로 들이받아 글쎄, 내 간 밖으로 찌르고 나온 거야.” 여기까지 가냘픈 투우사의 목소리를 흉내 낸 그녀는 이번에는 깔깔 웃으며 큰 소리로 다시 말을 이어 나갔다. “그래 당신과 당신의 안전이라고! 이 세상에서 제일 수입이 적은 투우사 세 녀석과 아홉 해나 함께 살았던 내가 공포니 안전이니 하는 걸 모를 줄 알아? 다른 얘기라면 몰라도 그따위 안전이니 뭐니 하는 소리는 제발 내 앞에선 입도 뻥긋하지 말라고. 한데 당신 같은 사람한테 어떻게 내가 환상을 품었는지 알다가도 모를 일이야! 전쟁이 시작된 이듬해부터 게으름뱅이에다 술주정뱅이, 겁쟁이가 되고 말았는데."

"네년은 그렇게 말할 자격이 없어. 더구나 이 녀석들이나 외국 사람 앞에서는." 파블로가 말했다.

"얼마든지 그런 식으로 말할 거야." 파블로의 마누라가 말을 이었다. "내 말 못 들었어? 아직도 당신이 이곳의 두목이라고 믿고 있는 거야?"

"물론이지. 이곳의 두목은 나야." 파블로가 대꾸했다.

"행여 농담이라도 그런 소리 마. 여기선 내가 지휘해! 라 헨테(인민)라는 말을 들어 본 적도 없는 모양이지? 여기선 나 말고는 명령할 사람이 없어. 이곳에 있고 싶으면 있어도 돼. 먹을 것을 먹고 술을 마실 순 있어. 그렇다고 곤드레가 될 때까지 마실 순 없지. 마음이 내키면 일을 도와줘도 좋아. 하지만 이곳의 두목은 나야."

"네년과 저 외국 놈을 쏴 죽이겠어." 파블로가 험상궂은 목소리로 쏘아붙였다.

"어디 한번 쏴 보시지. 그럼 어떤 일이 일어날지 당장 알게 될 테니." 마누라가 대꾸했다.

"물 한 잔만 주시오." 로버트 조던이 머리통이 크고 험상궂게 생긴 사내와, 커다란 주걱을 지휘봉이나 되는 것처럼 위엄 있게 들고 자신만만하게 떡 버티고 서 있는 그의 마누라에게서 눈을 떼지 않은 채 말했다.

"마리아!" 파블로의 마누라가 불렀다. "이 동지에게 물을 가져다줘." 아가씨가 입구에 들어서자 마누라가 말했다.

로버트 조던은 휴대용 술병으로 손을 가져가 끄집어내면서 케이스 속에 들어 있는 권총을 느슨하게 빼 허벅지 위로 바싹 돌려놓았다. 그는 또 한 번 컵에 압생트를 따르고, 아가씨가 가져다준 컵을 받아 들고 천천히 한 방울씩 그 속에 떨어뜨리기 시작했다. 아가씨는 그의 팔꿈치 옆에 바싹 붙어 서서 그를 지켜보았다.

"밖에 나가 있어." 파블로의 마누라가 주걱으로 손짓하며 그녀에게 말했다.

"밖은 추워요." 아가씨가 대꾸했다. 그러더니 자기 뺨을 로버트 조던의 얼굴에 바싹 갖다 대고 컵 속에서 액체가 뿌옇게 흐려지는 것을 빤히 들여다보았다.

"그럴 테지." 파블로의 마누라가 말했다. "하지만 여기는 또 너무 덥군." 그러고는 이번에는 부드러운 목소리로 말했다. "잠깐이면 돼."

아가씨는 머리를 끄덕이고는 밖으로 나갔다.

이 녀석은 이제 더 이상 덤벼들 것 같지 않군, 하고 로버트 조던은 생각했다. 한 손에는 컵을 들고, 다른 한 손은 이제는 보라는 듯 권총 위에 올려놓았다. 안전장치를 풀자 꺼칠꺼칠한 손잡이가 이제는 거의 매끈매끈하게 닳아 손에 익은 느낌이 들었고, 방아쇠 안전장치의 둥글고 싸늘한 감촉이 느껴졌다. 파블로는 이제 그에게서 시선을 거두고 자기 아내만 노려보고 있었다. 그러자 그녀가 다시 말을 이었다. "내 말 똑똑히 들어, 이 술주정뱅이야. 이젠 여기서 누가 두목인지 잘 알았겠지?"

"지휘하는 건 나야."

"천만의 말씀. 잘 들어. 그 털투성이 귓구멍을 후비고 내 말 잘 들으란 말이야. 두목은 나야."

파블로는 마누라를 물끄러미 바라보고 있었지만 무슨 생각을 하는지 그 얼굴로는 도무지 알 수 없었다. 그는 아주 침착한 얼굴로 마누라를 바라보더니, 이번에는 테이블 이쪽에 앉아 있는 로버트 조던에게 시선을 옮겼다. 오랫동안 생각에 잠긴 듯 그를 바라보다가 다시 아내 쪽으로 시선을 돌렸다.

"그래 좋아. 네년이 두목이다. 그리고 그게 네 소원이라면 이 사람도 두목이 돼도 좋아. 그래서 너희 두 연놈이 함께 지옥으로나 꺼지란 말이다." 그는 마누라의 얼굴을 똑바로 노려보았다. 그녀한테 압도당한 것도 아니고, 영향을 받은 것 같지도 않았다. "하긴 나는 게으름뱅이고 술을 너무 퍼마시는지도 몰라. 그렇다고 나를 겁쟁이라고 생각한다면 그건 큰 오산이야. 어쨌든 난 바보가 아니니까." 여기서 그는 잠시 말을 멈췄다. "네년이 이곳을 지휘하고 싶으면 얼마든지 그렇게 해. 또 실컷 즐겨 봐. 자, 이제 네년이 두목이라 해도 역시 여자니까 우리에게 먹을 것을 줘야 하지 않나."

"마리아!" 파블로의 마누라가 불렀다.

아가씨가 동굴 입구에 쳐 놓은 담요 안으로 머리를 들이밀었다.

"이제 안으로 들어와 저녁을 차려."

114

아가씨는 안으로 들어와 화롯가 옆 나지막한 테이블에서 에나멜 칠을 한 그릇들을 들고 큰 테이블로 갔다.

"술은 모두가 마실 만큼 넉넉히 있소." 파블로의 마누라가 로버트 조던에게 말했다. "저 술주정뱅이가 지껄이는 소리는 신경 쓸 것 없어. 이 술이 다 떨어지면 또 얼마든지 구해 올 수 있으니까. 지금 마시는 그 이상한 걸 어서 비우고 이 포도주를 들어요."

로버트 조던이 마지막 압생트를 쭉 들이켜자 후끈거리고 연기라도 날 듯한 그 축축하고 화학적 변화를 일으키는 뜨거움이 온몸으로 짜릿하게 퍼져 나갔다. 그는 포도주를 따라 달라고 컵을 내밀었다. 아가씨는 한 잔 가득 따르고는 생글 웃었다.

"한데 다리는 봤어요?" 집시가 물었다. 충성을 맹세한 두목이 달라진 뒤로 입을 꾹 다물고 있던 다른 사람들도 이제 몸을 앞으로 내밀고 귀를 기울였다.

"봤지. 그까짓 것쯤은 식은 죽 먹듯이 쉽게 해치우겠던데. 어디 보여 줄까?" 로버트 조던이 대답했다.

"그래요. 꼭 좀 보고 싶은데."

로버트 조던은 셔츠 주머니에서 수첩을 꺼내 스케치한 것을 그들에게 보여 주었다.

"그럴듯하군. 정말 그 다리를 꼭 빼닮았네." 프리미티보라는 얼굴이 납작한 사나이가 말했다.

로버트 조던은 연필 끝으로 어떤 방법으로 다리를 폭파할 것인지, 또 어디에 화약을 장치할 것인지 설명했다.

"아주 간단하군요!" 안드레스라는 얼굴에 상처 자국이 있는 동생이 끼어들었다. "그럼 폭파는 어떤 방법으로 하는 거 요?"

로버트 조던은 폭파하는 방법도 설명했다. 설명하는 도중에 아가씨가 들여다보면서 한쪽 팔을 자기 어깨에 얹고 있는 것을 알아차렸다. 파블로의 마누라도 들여다보고 있었다. 파블로만 아무 흥미도 없다는 듯 동굴 입구 왼쪽에 매달아 놓은 술 부대 에서 마리아가 하나 가득 퍼다 놓은, 커다란 그릇에 담긴 포도 주를 한 잔 퍼 들고서 혼자 태연스럽게 앉아 있었다.

"당신은 이런 일을 많이 해 봤어요?" 아가씨가 부드러운 목 소리로 로버트 조던에게 물었다.

"그럼."

"그럼 우리도 구경할 수 있어요?"

"그럼. 물론이지."

"어디 두고 보면 알겠지." 파블로가 테이블 한쪽 끝에서 말 참견을 했다. "두고 보라고, 이제 알게 될 테니."

"입 닥쳐." 파블로의 마누라가 쏘아붙였다. 그때 갑자기 그 날 오후에 본 조던의 손금이 머리에 떠오른 그녀는 공연히 화 가 나서 한층 더 소리를 높였다. "닥쳐, 이 겁쟁이야! 닥쳐, 이 재수 없는 까마귀 같은 놈아. 닥치지 못해, 인간 백정 같으니!"

"잘한다! 그래 가만히 있으마. 이젠 네년이 두목이니까. 그 아름다운 그림이나 언제까지나 들여다보고 있어. 하지만 내 가 바보가 아니라는 걸 잊지 마." 파블로가 내뱉었다.

파블로의 마누라는 자신의 분노가 슬픔으로 변해 가고 모 든 희망과 약속이 위축되어 가는 기분이 들었다. 이런 기분은 처녀 시절부터 알고 있었고, 지금까지 살면서 왜 이런 기분이 드는지도 잘 알고 있었다. 그런데 지금 또 이런 기분이 갑자기 들었고, 그녀는 이런 기분을 몰아내 다시는 자기에게 — 자기에게도 공화국에게도 — 접근하지 못하게 하고 싶었다. 그녀가 말했다. "자, 이제 식사하지. 마리아, 그 솥에 있는 음식을 그릇에 나눠 줘."

5

로버트 조던은 동굴 입구에 걸려 있는 안장용 담요를 한쪽으로 밀고 밖으로 나와 싸늘한 밤공기를 가슴 깊이 들이마셨다. 안개는 어느덧 깨끗이 걷히고 밤하늘에는 별이 총총 빛나고 있었다. 바람도 불지 않았다. 그는 담배 연기와 숯불 연기, 고기와 사프란*과 피망과 기름을 넣고 볶은 쌀밥 냄새, 동굴 입구 옆에 목과 사지를 늘어뜨리고 매달려 있는 짐승으로 만든 커다란 가죽 부대에서 흘러내린 타르 같은 포도주 냄새, 다리 하나에 끼워 놓은 마개에서 새어 나오는 포도주 냄새, 땅바닥까지 조금 흘러내린 포도주 냄새가 매캐한 먼지 냄새를 누르며 풍기는 동굴의 후끈한 공기에서 빠져나와 밖에 있었다. 또 천장에 다발로 매달려 있는 이름 모를 온갖 약초와 기다랗

---

* 사프란 암술머리를 건조시켜 만든 향료.

게 엮어서 매달아 늘어 놓은 마늘 타래의 냄새, 동전처럼 생긴 붉은색 마늘이 든 포도주 냄새, 말 냄새와 테이블에 앉아 있는 사내들의 옷에 말라붙은 냄새(사람의 땀은 시큼텁텁하고 회색으로 절어 있었으며, 솔질이 잘된 말가죽의 땀은 좀 들큼하면서도 메스꺼웠다.) 등 온갖 냄새를 뒤로하고 답답한 굴속에서 밖으로 빠져나온 로버트 조던은 소나무와 개울가 풀잎에 맺힌 이슬의 향기가 가득한 맑고 깨끗한 산속의 밤공기를 가슴 깊이 들이마셨다. 바람이 자고 있어 풀잎마다 이슬이 담뿍 내려앉아 있었지만, 그는 그곳에 서서 아침이 되면 서리가 내릴 것이라고 생각했다.

밤공기를 깊이 들이마시고 밤하늘에 귀를 기울이고 있으려니 처음에는 저 멀리서 총소리가 들려오고, 그 뒤에는 말 우리가 있는 아래쪽 숲속에서 부엉이 우는 소리가 들려왔다. 얼마 뒤 동굴 속에서 집시가 부드럽게 기타 줄을 퉁기며 노래를 부르는 소리가 흘러나왔다.

"내겐 아버지가 남기고 간 유산이 있다네." 억지로 길게 뽑는 거친 목소리가 세차게 울리더니 얼마 동안 꼬리를 끌며 계속되었다. 그러다가 이내 노랫소리가 이어졌다.

그건 달님과 해님이라네
온 세상 곳곳을 떠돌아다녀도
조금도 닳지 않는 것은

노래하는 사람에게 박수갈채라도 보내듯 기타는 쿵 하고

세차게 울렸다. "잘한다, 잘해." 로버트 조던의 귀에 누군가 이렇게 외치는 소리가 들렸다. "「카탈루냐 사람」을 해 봐, 집시."

"그건 싫어."

"해 봐. 해 보라고. 「카탈루냐 사람」 말이야."

"좋아, 그럼 한번 해 보지." 집시가 대답하고는 구슬픈 목소리로 노래를 부르기 시작했다.

> 내 코는 납작코
> 얼굴은 까맣지만
> 그래도 나는 사내 대장부

"올레!(좋다!)" 누군가 외쳤다. "계속해, 집시!"
집시의 음성은 한층 더 구슬프게 사람을 조롱하듯 높아 갔다.

> 맙소사, 나는 검둥이
> 카탈루냐 사람은 아니라네!

"너무 시끄러워. 그만두지 못해, 집시?" 파블로가 고함치는 소리가 들렸다.

"정말 그래. 너무 시끄러워." 이번에는 그의 마누라 목소리가 들렸다. "그런 소리를 내다간 민병대가 듣고 잡으러 올지도 몰라. 게다가 노래도 영 형편없고."

"다른 노래도 아는데." 집시가 대꾸하면서 기타를 퉁기기 시작했다.

"그만둬!" 그녀가 그에게 말했다.

그러자 기타 소리가 뚝 그쳤다.

"오늘 밤은 영 목청이 나질 않네. 그러니까 그만둬도 손해 볼 건 없어." 집시가 이렇게 말하고 담요를 옆으로 젖히고 어 두컴컴한 밖으로 나왔다.

로버트 조던은 집시가 나무 앞으로 갔다가 다시 자기 앞으 로 다가오는 것을 지켜보았다.

"로베르토." 집시가 부드러운 목소리로 불렀다.

"왜 그래, 라파엘." 그가 말했다. 목소리로 보아 집시가 꽤 술에 취했다는 것을 알 수 있었다. 자신도 압생트 두 잔에 포 도주까지 마셨지만, 파블로와의 숨 막히는 긴장 때문에 정신 이 말똥말똥하고 냉정해져 있었다.

"왜 파블로를 죽여 버리지 않았죠?" 집시가 아주 조용한 목 소리로 물었다.

"죽이긴 왜 죽여?"

"어차피 당신은 곧 그놈을 죽여야 할 거예요. 그런데 왜 그 순간을 이용하지 않았느냔 말이죠."

"진심으로 하는 소리인가?"

"모두 뭘 기대하고 있었다고 생각하는 거예요? 무엇 때문 에 그 마누라가 아가씨를 밖으로 내쫓았다고 생각해요? 당신 은 그런 말이 오간 뒤에도 지금처럼 일이 계속되리라고 생각 하는 거예요?"

"자네들이 해치우면 되잖아."

"케 바.(천만에.) 그건 당신이 할 일이죠." 집시가 나지막하게 말했다. "우린 서너 번이나 당신이 그자를 해치우기를 기다렸어요. 파블로 편은 한 놈도 없었으니까."

"내게도 그런 생각은 있었어. 하지만 그만둔 거야." 로버트 조던이 대꾸했다.

"모두가 그걸 확실히 알긴 알았죠. 모두 당신의 준비 동작을 눈여겨보고 있었으니까. 왜 놈을 해치워 버리지 않았어요?"

"자네들과 그 마누라가 곤란할 거라고 생각했기 때문이지."

"케 바.(천만에.) 그 마누라는 갈보 년처럼 커다란 새가 날아가 버리기를 기다리고 있었다고요. 당신은 겉보기보다 어수룩하군요."

"그럴지도 모르지."

"지금이라도 놈을 없애 버려요." 집시가 부추겼다.

"그럼 암살하는 게 되잖아."

"그게 더 좋죠. 그만큼 덜 위험하니까. 지금 당장 없애 버려요." 집시가 아주 부드럽게 속삭였다.

"그런 식으로 죽일 순 없어. 그런 짓은 끔찍이 싫어하거든. 대의명분을 위해 싸우는 사람이 할 짓이 아냐."

"그렇다면 놈의 화를 돋우어 보죠. 어쨌든 당신은 놈을 죽여야만 해요. 그 밖엔 다른 방법이 없어요." 집시가 말했다.

두 사람이 얘기를 나누고 있으려니 부엉이가 소리도 없이 조용히 나무 사이를 날아 두 사람의 머리 위를 살며시 스치고는 다시 날아올라 가 버렸다. 쫓기는 새처럼 깃털을 퍼덕이는 소리도 없이 그저 날개만 재빨리 움직이고 있었다.

"저 새를 봐요! 인간도 저렇게 움직여야만 하는 거요!" 집시가 어둠 속에서 말했다.

"그리고 낮에는 까마귀 놈들한테 둘러싸여 나뭇가지 사이에 장님처럼 숨어 있고 말이지." 로버트 조던이 대꾸했다.

"이런 일은 좀처럼 없어요. 뒷일은 운에 맡기고 어서 없애 버려요!" 집시가 말을 이었다. "문제를 어렵게 만들지 말고."

"지금은 기회를 놓쳤어."

"자극해서 약을 올려 봐요. 아니면 조용한 장소를 이용하거나." 집시가 말했다.

바로 그때 동굴 입구를 막아 놓은 담요가 열리며 불빛이 새어 나왔다. 누군가 그들이 서 있는 쪽으로 걸어왔다.

"아름다운 밤이군!" 그 사나이가 굵고 투박한 목소리로 말했다. "내일은 날씨가 좋아지겠는걸."

파블로였다.

그는 러시아제 담배를 피우고 있었다. 담배를 빨아들일 때 그 불빛에 그의 둥그런 얼굴이 드러나 보였다. 두 사람은 별빛 속에서 팔이 길고 커다란 몸뚱이를 볼 수 있었다.

"마누라 말에 신경 쓸 건 없어." 그가 로버트 조던에게 말을 건넸다. 어둠 속에서 담뱃불이 반짝 빛나더니 이내 아래로 내려가고 이번에는 손에서 깜박였다. "마누라는 이따금 까다로울 때가 있긴 하지만 좋은 여자야. 공화국에 대해 꽤 충성스럽고." 그가 이야기하는 동안 담뱃불이 조금 흔들렸다. 담배를 입에 물고 이야기하고 있다고 로버트 조던은 생각했다. "우리에게는 어떤 어려움도 없을 거야. 서로 마음이 잘 맞거든. 당신이 이곳에 와서 기쁘군." 담뱃불이 밝게 빛났다. "말다툼에 대해선 신경 쓰지 마. 어쨌든 참 잘 왔어." 그가 말했다.

"잠깐 실례해야겠어." 그가 다시 말을 이었다. "녀석들이 말을 어떻게 매어 놓았는지 잠깐 가 보고 와야 하니까."

그는 나무 사이를 빠져나가 목초지를 향해 걸어갔다. 아래쪽에서 말 우는 소리가 들려왔다.

"봤죠? 이젠 똑똑히 봤겠죠? 이런 식으로 중요한 때를 놓쳐 버리고 만 거라고요." 집시가 말했다.

로버트 조던은 아무 대꾸도 하지 않았다.

"나도 저리로 내려가겠어요." 집시가 화난 소리로 말했다.

"뭐 하러 가나?"

"케 바.(글쎄.) 뭐 하러 가느냐고요? 어쨌든 놈이 도망치지 못하게 해야죠."

"말을 타고 아래쪽으로 도망칠 수 있을까?"

"그건 안 되죠."

"그렇다면 그놈을 도망가지 못하게 막을 수 있는 곳으로 가 봐."

"그쪽엔 아구스틴이 있는걸요."

"그렇다면 가서 아구스틴에게 당부하고 와. 여기서 일어난 일을 얘기해 주란 말이야."

"아구스틴이라면 반색을 하고 그놈을 죽일걸요."

"그거 다행이군. 자, 어서 위쪽으로 올라가서 방금 일어난

124

일을 죄다 그에게 얘기해 줘." 로버트 조던이 말했다.

"그런 다음엔요?"

"난 저 아래 목초지로 내려갈 거야."

"그게 좋겠군요. 그게 좋겠어요." 조던은 어두워서 라파엘의 얼굴은 볼 수 없었지만 그가 빙긋 미소 짓고 있다는 것은 느낄 수 있었다. "자, 이젠 당신도 단단히 준비를 했겠죠." 집시가 뜻대로 잘되었다는 듯이 말했다.

"어서 아구스틴에게 가 봐." 로버트 조던이 그에게 말했다.

"가요. 로베르토, 지금 곧 갈게요."

로버트 조던은 한 나무에서 다른 나무로 더듬거리며 소나무 숲을 걸어 목초지 가장자리로 나왔다. 어둠 속에서 목초지를 바라보니 탁 트인 데다 별빛으로 얼마쯤 훤한 덕분에 말뚝에 매인 말들의 거무스레한 형체가 보였다. 그는 자기와 개울 사이에 여기저기 흩어져 있는 말의 수를 세어 보았다. 모두 다섯 마리였다. 로버트 조던은 소나무 밑에 앉아 목초지를 바라보았다.

피곤하군, 하고 그는 생각했다. 어쩌면 내 판단이 잘못된 것일지도 몰라. 하지만 내 임무는 저 다리고, 임무를 수행하기 위해선 일이 완전히 끝날 때까지 쓸데없이 위험한 짓을 해서는 안 돼. 물론 꼭 치러야 할 기회를 놓치는 것이 한층 더 위험할 때가 가끔 있는 법이지. 하지만 난 지금껏 이 일을 상황에 내맡겨 왔어. 집시의 말대로 사람들이 내가 파블로를 죽이기를 바라고 있었던 게 사실이라면, 그랬어야 했는지도 모르지. 하지만 그들이 진심으로 그걸 원하고 있는지 알 길이 없잖아.

또 해치운 뒤에도 그들과 손잡고 일을 해 나가야 하는데 그런 장소에서 사람을 죽인다는 건 외국인으로서는 너무 어설픈 수작이 아닐까. 전투라면 해치울 수 있을지 몰라. 또 충분히 규율의 지지를 받는다면 해낼 수 있을지도 몰라. 유혹이 있는 데다 쉽고 간단하게 해치울 수도 있지만, 이 경우엔 서투른 수작이 아닐까. 하지만 이 나라에 어느 것 하나 손쉽고 간단한 일이 있다고는 믿지 않아. 게다가 나는 그 마누라를 절대적으로 믿고 있긴 하지만, 이런 과감한 일에 그 마누라가 어떻게 나올는지는 알 수 없는 일 아닌가. 이런 장소에서 사람이 죽는다는 건 아주 추악하고 더럽고 구역질 나는 일이거든. 마누라가 어떻게 나올지는 아무도 예측할 수 없어. 만약 그 마누라가 없다면 이곳엔 조직도 규율도 있을 수 없어. 마누라가 있어야 만사가 잘될 거야. 물론 마누라가 파블로를 죽인다면 그게 가장 이상적이지. 그렇지 않으면 집시가 하든지(하지만 그 녀석은 아마 하지 않으려고 할 거야.) 아니면 보초를 서고 있는 아구스틴이 해도 좋지. 안셀모는 살인 행위에 대해 한사코 반대하지만 내가 부탁한다면 아마 할지도 몰라. 확실히 안셀모는 놈을 미워하고 있어. 게다가 그는 진작부터 나를 믿고 있을뿐더러, 자기가 믿고 있는 바를 대표하는 사람인 양 나를 신뢰하고 있거든. 내가 보기엔 안셀모와 파블로의 마누라만이 정말 공화국을 믿고 있는 것 같아. 하지만 장담하기엔 아직 이르지.

그의 두 눈이 별빛에 익숙해지자 파블로가 어떤 말 옆에 서 있는 것이 보였다. 말은 풀을 뜯다가 머리를 쳐들었다가 조바심이 난다는 듯 도로 고개를 숙였다. 파블로는 말 옆에 기대듯

서서 말뚝에 매어 놓은 밧줄이 팽팽해지도록 말이 멀리 움직이면 자기도 따라 움직이면서 말의 목덜미를 가볍게 툭툭 두드리고 있었다. 로버트 조던에게는 파블로가 뭘 하고 있는지 보이지 않았고, 또 말에게 뭐라고 중얼거리는지 들리지도 않았다. 그러나 그가 말고삐를 풀려고도 안장을 놓으려고도 하지 않는 것만은 알 수 있었다. 이 문제를 신중하게 생각하려고 하면서 그는 파블로의 거동을 유심히 살피고 있었다.

"넌 덩치 큰 귀염둥이 조랑말이야." 파블로가 어둠 속에서 말에게 중얼거렸다. 그가 말을 건네고 있는 말은 커다란 적갈색 종마였다. "너는 얼굴이 희고 귀엽고 큼직하게 잘생겼어. 네 굵직한 목덜미는 우리 마을의 구름다리처럼 구부러져 있구나." 여기서 그는 잠시 말을 멈췄다. "하지만 그것보다 더 구부러져 있고 더 멋지구나." 말은 옆에서 그가 자꾸만 지껄여 대는 것이 귀찮은 듯 그가 고삐를 잡아당기자 머리를 좌우로 흔들면서 여전히 풀만 뜯었다. "넌 계집년도 아니고 바보도 아니거든." 파블로가 적갈색 말에게 말했다. "넌, 아, 넌, 넌 내 귀염둥이 조랑말이야. 넌 불이 붙은 바위 같은 계집년이 아니야. 머리털을 빡빡 깎이고, 어미 몸에서 금방 나와 아직 젖비린내 나는 망아지처럼 뛰어다니는 계집년도 아니야. 넌 사람에게 모욕을 주지도, 거짓말을 하지도, 아는 척하지도 않지. 넌, 아, 넌, 아, 내 사랑스러운 망아지야."

파블로가 적갈색 말에게 하는 말을 듣는 것은 꽤 재미있는 일이었지만, 파블로가 다만 말을 돌보러 온 것이라는 사실을 확인했고, 또 이럴 때 그를 죽인다는 것은 온당한 처사가 아니라고 생각한 로버트 조던은 그가 지껄이는 소리에 더 이상 귀를 기울이지 않고 일어나 동굴로 돌아왔다. 파블로는 목초지에 그대로 혼자 남아 오랫동안 말에게 이야기했다. 말들은 그가 무슨 소리를 지껄이는지 전혀 알아들을 수 없었겠지만 어조로 미루어 보아 자기를 귀여워하는 말이라는 것쯤은 아는 것 같았다. 하루 종일 우리에만 갇혀 있어서 무던히 배가 고팠을 말은 밧줄이 팽팽해지도록 조바심 나게 돌아다니며 풀을 뜯어 먹었다. 남자는 귀찮을 정도로 그 옆을 따라다녔다. 파블로는 마지막으로 말뚝을 옮겨 박고는 이제는 아무 말도 하지 않고 말 옆에 그냥 서 있었다. 말은 여전히 풀을 뜯어 먹고 있었는데, 사람이 더 이상 자기를 괴롭히지 않아서 안심된다는 눈치였다.

6

동굴 안에서 로버트 조던은 화덕 옆 한쪽 구석에 놓인 생가
죽을 덮어씌운 의자에 걸터앉아 파블로의 마누라가 하는 이
야기에 귀를 기울이고 있었다. 그녀는 접시를 씻고 있었고, 젊
은 아가씨 마리아는 그것을 받아 닦은 뒤 무릎을 꿇고 찬장 대
신 쓰고 있는 벽에 뚫어 놓은 구멍에 챙겨 넣고 있었다.

"이상한데. 엘소르도 영감이 아직 오지 않다니. 벌써 한 시
간 전에 여기 와 있어야 하는데." 파블로의 마누라가 말했다.

"오라고 했어요?"

"아니. 하지만 매일 밤 오지."

"무슨 일이 있나 보죠. 무슨 일이요."

"글쎄, 그럴지도 모르지. 만약 오늘 밤 오지 않으면 내일 우
리가 가서 만나야겠는걸."

"그러죠. 여기서 먼가요?"

"아니, 걷기에 꼭 알맞은 거리지. 요새 난 운동 부족이라서."

"나도 갈 수 있어요? 같이 가도 괜찮겠죠, 아주머니?" 마리아가 물었다.

"응, 괜찮고말고, 요 예쁜이." 파블로의 마누라가 대답한 뒤 커다란 얼굴을 이쪽으로 돌리더니 "이 애, 예쁘지 않소?" 하고 로버트 조던에게 물었다. "당신에겐 얘가 어떻게 보이지? 좀 마른 편인가?"

"아주 예뻐 보입니다." 로버트 조던이 대답했다. 마리아는 그의 잔에 포도주를 가득 따랐다. "마셔요. 술을 마시면 내가 좀 더 예쁘게 보일지도 모르잖아요. 내가 예쁘게 보이려면 많이 마셔야 할 것 같네요." 그녀가 말했다.

"그렇다면 마시지 않는 게 좋겠는걸. 그렇잖아도 당신은 이미 아름답고, 아니, 아름다움 그 이상이지." 로버트 조던이 말했다.

"입심이 대단하군. 인심 좋은 사람처럼 말하네. 그 이상이라니?" 마누라가 말했다.

"지적으로 생겼단 말이죠." 로버트 조던이 자신 없게 대답했다. 그 소리에 마리아가 킬킬 웃자 마누라는 안됐다는 듯 머리를 흔들었다. "시작은 참 근사한데 끝은 좀 그렇군, 돈 로베르토."

"나를 돈 로베르토라고 부르지 마요.*"

---

* '돈'은 스페인 귀족이나 신사에 붙이는 칭호. 로버트 조던이 이 칭호를 싫어

130

"아, 농담이야. 여기서는 농담으로 돈 파블로라고 하거든. 농담으로 세뇨리타* 마리아라고 하듯이."

"그런 농담은 싫어요. 이 전쟁을 하는 동안에는 진지하게 날 '동지'라고 불러 줘야 마땅하죠. 농담하는 동안에 부패가 시작되는 법이니까." 로버트 조던이 말했다.

"당신은 정치에 대해선 무척 교조적이군." 마누라가 그를 놀려 대며 말했다. "그럼 당신은 농담하는 일이 없나?"

"물론 있죠. 농담을 썩 좋아합니다만, 사람을 부를 때 농담을 하진 않습니다. 이름이란 마치 깃발과 같은 거니까요."

"난 깃발을 보고도 얼마든지 농담할 수 있어. 무슨 깃발이든지 간에." 마누라가 깔깔 웃었다. "나만큼 무엇이든지 농담으로 삼을 수 있는 사람도 없을 거야. 노란색과 황금색으로 된 옛날 깃발**을 우리는 고름과 피라고 불렀지. 자색이 더 들어간 공화국 깃발은 피와 고름과 과망간산염이라고 부르고. 그게 곧 농담이란 거지."

"이분은 공산주의자예요. 공산주의자들은 모두가 아주 진지한 사람들이에요." 마리아가 말했다.

"당신, 공산주의자야?" 마누라가 물었다.

"아뇨, 난 반파시스트입니다."

"그런 지 오래됐나?"

하는 것은 스페인 내전에서 좌파 인민정부가 계급 차별 철폐나 인민 해방을 내세우고 있기 때문이다.

* 스페인에서 미혼 여성에게 붙이는 칭호. 영어의 'Miss'와 비슷하다.

** 스페인 내전 중 프란시스코 프랑코파 파시스트 정부의 국기.

"파시즘이 뭔지 알게 된 뒤부터죠."

"그게 얼마나 되는데?"

"한 십 년쯤 됐을 겁니다."

"그럼 그다지 오래진 않군. 난 공화당원이 된 지 벌써 이십 년이나 되는데." 파블로의 마누라가 말했다.

"우리 아버지는 일생 동안 공화당원이었어요. 그래서 총살 당했죠." 마리아가 말했다.

"우리 아버지 역시 일생 동안 공화당원이었지. 할아버지도 그러셨고." 로버트 조던이 말했다.

"어느 나라에서요?"

"미국에서."

"그럼 모두 총살당했나?" 파블로의 마누라가 물었다.

"케 바.(그럴 리가.) 미국은 공화주의의 나라예요. 그곳에선 공화주의자라고 해서 죽이지 않아요." 마리아가 말했다.

"어쨌든 할아버지 때부터 공화당원이었다니 거 대단하군. 혈통이 좋다는 증거지." 파블로의 마누라가 대꾸했다.

"우리 할아버지는 공화당 전국 위원회 위원이었죠." 로버 트 조던이 말했다. 이 말에 마리아까지 감동했다.

"그래서 당신 아버지는 아직도 공화당에서 활약하고 계신 가?" 필라르가 물었다.

"아뇨. 돌아가셨어요."

"어떻게 돌아가셨는지 물어봐도 될까?"

"자살했습니다."

"고문받기가 싫어서?" 파블로의 마누라가 물었다.

"그렇죠. 고문받기가 싫어서였죠." 로버트 조던이 대답했다.

마리아는 두 눈에 눈물을 글썽이며 그를 바라보았다. "우리 아버지는 무기를 손에 넣을 수가 없었어요. 아, 당신 아버지는 무기를 손에 넣을 수 있었다니 운이 좋았군요."

"응, 운이 무척 좋은 거지." 로버트 조던이 대꾸했다. "우리 다른 얘길 하는 게 어떨까요?"

"당신과 나, 우린 서로 꼭 닮았군요." 마리아가 말했다. 그녀는 한 손을 그의 팔에 얹고 그의 얼굴을 빤히 들여다보았다. 그는 그녀의 햇빛에 탄 갈색 얼굴과 두 눈을 바라보았다. 그가 맨 처음 이 아가씨를 보았을 때 이 두 눈은 어딘가 얼굴의 다른 부분에 비해 젊음의 활기가 없었지만, 지금은 갑자기 무엇에 굶주린 것처럼 활기를 띠며 뭔가를 찾고 있는 듯했다.

"당신들 생김새가 꼭 오누이 같아. 하지만 오누이가 아니라서 천만다행이지." 파블로의 마누라가 말했다.

"왜 아까부터 그런 생각에 사로잡혀 있었는지 이제야 알 것 같아요. 이제는 똑똑히 알겠어요." 마리아가 말했다.

"케 바.(글쎄.)" 로버트 조던이 말하면서 손을 뻗어 그녀의 머리를 쓰다듬었다. 하루 종일 갈망하던 것을 드디어 하고 보니 목구멍이 부풀어 오르는 것만 같았다. 그녀는 그의 손 밑에서 머리를 흔들고 그를 올려다보며 생글 웃었다. 그는 숱이 많기는 하지만 비단처럼 매끄러우면서도 빳빳한 그녀의 짧은 머리카락이 자신의 손가락 사이에서 물결치는 것을 느꼈다. 그러고 난 뒤 손을 목덜미로 가져갔다가 밑으로 내렸다.

"지금처럼 한 번만 더 해 줘요. 온종일 당신이 그렇게 해 줬으면 하고 바랐어요." 그녀가 속삭였다.

"나중에." 로버트 조던이 목멘 소리로 대답했다.

"그럼 난 뭐람. 이런 모습을 날더러 가만히 지켜보고 있으란 말인가? 목석처럼 견디라고? 그럴 사람은 아무도 없을걸. 뭐 하나 좋은 일이라곤 없으니. 파블로가 돌아오든지 해야지 원." 파블로의 마누라가 큰 소리로 말했다.

마리아는 이제 파블로의 마누라도, 촛불을 켜 놓고 테이블에 둘러앉아 카드놀이를 하고 있는 다른 사람들도 안중에 없었다.

"포도주 한 잔 더 하겠어요, 로베르토?" 그녀가 물었다.

"그러지. 하고말고." 그가 대답했다.

"이제 너도 나처럼 주정뱅이를 얻겠구나. 이 양반이 그 괴상한 것을 컵에 부어 마시지 않았나. 내 얘기 좀 들어 보우, 잉글레스* 양반." 파블로의 마누라가 말했다.

"잉글레스가 아니라 미국 사람입니다."

"그럼 미국 양반, 내 말 좀 들어 보우. 어디서 잘 생각이지?"

"밖에서 자죠. 침낭이 있으니까요."

"그거 잘됐군. 오늘 밤은 날씨가 맑지?" 그녀가 물었다.

"곧 쌀쌀해지겠지만요."

"그렇다면 밖에서 주무시게. 당신은 밖에서 자고 당신 배낭은 내가 갖고 자면 되니까." 그녀가 말했다.

---

* '잉글레스'는 스페인어로 영국인을 뜻하지만 여기서는 국적에 관계없이 로버트 조던의 별명처럼 사용된다.

"잘됐군요." 로버트 조던이 대꾸했다.

"잠깐만 자리를 비켜 주겠어?" 로버트 조던이 아가씨에게 말하고 한 손을 그녀의 어깨에 얹었다.

"왜요?"

"필라르와 할 얘기가 있어서."

"꼭 자리를 비켜야 해요?"

"응."

"뭔데 그러나?" 파블로의 마누라는 아가씨가 동굴 입구로 걸어가 커다란 술 부대 옆에 서서 카드놀이판을 들여다보자 로버트 조던에게 물었다.

"그 집시 녀석 말로는, 내가 마땅히 해치웠어야……." 그가 말을 꺼내기 시작했다.

"그건 안 될 소리야. 그 녀석이 잘못 생각한 거야." 마누라가 갑자기 말을 가로챘다.

"만약 꼭 필요하다면 난……." 로버트 조던은 조용히, 그러나 말을 꺼내기 거북한 듯 말했다.

"당신은 그럴 수도 있었지. 하지만 그럴 필요 없어. 난 당신의 거동을 쭉 지켜보고 있었지. 하지만 당신 판단이 옳았어." 파블로의 마누라가 말했다.

"하지만 만약 필요하다면……."

"아냐. 그럴 필요는 전혀 없어. 집시 놈의 생각은 틀렸어." 파블로의 마누라가 말했다.

"하지만 남자란 의지가 박약해지면 오히려 무척 위험해지는 수도 있잖아요."

"아냐. 당신은 잘 몰라. 이것으로 이제 모든 위험의 가능성은 사라져 버렸어."

"이해가 잘 되지 않는데요."

"당신은 아직 젊으니까." 그녀가 말했다. "이제 곧 알게 될 테지." 그러고 나서 그녀는 아가씨를 향해 소리쳤다. "자, 마리아, 이제 얘기가 끝났어."

그러자 아가씨가 가까이 다가왔고, 로버트 조던은 손을 뻗어 그녀의 머리를 쓰다듬었다. 그녀는 마치 고양이 새끼처럼 그의 손에 자기 머리카락을 내맡기고 있었다. 이 아가씨는 당장이라도 울음을 터뜨릴 것 같군, 하고 그는 생각했다. 그러나 그녀는 입술을 꼭 깨물고는 그를 올려다보며 생글 웃었다.

"자, 이젠 가서 잠을 자는 게 좋겠어. 긴 여행을 했으니까." 파블로의 마누라가 로버트 조던에게 말했다.

"좋아요. 그럼 배낭을 갖고 오겠습니다." 로버트 조던이 대답했다.

7

그는 침낭 속에 들어가 잠이 들었다. 꽤 오랫동안 잤다고 생각했다. 침낭은 동굴 입구 건너 바위의 그늘진 솔밭에 깔았다. 잠을 자다가 몸을 돌려 누웠는데, 돌려 눕다가 한쪽 손목에 노끈으로 잡아매어 잠들기 전 침구 밑 옆구리에 넣어 둔 권총 위로 뒹굴었다. 어깨와 등이 뻐근했고, 다리는 축 늘어져 나른했으며, 온몸의 근육이 피로로 뻣뻣했기 때문에 굳은 땅바닥이 오히려 부드럽게 느껴질 정도였다. 피로한 탓에 플란넬로 속을 댄 침낭 속에서 마음껏 몸을 쭉 뻗고 눕는 것만으로도 향락적인 기분이 들었다. 잠이 깨자 그는 지금 자기가 있는 곳이 어딘가 하고 어리둥절했다. 그러고 나서 옆구리 밑에서 권총을 치우고 로프로 바닥을 댄 신발을 옷으로 꽁꽁 말아 놓은 것을 베개 삼아 그 위에 팔베개를 하고는 기분 좋게 사지를 쭉 펴고 다시 눈을 붙이려고 했다. 그는 한 손으로 베개를 감쌌다.

그때 그녀의 손이 어깨 위에 닿는 것을 느끼자 그는 오른손으로 침구 밑에 있는 권총을 잡고 홱 몸을 돌렸다.

"아, 당신이군." 그는 이렇게 말하고는 권총을 놓고 두 손을 내밀어 그녀를 끌어당겼다. 여자의 몸을 껴안은 두 팔을 통해 그녀가 바들바들 떨고 있는 것이 느껴졌다.

"이리로 들어와. 밖은 추워." 그가 부드럽게 속삭였다.

"아뇨, 안 돼요."

"들어오라니까. 얘기는 나중에도 할 수 있어." 그가 말했다.

여자는 바들바들 떨고 있었고, 그는 한 손으로 그녀의 팔목을 잡고, 다른 팔로는 그녀의 몸을 가볍게 껴안았다. 그녀는 얼굴을 돌리고 있었다.

"들어오라니까, 귀여운 토끼." 그가 이렇게 말하면서 여자의 목덜미에 키스했다.

"무서워요."

"무섭긴 뭐가 무서워. 자, 어서 들어와."

"어떻게 들어가요?"

"그냥 미끄러져 들어오면 돼. 안은 넓으니까. 내가 도와줄까?"

"괜찮아요." 그녀는 이렇게 말하고 침낭 안으로 기어 들어왔다. 그는 여자를 꼭 껴안고 입술에 키스하려 했지만, 그녀는 옷으로 말아 만든 베개에 얼굴을 푹 파묻고는 두 팔로 그의 목만 껴안고 있었다. 이윽고 그녀의 팔에 힘이 풀리자 그는 다시 그녀의 몸을 껴안았는데 또다시 몸을 부들부들 떠는 게 느껴졌다.

"괜찮아. 무서워할 것 없어. 그건 권총이야." 그가 말하고는 껄껄 웃었다.

그는 권총을 집어 등 뒤쪽에 밀어 넣었다.

"부끄러워요." 그녀가 얼굴을 돌린 채 말했다.

"아냐. 그럴 필요 없어. 자, 괜찮아."

"아니, 안 돼요. 부끄럽고 무서워요."

"괜찮다니까. 내 토끼, 제발."

"안 돼요. 당신이 나를 사랑하지 않는다면."

"사랑해."

"나도요. 아, 당신을 사랑해요. 당신 손을 내 머리 위에 얹어 줘요." 그녀는 베개에 얼굴을 파묻은 채 그를 바라보지도 않고 말했다. 그가 그녀의 머리에 손을 얹고 쓰다듬자, 다음 순간 그녀는 갑자기 베개에서 얼굴을 쳐들고 그의 두 팔에 안기며 자기 몸을 바싹 그의 몸에 밀었다. 그러고는 자기 얼굴을 그의 얼굴에 갖다 대고 눈물을 흘렸다.

그는 미끈한 젊은 여자의 육체를 더듬으면서 가만히 그러나 꼭 껴안았다. 그리고 머리를 쓰다듬으며 짠맛이 나는 젖은 두 눈에 키스를 퍼부었다. 그녀가 흐느껴 우는 동안 그녀가 입고 있는 셔츠 밑으로 둥글고 탄탄하게 솟아오른 젖가슴의 감촉이 느껴졌다.

"키스할 수가 없어요. 어떻게 하는지 모르거든요." 그녀가 속삭였다.

"키스 같은 건 안 해도 좋아."

"하고 싶어요. 키스해야 하잖아요. 뭐든 하겠어요."

"아무것도 하지 않아도 좋아. 괜찮아. 그런데 아가씨는 옷을 너무 많이 입고 있군."

"그럼 어떡하면 돼요?"

"내가 가르쳐 주지."

"이렇게 하니까 더 나아요?"

"응, 훨씬 좋아. 당신도 더 좋지 않아?"

"네, 훨씬 좋아요. 필라르가 말한 것처럼 난 당신하고 같이 갈 수 있는 거죠?"

"그럼."

"하지만 고향으로 가는 건 아닐 테죠. 당신과 함께요."

"아냐. 고향으로 가는 거야."

"아니, 아니, 아니에요. 당신과 함께 가서 당신의 아내가 될 거예요."

두 사람이 꼭 껴안고 누워 있는 동안 이제까지 두 사람을 가로막고 있던 장벽이 깨끗이 사라져 버렸다. 지금까지 거칠거칠한 옷의 촉감이 있던 곳에는 부드러움과 부드러움, 강한 밀착, 침낭 밖은 서늘하고 안은 따뜻하여 오랫동안 지속되는 따뜻함과 서늘함, 가볍고 길게 서로 꼭 포옹해도 서로의 몸만으로는 쓸쓸하고 텅 빈 것 같은 허전함, 솟아오르는 행복, 젊음과 사랑, 모든 것이 따뜻하고 부드러우면서도 어딘지 공허하고, 가슴이 저미는 듯한, 서로 꼭 껴안고 있는 가운데서도 느껴지는 고독 — 이러한 감정을 로버트 조던은 더 이상 참을 수 없어 마침내 입을 열었다. "이제까지 다른 누군가를 사랑해 본 적 있어?"

"한 번도 없어요."

그러고 난 뒤 그녀는 갑자기 그의 두 팔에 죽은 듯 안겨 속삭였다. "하지만 큰 봉변을 당한 적이 있었어요."

"누구한테?"

"여러 사람한테."

그녀는 마치 죽은 사람처럼 꼼짝도 않더니 그에게서 얼굴을 돌렸다.

"이제 나를 사랑해 주지 않을 테죠?"

"사랑해." 그가 말했다.

그러나 그에게 뭔가 변화가 일어났고, 그녀는 그것을 알아차렸다.

"아니에요. 당신은 이제 나를 사랑하지 않을 거예요. 그래도 당신은 나를 고향으로 데려다 주겠죠. 그러면 나는 고향으로 돌아가겠어요. 그리고 당신의 아내도 그 무엇도 되지 않겠어요." 그녀의 목소리는 생기가 없고 단조로웠다.

"난 당신은 사랑해, 마리아."

"아니에요. 그건 사실이 아니에요." 그녀가 말했다. 그러고 나서 애원하는 듯한, 그러면서도 희망에 가득 찬 어조로 마지막 한마디를 내뱉었다.

"하지만 난 이제까지 누구하고도 키스한 적이 없어요."

"자, 그럼 내게 키스해 줘."

"나도 하고 싶어요. 하지만 어떻게 하는지 모르겠어요. 봉변을 당했을 때, 난 아무것도 눈에 보이지 않을 때까지 저항했어요. 그래요, 정말 저항했어요……. 안간힘을 다해 끝까지……. 마침내 어떤 녀석이 내 머리 위에 올라타……. 전 그 놈을 입으로 막 물어뜯었어요……. 그랬더니 놈들은 내 입을 틀어막고 내 두 손을 머리 뒤에다 묶어 놓았어요……. 그래 놓고 다른 놈들도 내게 끔찍한 짓을 했어요." 그녀가 말했다.

"난 당신을 사랑해, 마리아. 어떤 놈도 아가씨에게 아무 짓도 하지 않았어. 놈들은 아가씨에게 손 하나 까딱할 수 없었어. 어떤 놈도 아가씨에게 손을 대지 않았어, 내 귀여운 토끼." 그가 말했다.

"그렇게 믿어 주는 거죠?"

"난 알고 있다니까."

"그런데도 나를 사랑할 수 있어요?" 그녀가 또다시 따뜻한 몸을 그에게 바짝 붙이면서 말했다.

"전보다 더 당신을 사랑할 수 있어."

"아주 멋지게 당신에게 키스해 보겠어요."

"한번 해 봐."

"어떻게 하는지 모른다니까요."

"그저 입술을 대면 돼."

그녀는 그의 뺨에 키스했다.

"틀렸어."

"코를 어디에 두는 거죠? 코를 어디에 둘까 늘 생각했어요."

"자, 머리를 옆으로 돌려 봐." 그러자 두 사람의 입술은 서로 꼭 포개졌다. 그녀는 누운 채 몸을 그의 몸에 대고 비비며 조금씩 입을 벌리기 시작했다. 그러자 그는 갑자기 그녀를 껴안은 채 아직까지 느껴 보지 못한 행복감을 맛보았다. 마음이 깃털처럼 가볍고, 사랑스럽고, 하늘을 날 듯이 기쁘고, 가슴 깊은 곳에서 행복이 솟아나고, 아무런 잡념도 없고, 피로도 근심도 모두 사라져 버린 채 다만 엄청난 희열을 맛볼 뿐이었다.

"내 귀여운 토끼. 내 사랑! 내 아름다운 사람! 내 귀여운 아가씨!"

"지금 뭐라고 했나요?" 마치 저 멀리서 이야기를 건네듯 그녀가 속삭였다.

"내 귀여운 사람!" 그가 대답했다.

두 사람은 여전히 누워 있었다. 그는 그녀의 가슴이 고동치는 것이 자신의 가슴에 전해 오는 것을 느낄 수 있었다. 그는 한쪽 발목으로 그녀의 발목을 아주 가볍게 비볐다.

"맨발로 왔잖아." 그가 말했다.

"네, 그래요."

"그럼 처음부터 이 속으로 기어 들어올 생각이었군."

"그래요."

"무섭지도 않았어?"

"네, 여간 무섭지 않았어요. 어떻게 신을 벗어야 하나 하는 게 더 무서웠어요."

"지금 몇 시나 되었을까? 로 사베스?(아가씨는 알아?)"

"몰라요. 시계 없어요?"

"있지만 아가씨 등 뒤에 있어."

"거기서 집어요."

"안 돼."

"그럼 내 어깨 너머로 들여다보면 되잖아요."

새벽 1시였다. 캄캄한 침낭 속에서 글자판이 빛나고 있었다.

"당신 수염이 내 어깨에 따끔따끔 닿아요."

"미안해. 면도할 도구가 없어서."

"하지만 좋은걸요. 당신 수염은 금발인가요?"

"응."

"길게 기를 건가요?"

"다리 일이 끝날 때까진 길지 않을 거야. 마리아, 내 말 좀 들어 봐. 아가씨는⋯⋯."

"내가 뭘요?"

"하고 싶어?"

"네, 뭐든 전부요. 제발요. 우리 둘이서 모든 걸 함께 한다면, 다른 일은 다시는 일어나지 않을 거예요."

"그렇게 생각했던 거야?"

"아뇨. 나도 생각하긴 했지만 필라르가 가르쳐 줬어요."

"그 여자는 참 영리한 사람이야."

"그리고 또 하나 가르쳐 준 게 있어요." 그녀가 나지막하게 속삭였다. "내겐 병이 없다고 당신한테 말하라고 그랬어요. 필라르는 그런 걸 많이 알고 있어요. 그래서 당신한테 그렇게 말하라고 했어요."

"나한테 말하라고 했다고?"

"네, 그래요. 난 필라르한테 모든 걸 얘기하고 당신을 사랑한다고 고백했어요. 오늘 처음 보았을 때부터 당신이 좋았거든요. 전에 당신을 본 적이 한 번도 없지만 그래도 계속 당신이 좋았어요. 그래서 필라르에게 이야기했죠. 그랬더니 필라르가 당신한데 뭔가 고백할 생각이라면, 병에 걸리지 않았다고 말하라는 게 아니겠어요. 그 밖에도 오래전에 필라르가 해 준 말이 있어요. 그 기차 폭파 사건 직후에요."

"뭐라고 말해 줬는데?"

"자신이 받아들이지 않는 한, 무슨 일이든 당할 수 없다고요. 또 내가 누군가를 사랑한다면, 그런 건 깨끗이 사라져 버리는 거라고요. 처음엔 정말이지 죽고 싶었어요."

"그녀 말이 옳아."

"하지만 이제 이렇게 되고 보니 그때 죽지 않은 것이 천만다행이에요. 당신 정말로 나를 사랑해 줄 수 있는 거죠?"

"암, 있고말고. 지금도 사랑하고 있잖아."

"난 당신의 아내가 될 수 있을까요?"

"지금 맡은 일을 하고 있는 동안은 아내를 가질 수 없어. 하지만 아가씨는 이제 내 아내잖아."

"한번 아내가 된다면 난 영원히 그럴 거예요. 난 이제 당신의 아내인 거죠?"

"그럼, 마리아. 그렇고말고, 내 귀여운 토끼."

그녀는 몸을 그에게 꼭 붙이고 자신의 입술로 그의 입술을 더듬었고, 그것을 찾아내자 꼭 갖다 댔다. 그는 신선하고 새롭고 부드럽고 젊고 사랑스러운 그녀의 육체를 느꼈다. 따뜻하면서도 끓어오르는 듯한 서늘한 냉기 속에서 자신의 옷이며 신발이며 의무처럼 벌써 몸에 익은 침낭 속에 들어가 있다는 것이 도무지 믿어지지 않았다. 그때 갑자기 그녀가 겁먹은 듯이 헐떡거리며 속삭였다. "자, 어서 빨리 할 일을 해요. 그러면 다른 건 모두 사라지고 말 테니까요."

"하고 싶어?"

"그럼요." 그녀가 미친 듯이 헐떡거렸다. "네, 네, 네, 어서 요."

8

　밤은 추웠지만 로버트 조던은 단잠을 잤다. 한때 눈을 뜨고 기지개를 켜면서 아가씨가 침낭 저쪽에서 새우등을 하고 가볍게 쌕쌕 규칙적으로 숨을 쉬고 있는 것을 보았다. 어둠 속에서 그는 차디찬 밤공기로부터, 별들이 빛나는 매섭고 싸늘한 하늘로부터, 콧등을 찌르는 밤공기로부터 머리를 따뜻한 침낭 안으로 집어넣고는 아가씨의 부드러운 어깨에 키스했다. 그녀가 잠을 깨지 않자 그는 그녀한테서 조금 옆으로 떨어져 누웠다. 그리고 침낭에서 냉기 속으로 다시 머리를 내밀고 피로에서 오는 길고 나른한 쾌감과 서로의 몸과 몸을 맞대는 포근하고 부드러운 촉감을 맛보면서 얼마 동안 눈을 뜨고 그냥 누워 있었다. 그러다가 침낭 속에서 두 다리를 펼 수 있는 데까지 쭉 펴고는 곧 다시 곤하게 잠이 들었다.

　먼동이 틀 무렵 그가 눈을 떴을 때 아가씨는 벌써 가 버리고 없었다. 눈을 뜨고 나서야 그것을 깨달았다. 팔을 뻗어 보니 침낭 속 그녀가 누웠던 곳은 아직도 따뜻하게 체온이 남아 있었다. 동굴 입구 쪽으로 시선을 옮기자 담요 끝에 서리가 내려앉아 있었다. 바위틈에서 가느다란 잿빛 연기가 피어오르는 것으로 보아 부엌에서 불을 때고 있는 것 같았다.

판초처럼 담요를 머리 위에 뒤집어쓴 사나이가 솔밭 속에서 걸어 나왔다. 로버트 조던은 그가 파블로이고, 또 그가 담배를 피우고 있다는 것을 알 수 있었다. 아래쪽으로 가서 말들을 우리에 몰아넣고 오는 길이구나, 하고 그는 생각했다.

파블로는 로버트 조던 쪽은 보지도 않고 담요 자락을 쳐들더니 동굴 안으로 들어갔다.

로버트 조던은 오 년이나 사용해 온 낡은 깃털 침낭의 손때 묻은 녹색 기구(氣球)용 비단 커버 위에 엷게 내린 서리를 손으로 만져 본 뒤 얼른 손을 침낭 안에 집어넣었다. 두 다리를 넓게 벌리고, 오랫동안 피부에 익숙한 플란넬 안쪽의 보들보들한 감촉을 느끼면서 '부에노.(기분 좋군.)' 하고 혼잣말을 내뱉었다. 그러고는 두 다리를 모은 뒤 옆으로 돌아누워 아침 해가 솟아오르리라고 생각되는 방향으로부터 머리를 돌렸다. 케 마스 다.(에라 모르겠다.) 한잠 더 자는 게 좋겠는걸, 하고 그는 생각했다.

비행기의 모터 소리에 잠이 깰 때까지 그는 계속 잤다.

등을 대고 드러누운 채 그는 파시스트군의 피아트* 비행기

---

* 이탈리아 토니노에 본부를 두고 있는 공업회사.

세 대가 정찰 비행을 하고 있는 것을 쳐다보았다. 조그마한 물체가 반짝이며 빠른 속력으로 안셀모와 그가 어제 왔던 방향으로 날아가고 있었다. 세 대가 시야에서 사라지자 이번에는 아홉 대가 나타나 아까보다 훨씬 높은 고도에서 세 대씩 삼각 편대를 지어 날아갔다.

파블로와 집시가 동굴 입구 그늘에 서서 하늘을 올려다보고 있었다. 로버트 조던이 가만히 누워 있자니 이제 하늘 전체가 마치 망치를 두드리는 듯 우르릉우르릉 엔진의 폭음으로 진동했다. 또다시 새롭게 육중한 폭음이 들리더니 이번에는 비행기 세 대가 개간지 위로 1000피트도 채 되지 않는 고도로 날아왔다. 이 세 대는 111형 쌍발 하인켈* 폭격기였다.

바위 그늘에 머리를 숨기고 있던 로버트 조던은 적기에서는 보일 리가 만무하다고, 또 설사 보인다 하더라도 아무런 상관이 없다고 생각했다. 만약 놈들이 이 산속에서 뭘 찾고 있었다면 어쩌면 우리 안에 있는 말들을 찾아냈을 것이다. 또 아무것도 찾고 있지 않았다 하더라도 역시 말들은 보았을 테지만 당연히 자기편 기병대의 말인 줄 알았을 것이다. 그가 이렇게 생각하는 동안 아까보다 더 우렁찬 폭음이 들려오면서 또다시 111형 하인켈 세 대가 가파르고 위세도 당당하게 한층 더 저공으로 정확한 편대를 짓고 접근해 오더니, 마침내는 귀청이 떨어져 나갈 듯한 굉음을 내면서 개간지 위를 날쌔게 스치고는 저쪽으로 멀리 사라져 갔다.

---

* 독일에서 생산한 중폭격기.

로버트 조던은 베개로 삼았던 옷을 풀어 셔츠를 입었다. 머리부터 푹 뒤집어쓰고 아래로 잡아당기고 있는데 또다시 그 다음 비행기가 날아오는 소리가 들렸다. 침낭 속에 누운 채 바지를 끌어당겨 입는 동안 쌍발 하인켈 폭격기 세 대가 또다시 날아왔다. 그 세 대가 산등성이 위를 지나갈 무렵 그는 권총을 허리에 차고 침구를 둘둘 말아 바위 옆에 놓고, 바위에 바싹 몸을 기대고 앉아 로프로 바닥을 댄 신발을 신는 중이었다. 바로 그때 아까보다도 더 우렁찬 폭음이 가까이에서 들리더니 하인켈 폭격기 아홉 대가 또다시 사다리꼴 편대를 짓고 날아왔다. 그러고는 온 하늘을 두 쪽으로 찢어 놓을 듯이 요란한 폭음을 내면서 지나갔다.

로버트 조던은 바위 가장자리를 따라 미끄러지듯 동굴 입구 쪽으로 다가갔다. 형제 중의 한 사람, 파블로, 집시, 안셀모, 아구스틴, 그리고 파블로의 마누라가 입구에 서서 바깥을 내다보고 있었다.

"전에도 이렇게 많은 비행기가 날아온 일이 있었습니까?" 그가 물었다.

"처음이야. 어서 안으로 들어와. 놈들한테 들키겠어." 파블로가 대답했다.

아침 햇빛은 아직 동굴 입구까지는 들지 않았다. 이제 막 개울가의 목초지 위에서 반짝이고 있었다. 로버트 조던은 이른 아침의 나무 그늘과 바위가 만든 완벽한 그늘에서는 들킬 염려가 없다고 생각했지만, 그래도 사람들의 신경을 자극하지 않으려고 동굴 안으로 들어갔다.

"굉장히 많이 날아오는걸." 파블로의 마누라가 말했다.

"좀 더 많이 날아올 겁니다." 로버트 조던이 받았다.

"어떻게 알지?" 파블로가 의심스럽다는 듯이 물었다.

"방금 지나간 놈들 뒤를 따라 반드시 추격기가 따라올 테니까요."

바로 그때 아까보다도 훨씬 요란스러운 폭음이 들려왔다. 5000피트가 넘는 고도로 날아가는 동안 로버트 조던이 세 보니 열다섯 대의 피아트가 세 대씩 V 자형으로 마치 기러기가 날아가는 것처럼 사다리꼴 편대를 지어 비행하고 있었다.

동굴 입구에 서 있는 사람들의 얼굴에 아주 심각한 표정이 감도는 것을 보고 로버트 조던이 물었다. "모두 이렇게 많은 비행기는 처음 보는 겁니까?"

"머리털 나고 처음이야." 파블로가 대꾸했다.

"세고비아에서도 이렇게 많이 날아오진 않죠?"

"이렇게 많이 날아온 적은 한 번도 없었어. 세 대 정도가 고작이었거든. 때로는 추격기가 여섯 대쯤 날아올 때도 있었지만. 그중 세 대는 아마 융커라고 하는 놈이었을 텐데, 커다란 엔진이 세 개나 달린 큰 비행기였어. 추격기들을 달고 왔지. 그런데 이렇게 많이 보긴 이번이 처음인걸."

불길한 징조군, 하고 로버트 조던은 생각했다. 정말 불길한 일이야. 이렇게 많은 적기가 집결하고 있다니 틀림없이 아주 심상치 않은 일이 일어난 것 같군. 놈들이 폭탄을 떨어뜨리는 소리에 귀를 기울여야겠는걸. 하지만 아니, 놈들은 아직 공격에 대비해서 부대를 집결시키진 못했을 거야. 틀림없이 오늘 밤이나 내일 밤까지는 걸릴 거야. 아직은 아닌 게 확실해. 어쨌든 이 시간에는 놈들이 아무것도 이동하지는 않았을 것이 분명해.

저 멀리로 사라져 가는 굉음이 아직도 그의 귓가에 맴돌았다. 그는 시계를 보았다. 지금쯤은 벌써 전선을, 어쨌든 먼저 날아간 놈들은 전선을 넘었을 것이다. 그는 스톱워치의 스위치를 눌러 초침이 째깍째깍 가도록 해 놓고 그것이 움직이는 모습을 들여다보았다. 아냐, 어쩌면 아직은 이를지도 몰라. 지금쯤이라면. 그래 그럴지도 몰라. 아마 지금쯤은 충분히 넘어갔을지도 모르지. 어쨌든 111형 쌍발 하인켈은 시속 400킬로미터니까. 그곳까진 오 분이면 능히 갈 수 있을 거야. 지금쯤은 벌써 완전히 산길을 넘어 아침 햇살에 온통 노란색과 갈색으로 물결치는 카스티야 평야를 내려다보고 있겠지. 노란색 평야 한가운데 하얀 도로가 여러 갈래로 뻗어 있고, 군데군데 조그마한 마을들이 흩어져 있는 들판 위로, 마치 바다 밑 모래 위에 상어의 그림자가 지나가듯 하인켈이 검은 그림자를 드리우며 그 위를 움직이고 있을 거야.

그러나 폭탄이 땅을 진동하며 터지는 소리는 전혀 들려오지 않았다. 그의 시계는 여전히 째깍거리고 있었다.

놈들은 콜메나르*나 에스코리알, 그렇지 않으면 만사나레스 엘 레알**의 공군 기지를 향해 가고 있는 거야, 하고 그는 생

---

* 스페인 남부 안달루시아 말라가 주에 있는 마을.
** 마드리드 북쪽에 있는 자치구.

각했다. 그곳에는 갈대숲 사이로 물오리들이 떠 있는 호수 위에 옛 성이 있고, 진짜 기지 바로 뒤에 별로 은폐하지 않은 채 바람에 프로펠러가 돌아가는 가짜 비행기들이 앉아 있는 가짜 비행장이 있지. 적기들이 목표로 삼고 있는 것은 틀림없이 그곳일 거야. 놈들이 이쪽의 공격 계획을 알고 있을 리는 만무해, 하고 그는 혼잣말했다. 이와 동시에 마음속에 있는 뭔가가 이렇게 속삭였다. 왜 그것을 모르겠어? 놈들은 다른 일들도 모조리 알고 있었는데.

"놈들이 말들을 봤을까?" 파블로가 말했다.

"말 같은 걸 찾아다니고 있는 게 아닙니다." 로버트 조던이 대꾸했다.

"하지만 놈들 눈에 띄지 않았을까?"

"그것을 찾으라는 명령을 받지 않았다면 그럴 리가 없죠."

"그래도 보긴 했을 게 아니냔 말이야?"

"아마 그렇지 않았을 겁니다. 거기 나무 위에 햇볕이 들지만 않았다면." 로버트 조던이 대답했다.

"거긴 이른 아침 일찍부터 햇볕이 드는 곳이야." 파블로가 비참한 표정으로 대꾸했다.

"놈들은 당신 말들을 찾는 것보다는 훨씬 더 중대한 임무를 띠고 있을 겁니다." 로버트 조던이 말했다.

스톱워치의 스위치를 누른 지 이미 팔 분이 지났는데도 폭격 소리는 아직 들리지 않았다.

"그 시계로 뭘 하고 있는 건가?" 파블로의 마누라가 물었다.

"놈들이 어디로 날아갔나 재고 있죠."

"아, 그렇군!" 그녀가 감탄했다. 십 분이 지나자 폭격 소리가 여기까지 이르는 시간을 일 분이라고 쳐도 이젠 벌써 여기서는 들리지 않을 정도로 멀리 사라졌을 것임을 깨닫고 그는 더 이상 시계를 들여다보지 않았다. 그러고는 안셀모에게 말을 건넸다. "영감님한테 할 말이 있는데요."

안셀모가 동굴 입구에서 밖으로 나오자 두 사람은 조금 걸어서 소나무 밑으로 가 섰다.

"케 탈?(어떻습니까?) 도대체 어떻게 돼 가고 있는 거죠?" 로버트 조던이 그에게 물었다.

"잘돼 가고 있어."

"아침은 드셨나요?"

"아니, 아직. 아무도 아침을 먹은 사람이 없어."

"그렇다면 얼른 식사를 하고 또 점심 준비까지 하십시오. 영감님은 도로의 망을 좀 봐 주셔야겠습니다. 길 위쪽으로 올라가거나 아래쪽으로 내려가는 것을 낱낱이 적어 주세요."

"난 글씨를 쓸 줄 모르는걸."

"쓸 필요가 없어요." 로버트 조던은 곧바로 수첩에서 종이 두 장을 찢어 내고, 칼로 연필 끝을 2.5센티미터 정도 잘라냈다. "이걸 갖고 탱크가 오거든 이렇게 표시해 놓으란 말입니다." 그는 비스듬하게 기운 탱크 한 대를 그려 보였다. "그리고 이 그림은 한 대에 하나씩 그리는데, 네 대를 그리고 나서 다섯 대째는 이 네 선에다 열십자를 그어 두십시오."

"우리도 그런 식으로 수를 세지."

"그럼 잘됐어요. 그럼 또 한 가지 표를 만들죠. 트럭은 바퀴 두 개와 상자 하나를 그리십시오. 이게 트럭인데, 만약 빈 트럭이라면 동그라미를 하나 그리는 거요. 또 군인을 가득 실은 트럭이라면 작대기를 그리세요. 이번에는 대포 표시인데, 큰 놈은 이렇게, 작은 놈은 이렇게. 이건 자동차 표시고요. 그리고 이건 앰뷸런스 표시입니다. 그 차는 이렇게 바퀴 두 개에 상자 하나를 그리고 그 위에 열십자를 그리면 돼요. 대열을 지어 걸어오는 부대는 중대마다 이렇게 그리세요. 아시겠죠? 조그마한 네모꼴을 그리고 그 옆에 표시를 해 놓는 거예요. 기마병이라면 이렇게, 아시겠죠? 말처럼 말입니다. 상자에 다리 네 개. 이건 말 스무 마리로 편성된 기마대의 표시죠. 아시겠습니까? 한 부대마다 표시를 하는 겁니다."

"알겠소. 기발한 생각이군."

"자, 그럼 이번에는 말입니다." 그는 커다란 바퀴 두 개 주위에 원을 그리고 포신을 표시하는 짧은 선을 그었다. "이것이 대전차포입니다. 고무 타이어가 붙어 있어요. 그 표시는 이렇게 하는 거예요. 그리고 이것은 고사포고요." 이렇게 말하면서 그는 바퀴 두 개에 위를 향한 포신을 그렸다. "이것도 역시 표시해 주세요. 알겠습니까? 이런 대포를 본 적 있어요?"

"그럼, 있고말고. 잘 알지." 안셀모가 대답했다.

"집시를 데리고 가서 영감님이 어느 지점에서 망을 보는지 똑똑히 알려 주십시오. 나중에 교대할 수 있도록. 안전한 곳에 있되 너무 가까이 가지는 마십시오. 그러면서도 잘 보이고 편한 곳을 고르세요. 교대하러 갈 때까지 그곳에서 망을 보는 겁니다."

"알겠어."

"그럼 좋습니다. 영감님이 돌아오면 도로를 통과한 것은 모두 알 수 있게 되는 겁니다. 한 장은 위로 올라가는 것에, 또 한 장은 아래로 내려가는 것에 쓰세요."

두 사람은 동굴 쪽으로 걸어갔다.

"라파엘을 제게 보내 주십시오." 로버트 조던은 이렇게 부탁하고 나무 아래에서 기다렸다. 안셀모가 동굴 속으로 들어가자 입구에 쳐 놓은 담요가 아래쪽으로 떨어졌다. 집시가 손으로 입가를 닦으면서 어슬렁어슬렁 걸어 나왔다.

"케 탈?(어떠셨소?) 어젯밤에 재미 많이 보셨나?" 집시가 물었다.

"잠을 잤지."

"거, 나쁘지 않았겠군." 집시가 말하며 히죽 웃었다. "담배 있어요?"

"할 말이 있어." 로버트 조던은 이렇게 말하고 주머니 속에서 담배를 찾았다. "안셀모와 함께 가서 그 영감이 도로 어디에서 망을 보는지 보고 와. 그 장소로 언제든지 나나 안셀모하고 교대할 사람을 안내할 수 있도록 확인하고 오란 말이야. 그런 다음에는 제재소가 잘 보이는 곳으로 가서 그곳 초소에 무슨 변동이 있는지 살펴봐."

"변동이라뇨?"

"지금 그곳에 병사가 몇이나 있지?"

"여덟 명 있죠. 마지막으로 봤을 때는 말이에요."

"그럼 지금은 몇이나 있는지 잘 보고 오란 말이야. 또 그 다

리에선 얼마 동안의 간격을 두고 보초들이 교대하는지도 알
아보고."

"얼마 동안의 간격을 두고요?"

"몇 시간씩 망을 보는지, 또 몇 시에 교대하는지 말이야."

"난 시계가 없어요."

"내 걸 갖고 가." 그가 시계를 풀었다.

"이거 참 멋진 시계인데요." 집시는 자못 감탄했다. "참 복
잡해 뵈는데요. 이런 시계라면 읽고 쓰고 할 수도 있겠네요.
이 글자판도 참으로 복잡하게 생겼군. 이 세상에 그 어떤 시계
도 능가하는 최고의 시계일 테죠."

"시계 갖고 쓸데없는 소리는 그만둬. 시간을 볼 줄이나 아
는 거야?"

"그걸 왜 몰라요? 12시면 대낮. 그땐 배가 고프죠. 또 다른
12시는 한밤중. 그땐 잠을 잘 시간이고. 아침 6시엔 배가 고프
죠. 저녁 6시엔 술에 취해 있을 테지, 운이 좋을 때 말이지만.
그리고 밤 10시엔……."

"아, 그만 입 다물어. 지금 농담하고 있을 때가 아냐." 로버
트 조던이 그의 말을 가로막았다. "자네에게 부탁하고 싶은
건, 큰 다리 쪽과 아래쪽 도로에 있는 초소의 보초, 마찬가지
로 제재소와 조그마한 다리 쪽의 보초를 잘 살펴보고 오라는
거야."

"할 일이 굉장히 많군요. 나 말고는 보내고 싶은 녀석이 없
어요?" 집시가 빙긋 웃었다.

"없어, 라파엘. 아주 중요한 일이야. 그러니까 무척 조심해

서 놈들에게 들키지 않도록 해야 해."

"절대 들키지 않을 거예요. 그런데 어째서 들키지 않도록 하라는 거죠? 내가 총알이라도 맞고 싶어 하는 줄 알아요?" 집시가 말했다.

"좀 진지하게 받아들여. 무척 중대한 일이라고." 로버트 조던이 말했다.

"나더러 진지하라고 부탁하는 거요? 어젯밤에 당신이 그렇게 일을 처리하고도? 당신은 어젯밤에 사람을 해치워야 했는데 그러지 않고 대신 뭘 했죠? 사람을 죽여야 했지 사람을 만들어 내야 하는 게 아니었어요! 우리는 오늘 아침 방금, 우리 할아버지 선조 대부터 아직 태어나지 않은 손자 대까지, 고양이에서 산양과 빈대까지 몽땅 몰살시킬 만큼 많은 비행기가 하늘 가득 떠 있는 것을 봤죠. 마치 당신 어머니의 젖이 금방이라도 굳어 버릴 만큼 요란한 소리를 내고 사자처럼 으르렁거리면서 하늘을 새까맣게 덮으며 지나가는데, 그런데 당신은 나를 보고 일을 진지하게 받아들이라고 말하는군요. 난 벌써부터 너무 진지해서 탈인데."

"알았어. 그렇다면 너무 진지하게 받아들이지 않아도 좋아." 로버트 조던이 이렇게 말하고는 웃으며 집시의 어깨에 손을 얹었다. "자, 어서 아침을 먹고 떠나."

"그럼 당신은요? 당신은 뭘 할 건가요?" 집시가 물었다.

"난 엘소르도 영감을 만나러 가야 해."

"그런 비행기들이 날아온 뒤니까 온 산중을 샅샅이 뒤져도 사람 새끼 하나 없을지도 몰라요. 오늘 아침 그놈들이 지나갔을 때 비지땀깨나 흘린 놈들이 많았을 거요." 집시가 말했다.

"놈들은 게릴라 소탕이 아니라 다른 임무를 띠고 있는 거야."

"그렇겠죠. 하지만 소탕 작전을 하고 싶을 때는……." 집시가 이렇게 말하고는 고개를 흔들었다.

"케 바.(천만에.) 그건 최고급의 독일제 폭격기야. 집시를 몰아내는 데 그런 걸 사용하진 않아."

"그 때문에 난 간이 콩알만 해졌다고요. 글쎄, 난 그런 일에 대해선 그만 겁이 덜컥 나거든요."

"놈들은 비행장을 폭격하러 간 거야." 동굴 속으로 들어가면서 로버트 조던이 그에게 말했다. "내 짐작이 거의 틀림없을 거야."

"지금 뭐라고 했지?" 파블로의 마누라가 물었다. 그녀는 커피를 잔에 따른 뒤 농축 우유 깡통을 그에게 건네주었다.

"우유가 다 있어요? 이런 사치가 있다니!"

"없는 게 없지." 그녀가 대꾸했다. "한데 비행기가 날아온 뒤로 다들 엄청나게 겁을 집어먹고 있어. 그래서 놈들이 어디로 갔다고?"

로버트 조던은 깡통에 뚫어 놓은 구멍으로 커피 잔에 우유를 따르고 컵 가장자리로 깡통을 훑고 나서, 커피가 희뿌연 갈색이 될 때까지 휘저었다.

"비행장을 폭격하러 간 게 틀림없어요. 어쩌면 에스코리알이나 콜메나르로 갔을 거요. 그 세 대열이 전부."

"아예 멀리 가서 이 근처엔 얼씬도 안 했으면 좋겠는데." 파블로가 내뱉었다.

"그렇다면 뭘 하러 이곳에 왔을까? 뭐 때문에 하필 지금 왔을까? 그런 비행기는 난생처음 봤어. 그것도 그렇게 많이. 놈들이 공격 준비를 하고 있는 걸까?" 파블로의 마누라가 물었다.

"어젯밤 도로에 무슨 움직임이 있었습니까?" 로버트 조던이 물었다. 마리아가 바로 옆에 있었지만 그는 그녀를 바라보지 않았다.

"이봐, 페르난도." 파블로의 마누라가 불렀다. "자네 어젯밤에 라그랑하에 가 있었지? 무슨 움직임이라도 있던가?"

"아무 변동도 없던데요." 로버트 조던이 처음 보는, 서른다섯 살쯤 되어 보이는 작달막한 키에 얼굴이 정직하게 생긴 사나이가 대답했다. 한쪽 눈이 사팔뜨기였다. "여느 때와 마찬가지로 화물 자동차가 몇 대 지나갔을 뿐이에요. 승용차 몇 대하고요. 내가 있을 동안엔 부대 이동 같은 건 없었어요."

"당신은 매일 밤 라그랑하에 가나요?" 로버트 조던이 그 사나이에게 물었다.

"내가 아니면 다른 녀석이 가죠. 좌우간 누군가는 가요." 페르난도가 대답했다.

"소식을 들으려고 가지. 또 담배를 사러 가기도 하고. 이것저것 자질구레한 물건을 구하러 가지." 파블로의 마누라가 말했다.

"그곳에도 아군들이 있어요?"

"있죠. 왜 없겠어요? 발전소에서 일하는 사람들이지. 그 밖에도 좀 있고요."

"무슨 소식이 있었나요?"

"푸에스 나다.(아무 일도 없어요.) 북쪽은 여전히 신통치 못한 모양이에요. 그건 새로운 소식이라고도 할 수 없죠. 북쪽은 시작부터 늘 그 모양이었으니까."

"세고비아 쪽에서 들어온 소식은 못 들었고?"

"못 들었는데요, 옴브레.(젊은 양반.) 하기야 물어보지도 않았지만."

"당신은 세고비아에도 가나요?"

"가끔 가죠. 하지만 거긴 위험해요. 검열이 심해서 신분증을 조사하거든요." 페르난도가 말했다.

"비행장을 알아요?"

"아니, 모르겠는데요, 옴브레.(젊은 양반.) 어디 있는지는 알지만 가까이에서 본 적은 없어요. 맞아요, 그곳은 조사가 무척 심해요."

"어젯밤에 오늘 아침 비행기들에 대해 얘기하는 사람은 없었어요?"

"라그랑하에서? 아무도 없었어요. 하지만 오늘 밤엔 틀림없이 비행기 얘기가 많이 나올 거요. 어젯밤엔 케이포 데 야노*의 방송에 대해 얘기들 하더군요. 그뿐이오. 아, 그래요, 공화파 군대가 공격 준비를 하고 있는 것 같대요."

"뭘 준비하고 있다고요?"

"공화파 군대가 공격에 들어갈 준비를 하고 있다고요."

---

* 곤잘로 케이포 데 야노 이 시에라(1875~1951). 스페인 군부의 파시스트 장군.

"어디서요?"

"그게 확실치 않아요. 어쩌면 이 지방이 될지도 모르죠. 시에라의 다른 지방이 될지도 모르고요. 그런 소문을 들은 적 있어요?"

"라그랑하에서 그런 얘기를 한다고요?"

"그래요. 난 잊고 있었지만. 공격한다는 얘기는 종종 듣고 있었죠."

"그런 얘기가 도대체 어디서 나올까요?"

"어디서 나오느냐고요? 그야 여러 놈 입에서 나오죠. 장교들이 세고비아나 아빌라의 카페에서 지껄이는 걸 웨이터들이 엿듣거든요. 발 없는 말이 천 리 간다잖아요. 공화파 군대가 이 지방에서 공세로 나올 거라고 하는 소문은 얼마 전부터 있었죠."

"공화파 측에서 공격한단 말인가요, 아니면 파시스트 측에서 한단 말인가요?"

"공화파 측에서죠. 만약 파시스트 측이라면 모르는 사람이 없을 테죠. 그래요, 꽤 큰 공세인 것 같습니다. 어떤 사람은 두 군데서 공세가 있을 거라고 하던데요. 하나는 이 지역이고, 또 하나는 에스코리알 부근의 알토데레온*에서라나요. 당신은 아무 소문도 못 들었어요?"

"그 밖에 또 다른 얘기 들은 거 없어요?"

"나다, 옴브레.(없어요, 젊은 양반.) 그뿐이오. 아, 참, 이런 얘

---

* 스페인 중부에 위치한 소도시.

기도 하데요. 공격이 있게 되면 공화파 사람들이 다리들을 폭파하려고 할지도 모른다고요. 하지만 다리에는 보초들이 서 있죠."

"지금 농담하는 거죠?" 로버트 조던이 커피를 마시면서 물었다.

"아니요, 옴브레.(젊은 양반.)" 페르난도가 대꾸했다.

"이 사람은 농담 같은 건 할 줄 몰라. 오히려 너무 안 해서 탈이지." 파블로의 마누라가 말했다.

"그렇다면 여러 가지 정보를 들려 줘서 고맙군요. 그 밖에 또 들은 건 없소?" 로버트 조던이 물었다.

"없어요. 사람들은 여전히 이 산으로 군대를 보내 깨끗이 소탕한다고 그러더군요. 벌써 소탕 중에 있다는 얘기도 있고. 바야돌리드에서 이미 군대가 출동했다고도 하데요. 하지만 그 녀석들은 밥 먹고 하는 일이 지껄여 대는 것뿐이라서. 그러니 그따위 얘기야 귀담아 들을 필요가 없어요."

"그런데도 당신은 그놈의 안전 얘기나 떠벌리고 있으니 원." 파블로의 마누라가 악의에 가까운 말투로 파블로에게 말했다.

그러자 파블로는 생각에 젖은 얼굴로 그녀를 빤히 쳐다보며 턱을 긁었다. "임자는 임자대로 다리 얘기만 하잖아." 그가 내뱉었다.

"무슨 다리요?" 페르난도가 쾌활하게 말했다.

"이 바보 멍텅구리. 미련한 놈. 톤토.(돌대가리 녀석.) 커피 한 잔 더 마시고 들은 정보나 더 기억해 내 봐." 파블로의 마누라가 그에게 쏘아붙였다.

"왜 이리 화를 내쇼, 필라르 아주머니." 침착하지만 여전히 명랑한 어조로 페르난도가 말했다. "소문 따위에 놀라는 사람이 어디 있어요? 지금 아주머니와 이 동지에게 기억해 낼 수 있는 건 죄다 이야기했다고요."

"더 이상 기억나는 게 없어요?" 이번에는 로버트 조던이 물었다.

"없다니까요. 그만큼이라도 기억하는 게 다행이죠. 밤낮 뜬소문만 가득해서 그런 것 따위는 조금도 주의해 듣지 않았으니까." 페르난도가 위엄 있게 대답했다.

"그렇다면 더 있을지도 모르잖아요?"

"물론 더 있을지도 모르죠. 하지만 난 주의해서 듣지 않았어요. 일 년 내내 뜬소문만 듣고 있었으니까."

로버트 조던은 뒤에 서 있던 마리아가 참다못해 툭 터뜨리는 듯한 코웃음 소리를 들었다.

"한 가지만 더 소문을 말해 봐요, 페르난도." 마리아가 이렇게 말하더니 어깨를 으쓱했다.

"설사 기억해 낼 수 있다 하더라도 얘기하고 싶지 않아. 뜬소문을 듣고 그걸 대단한 일로 여기는 건 사내의 위신을 떨어뜨리는 거니까." 페르난도가 대꾸했다.

"그걸로 우리 공화파를 구하는 거야." 파블로의 아내가 말했다.

"천만에. 임자는 다리를 폭파해서 공화파를 구할 테지." 파블로가 아내에게 내뱉었다.

"자, 식사가 끝났거든 이제 그만 출발하죠." 로버트 조던이 안셀모와 라파엘에게 말했다.

"지금 곧 가리다." 노인이 대답하자 두 사람이 자리에서 일어섰다. 로버트 조던은 누가 자기 어깨에 손을 얹는 것을 느꼈다. 마리아였다. "당신도 먹어야죠." 그녀가 손을 얹은 채 말했다. "많이 먹고 소문을 더 많이 들어도 배가 끄떡없도록 해야 돼요."

"소문만 듣다 보니 식욕이 가셨어."

"안 돼, 그래선 안 되죠. 자, 소문이 더 들어오기 전에 이걸 먹어요." 그녀는 그의 앞에 사발을 놓았다.

"놀리지 마. 난 아가씨의 친한 친구잖아, 마리아." 페르난도가 그녀에게 말했다.

"당신을 놀리는 게 아녜요, 페르난도. 이 사람에게 농담했을 뿐이지. 어쨌든 이 사람도 먹어야지, 안 그러면 배고프지 않겠어요?"

"자, 같이 듭시다. 필라르 아주머니, 우리에게 먹을 걸 주지 않는 까닭이 뭐요?" 페르난도가 물었다.

"까닭은 무슨 까닭." 파블로의 아내는 그의 그릇에 스튜를 가득 떠 주었다. "자, 어서 들어. 아, 그래, 자네가 할 수 있는 일이라곤 먹는 것뿐이니까. 자, 어서 먹으라고."

"맛이 참 좋은데요, 필라르 아주머니." 페르난도가 여전히 위엄 있는 목소리로 말했다.

"고마워. 고맙고 또 고마워." 파블로의 아내가 받았다.

"나한테 화났어요?" 페르난도가 물었다.

"아냐. 어서 먹기나 해. 많이 들기나 하라고."

"그럼 잘 먹겠습니다. 고마워요." 페르난도가 말했다.

로버트 조던이 마리아를 바라보자 그녀의 어깨가 또다시 흔들리기 시작하더니 이내 저쪽으로 얼굴을 돌렸다. 페르난도는 거만하고 위엄 있는 얼굴로 천천히 먹기 시작했다. 그가 들고 있는 커다란 스푼도, 입가에서 조금씩 흘러내리는 국물도 그 위엄을 떨어뜨리지는 않았다.

"이 음식 괜찮나?" 파블로의 아내가 그에게 물었다.

"괜찮고말고요, 필라르 아주머니. 언제나처럼요." 그가 입 안 가득 음식을 넣고 대답했다.

로버트 조던은 그의 팔 위에 올려놓은 마리아의 손을 느꼈고, 그녀가 손가락 끝에 힘을 주어 누르는 것이 기분 좋았다.

"언제나처럼이어서 좋아한다는 거야?" 파블로의 아내가 페르난도에게 물었다.

"그렇지. 이제 알겠어. 언제나처럼 스튜란 말이군. 코모 시 엠프레.(언제나처럼 말이야.)" 그녀가 말을 이어 나갔다. "북쪽 정세는 신통치 않아. 언제나처럼 말이지. 이곳에서 공격이 있을 거야. 언제나처럼. 군대가 우리를 소탕하러 올 거야. 그것도 언제나처럼. 자넨 기념비 노릇이나 할 수 있겠군, 언제나처럼."

"하지만 지금 말한 것 중 나중 두 개는 그저 뜬소문이라니까요, 필라르 아주머니."

"스페인은 이래." 파블로의 아내가 날카롭게 쏘아붙였다. 그런 다음 로버트 조던 쪽으로 얼굴을 돌렸다. "다른 나라에도 이딴 위인들이 있을까?"

"스페인 같은 나라는 이 세상에 없죠." 로버트 조던이 정중히 대답했다.

"당신 말이 맞아요. 이 세상 어딜 가도 스페인 같은 나라는 없어요." 페르난도가 대꾸했다.

"다른 나라에 가 본 적이 있기나 하고?" 파블로의 아내가 그에게 물었다.

"그야 못 가 봤죠. 가 보고 싶지도 않고요." 페르난도가 대꾸했다.

"봤지? 저렇다니까." 파블로의 아내가 로버트 조던에게 말했다.

"페르난도, 발렌시아에 갔던 얘기 좀 해 줘요." 이번에는 마리아가 한마디 거들었다.

"난 발렌시아가 싫었어."

"왜요? 왜 싫어했는데요?" 마리아가 이렇게 물으며 또다시 로버트 조던의 팔을 눌렀다.

"그놈들은 버르장머리가 없어. 난 놈들을 이해할 수가 없어. 서로들 '체(그래)' 소리만 지껄여 대고 있지."

"그 사람들이 당신 말을 알아들어요?" 마리아가 물었다.

"다 모르는 체하던데." 페르난도가 대답했다.

"그럼 거기서 뭘 했어요?"

"바다 구경도 못 하고 그냥 돌아오고 말았지. 놈들이 마음에 안 들어." 페르난도가 대답했다.

"아, 여기서 썩 꺼져 버려! 이 계집애 같은 녀석아. 어서 나가. 더 있으면 토할 것 같으니까." 파블로의 아내가 고함을 질렀다. "발렌시아는 내 생애에서 가장 좋은 시절을 보냈던 고장이야. 바모스!(아!) 발렌시아! 내 앞에선 발렌시아 얘기는 입도 뻥긋하지 마."

"그곳에서 뭘 했기에요?" 마리아가 물었다. 파블로의 아내는 커피 한 잔에 빵 한 조각, 스튜 한 사발을 앞에 놓고 테이블 아래쪽에 앉았다.

"케?(뭘?) 우리가 거기서 뭘 했느냐고? 내가 거기 있을 때 피니토는 페리아*에 세 번 투우 계약을 맺었지. 그렇게 사람이 많은 건 처음 봤어. 카페에 그렇게 많은 사람들이 들끓는 것도 처음이었어. 글쎄 몇 시간을 기다려도 자리 하나가 나질 않더라니까. 전차에도 탈 수 없었고. 발렌시아에선 밤낮을 가리지 않고 늘 소동이 벌어졌거든."

"아주머니는 뭘 했는데요?" 마리아가 물었다.

"안 한 일이 없지. 우리는 바닷가로 가서 물 위에 둥둥 떠 있었지. 그런데 황소들이 바다에서 돛단배를 끌고 오는 게 아니겠어. 황소들을 자꾸 물속으로 몰아넣으면서 헤엄치게 만들더라고. 그러더니 배에다 소를 잡아매고 걸을 수 있는 데까지 끌고 나와 모래밭 위쪽으로 비틀거리며 끌어당겨 올리더란 말이야. 잔파도가 길게 해변에 물결치는 아침부터 황소 열 마리가 돛단배를 바다에서 끌어올리는 거야. 그게 바로 발렌시아야." 파블로의 아내가 대답했다.

"소 구경 말고 또 무슨 일을 했어요?"

---

* 해마다 봄에 열리는 축제로 투우를 보기 위해 수많은 인파가 몰려든다.

"식사는 모래밭에 있는 정자에서 했지. 잘게 토막 내서 요리한 생선에 빨갛고 푸른 고추, 쌀알만 한 작은 호두를 넣어 만든 과자를 먹었지. 얇은 조각으로 쌓아 올린 듯한 이 과자는 이루 말할 수 없을 만큼 맛이 좋았어. 생선도 둘이 먹다 하나가 죽어도 모를 맛이었지. 금방 바다에서 잡아 온 큰 새우는 라임주스를 끼얹어 먹거든. 볼그레한 달콤한 큰 새우는 네 입에 먹어 치울 수 있어. 그런 걸 우린 실컷 먹었다니까. 그리고 껍질째 넣은 조개니 조가비니 홍합이니 조그마한 뱀장어니 하는 바다에서 갓 잡은 신선한 해산물로 만든 파에야를 먹었지. 그다음엔 무척 작은 뱀장어를 기름에 튀겨 먹었는데, 콩나물처럼 작고 귀여운 것들이 비비 꼬여 있고 또 어찌나 부드럽던지 입에 넣기가 무섭게 사르르 녹아 버리더라고. 거기에 한 병에 30센티모* 하는 차갑고 산뜻한 백포도주를 계속 마셨고. 그리고 마지막으로 멜론을 먹었어. 거긴 멜론의 본고장이거든."

"멜론이라면 카스티야 것이 더 좋지." 페르난도가 대꾸했다.

"케 바.(천만에.) 카스티야 멜론은 용두질하는 데나 쓰는 거야. 발렌시아 것은 먹는 데 쓰는 거고. 팔뚝만 하게 기다란 멜론, 바다처럼 푸르고, 자르면 아삭아삭하고 단물이 질질 흘러 나오고, 여름날의 이른 아침보다 시원한 그 멜론 생각을 하면 침이 줄줄 흘러. 아, 그 보드랍고 아주 조그마한 뱀장어가 쟁반에 수북이 쌓여 있는 모습만 생각해도 난 죽을 지경이야. 그리고 또 오후 내내 피처로 주문해 맥주를 마셨어. 커다란 물그

---

* 1869년부터 2002년까지 통용된 스페인의 가장 작은 통화 단위.

롯만 한 잔은 차가워서 겉에 땀 같은 물방울이 맺혔지." 파블로의 아내가 말했다.

"그럼 먹거나 마시거나 하지 않을 땐 뭘 했나요?"

"발코니에 나뭇조각으로 만든 발을 치고, 돌쩌귀가 달린 문 위쪽 틈으로 서늘한 산들바람이 불어 들어오는 방 안에서 사랑을 나눴지. 발을 치면 한낮이라도 방 안은 어두컴컴했고, 거리에서 꽃 시장의 꽃향기가 풍겨 왔고, 페리아가 계속되는 동안 정오 때마다 밧줄에 매달아 시내까지 길게 이어 불꽃을 터뜨리는 화약 냄새가 흘러들어 오는 방에서 우린 사랑을 나눴어. 온 시내로 길게 연결해 놓은 폭죽들이 전차의 전선과 전주를 따라 큰 소리를 내며 펑펑 터져 나갔어. 믿기지 않을 정도로 요란한 소리를 내면서 전선에서 전선으로 튀어 나갔지.

우리는 한바탕 사랑을 나눈 뒤에 겉에 물방울 뚝뚝 떨어지는 맥주를 또 한 잔 주문하는 거야. 계집애가 가져오면 내가 문가에서 받아 들고 그 차디찬 맥주 잔을 자고 있는 피니토의 등에 올려놓거든. 맥주가 왔는데도 피니토는 눈을 뜨지 않은 채 '왜 이래, 필라르. 그러지 마. 그러지 말라니까. 조금만 더 자게 내버려 둬.' 하는 게 아니겠어. 그러면 내가 '안 돼, 어서 눈을 뜨고 얼마나 찬지 좀 마셔 봐.' 이렇게 말하고, 그는 눈도 뜨지 않은 채 꿀꺽꿀꺽 마시고는 도로 자 버리는 거야. 그럼 난 침대 발치에 있는 베개에 등을 기대고는 자고 있는 피니토의 햇빛에 탄 갈색 피부, 까만 머리카락, 그 젊은 모습을 가만히 바라보면서 맥주를 모두 마셔 버리는 거야. 마침 길거리를 지나가는 악대의 소리에 귀를 기울이면서. 당신이 이런 걸 어떻게 하나라도 알겠단 말이야." 그녀가 파블로에게 말했다.

"우리도 함께 여러 가지를 하지 않았나." 파블로가 말했다.

"아, 그렇지. 했고말고. 당신도 한창 때는 피니토보다 더 남자다운 데가 있었지. 하지만 당신과 난 한 번도 발렌시아엔 가본 일이 없었어. 발렌시아에서 한 침대에 누운 채 악대가 지나가는 소리를 들은 적도 없었고." 그의 아내가 말했다.

"그건 불가능한 일이었어. 발렌시아에 같이 갈 기회가 없었으니까. 사리에 맞게 생각해 보면 알 거야. 하지만 임자도 기차를 폭파한 일만큼은 피니토하고 같이 한 적이 없을걸." 파블로가 그녀에게 대꾸했다.

"없었지. 우리한테는 그 일밖에는 남은 할 일이 없었으니까. 기차, 그렇지, 툭하면 기차지. 그것만큼은 어느 누구도 달리 말할 순 없을 거야. 제아무리 게으르고 타락하고 실패해도 그것만은 남을 거야. 물론 전에는 그 밖에 다른 일도 많았지. 난 불공평하게 굴고 싶진 않아. 하지만 발렌시아의 일에 대해서는 어느 누구도 달리 말할 수 없을 거야. 내 말 알아듣겠어?"

"그래도 난 발렌시아가 싫어요. 발렌시아가 마음에 안 든다고." 페르난도가 조용하게 말했다.

"노새만큼 고집 센 짐승도 없다더니. 마리아, 떠나야 하니까 어서 상을 치워." 파블로의 아내가 말했다.

그녀가 이렇게 말하고 있을 때 비행기들이 돌아오는 소리가 처음으로 들려왔다.

9

모두 동굴 입구에 서서 비행기를 바라보았다. 보기 흉한 화살촉 같은 모양을 한 폭격기들이 요란스러운 엔진 소리로 하늘을 가르면서 빠른 속도로 높이 날아갔다. 마치 상어처럼 생겼군, 하고 조던은 생각했다. 넓은 지느러미에 콧날이 날카로운 멕시코 만의 상어 말이야. 하지만 은빛으로 빛나는 넓은 날개라든지, 우르릉우르릉 폭음을 울리는 것이라든지, 햇살에 반사되어 반짝이는 안개 같은 프로펠러를 보아서는 이 비행기들은 상어처럼 움직이진 않아. 이 비행기들처럼 움직이는 것은 이제까지 아무것도 없었지. 마치 기계로 만든 운명처럼 움직이는구나.

글이라도 써 둬야겠는걸, 하고 그는 혼자 중얼거렸다. 어쩌면 뒤에라도 쓸 기회가 있을지 모르지. 그때 마리아가 그의 팔에 매달리는 것이 느껴졌다. 그녀도 하늘을 올려다보고 있었다. 그가 그녀에게 말했다. "저것들이 뭐처럼 보이지, 구아파?(귀여운 아가씨?)"

"잘 모르겠어요. 죽음 같다는 생각이 들어요." 그녀가 대답했다.

"내겐 비행기로만 보이는데. 그런데 조그만 놈들은 어디 갔을까?" 파블로의 아내가 말했다.

"다른 지역을 날고 있을 테죠. 저 폭격기들은 속력이 아주 빠르니까 기다릴 수가 없어서 혼자 돌아왔을 겁니다. 아군이 전선 저쪽까지 쫓아가 싸우는 일은 절대로 없어요. 그렇게 위험한 짓을 할 만큼 비행기가 충분치 않으니까요." 로버트 조던이 대답했다.

바로 그때 하인켈 전투기 세 대가 V 자형 편대를 짓고 개간지 위로 낮게 날아와 요란한 폭음을 울리면서 날갯죽지를 옆으로 비스듬히 기울이고는, 콧등이 꼬집힌 보기 흉한 장난감처럼 나뭇가지를 스칠 듯 이쪽으로 날아왔다. 그리고 갑자기 무서울 만큼 실물 크기로 확대되었다가 다음 순간 날카로운 굉음을 내며 어느새 저쪽으로 날아가 버렸다. 어찌나 낮게 날았던지 동굴 입구에 서 있는 그들에게는 헬멧에 비행 안경을 쓴 조종사들과 정찰기장의 머리 뒤쪽으로 휘날리는 스카프까지 보일 정도였다.

"암만해도 저놈들한테 말들을 들킬 것 같군." 파블로가 말했다.

"당신 담배꽁촌들 못 봤을라고. 어서 냉큼 담요를 내리지 못해." 그의 아내가 다그쳤다.

비행기는 더 이상 날아오지 않았다. 다른 비행기들은 멀리 산 너머로 돌아간 모양이었다. 우르릉 소리가 사라지자 그들은 동굴에서 개간지로 나왔다.

하늘은 이제 텅 빈 것이 드높고 푸르고 맑기만 했다.

"마치 꿈에서 깨어난 것만 같네요." 마리아가 로버트 조던에게 말했다. 폭음이 귓가에 거의 들리지 않게 사라져 가자 손가락 하나를 가볍게 댔다가 떼고 다시 대는 듯한, 거의 들릴락 말락 한 마지막 응 하는 소리마저 나지 않았다.

"꿈을 꾸는 게 아냐. 동굴 안으로 들어가서 설거지나 해." 필라르가 마리아에게 말했다. 그러더니 이번에는 로버트 조던 쪽으로 몸을 돌리고 물었다. "그럼 어떻게 할까? 말을 타고 갈까, 아니면 걸어서 갈까?"

파블로가 그녀를 바라보며 뭐라고 투덜거렸다.

"좋을 대로 하시죠." 로버트 조던이 대답했다.

"그럼 걸어가지. 그러는 게 간(肝)에도 좋을 테니까." 그녀가 말했다.

"말을 타고 가도 간에 나쁘진 않을걸요."

"그건 그래. 하지만 궁둥이가 아플 테지. 우린 걷기로 하고, 당신은……." 그녀는 파블로 쪽으로 고개를 돌렸다. "아래쪽에 내려가 말들이나 세어 봐. 또 도망가지는 않았는지 살펴보라고."

"당신은 말을 타고 싶지 않은가?" 파블로가 로버트 조던에게 물었다.

"아뇨, 고맙긴 하지만. 그럼 이 아가씨는 어떡하죠?"

"그 애도 걷는 편이 나을 거야. 이제 몸뚱어리 이곳저곳이 굳어지면 아무짝에도 쓸모가 없게 될 테니." 필라르가 말했다.

로버트 조던은 얼굴이 화끈 달아오르는 것을 느꼈다.

"어젯밤은 잘 잤소?" 필라르가 묻고는 다시 말을 이었다. "병이 없다는 건 사실이야. 병에 걸릴 뻔도 했지만. 왜 안 걸렸는지는 나도 잘 몰라. 우린 하느님을 없애 버렸지만 역시 하느님이 계신가 봐." 그러고는 파블로에게 말했다. "자, 어서 가. 당신한테는 상관없는 일이니까. 당신보다도 젊은 사람들의 얘기지. 당신과는 다른 재료로 만들어진 사람들의 얘기라고. 자, 어서 가 봐." 그러고 나서 그녀는 다시 로버트 조던에게 고개를 돌렸다. "아구스틴이 당신 배낭을 지킬 거요. 그 사람이 오는 대로 떠나자고."

맑고 밝게 갠 날씨에 이미 해가 떠올라 따뜻했다. 로버트 조던은 갈색으로 그을린 그녀의 커다란 얼굴을 바라보았다. 양미간이 넓어 마음씨가 무척 좋아 보이는 두 눈, 넓고 투박한 얼굴에 깊은 주름살이 잡혀서 보기 흉하긴 해도 왠지 호감 가는 인상, 눈동자는 시원스러웠지만 입술을 움직이지 않을 때는 어딘지 슬프게 보이는 얼굴이었다. 그는 그 여자를 바라보다가 이번에는 육중하고 굼뜬 모습으로 휘청휘청 나무 사이를 빠져 울타리 쪽으로 걸어가는 사나이를 바라보았다. 그의 아내도 그의 뒷모습을 눈으로 좇고 있었다.

"그 애와 사랑을 나눴소?" 여자가 물었다.

"아가씨가 뭐라고 했습니까?"

"내게 아무 말도 하지 않으려고 해."

"그럼 나도 말하지 말아야겠군요."

"그럼 사랑을 나눈 모양이로군. 어쨌든 그 애를 잘 돌봐 줘요." 여자가 말했다.

"만약 아가씨한테 애가 생기면 어떡하죠?"

"그래도 나쁠 것 없지. 별로 나쁘지 않을거야."

"이곳은 애를 낳을 만한 곳이 아니잖습니까."

"그 애는 여기서 살지 않을 테니까. 당신을 따라갈 거야."

"하지만 앞으로 내가 어디로 가게 될지 누가 알아요? 내가 가는 곳으로 아가씨를 데리고 갈 순 없어요."

"그걸 누가 알겠어? 하지만 어디를 가든 두 사람을 데리고 가게 될지도."

"그런 식으로 말하면 곤란하죠."

"내 말 좀 들어 봐. 난 조금도 겁쟁이가 아니야. 하지만 오늘 이른 아침에 여러 가지 일을 아주 똑똑히 알 수 있었지. 지금 은 멀쩡하게 살아 있지만 요다음 일요일을 영영 맞지 못할 사람들이 얼마든지 있다고 생각하거든." 여자가 말했다.

"오늘이 무슨 요일이죠?"

"일요일."

"케 바.(글쎄.) 다음 일요일이라면 아주 먼 훗날 얘기 아닌가요. 수요일만 맞게 돼도 다행이죠. 하지만 난 아주머니가 그런 투로 얘기하는 건 싫습니다." 로버트 조던이 대꾸했다.

"사람은 누구나 다른 누구와 이야기를 나눌 필요가 있지. 이전에는 종교니 뭐니 하는 터무니없는 것이 있었지만. 지금 은 흉금을 터놓고 얘기할 상대가 반드시 필요하단 말이야. 제

아무리 용기가 있다 하더라도 인간이란 본디 외로운 존재니까."

"우린 외롭지 않아요. 모두 함께 있으니까."

"그놈의 비행기를 본 뒤론 온갖 생각이 머리에 떠오르는구먼. 그런 기계에 비하면 우린 아무것도 아니거든."

"그래도 우리는 그것들을 떨어뜨릴 수 있어요."

"이봐, 내가 자네에게 내 슬픔을 털어놓는다고 해서 내 결심이 약해졌다고는 생각하지 말아 줘. 내 결심에는 조금도 변함이 없으니까."

"슬픔이란 건 해가 떠오르면 사라지는 법이죠. 마치 안개 같다고 할까요."

"그야 그렇지. 그렇게 생각하는 사람에겐. 어쩌면 그런 생각이 든 게 쓸데없이 발렌시아 얘기를 지껄인 탓인지도 몰라. 그리고 조금 전에 말들을 보러 아래쪽으로 내려간 남자의 실패 탓인지도 모르고. 난 아까 그 얘기로 그 사람에게 큰 상처를 줬거든. 그 사람을 죽이려면 죽일 수도 있고, 욕설을 퍼부으려면 퍼부을 수도 있어. 하지만 마음에 상처를 주고 싶진 않아." 여자가 말했다.

"어쩌다 그 사람하고 같이 살게 됐어요?"

"같이 살게 된 사연? 내전이 일어난 초기엔, 그리고 그 이전에도 그랬지만, 참으로 대단한 남자였어. 어딘지 진지한 데가 있었고. 하지만 이젠 모두 끝장 나 버렸어. 마개가 빠져 가죽 부대에서 술이 몽땅 흘러나와 버린 격이지."

"난 그 사람이 싫어요."

"그 사람도 당신을 싫어할뿐더러 그럴 만한 충분한 이유도 있거든. 난 어젯밤 그 남자와 같이 잤지." 그녀는 미소를 지으며 고개를 흔들었다. "바모스 아 베르.(아주 털어놓고 얘기해 버리지.)" 그녀가 말했다. "내가 이렇게 말했지. '파블로, 당신은 왜 그 외국인을 죽여 버리지 않았어?'

그랬더니 그이가 이러는 게 아니겠어. '좋은 청년이야, 필라르. 좋은 젊은이라고.'

그래서 내가 이렇게 말해 주었지. '그럼 이제 내가 이곳의 두목이라는 걸 깨달은 거야?'

'응, 필라르. 그렇고말고.' 그가 이렇게 대답하더군. 밤이 깊도록 나는 그 사람이 잠을 이루지 못하고 우는 소리를 들었지. 마치 짐승 한 마리가 배 속에 들어가 온몸을 뒤흔들어 대는 것처럼 흐느끼면서 볼썽사납게 눈물을 흘려 대지 않겠어.

'왜 그래, 파블로.' 이렇게 물으면서 내가 그 사람을 꼭 껴안아 주지 않았겠나.

'아무것도 아냐, 필라르. 아무것도 아니라고.'

'그렇지 않아. 당신한테 무슨 일인가 있어.'

'부하 놈들 말이야. 부하 놈들이 그런 식으로 나를 배신했잖아. 헨테(그 사람들) 말이야.' 그가 말하더군.

'그렇지. 하지만 그들은 모두 나를 따르잖아. 그리고 난 당신의 마누라고.' 내가 말했지.

'필라르, 기차 폭파 때 일을 기억해 줘.' 그가 말하더군. 그러더니 또 이런 말도 했어. '하느님이 임자를 도와주시길 빌겠어, 필라르.'

'도대체 무엇 때문에 당신이 하느님 얘기를 다 끄집어내는 거지? 그런 식으로 말을 다 하다니.' 내가 물었지.

'그래. 하느님과 비르헨(성모 마리아)이여!'

'아니, 어쩌자고 하느님하고 성모 마리아를 들먹이는 거냐고. 왜 그런 식으로 말해?' 내가 그에게 말했지.

'난 죽는 게 무서워, 필라르. 텡고 미엔도 데 모리르.(난 죽는 게 무서워.) 이해하겠어?' 그가 말하더군.

'그렇다면 이 침대에서 나가. 한 침대 속에 나와 당신과 당신의 공포까지 셋이서 함께 잘 자리는 없으니까.'

그랬더니 부끄러웠는지 잠자코 있기에 난 그냥 자 버렸어. 이제 그 사람은 아무짝에도 쓸모가 없어졌어."

로버트 조던은 아무 말 없이 잠자코 있었다.

"이제까지 한평생을 살아오면서 가끔 이렇게 마음이 슬퍼지는 때가 있었지. 하지만 이건 파블로의 슬픔과는 달라. 그 때문에 내 결심이 흔들리지는 않으니까." 여자가 말했다.

"그건 믿습니다."

"이건 아마 여자에게 있는 달걸이 같은 것일지도 모르지. 또는 아무것도 아닐지도 모르고." 그녀는 잠깐 말을 멈추더니 다시 말을 이었다. "난 공화국에 대해 엄청난 환상을 품고 있어. 공화국을 굳게 믿고 있다는 말이지. 말하자면 신념을 갖고 있는 기야. 마치 종교적 신앙을 갖고 있는 사람들이 신비스러운 것을 믿어 의심하지 않듯이, 난 그렇게 공화국을 열렬히 믿어."

"난 당신을 믿습니다."

"당신도 나와 똑같은 신념을 품고 있소?"

"공화국에 대해서 말입니까?"

"그래."

"그럼요." 그 말이 진실이기를 바라며 그가 대답했다.

"그 말을 들으니 기쁘군. 그리고 두려움도 없고?" 여자가 물었다.

"죽는 건 두렵지 않아요." 그가 사실대로 대답했다.

"하지만 다른 공포는 있을 텐데?"

"내 의무를 다하지 못할까 봐 그것이 두려울 뿐이죠."

"다른 사람처럼 포로가 되는 것은 무섭지 않고?"

"무섭지 않아요. 그런 걸 무서워하다 보면 강박관념에 빠져 무용지물이 되고 말죠." 그가 진심으로 말했다.

"당신은 참 냉정한 청년이야."

"그렇지도 않습니다. 나는 그렇게 생각하지 않아요." 그가 대답했다.

"아냐, 그래. 당신 머리는 아주 냉정해."

"그건 내가 할 일에 모든 걸 집중하고 있기 때문이겠죠."

"그럼 당신은 인생의 향락 같은 건 즐기지 않는단 말인가?"

"즐기죠. 무척 즐깁니다. 하지만 내가 할 일에 방해되지 않는 선에서죠."

"술은 좋아하는 것 같더군. 그건 봐서 알지."

"좋아하죠, 무척 좋아하고말고요. 하지만 그것도 일에 방해되지 않는 범위에서죠."

"그럼 여자는?"

"여자도 무척 좋아하는 편이죠. 하지만 여자를 그리 대단하게 생각하는 편은 아닙니다."

"여자를 좋아하지 않나?"

"좋아하죠. 하지만 사람들 말처럼 그렇게 날 움직이게 한 여자를 만나 본 적은 아직 없어요."

"거짓말 같은데."

"조금쯤은 거짓말인지도 모르죠."

"하지만 당신은 마리아를 좋아하잖아."

"그래요. 갑자기, 그리고 아주 대단히 좋아하게 됐죠."

"나도 마찬가지야. 나도 그 아가씨가 무척 좋아졌어. 그래, 무척이나."

"나도 그래요." 로버트 조던은 이렇게 말하면서 목구멍이 막히는 듯한 기분을 느꼈다. "나도 그래요. 정말이에요." 이렇게 말하는 것이 그는 기분 좋았다. 그래서 그는 아주 격식을 갖춘 스페인어로 말을 이었다. "난 그 아가씨를 아주 좋아합니다."

"엘소르도 영감을 만난 뒤에 내가 당신과 그 애를 단둘이서만 있게 해 주지."

로버트 조던은 아무 말 없이 잠자코 있었다. 그러다가 입을 열었다. "그럴 필요는 없는데요."

"왜 그럴 필요가 없어. 필요하지. 시간도 그리 많지 않은데."

"그걸 손금에서 봤나요?"

"천만에. 손금이니 뭐니 하는 쓸데없는 건 벌써 잊은 지 오래야."

그녀는 공화국에 대한 불길한 다른 모든 일과 함께 그 일도 벌써 오래전에 잊어버리고 있었다.

로버트 조던은 아무 말도 하지 않았다. 그는 마리아가 동굴 안쪽에서 설거지하는 모습을 바라보았다. 그녀는 손을 훔치고는 이쪽으로 돌아서더니 그에게 방긋 미소 지었다. 그녀에게는 필라르가 하는 말이 들리지 않았다. 그녀는 로버트 조던에게 미소를 보내면서 햇빛에 그을린 황갈색 얼굴을 거무스름하게 붉히더니 다시 한 번 생긋 웃었다.

"대낮도 있지. 밤도 있지만 대낮도 있는 법이야. 정말이지 나도 한창 젊은 시절 발렌시아에 있었을 때만큼 행복했던 적은 없었어." 파블로의 아내가 말했다. "그건 그렇고, 자네도 시쳇말로 산딸기든 뭐든 조금쯤 딸 수 있을 거요." 그녀는 혼자 킬킬 웃었다.

로버트 조던은 그녀의 커다란 어깨에 한 손을 얹었다. "난 당신이 마음에 들어요. 당신도 무척 좋아한다고요."

"당신도 제법 돈 후안 테노리오*처럼 굴 줄 아는군." 여자가 자못 애정에 겨워 당황하며 말했다. "누구나 좋아할 때는 어떤 시작이 있는 법이지. 아, 저기 아구스틴이 오는군."

로버트 조던은 동굴로 들어가 마리아가 있는 곳으로 다가갔다. 그녀는 자기 앞으로 가까이 다가오는 그를 보자, 눈을

---

* 스페인의 극작가 호세 소리야의 2부작 희곡 『돈 후안 테노리오』(1844)의 남자 주인공. 돈 후안은 원래 민간 전설에 등장하는 호색가이다.

반짝이며 또다시 뺨에서부터 목덜미까지 빨개졌다.

"어이, 귀여운 토끼." 그가 말하며 그녀의 입술에 키스했다. 그녀는 두 팔로 그를 꽉 끌어당기며 그의 얼굴을 빤히 들여다보았다. "안녕. 오, 안녕. 안녕."

테이블에 앉아서 담배를 피우던 페르난도가 자리에서 일어나 머리를 설레설레 흔들면서 벽에 기대어 놓았던 카빈총을 집어 들고 밖으로 휙 나가 버렸다.

"저게 뭐야, 꼴사납게. 난 저런 꼴은 싫어. 저 애 단속 좀 잘해야겠어요." 페르난도가 필라르에게 불평했다.

"단속하고 있잖아. 저 동지는 그녀의 노비오(신랑)가 될 사람이야." 필라르가 대답했다.

"아, 두 사람이 약혼한 사이라면 나도 아주 당연한 일로 받아들여야겠군."

"난 기분이 좋은데." 여자가 대꾸했다.

"그건 나도 동감이오." 페르난도가 근엄하게 맞장구를 쳤다. "살루드(다녀오겠어요), 필라르 아주머니."

"어딜 가는데?"

"위쪽 초소로 프리미티보와 교대하러 가요."

"도대체 어딜 가는 거야?" 아구스틴이 다가오며 침착하고 키가 작은 사나이에게 물었다.

"내 임무를 완수하러 가는 중이야." 페르난도가 엄숙하게 대답했다.

"당신 임무 말인가." 아구스틴이 빈정거리듯이 말했다. "그 빌어먹을 임무, 지옥에나 떨어지라지, 제기랄!" 그러고서 이번에는 파블로의 아내 쪽을 바라보며 소리쳤다. "내가 망을 봐야 한다는 그 우라질 물건이 도대체 어디 있소?"

"동굴 안에. 배낭 두 개 속에 들어 있어. 그런데 난 자네의 그 '빌어먹을'이니 '제기랄'이니 하는 욕설에 이제 진절머리가 나." 필라르가 대답했다.

"난 당신이 진절머리가 난다는 물건 속에 내 것을 한번 담가 보고 싶네."

"그럼 저쪽으로 가서 용두질이라도 치려무나." 필라르가 별로 화를 내지도 않고 그에게 대꾸했다.

"그럼 당신 어멈과 한번 붙어 볼까." 아구스틴이 받아쳤다.

"네놈한테는 어멈도 없으렷다." 필라르가 그에게 말했다. 스페인 말로 주고받는 이런 쌍소리는 철저한 형식주의에 이르렀다. 이렇게 되면 행동에 대해서는 한마디 언급도 하지 않고 오직 암시적으로만 뜻을 전달할 뿐이었다.

"저것들은 도대체 저기서 뭘 하고 있는 거요?" 아구스틴이 은밀하게 물었다.

"아무것도 아니야. 나다.(아무것도.) 결국 우린 새봄을 맞이한 짐승일 뿐이야." 필라르가 대답했다.

"짐승이라. 짐승." 아구스틴이 그 말을 되씹어 가며 뱉었다. "그럼 당신은 뭔가? 갈보 중에서도 제일가는 갈보의 딸인가? 난 봄이 되어도 기껏 용두질이나 치는 처지지만."

필라르가 그의 어깨를 세게 후려갈겼다.

"이봐! 네놈이 하는 쌍소리는 밤낮 그 소리가 그 소리야." 그녀가 이렇게 말하고는 너털웃음을 터뜨렸다. "그렇지만 네

놈 농담에는 힘이 있어. 그래, 비행기는 봤나?"

"그 좆 같은 엔진에 나자빠졌는걸." 아구스틴이 고개를 끄덕이고 아랫입술을 깨물면서 대꾸했다.

"굉장했지. 정말로 굉장했어. 하지만 그렇게 움직이려면 엄청나게 힘이 들었을 거야." 필라르가 말했다.

"그 높이로야 그렇죠." 아구스틴이 히죽 웃었다. "데스데 루에고.(물론이지.) 차라리 그런 걱정보다는 농담이라도 하는 게 훨씬 나을 텐데."

"맞아. 어쩌면 그 편이 훨씬 나을지도 몰라. 넌 사람이 좋거든. 제법 걸쭉하게 농담도 지껄일 줄 알고." 파블로의 아내가 말했다.

"이봐요, 필라르 아주머니! 놈들이 뭔가 준비하고 있는 거죠? 내 말이 틀려요?" 아구스틴이 정색하며 물었다.

"왜 그렇게 생각하지?"

"아주 끔찍한 어떤 일을 준비하고 있는 거라고요. 엄청난 비행기였잖소. 굉장한 수였고."

"그럼 당신도 다른 녀석들처럼 그것 때문에 겁을 집어먹었단 말이야?"

"케 바.(글쎄.) 아주머니는 놈들이 지금 무슨 준비를 하고 있다고 생각해요?" 아구스틴이 물었다.

"이봐, 저 젊은이가 다리를 폭파하러 온 걸 보면 공화군이 공세를 준비하는 게 분명해. 저 비행기들을 보면 파시스트 쪽에선 그것을 격퇴할 준비를 하는 게 확실하고. 그런데 놈들은 도대체 뭐 때문에 저렇게 비행기를 과시하는 걸까?" 필라르가 말했다.

"이놈의 전쟁에는 바보 같은 일이 너무도 많으니까 그렇죠. 정말 엉터리 같은 일들이 끝도 없이 일어난단 말이오." 아구스틴이 말했다.

"맞는 말이야. 그렇지 않다면야 우리가 지금 이곳에 있을 까닭이 없지." 필라르가 대꾸했다.

"그렇죠. 우리는 이 바보 같은 짓거리를 하며 일 년이나 여기서 허우적거리고 있잖소. 하지만 파블로는 참 머리가 좋아. 아주 영리하거든."

"어째서 그런 소릴 지껄이는 거지?"

"그저 그래 본 거요."

"하지만 당신도 이것만큼은 꼭 알아 둬. 머리가 영리하다고 해서 구제받기엔 이미 때가 늦었어. 더구나 그 사람은 다른 능력도 잃어버리고 말았거든." 필라르가 설명했다.

"나도 알아요. 여길 떠나야 한다는 거. 나도 안단 말이오. 그리고 어떻게든 최후까지 살아남기 위해선 다리를 폭파할 필요가 있고. 하지만 파블로는 이제 저렇게 겁쟁이가 되어 버렸어도 아주 똑똑하거든." 아구스틴이 말했다.

"똑똑한 건 나도 마찬가지야."

"천만에요, 필라르. 아주머니는 영리한 편은 아니죠, 용감하긴 하지만. 또 충성심에다 결단력도 있고 직관력도 있소. 특히 결단력은 대단하고 인정도 많지. 하지만 영리하진 못해." 아구스틴이 대꾸했다.

"정말 그렇게 생각해?" 필라르가 생각에 잠겨 물었다.

“그래요, 필라르 아주머니.”

“저 젊은이는 똑똑해. 똑똑하고 냉정하지. 머리가 무척 냉철하단 말이야.” 필라르가 말했다.

“그래요. 저 친구는 제 할 일을 잘 알지. 그렇지 않다면 이일을 저 친구에게 맡기지도 않았겠지. 하지만 저 친구가 똑똑한지 어떤지 난 잘 몰라. 파블로가 영리하다는 건 알지만.”

“하지만 저 모양으로 겁이 많고 행동하기를 싫어해서야 아무짝에도 쓸모가 없잖아.”

“그래도 여전히 영리한걸요.”

“그래서 어떻다는 거야?”

“아니 누가 뭐랬소. 난 그저 냉철히 생각해 보려고 할 뿐이오. 이런 때일수록 이지적으로 행동할 필요가 있소. 다리 일이 끝나면 우리는 즉시 도망쳐야 할 거요. 그러니까 만반의 준비를 갖춰 놔야 한단 말이지. 어디로, 또 어떻게 도망쳐야 할지 미리 알아 둬야 한단 말이오.”

“그야 당연하지.”

“그러기 위해선…… 역시 파블로야. 어쨌든 이 일은 빈틈없이 해치워야 해.”

“난 파블로를 절대로 믿을 수 없어.”

“이 일만은 괜찮소.”

“천만에, 자넨 그 사람이 얼마나 망가져 버렸는지 몰라서 그래.”

“페로 에스 무이 비보.(하지만 아직 팔팔하게 살아 있거든.) 우리가 괜히 섣불리 덤볐다간 아주 혼쭐이 날 거요.”

"나도 잘 생각해 보지. 아직도 생각해 볼 시간이 하루는 남아 있으니까." 필라르가 대답했다.

"다리 일은 저 젊은 친구가 적임자죠. 그 일은 그 친구가 잘 알고 있을 테니까. 하지만 지난번 기차 습격 때는 다른 친구가 정말 놀랄 만한 솜씨를 보여 줬잖소." 아구스틴이 말했다.

"그랬지. 그때 모든 걸 계획한 건 그 사람이었지." 필라르가 대꾸했다.

"정력과 결단에 있어선 당신이 최고요. 하지만 행동에 있어선 역시 파블로가 제일이거든. 퇴각하는 데도 파블로고. 이제부터 그 사람에게 그 일을 잘 연구해 보도록 일러 두는 게 좋을 거요." 아구스틴이 말했다.

"당신은 머리가 좋군."

"머리가 좋다고? 물론이지. 하지만 신 피카르디아.(교활하진 않아.) 그것도 역시 파블로지."

"겁이니 뭐니 하는데도 말이지?"

"그럼, 비겁이니 뭐니 집어먹고 있는데도 말이오."

"당신은 다리에 대해선 어떻게 생각하나?"

"폭파할 필요가 있지. 그건 나도 알아. 우리가 꼭 해야 하는 일이 두 가지 있소. 하나는 이곳에서 빠져나가는 거고, 다른 하나는 꼭 승리하는 거죠. 그런데 승리하려면 다리를 꼭 없애야 하고."

"파블로가 그렇게 영리하다면 왜 그것을 모를까?"

"워낙 의지가 약한 사람이라 그냥 그대로 주저앉아 있고 싶은 거요. 자신의 약한 의지의 소용돌이 속에 그냥 그대로 머물러 있고 싶은 거지. 하지만 강물은 계속 불어나고 있거든요. 부득이 바꿔야 한다면, 그 사람은 똑똑하게 바꿀 거요. 에스무이 비보.(아직 팔팔하니까.)"

"그렇다면 저 젊은이가 그를 죽이지 않은 게 결국 잘한 짓이었군."

"케 바.(물론.) 집시가 어젯밤 나더러 그를 죽여 버리라고 하더군. 그 집시 녀석은 짐승 같은 놈이요."

"자네도 짐승이지! 하지만 머리만큼은 좋거든." 필라르가 대꾸했다.

"당신이나 나나 머리는 좋지. 하지만 재능이 있는 건 역시 파블로요!"

"하지만 그 사람을 참아 내기가 어려워. 자넨 그 사람이 얼마나 못쓰게 망가졌는지 몰라서 그래."

"그럴지도 모르지. 하지만 재능이 있어. 이봐요, 필라르 아주머니, 전쟁을 일으키려면 두뇌만 있으면 돼요. 하지만 전쟁에서 이기려면 재능과 물자가 필요한 법이라고."

"잘 생각해 볼게. 자, 이제 그만 떠나야겠어. 벌써 늦었어." 필라르가 말하고 나서 소리 높여 외쳤다. "영국 양반! 잉글레스 양반! 자, 어서 떠납시다! 어서 가자고!"

10

"좀 쉬었다 가지." 필라르가 로버트 조던에게 말했다. "자, 이리 앉아, 마리아. 좀 쉬어 가자."

"그냥 가죠. 쉬는 건 그곳에 가서 하기로 하고요. 난 그 영감을 꼭 만나야 하니까요." 로버트 조던이 대꾸했다.

"만나게 될 텐데 뭘. 그렇게 서두를 필요는 없어." 그녀가 그에게 말했다. "자, 여기 앉아, 마리아."

"어서 가요. 꼭대기에 가서 쉬도록 하고요." 로버트 조던이 다시 말했다.

"난 여기서 쉬었다 갈 테야." 그녀는 이렇게 말하고는 개울 가에 주저앉았다. 마리아도 그녀 옆 히스가 우거진 곳에 앉았고, 햇빛이 그녀의 머리카락 위에서 반짝였다. 로버트 조던만 선 채로 송어들이 사는 개울물이 가로질러 흐르는 높은 산속의 목초지 건너를 내려다보고 있었다. 그가 서 있는 곳에도 히스가 무성하게 자라 있었다. 목초지 아래쪽에는 히스 대신 누런 고사리들 사이로 둥근 회색 돌이 군데군데 머리를 내밀고 있었고, 그 밑으로는 소나무가 거무스름하게 줄지어 늘어서 있었다.

"엘소르도 영감 캠프까지는 여기서 얼마나 되나요?" 그가 물었다.

"그렇게 멀진 않아. 이 개간지를 지나 다음 골짜기를 내려가면 이 개울의 수원지가 있는 숲이 나오는데, 그 위쪽에 있어. 자네도 어서 이리 와 앉아서 심각한 생각을 잠시 잊어 봐."

"난 그 영감을 만나 얼른 이야기를 끝내고 싶어요."

"난 물속에 발을 좀 담그고 싶은데." 그녀는 이렇게 말하고는 로프로 바닥을 댄 신발과 두꺼운 털양말을 벗더니 오른발을 물속에 담갔다. "아이, 차."

"말을 타고 올걸 그랬어요." 로버트 조던이 말했다.

"난 이게 더 좋아. 얼마나 이렇게 하고 싶었는데. 아니 당신 왜 그래?"

"아무것도 아닙니다. 마음이 급해서 그러죠."

"그렇다면 좀 진정해. 아직 시간은 많아. 오늘은 날씨도 참 좋은 데다 오랜만에 솔밭에서 빠져나오니 한결 기분이 좋군. 소나무란 게 얼마나 따분한 건지 당신은 아마 상상도 못 할 거요. 넌 소나무에 진절머리 나지 않니, 얘야?"

"난 좋아요." 아가씨가 대답했다.

"어디가 좋은데?"

"향기도 좋고, 그 바늘 같은 잎사귀를 발밑에 밟는 기분도 좋아요. 높은 나뭇가지에 부는 솔바람 소리도, 가지들이 서로 부딪치며 삐걱거리는 소리도 좋고요."

"네가 싫어하는 게 뭐가 있겠니. 요리만 좀 더 잘하면 어떤 사내한테도 보물 덩어리지. 하지만 솔밭이란 정말로 따분한 곳이야. 넌 너도밤나무라든지 참나무라든지 밤나무 숲을 본 일이 없지? 그게 바로 숲이야. 그런 숲에서는 나무 하나하나가 제각기 다른 개성과 아름다움을 지니고 있거든. 그것에 비하면 솔밭은 정말 따분하기 짝이 없어. 당신 생각은 어떤가, 잉글레스 양반?" 필라르가 말했다.

"나도 소나무가 좋아요."

"페로, 벵가.(이것 봐라.) 당신들 둘 다 그렇단 말이지? 나도 소나무를 좋아하지만 소나무 숲에서 너무 오래 살다 보니까 진저리가 났어. 이 산도 갑갑해서 죽을 지경이고. 산속에선 오직 두 방향밖에 없으니 말이지. 오르거나 내려가거나. 내려가면 도로가 나오고, 파시스트들의 읍내로 가게 되는 거지."

"세고비아에 갈 일은 없어요?"

"케 바.(천만에.) 이런 얼굴로? 워낙 널리 알려진 얼굴이라서 말이야. 너도 보기 싫은 얼굴을 갖고 싶진 않겠지, 요 예쁜 것아!" 그녀가 마리아에게 말했다.

"아주머니는 못생기지 않았어요."

"바모스(아), 내가 못생기지 않았다고? 태어날 때부터 이 모양 이 꼴인걸. 어머니 배 속에서 나와서 이날 이때까지 이 꼴이야. 이봐, 잉글레스 양반, 당신은 여자에 대해서는 아무것도 모를 거요. 못생긴 여자의 심정을 아나? 못생긴 것이 그래도 제 딴에는 미인이라고 느끼며 평생 살아간다는 게 어떤지 알아? 참 이상야릇한 일이지." 그녀는 다른 쪽 발을 마저 물에 담갔다가 꺼냈다. "아, 이렇게 차가울 수가. 아, 저기 할미새가 있네." 이렇게 말하더니 개울가 돌밭 위로 가볍게 오르락내리락 날고 있는 조그마한 회색 새 한 마리를 손가락으로 가리켰다. "저놈의 새는 아무짝에도 쓸모가 없어. 울 줄을 아나, 벌레를 잡아먹을 줄을 아나. 그저 꽁지를 위아래로 까불어 델 줄밖에 모르거든. 잉글레스 양반, 담배나 한 대 주게." 그녀는 담배한 개비를 받아 들고 셔츠 호주머니에서 부싯돌을 꺼내 불을붙여 물었다. 그러고는 담배 연기를 후우 내뿜으면서 마리아와 로버트 조던을 물끄러미 바라보았다.

"인생이란 참 이상야릇한 거야." 그녀가 이렇게 말하고는 담배 연기를 콧구멍으로 내뿜었다. "내가 만약 남자였다면 멋진 남자가 되었을 거야. 그런데 이렇게 여자인 데다 얼굴까지 못생겼으니. 그런데도 나를 사랑한 남자는 많았고, 나도 많은 남자들을 사랑했지. 참 알다가도 모를 일이지. 이봐, 잉글레스 양반, 재미있지 않아? 이렇게 못생겼지만 나 좀 보라고. 자세히 좀 들여다보라니까, 잉글레스 양반."

"아주머니는 그렇게 못생기지 않았어요."

"케 노?(그렇지 않다고?) 그런 거짓말은 하지 마." 그녀가 크게 웃었다. "이 못생긴 얼굴에 당신도 반했나? 아냐, 지금 한 말은 농담이야. 자, 이 못생긴 걸 좀 봐 봐. 하지만 아무리 못생겼어도 상대방이 자기를 사랑하고 있는 동안은 그 사나이의 눈을 멀게 할 수 있는 감정을 지니게 되는 법이지. 그 감정으로 상대방을 눈멀게 하고 자기 자신까지도 눈이 멀어 버리거든. 그러다가 어느 날 아무런 이유도 없이 진짜 타고난 그대로의 못생긴 얼굴이 그 사나이의 눈에 띄게 되는 거야. 그렇게 되면 상대방 사나이는 마침내 장님 신세를 면하게 되고, 여자쪽도 그 사나이의 눈에 비치는 것처럼 자기가 못생겼다는 사실을 깨닫게 되면서 결국에는 애인도 자신의 감정도 모두 잃어버리고 마는 거지. 알겠니, 이 아가씨야?" 그녀가 아가씨의 어깨를 가볍게 두드렸다.

"몰라요. 아주머니는 못생기지 않았으니까요." 마리아가 대답했다.

"가슴이 아니라 머리를 써서 잘 들어 두도록 해. 난 지금 굉장히 재미있는 이야기를 들려주고 있으니까. 당신한테는 재미가 없을 테지, 잉글레스 양반?" 필라르가 말했다.

"재미있어요. 하지만 이제 그만 가야 해요."

"케 바(안 돼), 당신은 가. 난 여기 있는 게 아주 기분이 좋다고. 그런데 말이지……." 이번에는 그녀가 마치 강의실에서 학생들에게 강의라도 하듯 로버트 조던에게 말하기 시작했다. "얼마 뒤에 나처럼 미워지면 ─ 여자들이 다 그렇게 되듯이 말이지. ─ 그렇게 되면 기분이, 그래도 꽤 미인이라고 하는 그 엉뚱한 기분이 또다시 마음속에서 차츰차츰 머리를 쳐들기 시작하는 거야. 마치 양배추의 속이 차 가듯 말이지. 그 기분이 커질 대로 커지면 이번에는 또 다른 사나이가 너를 보고 미인이라고 생각하게 되거든. 결국 이것을 자꾸만 되풀이할 따름이야. 이제 난 그 단계가 지났다고 생각하지만, 그래도 언제 또 일어날지 모르지. 이봐, 아가씨, 넌 못생기지 않아서 천만다행이야."

"하지만 난 정말 못생겼는걸요." 마리아가 대꾸했다.

"저 양반한테 한번 물어 봐. 발이 얼어붙을 지경이니 물속에 담그지 마." 필라르가 말했다.

"로베르토가 가자고 하니까 이제 그만 가 보는 게 좋겠어요."

"글쎄 잘 생각해 봐. 이번 일은 네 로베르토에게도 그렇지만 나한테도 중대한 문제야. 게다가 이렇게 개울가에서 쉬고 있으니까 기분도 좋고 시간도 넉넉하다고 하잖았어. 게다가 난 이야기하는 걸 좋아해. 이렇게 이야기를 주고받는 게 문명인이 하는 유일한 일이거든. 달리 우리 마음을 풀어 주는 게 뭐가 있어? 내 얘기가 자네에게는 재미없나, 잉글레스 양반?"

"아주머니 얘기 솜씨는 참 대단해요. 하지만 내겐 미인이니 아니니 하는 얘기보다도 더 중요한 일들이 있죠."

"그렇다면 당신의 흥미를 끄는 얘기를 해 보지."

"아주머니는 이 내전이 시작될 때 어디 계셨어요?"

"고향에 있었지."

"아빌라 말이에요?"

"케 바(천만에), 아빌라라니."

"파블로는 아빌라 출신이라고 그러던데요."

"거짓말이야. 큰 도시를 자기 고향으로 삼고 싶어서 그런 거지. 그의 고향은 이곳이야." 그녀가 어떤 마을의 이름을 댔다.

"그래서 어떤 일이 일어났죠?"

"여러 가지 일이 일어났지. 정말 온갖 일이. 하나같이 비참한 일이었어. 명예로운 일마저도 그랬어."

"어디 그 얘기를 좀 들어 봅시다." 로버트 조던이 말했다.

"참혹한 이야기지. 이런 젊은 아가씨 앞에서는 하고 싶지 않아." 필라르가 말했다.

"어서 해 봐요. 이 아가씨가 들을 얘기가 아니라면 듣지 않게 하면 되니까요." 로버트 조던이 말했다.

"난 들을 수 있어요." 마리아는 손을 내밀어 로버트 조던의 손 위에 포갰다. "내가 들어서 안 될 얘기라곤 없어요."

"네가 들을 수 있는지 없는지 하는 문제가 아냐. 네 앞에서 이야기했다가 네가 괜히 무서운 악몽이라도 꿀까 봐 그러는 거지." 필라르가 대꾸했다.

"그까짓 얘기를 들었다고 꿈자리가 사나워지지는 않을 거예요. 그런 지독한 봉변을 당했던 난데 그깟 얘기 좀 들었다고 악몽을 꾸겠어요?"

"그럼 어쩌면 이 잉글레스 양반의 꿈자리를 사납게 할지도 모르지."

"어서 얘기나 해 봐요."

"아냐, 잉글레스 양반. 농담으로 그러는 게 아니라고. 당신은 어느 조그마한 마을에서 이 내전이 시작되던 때의 광경을 목격한 일이 있소?"

"없는데요." 로버트 조던이 대답했다.

"그럼 당신은 아무것도 보지 못했어. 이제는 아주 못쓰게 망가진 파블로지만, 당신은 그때의 파블로를 봤어야 해."

"어서 얘기해 봐요."

"싫어. 얘기하기 싫어."

"어서요."

"그럼 좋아. 있던 사실 그대로를 이야기하리다. 그렇지만 넌 말이야, 아가씨, 듣기 거북한 대목이 나오면 거북하다고 말해."

"듣기 거북하면 듣지 않을게요. 하지만 내가 겪은 일들보다 더 참혹하진 않을걸요." 마리아가 대답했다.

"더 참혹할 수도 있어. 담배 한 대만 더 주구려, 잉글레스 양반, 바모노스.(자, 그럼.)"

아가씨는 히스가 우거진 개울가 둔덕에 등을 기대고 있었고, 로버트 조던은 어깨를 땅바닥에 대고 머리를 히스 숲 풀포기 위에 얹고 사지를 쭉 뻗었다. 손을 뻗쳐 마리아의 한 손을 찾아내 꼭 쥔 뒤 히스에 대고 비볐다. 그녀는 이야기를 들으면서 손을 펴서 그의 손바닥 위에 올려놓았다.

"민병대가 병영에서 항복한 것은 이른 아침이었지." 필라르가 이야기를 시작했다.

"그럼 아주머니도 병영을 공격했어요?" 로버트 조던이 물었다.

"파블로가 먼동이 트기 전에 병영을 포위하고, 전화선을 절단하고, 한쪽 담 아래에 나이너마이트를 장치해 놓고는 민병대에게 투항을 요구했어. 그런데 놈들은 꿈적도 하지 않았지. 그래서 날이 밝자 파블로는 벽을 폭파했어. 그래서 싸움이 시작되고 말았지. 민병대 두 놈이 죽었어. 네 놈이 부상을 입고,

나머지 네 놈은 항복해 왔어.

　우리는 모두 이른 아침의 햇살을 받으며 지붕 위와 땅바닥, 담의 가장자리며 건물 한쪽에 납작 엎드려 있었지. 폭발로 생긴 먼지가 하늘 높이 뭉게뭉게 떠올랐는데 바람이 불지 않아 아직 땅에 내려앉지 않았어. 우리는 모두 건물의 부서진 벽을 향해 총을 쏘아 대고 계속 총알을 장전하면서 연기 속으로 그냥 쏘아 댔지. 건물 안에서는 여전히 번쩍이는 소총의 섬광이 보였지만 마침내 연기 속에서 이젠 그만 쏘라고 외치는 소리가 들리더니 민병대 네 놈이 손을 들고 나오는 거야. 지붕은 거의 내려앉았고, 담은 날아갔고, 놈들은 투항하려고 밖으로 나왔단 말이야.

　'안에 더 있나?' 파블로가 외쳤지.

　'부상자가 있소.'

　'이놈들을 잘 지키고 있어.' 파블로가 우리가 사격하고 있던 곳에서 뛰어나온 네 명을 향해 명령했지. 그러더니 이번에는 '벽을 등지고 서!' 하고 민병대에게 명령하더군. 민병대 네 놈은 더럽고 먼지투성이에 온통 검정 뒤집어쓴 무서운 얼굴로 벽을 등지고 서 있고, 우리 편 네 명은 그놈들을 향해 총부리를 겨누고 감시하고 있었지. 파블로는 다른 사람들을 데리고 부상당한 놈들을 해치워 버리려고 건물 안으로 들어갔어.

　얼마 뒤 그들이 일을 해치우자 병영 안에서는 부상자들의 아우성도, 신음소리도, 우는 소리도, 총소리도 뚝 그치고 말았어. 이윽고 파블로가 다른 사람들과 함께 나왔어. 파블로는 엽총을 어깨에 걸머메고, 손에는 모제르총 한 자루를 들고 있더군.

'이걸 봐, 필라르! 이건 자살한 장교 놈이 품에 안고 있던 거야.' 그가 말했지. '난 권총이란 걸 한 번도 쏴 본 적이 없어. 이놈아!' 하고 그는 적병 한 놈에게 소리를 질렀고. '어떻게 쏘는 건지 가르쳐 줘. 아니, 그렇게 시범을 보여 주지 말고, 말로 해 보란 말이다.'

민병대 네 놈은 병영 속에서 총소리가 계속되는 동안, 그저 비지땀을 줄줄 흘리며 말 한마디 못 하고 담을 등지고 서 있었지. 모두 키가 후리후리하고 민병대의 낯짝을 하고 있는데, 꼭 나만큼이나 못생긴 낯짝들이더구먼. 다만 다른 점이라면, 놈들은 그날 아침에 아직 수염을 깎지 않았는지 뾰족뾰족 수염이 얼굴을 덮고 있었지. 어쨌든 놈들은 담벼락을 등지고 서서 아무 말이 없었어.

'너 이 녀석!' 하고 파블로가 가장 가까운 곳에 서 있는 놈을 보고 말했어. '어떻게 쏘는 건지 말해 보라니까.'

'그 조그마한 레버를 밑으로 당깁니다. 그리고 공이치기를 뒤로 당겼다가 앞으로 탁 놓아 버리면 됩니다.' 사나이가 아주 맥없이 대답하더군.

'공이치기라는 게 어떤 거야?' 파블로가 물으며 민병대 네 놈을 노려봤어.

'그 장치 꼭대기에 있는 혹 같은 것 말입니다.'

파블로가 그것을 뒤로 당겼는데 꿈쩍도 하지 않는 거야. 그러자 그는 '어떻게 된 거냐? 딱 붙어서 떨어지지 않잖아. 이놈이 사람을 속였구나.' 하고 호통을 쳤지.

'훨씬 더 뒤까지 당겼다가 가볍게 앞으로 탁 놓아야 합니다.' 민병대 놈이 말했지. 그런 목소리는 난생처음 들어 봤어. 해가 뜨지 않은 아침보다도 음산한 소리가 아니겠어.

파블로가 그놈이 가르쳐 준 대로 쭉 당겼다가 탁 놓았지. 그랬더니 혹이 앞으로 탁 튀어나와 제자리로 가더니 방아쇠가 뒤쪽으로 나오지 않겠어. 둥근 손잡이는 작고 총신은 크고 납작해서 쓰기도 불편하고 보기도 흉한 권총이더군. 이러는 내내 놈들은 입을 꼭 다물고 그를 지켜보고만 있었지.

'우리를 어떻게 할 작정입니까?' 그중 한 명이 묻더군.

'쏴 죽일 거야.' 파블로가 대답했어.

'언제요?' 그놈이 아까와 꼭 같은 처량한 목소리로 묻더군.

'지금 당장.' 파블로가 말했어.

'어디서요?' 그 사나이가 또 물었지.

'여기서. 이곳에서 당장. 뭐 할 말 없나?' 파블로가 물었어.

'없습니다. 없다고요. 하지만 이건 너무 비열하잖아요.' 그 민병대 놈이 말했어.

'비열한 건 네놈들이야. 농부들을 죽인 놈들이니까. 네놈들은 제 어미라도 쏴 죽일 수 있는 놈들이야.' 파블로가 대꾸했지.

'난 아직 아무도 쏴 죽인 일이 없습니다. 게다가 우리 어머니까지 들추진 말아 줘요.' 그놈이 말하더군.

'네놈들이 어떻게 죽는 건지 우리에게 보여라. 네놈들은 늘 사람들을 죽여 왔으니까.'

'우리를 모욕할 필요까진 없잖아요? 우리도 어떻게 죽는다는 것쯤은 알고 있으니까.' 다른 놈이 대꾸하더군.

'그럼 머리를 담벼락에 대고 벽을 향해 무릎을 꿇어.' 파블로가 놈들에게 호통을 쳤어. 그러니까 민병대 놈들은 서로 얼굴을 바라보더군.

'무릎을 꿇으란 말이야. 앉아서 무릎을 꿇어.' 파블로가 말했지.

'어떻게 하는 게 좋겠나, 파코?' 한 민병대 놈이 파블로에게 권총을 작동하는 법을 말해 준 키다리 녀석에게 묻더군. 그 작자는 소매에 하사 표지를 달고 있었고, 이른 아침이라 날씨가 아직 서늘했는데도 땀을 줄줄 흘리더군.

'꿇는 게 좋겠어. 그런 건 중요한 게 아냐.' 그 녀석이 대답했어.

'그만큼 땅에 가까워진단 말이지.' 처음에 말한 녀석이 제 딴에는 농담으로 지껄였지만, 농담을 하기에는 모두 너무 침울해서 한 놈도 웃는 놈이 없더군.

'그럼 꿇어앉지.' 처음 녀석이 말하니까 모두 머리를 담에 대고 두 손을 옆구리에 축 늘어뜨리고 꿇어앉았는데 그 꼴이 정말 어색해 보이더군. 파블로는 그놈들 뒤를 지나가며 한 놈씩 권총의 총신을 뒤통수에 바짝 갖다 대고 쏘았고, 그럴 때마다 한 놈씩 픽픽 쓰러졌어. 지금까지도 내 귓전에 날카로우면서도 이상하게 둔탁한 권총 소리가 들리는 것만 같아. 그리고 총신이 꿈틀하면서 그때마다 놈들의 머리가 덜컥 하고 앞으로 떨어지는 모습이 아직도 눈에 선해. 한 놈은 권총이 닿아도 머리 하나 까딱하지 않더군. 한 놈은 머리를 쑥 내밀고 이마를 담벼락에 갖다 대고, 다른 한 놈은 온몸을 부들부들 떨며 머리를 흔들어 댔어. 한 놈만이 두 손으로 눈을 가렸는데 그놈이 맨 마지막이었어. 파블로가 손에 아직 권총을 든 채 우리 있는 데로 왔을 때는 시체 네 구가 벽에 기대여 쓰러져 있었어.

'필라르, 이것 좀 들고 있어.' 파블로가 말하더군. '방아쇠를 어떻게 내리는지 알 수가 있어야지.' 그러고는 권총을 내게 건네주고는 병영 담벼락에 기대어 쓰러져 있는 민병대 네 놈을 바라보며 태연히 서 있었지. 우리와 함께 있던 사람들도 모두 그곳에 서서 시체를 바라보고 있었지만 입을 여는 사람은 하나도 없었어.

그래서 우리는 그 마을을 점령하게 됐어. 아직 이른 아침이어서 모두 아무것도 먹지 못했고, 커피를 마신 사람도 없었어. 서로 얼굴을 마주 보니 모두가 곡식을 타작하는 사람들처럼 병영을 폭파했을 때 생긴 먼지를 흠뻑 뒤집어쓰고 있었지. 게다가 난 권총을 들고 서 있었는데 그것이 이상하게도 점점 무서워지더군. 담벼락 앞에 쓰러져 있는 민병대 놈들의 시체를 바라보니 배 속의 힘이 쑥 빠져나가는 것만 같더라고. 죽은 적병들 역시 우리와 마찬가지로 먼지를 뽀얗게 뒤집어쓰고 있었지만, 그들이 누워 있는 담벼락의 마른 흙은 시체에서 흘러나오는 피로 질퍽하게 젖어 가고 있었지. 거기 서 있는 동안 아침 해가 저 멀리 있는 낮은 산 위로 솟아올라 우리가 서 있는 도로와 병영의 흰 벽을 비췄고, 주위에 자욱이 떠돌고 있던 먼지는 그 맨 처음 햇살을 받고 황금빛으로 노랗게 반사되었어. 그러자 내 옆에 서 있던 농부가 병영의 담벼락과 그곳에 쓰러져 있는 시체들을 바라보더니 다음에는 우리를 바라보

고, 또 그다음에는 해를 쳐다보고는 이렇게 말했어. '바야(아), 오늘 하루가 시작되었군.'

'이젠 가서 커피라도 마시지.' 내가 말했지.

'그거 좋지, 필라르. 좋고말고.' 파블로도 맞장구를 치더군. 그래서 우리는 읍내로 들어가 광장으로 갔어. 놈들이 그 마을에서 마지막으로 총살된 녀석들이었지."

"다른 사람들은 어떻게 됐어요? 그 마을엔 다른 파시스트들이 없었어요?" 로버트 조던이 물었다.

"케 바(천만에), 그 밖에 다른 파시스트들은 없었느냐고? 스무 명은 넘었지. 하지만 총살된 놈은 하나도 없었어."

"그럼 그놈들은 어떻게 했나요?"

"파블로가 그놈들을 도리깨로 때려죽인 뒤 절벽 꼭대기에서 강으로 던져 버렸지."

"스무 명 전부를요?"

"이제 그 얘기를 하리다. 그리 간단한 게 아니니까. 강 위 절벽 꼭대기 광장에서 도리깨로 사람을 때려죽이는 광경이란 정말로 평생 두 번 다시 보고 싶지 않아.

그 동네는 높은 강둑 위에 자리 잡고 있었는데, 그곳에는 분수가 있는 광장이 있었고, 광장에는 벤치가 몇 개 놓여 있었어, 커다란 나무들이 벤치에 그늘을 만들어 주었지. 집집마다 발코니에서 그 광장이 훤히 내려다보였지. 도로 여섯 갈래가 광장으로 통하는데, 집들 사이로 광장을 한 바퀴 휘감고 있는 아케이드가 있어서 햇볕이 뜨거울 때는 이 아케이드 아래 그늘 길을 따라 걸을 수 있었지. 광장 세 면은 아케이드고, 나머지 한 면에는 절벽 가의 나무 그늘이 있는 산책길이었어. 한참 아래 90미터가 넘는 곳에 강이 흐르고 있었고.

파블로는 병영을 공격할 때 미리부터 모든 계획을 짜 놓았어. 우선 광장을 마치 카페아(소 몰이)를 위한 장소로라도 만들어 놓으려는 듯 시가지로 들어가는 도로 입구를 모두 짐마차로 막아 버렸지. 아마추어 투우를 한바탕 해 보려는 듯이 말이야. 파시스트들은 광장 한 모퉁이에 있는 가장 큰 건물인 아윤타미엔토, 즉 시청에 미리 모두 가둬 두었어. 시청 벽에는 시계가 걸려 있었고, 파시스트들의 클럽은 바로 그 아케이드 안의 건물에 있었지. 아케이드 안에 있는 클럽에서는 의자며 테이블을 밖에 내다 놓고 있었어. 이번 내전이 일어나기 전에 놈들은 노상 거기 앉아서 아페리티프를 마시곤 했어. 의자도 테이블도 모두 등나무로 만든 것이었는데, 언뜻 보면 카페 같았지만 그것보다는 훨씬 볼품이 있었어."

"그놈들을 체포할 때 충돌 같은 건 없었고요?"

"파블로는 병영을 공격하기 전날 밤에 미리 그놈들을 체포하게 만들었어. 하기야 그땐 이미 병영도 완전히 포위하고 있었지만. 그놈들은 공격이 시작되자마자 모조리 제 집에서 체포되고 말았어. 정말로 기발한 계획이었지. 그만하면 파블로는 계략가라고 할 수 있어. 그렇지 않았다면 민병대의 병영을 공격하고 있는 동안 측면에서나 배후에서 적의 공격을 받았을지 누가 알겠어.

파블로는 머리는 아주 좋지만 참 잔인한 남자야. 그 마을에서 물샐틈없이 계획을 세워서 질서 정연하게 일을 처리했지.

내 말 잘 들어 봐. 공격이 성공리에 끝나고, 최후로 보초 네 명이 투항하고, 그놈들을 담벼락 밑에서 총살해 버린 뒤에 우리는 새벽 첫 버스가 떠나는 길거리 한 모퉁이에 있는 매일 아침 가장 먼저 문을 여는 카페로 가서 커피를 마셨어. 그리고 나서 파블로는 곧바로 광장 일을 준비하는 데 착수했단 말이야. 강으로 향한 절벽 쪽만 터놓고 마치 카페아 모양으로 짐마차를 차곡차곡 쌓아 놓았던 거지. 그런 뒤 파블로는 신부에게 명하여 파시스트들의 참회를 듣게 하고, 필요한 성찬식을 베풀게 했어."

"어디서요?"

"아까 얘기한 것처럼 그 시청에서. 안에서 신부가 방금 얘기한 그 일을 하고 있는 동안, 인산인해를 이룬 밖에서는 왁자지껄 상스러운 고함을 지르는 사람들도 있었지만, 그래도 대부분은 심각하고 엄숙한 자세로 있었지. 떠들어 대는 사람들은 병영을 빼앗은 것을 축하하는 기분으로 벌써 한 잔 들이켜고 온 사람들이었어. 그리고 또 시도 때도 없이 술에 취하려는 쓸모없는 인간들도 있었고.

그런데 신부가 안에서 그 일을 하고 있는 동안, 파블로가 광장에 있는 사람들을 두 줄로 정돈시켰지. 밧줄 당기기 시합을 할 때 사람들을 두 줄로 세우는 것처럼, 거리에서 사람들이 자전거 경주의 결승전을 보려고 선수들이 지나갈 만큼만 간격을 남겨 두고 서 있는 것처럼. 또는 성상 행렬이 지나가는 길만 남기고 양쪽으로 나란히 비켜 서 있는 것처럼. 줄과 줄 사이는 2미터쯤 떨어져 있고 그 줄은 시청 입구에서부터 광장을 쪽 가로질러 절벽 낭떠러지까지 이어져 있었거든. 그래서 시청 현관에서 광장을 내려다보고 있으면 빽빽한 대열이 두 줄로 서 있는 게 보였지.

나란히 서 있는 사람들은 곡식을 타작할 때 쓰는 도리깨로 무장하고, 도리깨 길이만큼 넉넉한 간격을 두고 두 줄로 죽 늘어서 있었어. 하기야 모든 사람에게 돌아갈 만큼 구할 수가 없어 전부 도리깨를 갖고 있었던 것은 아니야. 하지만 대부분은 여러 가지 농구를 팔고 있는 파시스트인 돈 기예르모 마르틴의 가게에서 빼앗아 온 도리깨를 들고 있었거든. 그리고 도리깨를 갖지 못한 사람들은 목장에서 쓰는 묵직한 몽둥이 아니면 소를 모는 채찍 같은 걸 들고 있었고, 그중에는 나무갈퀴를 든 사람도 있었지. 도리깨로 두들긴 뒤에 왕겨와 지푸라기를 푹 찍어 공중에 던지는 데 쓰는 갈퀴 말이야. 또 낫이나 수확할 때 사용하는 갈고리를 든 사람들도 있었는데, 파블로는 이런 사람들을 대열 맨 끝 낭떠러지 가까이에 배치해 놓았어.

대열은 말없이 조용했어. 날씨는 오늘처럼 맑았고, 꼭 지금처럼 구름이 하늘 높이 둥둥 떠 있었지. 간밤에 밤이슬이 많이 내려 광장에는 아직 먼지도 일지 않았고. 가로수들이 대열을 짓고 있는 사람들 위로 그늘을 던지고 있었지. 사자 아가리에 있는 놋쇠 파이프에서 물이 흘러 분수대의 돌판으로 떨어지는 소리가 들렸어. 아낙네들이 물병을 들고 물을 길러 오는 곳 말이야.

다만 신부가 파시스트들과 의식을 거행하고 있는 시청 근처에서는 상스러운 고함 소리가 그칠 새가 없었지만, 그건 아까도 얘기한 것처럼 벌써 술에 취한 쓰레기 같은 인간들이 질러 대는 소리였지. 그 망나니들이 창가 주위에 우르르 몰려들어 쇠창살 사이로 상스러운 욕설과 농담을 퍼붓고 있었지. 대열을 짓고 서 있는 대부분의 사람들은 조용히 기다리고 있었거든. 이런 얘기를 주고받는 소리도 들려왔지. '여자들도 있을까?'

그러자 또 다른 사람이 말하기를 '제발 없기를 부디 예수님께 비네.' 하더라고.

그때 바로 한 사나이가 이렇게 말하는 거야. '아, 저기 파블로의 마누라가 있군. 이봐요, 필라르, 저 안에 여자들도 끼여 있는 거요?'

나는 그 사나이를 쳐다보았는데 나들이옷을 입은 그 농부는 땀을 뻘뻘 흘리고 있더군. 그래서 이렇게 말해 주었지. '없어, 호아킨. 여자는 없다고. 우리는 여자들을 죽이진 않아. 무엇 때문에 그놈들의 여편네까지 죽이겠어?'

그랬더니 그 사나이가 '예수님 감사합니다! 여자는 정말 없구려. 한데 언제부터 시작하는 거요?' 하더군.

'신부님 의식이 끝나는 대로 곧 시작해.' 내가 대답했지.

'그럼 신부님은?'

'난들 아나.' 내가 대답하고 그 사나이의 얼굴을 쳐다보았는데, 그의 얼굴이 꿈틀꿈틀하며 이마에서 구슬 같은 땀이 뚝뚝 떨어지는 게 아니겠어. '난 사람을 죽인 적이 한 번도 없는데.' 그 농부가 이러더라고.

그러니까 그 옆에 서 있던 농부가 '그럼 이제부터 배우게 되겠군. 하지만 이런 걸로 한 대 때린다고 사람이 설마 죽진 않을걸.' 하더군. 그러고는 두 손으로 도리깨를 번쩍 쳐들어 의아스럽다는 듯 쳐다보지 않겠어.

'그래서 재미있는 거지. 실컷 때려 줘야지.' 또 다른 농부가 대꾸하는 거야.

'놈들은 바야돌리드를 빼앗았어. 아빌라도 빼앗았고. 이 마을로 들어오기 전에 그 얘기를 들었거든.' 누군가 이렇게 말하는 거야.

'이 마을은 절대로 뺏지 못할걸. 이 마을은 우리 것이니까. 우린 벌써 놈들보다 선수를 써서 한 방 단단히 먹여 놨어.' 그래서 내가 한마디 해 줬지. '파블로는 저쪽에서 먼저 쳐들어 올 때까지 기다리고 있을 위인이 아니야.'

그랬더니 또 한 사람이 '파블로는 능력 있는 사람이지.' 하고 대꾸하더군. '하지만 민병대를 해치운 방법은 너무나 제멋대로였어. 그렇게 생각하지 않소, 필라르?'

'그렇긴 해. 하지만 이 일엔 우리 모두가 참여하고 있잖아.' 내가 대답해 줬지.

'그렇긴 해. 계획은 좋았지. 한데 왜 이 내전에 대한 소식을 좀 더 들을 수 없는 거지?' 그가 묻더군.

'병영을 공격하기 전에 파블로가 전화선을 끊어 버렸으니까 그렇지. 아직 수리가 안 됐어.'

'아, 그래서 아무 소식도 들려오지 않는 거군. 난 오늘 아침 일찍 도로 인부들 사무실에서 겨우 얻어들었다니까.'

'한데 무엇 때문에 이렇게 하는 거요, 필라르?' 그 사나이가 내게 묻더군.

'총알을 절약하기 위해서지. 그리고 한 사람 한 사람이 책임을 나눠 져야 하니까.' 내가 대답했지.

'그럼 어서 시작하지그래. 빨리 시작해야 해.' 내가 그 사람을 쳐다보니, 그가 울고 있는 게 아니겠어.

'뭐 때문에 우는 거야, 호아킨? 이건 울 일이 아니잖아.' 내가 그에게 물었지.

'울지 않고는 배길 수가 없어, 필라르. 난 아직껏 사람을 죽여 본 일이 없거든.'

만약 온 마을 사람이 서로 얼굴을 잘 알고, 늘 알고 지낸 조그마한 마을에서 혁명이 일어난 날을 본 적이 없다면, 아무것도 보지 못한 거야. 그날 광장을 가로질러 두 줄로 늘어선 사람들은 대부분 영문도 모르고 급히 나온 사람들이라 작업복 차림이었지만, 그중에는 이 내전의 첫날에 어떤 차림을 하고 나와야 할지 몰라서 일요일이나 명절날에 입는 나들이옷을 입고 온 사람도 있었어. 그 사람들은 다른 사람들이 — 그중에는 병영 공격에 참가했던 사람들도 끼여 있었지만 — 모두 헌옷을 입고 있는 것을 보고는 자기 옷차림이 잘못된 것을 부끄럽게 생각하며 서 있더군. 그래도 잃어버리거나 쓰레기 같은 놈들에게 도둑맞지나 않을까 겁이 나는지 윗도리를 벗을 생각도 하지 않고 내리쬐는 햇볕에 땀을 뻘뻘 흘리며 어서 시작되기를 기다리고 있더란 말이야.

얼마 뒤 바람이 불기 시작하고 광장의 땅은 말라서 걷는 사람이며, 서 있는 사람이며, 발을 질질 끌고 있는 사람에게 쏠려 먼지가 일기 시작했지. 그러자 짙은 푸른색 나들이옷을 입은 사나이가 '아구아!(물!) 아구아!(물!) 하고 외치더군. 그러니까 매일 아침 광장에 물 뿌리는 일을 하는 광장 관리인이 나와 광장 끝에서 안쪽을 향해 호스로 물을 끼었더군. 그러자 두 줄로 늘어섰던 사람들이 뒤로 물러섰고, 광장 한복판에도 물이 뿌려졌지. 커다란 호스는 꿈틀꿈틀 땅 위를 기어가고, 물은 햇빛을 받아 오색으로 빛나더군. 모두 도리깨며 몽둥이며 나무갈퀴에 기댄 채 나오는 물줄기를 지켜보고 있었고. 이윽고 광장에 깨끗이 물이 뿌려지고 먼지가 가라앉자, 사람들은 또다시 전처럼 두 줄로 늘어섰어. '도대체 언제 파시스트 첫 놈을 해치우는 거야? 언제 맨 처음 놈이 나오는 거야?' 한 농부가 큰 소리로 외치더군.

'곧 나올 거야. 이제 곧 맨 처음 놈이 나올 거야.' 파블로가 시청 입구에서 소리쳤지. 병영을 공격할 때 외쳐 댄 데다 또 연기 때문에 목소리가 쉴 대로 쉬어 있더군.

'뭐 때문에 이리 꾸물대는 거야?' 누군가 물었어.

'놈들은 아직 죄 때문에 붙들려 있는 거야.' 파블로가 소리쳐 대답하더군.

'그럴 테지. 모두 스무 놈은 되니까.' 한 사내가 말했어.

'그보다 더 많을걸.' 또 다른 사나이가 대꾸했지.

'스무 놈이나 된다면 참회할 죄도 많겠는걸.'

'그야 그렇지. 하지만 시간을 끌자는 수작일지도 몰라. 인간이란 이런 위급한 상황에서라면 가장 큰 죄밖엔 생각나지 않는 법인데.'

'그러니 잠자코 기다리자고. 스무 놈이 넘는다면 가장 큰 죄만 갖고도 상당한 시간이 걸릴 테니까.'

'잠자코 기다리기야 하지. 하지만 빨리 해치워 버리는 게 좋아. 놈들을 위해서나 우리를 위해서나.' 다른 사나이가 말하더군. '지금은 7월이잖아. 할 일이 많아. 추수는 끝났어도 아직 마당질은 못 했잖아. 아직 명절이나 축제 기간은 아니지만.'

'하지만 오늘 이것이 명절이고 축제가 될걸. 자유의 기념일이 될 거라고. 이놈들을 모두 해치워 버린 오늘부터는 이 마을도 이 땅도 모두 우리 것이 될 테니까.'

'우리는 오늘 파시스트 놈들을 타작질 하는 거야. 그러면 그 겉껍질을 깨고 이 마을의 자유가 나오는 거지.' 누군가 말하더군.

'우린 그것에 부끄럽지 않게 훌륭히 해내야 할 거야.' 또 다른 사나이가 말하더니 이번에는 나를 보고 '필라르, 우리 조직 회합은 언제나 여는 거요?' 하고 묻더군.

'이 일이 끝나자마자 곧 열지. 바로 이 시청 건물에서.' 내가 대답해 줬어.

나는 장난삼아 민병대가 쓰고 있던 삼각형 에나멜가죽 모자를 쓰고, 권총의 공이치기를 내리고, 제법 태연스럽게 방아쇠에 손을 대고 엄지손가락으로 그것을 누르고 있었지. 권총은 허리에 두른 노끈에 매달고, 기다란 총신은 노끈 밑에 꽂고 말이야. 그리고 장난삼아 그 모자를 썼을 때 내 딴에는 제법 멋쟁이가 된 것 같더구먼. 모자 대신 권총의 가죽 케이스를 뺏어 왔더라면 좋았을걸 하고 나중에 후회하긴 했지만. 그런데 대열 속에 서 있던 사람 하나가 내게 이렇게 말하는 게 아니겠어. '필라르, 당신이 그런 모자를 쓰다니 참 악취미 같은데. 우리는 벌써 그따위 민병대 물건은 없애 버렸는데.'

'그렇다면 벗지. 벗어 버리겠어.' 그러면서 나는 모자를 벗었지.

'이리 줘. 이런 건 찢어 버려야 해.' 그가 말하더군.

우리가 서 있는 곳은 대열의 맨 끄트머리로 강 옆 낭떠러지 위를 따라 나 있는 길이었지. 그 사나이는 모자를 받아 들더니 목동이 소를 몰 때 팔을 휘둘러 아래에서 돌을 내던지듯 절벽 너머로 그것을 던져 버렸어. 모자는 멀리까지 공중을 날아 점점 조그맣게 보이더니 에나멜가죽이 맑게 갠 공기 속에서 반짝반짝 빛나면서 강물로 떨어지더군. 뒤돌아 광장 쪽을 바라보니 창이니 발코니니 할 것 없이 빽빽이 사람들이 모여 있는 게 아니겠어. 또 광장을 가로질러 시청의 현관까지 두 줄로 사람들이 죽 늘어서 있고, 게다가 그 건물 밖 창가에는 군중이 벌떼처럼 모여들어 왁자지껄하게 떠들고들 있더군. 바로 그 때 와! 하는 함성이 일면서 누군가 소리쳤어. '저기 맨 처음 놈이 나온다.' 돈 베니토 가르시아 시장이더군. 모자도 쓰고 있지 않았어. 천천히 문을 나와 현관으로 걸어 내려왔지만 아무 일도 일어나지 않더군. 그런 다음 도리깨를 들고 있는 사람들의 대열 사이를 걸어갔는데 역시 아무 일도 일어나지 않았어. 두 사람, 네 사람, 여덟 사람, 열 사람째를 지나쳐도 역시 아무 일도 일어나지 않더라고. 시장은 머리를 치켜들고, 피둥피둥하게 살찐 잿빛 얼굴에 눈은 똑바로 앞을 주시하며, 가끔 양쪽을 번갈아 흘끔흘끔 살피면서 꿋꿋한 걸음걸이로 걸어갔지. 그래도 아무 일도 일어나지 않는 거야.

그러자 발코니에서 누군가 이렇게 외쳤어. '케 파사, 코바르데스!(어떻게 된 거야, 겁쟁이들아!)' 그런데도 돈 베니토는 여전히 대열 사이로 걸어갔고, 역시 아무 일도 일어나지 않았어. 바로 그때 내가 서 있는 데서 세 줄 앞에 서 있던 사나이가 갑자기 내 눈에 띄었어. 얼굴에는 꿈틀꿈틀 경련이 일고, 입술은 꽉 깨물고, 도리깨를 들고 있는 손은 새하얗게 된 채 말이야. 그러고는 돈 베니토가 가까이 다가오는 것을 뚫어지게 쏘아보지 않겠어. 돈 베니토가 그 사나이 바로 앞까지 오기 직전, 그 사나이는 옆에 서 있는 사람마저 칠 만큼 도리깨를 높이 치켜 올리더니 돈 베니토를 냅다 후려갈겼어. 머리 옆쪽을 내리친 거야. 그 순간 돈 베니토가 그 사나이를 흘끔 쳐다보더군. 그러자 사나이는 다시 한 번 힘껏 내리치면서 소리를 버럭 질렀어. '어디 맛 좀 봐라, 이 비겁한 놈아.' 그러고는 이번에는 얼굴 정면을 치더군. 돈 베니토가 두 손으로 얼굴을 가리자 여럿이 달려들어 마구 쳤고, 마침내 그는 땅바닥에 쓰러지고 말았어. 그러자 맨 처음에 그에게 손을 댄 사나이가 다른 사람들에게 도움을 청하여 자신은 돈 베니토의 셔츠 목덜미를 거머쥐고, 다른 사람들에게는 그의 두 팔을 붙들게 해서 얼굴을 광장의 먼지 속에 처박은 채 질질 끌고 보도를 지나 낭떠러지 끝까지 가더니 강물에 내던졌어. 맨 처음 손을 댄 사나이는 절벽 가에 무릎을 꿇고 돈 베니토가 떨어져 가는 것을 바라보며 '비겁한 놈! 비겁한 놈! 에이, 비겁한 놈!' 하고 호통을 치더군.

이 사나이는 돈 베니토의 소작인이었는데, 두 사람은 사이가 좋지 않았어. 돈 베니토가 이 사나이에게 소작을 주었던 강가의 땅을 빼앗아 다른 사람에게 소작을 준 탓에 오랫동안 그는 돈 베니토에게 원한을 품고 있었다더군. 그 사나이는 다시는 대열에 섞이지 않고 그 자리에 그대로 앉아서 돈 베니토가 떨어져 간 강물만 내려다보고 있었어.

돈 베니토 다음에는 아무도 나오려 하지 않았어. 모두 이번에는 누가 나올 것인지 잔뜩 기다리고 있었기 때문에 광장은 쥐 죽은 듯이 잠잠했지. 그러고 있는데 어떤 주정뱅이가 큰 소리로 외쳤어. '케 살가 엘 토로!(황소를 내놔!)'

그때 누군가 시청 창가에서 소리를 질렀어. '모두 꿈쩍도 하지 않으려고 해! 모두 기도를 올리고 있어!'

다른 주정뱅이가 고함을 지르더군. '그놈들을 끌어내. 자, 놈들을 끌어내라고. 이제 기도 시간은 끝났어.'

그래도 누구 하나 꿈쩍도 않더니 잠시 후 한 놈이 문턱에 모습을 나타냈어.

제분 공장과 사료 가게를 운영하는 돈 페데리코 곤살레스라고 하는 제일급 파시스트였어. 키가 후리후리하고 여원 편인 데다 대머리를 감추려고 머리카락을 한쪽에서 다른 쪽으로 정수리 위로 단정히 빗어 붙이고 있었지. 잠옷용 긴 셔츠를 입고 있었는데 그것을 양복바지 속으로 집어넣고 있더군. 집에서 끌려 온 그대로 맨발이었고, 두 손을 올리고는 파블로 앞에서 걸어 나오더군. 파블로는 엽총의 총신을 그놈 잔등에 들이댄 채 뒤에서 따라 나오고 있었어. 마침내 돈 페데리코는 대열 속으로 들어오고 말았지. 그런데 파블로가 그놈을 남겨 두고 시청 입구로 되돌아가 버리니까 돈 페데리코는 차마 앞으로 걸어 나가지 못하고 하늘을 우러러보며 마치 하늘이라도 움켜쥘 듯 두 팔을 높이 쳐든 채 그 자리에 못 박혀 있지 않았겠어.

'이놈은 걸어갈 다리가 없나 보군.' 누군가 외쳤지.

'웬일이야, 돈 페데리코! 걸을 줄도 모르나?' 누군가 또 외치더군. 그러나 돈 페데리코는 두 팔을 치켜든 채 그냥 서서 입술만 실룩거리고 있었어.

'계속 걸어가! 어서 걸으란 말이야!' 파블로가 계단 있는 데서 호통을 치더군.

그래도 돈 페데리코는 그 자리에 우뚝 서서 움직이지 않더군. 주정뱅이 하나가 도리깨 자루로 그의 잔등을 쿡 찌르니까 고집 센 말처럼 꿈틀하고 껑충 한 걸음 뛰어올랐지만, 그래도 역시 두 팔을 높이 쳐들고 눈을 치켜뜬 채 여전히 그 자리에 서 있었지.

그러자 내 옆에 서 있던 농부가 '저게 무슨 창피야. 난 저놈한테 별로 원한은 없지만 언제까지나 저 꼴로 내버려 둘 순 없어.' 그러더니 아래쪽으로 걸어가 돈 페데리코가 서 있는 데까지 사람들을 밀치며 나가더니 '미안하이.' 하며 몽둥이로 그놈의 얼굴 옆을 힘껏 후려갈기더군.

그러자 돈 페데리코는 양팔을 축 늘어뜨리더니 이내 벗겨진 머리 한복판에 손을 갖다 대고는 고개를 숙인 채 두 손으로 머리를 가리더군. 다 빠지고 얼마 남지 않은 긴 머리카락이 손가락 사이로 빠져나와 있는 게 보였어. 그러다가 이 사람이 그 상태로 대열 사이를 내달렸는데, 등이니 어깨니 할 것 없이 마구 도리깨로 얻어맞아 마침내 땅바닥에 쓰러지고 말았지. 그러자 대열 맨 끝에 서 있던 사람들이 그놈을 번쩍 들어 올려 낭떠러지에서 강물 속으로 내동댕이쳐 버렸지. 돈 페데리코는 파블로의 엽총에 떠밀려 나온 때부터 입 한 번 뻥긋하지 않았어. 다만 혼자서는 암만해도 앞으로 걸어 나갈 수가 없었던가 봐. 아마 발이 말을 듣지 않았던 모양이야.

돈 페데리코가 끝나자 낭떠러지의 대열 맨 끝으로 무척 건장하게 생긴 녀석들이 무리를 지어 몰려오는 게 보이더군. 나는 시청의 회랑 쪽으로 걸어가 주정뱅이 두 놈을 내몰고 창문 너머로 안을 들여다보았지. 그랬더니 시청 안 커다란 방에 모두 반원을 그리며 빙 둘러앉아 한창 기도를 올리는 중이더군. 신부도 무릎을 꿇고 그놈들과 함께 기도를 올리고 있었지. 파블로와 콰트로 데도스, 즉 '네 손가락'이라는 별명의 사나이 — 이 사람은 구두 수선공으로 그 무렵 파블로와 늘 함께 있었어. — 그리고 또 다른 두 명이 엽총을 들고 서 있었는데, 파블로가 신부를 보고 말하더군. '이번엔 누가 나가는 거야?' 그랬는데 신부는 아무 대꾸도 없이 그냥 기도만 올리고 있는 거야.

'이봐요, 신부님! 이번에 나갈 놈은 누구냐고요? 어느 놈이 나갈 각오가 되어 있느냔 말이오?' 파블로가 쉰 목소리로 신부에게 물었지.

신부는 파블로의 말에는 대꾸도 하지 않고, 마치 상대방이 안중에도 없다는 듯한 태도였어. 파블로는 점점 분노가 치밀어 오르는 것처럼 보이더군.

'우리를 모두 함께 내보내 줘요.' 지주인 돈 리카르도 몬탈보가 기도를 멈추고 고개를 들더니 파블로에게 말했지.

'안 돼! 각오한 놈부터 한 번에 한 놈씩 나가는 거야.' 파블로가 말했어.

'그렇다면 이번엔 내가 가지. 각오는 충분히 됐으니.' 이렇게 말하자 신부가 그 사나이를 축복해 주었고, 일어났을 때도 기도에 방해가 되지 않도록 또 축복해 주었으며, 돈 리카르도가 입을 맞출 수 있게 십자가를 쳐들어 주었어. 돈 리카르도는 십자가에 입을 맞추고 돌아서서 파블로를 보고 말했어. '이보다 더 준비될 순 없소. 이 망할 놈의 겁쟁이야! 자, 어서 가자.'

돈 리카르도는 머리카락이 희끗희끗하고 목이 두껍고 키가 작은 사나이로 칼라 없는 셔츠를 입고 있었어. 말을 어찌나 많이 탔는지 다리는 활처럼 휘어 있었지. '잘들 있어.' 그는 무릎을 꿇고 있는 사람들에게 작별 인사를 하더군. '슬퍼 말게. 죽는다는 건 아무것도 아니야. 다만 한 가지 한이 되는 것은 이런 카날라(불한당) 같은 놈의 손에 죽는다는 것뿐이지. 내 몸에 손대지 마, 이놈.' 그가 파블로에게 호통쳤어. '네 엽총으로 내 몸을 건드리지 마.'

희끗희끗한 백발에 조그마한 잿빛 눈, 목이 짝 달라붙은 그 사나이가 시청 현관 밖으로 걸어 나오자 키가 아주 작고 잔뜩 골이 난 것처럼 보였지. 두 줄로 죽 늘어서 있는 농부들을 보자 땅에 침을 탁 뱉더군. 잉글레스 양반, 자네도 알겠지만 이런 경우에는 여간해서 그럴 수 없는데 진짜로 침을 뱉는 거야. 그러고는 이렇게 고함을 지르는 거야. '아리바 에스파냐!(스페인 만세!) 이 망할 놈의 공화국을 타도하라. 그리고 나는 우라질 네 아비 놈들을 저주하노라!'

이 모욕을 들은 사람들은 그놈이 대열 맨 앞 사람에게 이르자마자 모두 한꺼번에 우르르 달려들어 당장에 때려죽이고 말았지. 놈이 머리를 높이 치켜들고 여봐라는 듯 걸음을 옮겨 놓으려 하자마자 몽둥이찜질을 한 거야. 몽둥이를 맞고 쓰러지자, 이번에는 낫과 갈고리로 난도질을 했고, 그대로 낭떠러지까지 질질 끌고 가 물속으로 내동댕이쳤어. 모두 손이며 옷이며 할 것 없이 피투성이가 되어 버렸지. 사태가 이렇게 되고 보니 나오는 놈마다 정말 원수처럼 느껴져 그냥 살려 줄 수 없다는 생각이 들더란 말이지.

돈 리카르도가 그런 도도한 자세로 걸어 나와 그런 욕설을 입에 올리기 전까지만 해도, 대열에 선 많은 사람들은 어떻게 해서라도 대열에서 벗어나고 싶었는지도 몰라. 그때 만약 누군가 대열에서 '자, 이젠 그만하지. 남은 놈들은 용서해 주세. 이만하면 놈들에게 버릇을 톡톡히 가르쳐 줬을 테니까.' 하고 소리쳤다면, 아마 틀림없이 모두 동의했을 거야.

하지만 돈 리카르도가 너무나도 당돌하게 나왔기 때문에 도리어 다른 친구들에게 해를 끼치고 만 셈이 되고 말았지. 대열에 서 있던 사람들은 그의 모욕적인 언사로 울화통이 터졌고, 그때까지 그저 마지못해 의무를 수행하고 있던 사람들까지도 이제는 화가 치밀어 분위기가 아주 험악하게 달라져 버렸거든.

'신부를 밖으로 끌어내. 그래야 일이 훨씬 빨리 될 거야.' 누군가 외치더군.

'신부를 끌어내!'

'우린 도둑놈 셋을 해치웠어. 이번에는 신부를 없애 버리자.'

'천만에 도둑놈은 둘이었지. 도둑놈 둘과 우리 주인님이야.' 작달막한 농부가 방금 소리 지른 사나이에게 대꾸했어.

'누구의 주인님이라고?' 그 사나이가 벌컥 화를 내며 얼굴빛이 사뭇 새파래져서 묻더군.

'표현상 우리 주인님이라고 부르게 되어 있잖아.'

'천만에, 그분은 나의 주인님이 아냐. 농담으로라도 그렇게 부르고 싶지 않아. 이 두 줄 사이로 걷고 싶지 않거든 입조심 해.' 상대방이 이렇게 응수하더군.

'나도 너 못잖은 훌륭한 자유 공화주의자야. 나도 돈 리카르도의 입가를 후려갈겼어. 돈 페데리코의 등도 후려갈겼고. 돈 베니토만은 그만 헛때리고 말았지만. 내 말은, 우리 주인님 이라고 하는 것은 지금 그분을 말할 때 형식적으로 사용하는 말이란 거지. 그리고 도둑놈 두 놈이 있고.' 키가 작은 농부가 대꾸하더군.

'빌어먹을 네놈의 공화주의! 네놈은 돈(나리) 아무개니, 논 (나리) 아무개니 하고 부르잖아.'

'이 지방에선 그놈들을 그렇게 부르니까 그런 거잖아.'

'하지만 난 그렇게 부르지 않아. '카브로네스(비겁한 놈)'라

고 부르지. 그리고 네놈의 주인님은…… 아, 저기 또 한 놈 나온다!'

바로 그때 우리는 정말 부끄러운 장면을 봤지. 시청 입구에서 걸어 나온 사나이가 바로 지주인 돈 셀레스티노 리베로의 장남 돈 파우스티노 리베로였기 때문이었어. 후리후리하게 키가 큰 그놈은 노란 머리칼을 모두 뒤로 넘겨 단정하게 치장하고 있더군. 그도 그럴 것이 이 작자는 늘 주머니에 빗을 넣고 다니는 버릇이 있었는데, 그때도 나오기 전에 머리를 빗고 나온 거야. 늘 아가씨들 꽁무니만 졸졸 따라다녔는데, 본디 겁쟁이인 주제에 제 딴엔 아마추어 투우사가 되고 싶어서 집시니 투우사니 목동이니 어울려 쏘다니기 일쑤였고, 안달루시아식으로 차려입는 걸 좋아하는 위인이었지. 그런데 이 위인에게는 배짱이라곤 눈곱만큼도 없어서 늘 사람들의 웃음거리가 되곤 했거든. 언젠가 한번은 아빌라 양로원의 자선 아마추어 투우 대회가 있었는데, 그 대회에 나가 진작부터 연습해 온 안달루시아 스타일로 말을 타고 소를 죽인다고 장담하지 않았겠어. 그런데 자기가 미리 골라 두었던 작고 약골로 생긴 소 대신에 큰 황소가 나타난 것을 보더니만 갑자기 몸이 아프다고 하면서 일부러 손가락 세 개를 목구멍에 처넣고는 캑캑 하고 구역질을 했다는 소문이 있었어.

그런데 이놈이 나서는 걸 보자 대열을 짓고 있던 사람들은 일제히 소리를 쳤지. '올라(여어), 돈 파우스티노. 토하지 않도록 조심해.'

'이봐, 돈 파우스티노. 절벽 저쪽엔 굉장한 미인들이 기다

리고 있어.'

'돈 파우스티노, 잠깐만 기다려. 다른 황소보다 좀 더 큰 황소를 데리고 나올 테니.'

또 어떤 사람은 이렇게 외치더군. '어이, 돈 파우스티노, 너 사람들이 죽음 얘기 하는 걸 들어 본 적 있어?'

돈 파우스티노는 여전히 용감하게 버티고 서 있더군. 그 순간에는 아직 친구들에게 이번엔 제가 나가 보겠다고 장담을 한 패기가 그래도 조금 남아 있었던 거지. 투우 대회에 나가 보겠다고 큰소리치던 때와 똑같은 충동이었어. 그 충동 덕에 이놈은 아마추어 투우사가 될 수 있다고 믿었고 또 그런 희망을 갖게 되었던 거야. 그때도 앞서 돈 리카르도가 보여 준 모범적인 행동에 감격했는지 아주 사내답게 딱 버티고 서서 경멸한다는 표정을 짓고 있더군. 그래도 역시 입은 열지 못하고 있었어.

'자, 이리 와, 돈 파우스티노. 이리 오라니까, 돈 파우스티노. 여기 제일 큰 황소가 있어.' 누군가 대열에서 소리쳤어.

돈 파우스티노는 딱 버티고 서서 앞을 바라보고 있었는데, 그때 대열 양쪽에 늘어선 사람들은 이 녀석을 가엾게 동정하는 눈치는 전혀 없어 보이더군. 그래도 이 병신 놈은 자못 멋지고 잘난 듯이 딱 버티고 서 있었지. 하지만 시간은 점점 줄어들고, 가야 할 방향이라야 딱 하나밖엔 없었지.

'돈 파우스티노! 뭘 기다리고 있는 거야, 돈 파우스티노?' 또 누군가 소리를 지르더군.

'토하려고 그러는 거잖아.' 누군가 대꾸하자 모두 와아 하고 웃어 버렸지. '이봐, 돈 파우스티노. 토해서 기분이 좋아진다면 토해도 괜찮아. 내겐 이러나저러나 마찬가지니까.' 한 농부가 외치더군.

그러고 나서 모두가 지켜보고 있는데 돈 파우스티노가 대열을 따라 광장 너머 낭떠러지 쪽으로 차츰 눈길을 돌려 낭떠러지와 그 너머 허공을 보더니, 갑자기 홱 몸을 돌려 고개를 숙인 채 시청 입구를 향해 도로 달려가는 게 아니겠어.

그러자 사람들은 와아 함성을 질렀고, 그중 누가 한층 더 높은 소리로 외쳤지. '어디 가는 거야, 돈 파우스티노? 어디 가는 거냐고?'

'토하러 가는 거지.' 누군가 대꾸하는 바람에 또 한 번 와아 웃음바다가 되고 말았지 뭐야.

얼마 뒤 돈 파우스티노는 파블로에게 엽총으로 등을 밀리면서 또다시 문밖으로 나왔어. 이번에는 위세를 부리는 기색이라곤 전혀 보이지 않더군. 줄지어 서 있는 사람들이 보이자 체면이고 위세고 몽땅 날아가 버리고 만 거야. 그 녀석이 걸어 나오고, 파블로가 그 뒤를 따라오는 꼴이란 마치 파블로가 도로 청소를 하고 있고 돈 파우스티노는 파블로가 밀고 있는 쓰레기 같았다고 할까. 떠밀려 나온 돈 파우스티노는 십자를 긋는 둥 기도를 올리는 둥 하더니 두 손으로 눈을 가린 채 계단을 내려왔어. 바로 그때 누가 외치더군. '그냥 내버려 둬. 손대면 안 돼!'

줄을 선 사람들은 대번에 그 까닭을 알아차렸지. 그래서 누구 한 사람 돈 파우스티노에게 손을 대려고 하지 않았어. 이놈은 떨리는 손으로 눈을 가리고 입을 실룩거리면서 대열 사이를 걸어 나갔어.

뭐라고 하는 사람도 없고 손을 대는 사람도 없는데 대열 사이를 절반쯤 걸어오더니 그 이상 걸을 수가 없었던지 풀썩 무릎을 꿇고 주저앉고 말더라고.

물론 누가 때린 것도 아니지. 난 녀석이 어떻게 되는지 보려고 줄을 따라 앞으로 걸어가지 않았겠어. 그러자 농부 하나가 몸을 숙여 놈을 일으켜 세우면서 말하더군. '일어나야지, 돈 파우스티노. 계속 걸어가 봐. 황소는 아직 나오지 않았어.'

돈 파우스티노는 혼자서는 도저히 걸을 수 없었지. 그래서 검은색 작업복을 입은 농부와 역시 검은색 옷에 목 짧은 장화를 신은 농부가 양쪽에서 놈을 부축해서 일으켜 세웠어. 돈 파우스티노는 줄곧 두 손으로 눈을 가린 채 입술을 바들바들 떨면서 대열 사이를 걸어갔어. 그래도 샛노란 머리카락은 뒤로 단정히 빗질되어 햇빛에 반지르르하게 빛나고 있었지. 녀석이 지나가자 농부들은 저마다 한마디씩 소리치더군. '돈 파우스티노, 부엔 프로베초.(무척 배고프겠구나.)' 그러자 다른 사람이 뒤이어 '돈 파우스티노, 아 수스 오르데네스.(명령만 내려 주옵소서.)' 하고 놀려 댔어. 이번에는 투우에서 진 일이 있는 사나이가 외쳤지. '돈 파우스티노. 마타도르(투우사), 아 수스 오르데네스.' 그 뒤를 이어 또 누가 외쳤어. '돈 파우스티노, 천국에는 미인이 많던데, 돈 파우스티노.' 이렇게 그들은 눈을 두 손으로 가린 돈 파우스티노를 양쪽에서 부축해서 껴안듯이 하여 걷게 했어. 그래도 이 녀석은 손가락 사이로 앞쪽을 내다보고 있었던 모양이야. 그들이 낭떠러지 끝까지 데리고 가니까 또다시 무릎을 꿇고 땅에 웅크리고 앉아 풀포기를 꽉 움켜잡고 통곡하는 게 아니겠어. '싫어! 싫어! 싫어! 정말 싫다고! 제발. 제발. 안 돼! 안 돼!'

녀석이 무릎을 꿇었을 때 양쪽에서 부축하고 있던 농부들과 줄 맨 끝에 서 있던 우악스럽게 생긴 녀석들이 재빨리 뒤쪽에 쭈그리고 붙어 앉아 앞쪽으로 와락 떠밀었지. 놈은 끝내 한 번도 채찍을 맞지도 않고 그냥 낭떠러지 아래로 거꾸로 굴러 떨어지고 말았지. 떨어지면서 큰 소리로 울부짖더군.

바로 그때 줄 서 있던 사람들 모두가 정말 미친 듯이 화를 내고 있다는 것을 알게 되었지. 그도 그럴 것이 처음엔 돈 리카르도의 모욕이, 그다음엔 돈 파우스티노의 비겁이 사람들을 그렇게 만들어 놓은 거였어.

'다른 놈을 끌어내.' 한 농부가 외치자 다른 농부가 그 사나이의 등을 툭 치면서 응수하더군. '돈 파우스티노! 참 꼴불견이군! 돈 파우스티노!'

'놈도 이번만큼은 큰 황소를 만났지. 이번엔 제까짓 놈이 제아무리 토한다 해도 소용없었을걸.' 다른 농부가 대꾸했어.

'난 어머니 배 속에서 나온 뒤로 이 나이가 될 때까지 여태껏 돈 파우스티노 같은 녀석은 처음 봤어.' 다른 농부가 또 말을 받았지.

'아직 다른 놈들도 있어. 그저 잠자코 기다리자고. 이제 어떤 위인이 나올지 누가 알겠어?' 또 다른 농부도 말했어.

'거인들과 난쟁이들이 있을지도 모르지.' 맨 처음에 입을 연 농부가 이렇게 말을 받아넘기더군. '검둥이들이랑 아프리카의 보기 드문 짐승들이 나올지도 모르지. 하지만 돈 파우스티노 같은 놈은 천하에 둘도 없을 거야. 어쨌든 다른 놈을 끌어내야 하잖아! 자, 어서, 다른 놈을 끌어내!'

술주정뱅이들은 파시스트 클럽의 바에서 약탈해 온 아니스와 코냑 병을 돌려 가며 마치 포도주처럼 꿀꺽꿀꺽 마구 들이켜고 있었어. 대열에 서 있는 사람들도 돈 베니토와 돈 페데리코, 특히 돈 파우스티노를 처형한 뒤 지독한 흥분을 맛보고 또한두 잔씩 마시다 보니 다소 취기가 도는 모양이었고. 술병을 입에 대지 못한 축들은 여기저기로 돌리던 가죽 부대에 든 술을 퍼 마시고 있더군. 내가 있는 곳에도 마침 술 부대가 돌아왔는데 나 역시 목이 마르던 참이라 차가운 포도주를 쭉 들이켰지.

'사람을 죽이니 지독히 목이 타는구먼.' 술 부대를 들고 있던 사나이가 내게 말했어.

'설마! 당신도 죽였소?' 내가 물었지.

'네 놈이나 죽였지. 파수병은 계산에 넣지 않고도 말이야.' 자못 자랑스럽게 말하더군. '필라르, 당신이 민병대 한 놈을 죽였다는 게 정말이오?'

'한 놈이 뭐야. 병영의 담이 내려앉았을 때 다른 사람들과 함께 연기 속에 대고 마구 총질을 했는데. 그게 전부야.'

'권총은 어디서 났지, 필라르?'

'파블로한테 받았지. 파블로가 민병대 놈들을 죽인 뒤에 내게 줬어.'

'그럼 그가 놈들을 이 권총으로 해치웠나?'

'물론이지. 그런 뒤에 내게 줬다니까.' 내가 대답했어.

'좀 보여 줄 수 없어? 한번 들어 볼 수 없을까?'

'있고말고.' 나는 이렇게 대답하고 노끈 밑에서 권총을 끌러 그 사나이에게 내주었지. 그때 어째서 다른 놈들이 나오지 않나 궁금하게 생각하고 있었는데, 돈 기예르모 마르틴이 나오는 게 아니겠어. 도리깨니 소 모는 채찍이니 나무 갈퀴니 하는 것들은 모두 그자 가게에서 빼앗아 온 것이었지. 돈 기예르모는 그저 파시스트일 뿐 다른 일로 원한을 산 적은 없는 사람이었어.

도리깨를 만드는 직공들에게 임금을 조금밖에 주지 않은 건 사실이지만, 도리깨는 거의 공짜나 다름없었어. 그리고 돈 기예르모에게 도리깨를 사고 싶지 않은 사람은 나무와 가죽을 사면 자신이 충분히 만들 수 있었지. 하기야 입만큼은 참 헤픈 사나이였어. 입이 거친 데다 의심할 여지없는 파시스트이자 클럽의 회원이어서 한낮에나 저녁에는 클럽의 등의자에 앉아 《엘 데바테》*를 읽거나 구두를 닦거나 베르무트나 셀처** 를 마시거나 또는 볶은 아몬드니 말린 새우니 멸치니 하는 것을 먹는 게 고작이었어. 하지만 그런 일 때문에 사람을 죽일 수는 없거든. 만약 돈 리카르도의 욕설과 돈 파우스티노의 추태, 이 두 녀석과 다른 놈들이 부추긴 충동, 그리고 모두 술에

---

* 스페인 마드리드에서 발행되던 가톨릭 일간지.
** 독일에서 나는 광천수.

취해 있지만 않았다면 틀림없이 누군가 '저 돈 기예르모는 내 버려 둡시다. 우리가 들고 있는 건 저자의 도리깨잖아. 그냥 보내 주자고.' 하고 외쳤을 거야.

그도 그럴 것이, 이 마을 사람들은 잔인한 일도 해낼 수 있는 반면에 대개가 온순하고 나면서부터 정의감이 강한 데다 옳은 일을 하고 싶어 하는 의욕을 품고 있었기 때문이지. 하지만 줄지어 있던 사람들은 그때 이미 잔인한 마음에 사로잡혀 있던 데다 취했거나 아니면 취기가 돌기 시작하는 상태였더란 말이야. 그러니 처음에 돈 베니토가 나왔을 때와는 기분이 아주 딴판이었을 수밖에. 다른 나라에서는 어떤지 모르고, 또 나처럼 술 마시는 걸 좋아하는 사람도 별로 없으리라고 생각하지만, 스페인에서는 포도주 아닌 다른 술로 취하면 그야말로 엉망이 되어 버려. 평소라면 상상도 못 할 일을 거침없이 저지르게 되지. 잉글레스 양반, 당신 나라에서는 안 그러나?"

"마찬가지예요. 내가 일곱 살 때였죠, 아마 그게. 어머니를 따라 오하이오 주에서 하는 결혼식에 갔어요. 왜 그 결혼식에서 하는, 사내애와 계집애가 나란히 꽃을 뿌리며 가는 거 있잖아요. 내가 그 사내아이 역할을 하기로 되어 있었는데……."

"당신이 그 일을 했어요? 얼마나 근사했을까?" 마리아가 놀란 표정으로 말했다.

"그 마을에서 검둥이를 가로등에 매달았다가 불로 태워 죽여 버렸어요. 아크등이었죠, 기둥에서 보도로 내리비치는 식의 가로등 말이에요. 처음엔 검둥이를 아크등을 끌어올리는 장치에 대롱대롱 매달아 올렸는데, 중간에 그 장치가 그만 부서지는 바람에……."

"검둥이를! 어쩌면 그렇게도 야만적인 짓을 했을까!" 마리아가 외쳤다.

"모두 취해 있었나? 검둥이를 태워 죽일 만큼 취해 있었어?" 필라르가 물었다.

"난 모르죠, 그 아크등이 서 있는 골목의 어떤 집 창문에서 내다보고 있었으니까요. 길거리엔 사람들이 가득했고. 그런데 다시 검둥이를 매달아 올렸을 때……."

"겨우 일곱 살이었고 집 안에 있었다면 그들이 취했는지 어땠는지 알았을 리가 없겠지." 필라르가 대꾸했다.

"방금 얘기한 것처럼 다시 검둥이를 매달았을 때, 어머니가 날 창가에서 떼어 놓았기 때문에 더 이상은 볼 수 없었죠. 미국에서도 술에 취한 사람들이 그런 짓을 하는 건 그 뒤로도 많이 봤어요. 흉악하고 잔인한 일이에요." 로버트 조던이 말했다.

"일곱 살이었다니 너무 어렸어요. 그렇게 어린 나이에 그런 걸 보았다니. 난 서커스에서 말고는 검둥이를 본 적이 없어요. 무어인도 검둥이라면 몰라도." 마리아가 말했다.

"그중엔 검둥이도 있고 아닌 사람도 있지. 무어인이라면 너보다는 내가 잘 알걸."

"나만큼은 잘 모를걸요. 내가 더 잘 알아요." 마리아도 지지 않았다.

"그래, 그런 얘기는 이제 그만두자. 그런 걸로 말다툼하는 건 부질없으니까. 한데 내가 어디까지 얘기했지?" 필라르가 말했다.

"대열에 서 있는 사람들이 술에 취해 있었다는 데까지 했죠. 그다음을 어서 해 봐요." 로버트 조던이 대답했다.

"아주 취했다고는 할 수 없었어. 아직 곤드레가 될 만큼 취해 떨어진 건 아니었으니까. 하지만 모두 기분이 달아올라 있었던 것만은 사실이야." 필라르는 말을 이었다. "바로 그때 돈 기예르모가 나왔지. 근시에 머리카락이 희끗희끗하고 키는 중간 정도, 칼라는 없는데 단추는 달려 있는 셔츠를 입고, 꼿꼿한 자세로 서서 십자를 한 번 긋고 앞쪽을 내다보고 — 하기야 안경을 쓰지 않았으니까 거의 아무것도 보이질 않았을 테지만 — 아주 침착하게 걸음을 옮겨 놓기 시작했을 때는 왠지 측은한 생각이 들었지. 그런데 그때 누가 대열에서 외쳤지. '어이, 여기야, 돈 기예르모. 이리 위쪽으로 와, 돈 기예르모. 이쪽으로 오라고. 우리는 자네 가게 물건을 여기로 갖고 왔다네.'

그 사람들은 조금 전까지 돈 파우스티노를 놀려 대며 재미를 보았던 터라 돈 기예르모는 사람이 다르다는 사실을 알 수 없었고, 또 돈 기예르모라면 그저 재빨리 인간답게 죽여 줘야 도리라는 판단도 서지 않았지.

'돈 기예르모, 사람을 보내 안경을 가져오게 할까?' 다른 사람이 큰 소리로 외쳤어.

돈 기예르모는 넉넉한 편이 아니어서 그의 집은 집 같지도 않았어. 고상한 체하기 위해, 또 목제 농기구 가게를 하면서 푼돈벌이를 하는 자신을 위로하기 위해 파시스트가 되었을 뿐이었지. 마누라의 열성적인 신앙심 때문이기도 했는데, 워낙 애처가인지라 당연한 임무로 알고 그 신앙심을 받아들였던 거야. 그는 광장에서 세 번째에 있는 아파트에 살았는데, 마침 돈 기예르모가 이제 통과해야 할 대열 사이를 근시 눈으로 바라보고 서 있을 때, 그의 집 발코니에서 갑자기 한 여자가 째지는 비명을 지르는 게 아니겠어. 그 사람의 마누라가 발코니에서 자기 남편을 보았던 거야.

'돈 기예르모! 여보, 돈 기예르모. 내가 그리로 갈 때까지 잠깐만 기다려요.' 여자가 소리를 질렀지.

돈 기예르모는 소리 나는 쪽으로 머리를 돌렸어. 하지만 마누라의 얼굴이 보여야지. 뭐라고 말하려 해도 입도 떨어지지 않는지 마누라의 소리가 들려온 쪽으로 손을 흔들더니 대열 사이로 걸어갔어.

'기예르모!' 또다시 마누라가 외쳐 댔어. '기예르모! 아, 기예르모!' 그녀는 발코니 난간을 두 손으로 붙잡고 앞뒤로 몸을 흔들어 댔어. '기예르모!'

그러자 돈 기예르모는 또다시 소리 나는 쪽을 향해 손을 흔들고는 머리를 꼿꼿이 쳐들고 대열 사이를 걸어갔는데, 그때 그가 어떤 기분이었는지는 얼굴색으로밖에 판단할 수 없었어.

그때 대열 속에서 어떤 주정뱅이가 마누라의 찢어지는 듯한 큰 목소리를 흉내 내어 '기예르모!' 하고 외쳤어. 돈 기예르모는 마치 장님처럼 소리가 났던 쪽을 향해 허둥지둥 달려갔어. 눈물을 뚝뚝 흘리면서. 그러자 그 녀석은 들고 있던 도리깨로 그의 얼굴을 호되게 내리갈겼지. 돈 기예르모는 풀썩 주저앉더군. 그리고 앉은 채 우는 게 아니겠어. 무서워서 우는 건 아니었지. 그러는 동안 주정뱅이들이 우르르 몰려와서 막

두들겨 패기 시작했어. 어떤 주정뱅이 녀석은 그 사람 위에 뛰어 올라 어깨 위에 두 다리를 걸치고 앉아 병으로 내려치더군. 얼마 뒤 사람들은 대부분 대열을 떠나 버렸고, 그 자리는 그때까지 시청 창문에 대고 온갖 욕설과 추태를 부리던 주정뱅이들이 차지했어.

사실 나도 파블로가 민병대 놈들을 쏴 죽였을 때는 아주 흥분했지. 말할 수 없이 추악한 일이었지만, 난 이렇게 생각했어. 그렇게 할 수밖에 없다면 어쩔 수 없는 일이라고. 하지만 생명만 빼앗지 적어도 잔인한 짓은 하지 말자고 말이야. 우리가 몇 해 동안 배워 왔듯, 생명을 빼앗는 건 추악한 일이지만 승리하기 위해서는, 공화국을 지속시키기 위해서는 어쩔 수 없이 해야만 하는 일이라고 생각했어.

광장의 사방을 막고 대열을 지었을 때 역시 파블로가 생각해 낸 일이라고 감탄도 했고 이해도 했지. 좀 기괴한 일이다 싶어도 어차피 해야 할 일이라면 반감을 사지 않는 한 멋지게 할 필요가 있다고 생각했거든. 파시스트들이 마땅히 인민의 손으로 처형될 것이라면, 여러 사람을 참여하게 하는 편이 확실히 좋지 않겠느냐고. 마을이 우리의 것이 되었을 때 이익을 나눠 갖기를 바라는 것처럼, 죄도 함께 나눠 져야 한다고 생각했던 거지. 하지만 돈 기예르모를 그렇게 한 뒤로는 이상하게도 부끄럽고 비열하다는 생각이 들더라고. 게다가 주정뱅이들과 쓰레기 같은 놈들이 대열로 섞여 들고, 더욱이 돈 기예르모를 그 지경으로 만든 데 대한 반발로 사람들이 기권하고 대열을 떠나 버리는 것을 보면서 나도 대열을 벗어나고 싶어지더군. 그래서 그 자리를 떠나 광장을 가로질러 가서 커다란 나무 그늘 아래 벤치에 걸터앉았지.

대열을 벗어난 농부 둘이 얘길 주고받으며 걸어오다가 내게 가까이 다가오더니 그중 하나가 말을 건넸어. '웬일이죠, 필라르?'

'아무것도 아녜요.' 내가 대답했지.

'아냐, 말해 봐요. 무슨 일이 있었죠?' 그 사람이 다시 말하더군.

'이젠 지긋지긋해서요.' 내가 그에게 대답했지.

'우리도 그래요.' 그가 말하더군. 그러더니 둘 다 벤치에 걸터앉았어. 그중 하나가 가죽 술 부대를 들고 있다가 내게 건네줬어.

'입이라도 축이지.' 그가 이렇게 말하자 다른 사람은 좀 전에 하던 얘기를 다시 꺼내더군. '무엇보다 나쁜 건 그런 일을 저지르면 머잖아 불행이 닥쳐온다는 거야. 돈 기예르모를 그런 식으로 죽여 놓고 불행이 닥치지 않는다고 누가 장담할 수 있겠어.'

그러자 다른 사람이 대답했지. '놈들을 전부 죽여야 한다면 — 내 생각 같아선 그럴 필요도 없지만 — 조롱하지 말고 점잖게 죽여 주는 게 좋을 것 같아.'

'돈 파우스티노는 조롱해도 괜찮았지. 늘 건들거린 데다 진실한 데라곤 눈곱만큼도 없는 위인이었으니까. 하지만 돈 기예르모같이 진지한 사람을 조롱하는 건 옳지 않아.'

'나도 이제 지긋지긋해요.' 내 말은 조금도 거짓이 없는 사실이었어. 실제로 배 속이 거북하고 진땀이 나고 썩은 생선을 먹은 것처럼 자꾸만 메스꺼워졌거든.

'그렇다면 됐어요. 우리도 더 이상 이 일에 가담하지 않을 거요. 하지만 다른 마을에선 어떤 일이 벌어지고 있을지 궁금하군.' 다른 농부가 말했어.

'아직 전화선을 수리하지 않았어요. 빨리 고쳐야 할 텐데.' 내가 말했어.

'그렇고말고. 이렇게 우물쭈물하면서 야만적으로 학살이나 저지르느니 차라리 이 마을을 방위하는 일에 힘쓰는 편이 나을지 몰라요.' 그 농부가 맞장구를 치더군.

'내가 가서 파블로에게 이야기해 보죠.' 나는 이렇게 말하고 벤치에서 일어나 광장을 가로질러 시청 입구까지 늘어선 대열을 따라 회랑 쪽으로 걸어갔지. 대열은 아까처럼 똑바르지도 않고 삐뚤삐뚤 엉망이고 주정꾼들은 곤드레만드레 고주망태가 되어 있지 않겠어. 사나이 둘이 광장 한복판에 벌렁 나자빠져 서로 술병을 주고받더라니까. 그중 한 놈이 한 모금 마신 뒤 드러누워 미친놈처럼 '비바 라 아나르키아!(무정부주의 만세!)' 하고 외치더군. 그 사람은 목에 빨갛고 까만 손수건*을 두르고 있었지. 또 한 녀석은 '비바 라 리베르타드!(자유주의 만세!)' 하고 외치고 발로 허공을 걷어차더니 또다시 '비바 라 리베르타드!' 하고 소리를 지르는 거야. 그 녀석도 역시 빨갛고 까만 손수건을 가지고 있었어. 한 손으로는 그것을 휘젓고,

---

* 무정부주의자의 징표.

다른 한 손으로는 술병을 휘두르고 있더군.

대열을 빠져나와 회랑 그늘에 서 있던 농부가 그 주정뱅이들을 역겹다는 듯이 흘겨보면서 쏘아붙이더군. '저놈들은 '주정뱅이 만세!'라고 외쳐야지. 저놈들이 믿고 있는 건 그것뿐일 테니까.'

'웬걸 그거나 믿으면 괜찮게. 저놈들은 아무것도 모르고, 또 아무것도 믿는 게 없어.' 다른 농부가 대꾸했지.

바로 그때 주정뱅이 하나가 벌떡 일어나 두 팔을 들어 머리 위에서 주먹을 불끈 쥐더니 외쳤어. '무정부주의와 자유주의 만세! 좆 같은 공화국 같은 건 엿이나 먹어라!'

그러자 그때까지 여전히 나자빠져 있던 주정뱅이가 고함을 지르던 주정뱅이의 발꿈치를 움켜쥐고 뒹굴었어. 고함을 지르던 주정뱅이가 그 바람에 쓰러져 두 놈이 한 덩어리가 되어 뒹굴다가 두 놈 다 일어나 앉더니 넘어뜨린 녀석이 고함을 지르고 있던 녀석의 목을 끌어안고 술병을 건네주며 그놈의 빨갛고 까만색 손수건에 키스를 하지 뭐야. 그러더니 둘이서 또 술을 주거니 받거니 마시더군.

바로 그때 대열에서 와 하는 함성이 나기에 회랑 쪽을 바라봤는데 시청 입구에서 들끓고 있는 사람들에 가려서 도대체 누가 나왔는지 알 수가 있어야지. 눈에 보이는 건 엽총을 들고 누군가를 겨누고 있는 파블로와 콰트로 데도스뿐이더군. 그래서 난 그게 누군지 보려고 사람들이 들끓고 있는 대열 쪽으로 걸어갔지.

이때는 벌써 밀치락달치락 아수라장이 되어 있었고, 파시스트의 클럽에서 끄집어낸 의자들이며 테이블들이 모두 나자빠져 있고 하나 제대로 서 있는 테이블에는 주정뱅이 한 녀석이 머리를 축 늘어뜨리고 입을 딱 벌린 채 누워 있었어. 나는 의자 하나를 일으켜 기둥 앞에 기대 세우고는 사람들 머리 위로 보려고 그 위에 올라섰어.

파블로와 콰트로 데도스에게 밀려서 밖으로 나온 것은 틀림없는 파시스트로, 읍내에서도 제일 뚱뚱한 돈 아나스타시오 리바스더군. 곡물 상인인데, 몇 군데 보험 회사 대리점과 고리대금업도 하는 사람이었지. 의자 위에 올라가 보고 있자니까, 그가 살찐 목덜미를 셔츠 칼라 위로 쑥 내밀고, 대머리를 햇빛에 번쩍이면서 계단을 내려와 대열 쪽으로 걸어가는 것이 보이더군. 그래도 막무가내로 대열 속으로 들어가지는 않던걸. 그도 그럴 것이 와 하는 함성이 각자 외치는 것이 아니라 모두 한꺼번에 외쳐 대는 것이었으니 말이야. 주정뱅이들이 모두 한꺼번에 외쳐 대는 듣기 고약한 함성과 발광 소리였지. 그러더니 대열이 흩어지면서 와 하며 사람들이 달려들자 돈 아나스타시오는 두 손으로 머리를 감싸고 풀썩 주저앉아 버리더란 말이야. 그러고 나선 사람들이 그 위로 달려들어 겹겹이 덮치는 바람에 그놈의 꼴은 보이지도 않았지. 얼마 뒤 모두 일어섰는데 돈 아나스타시오는 회랑 돌바닥에 머리가 짓이겨진 채 죽어 있었어. 이제 대열은 사라지고 폭도들의 난장판으로 변해 버렸던 거지.

'안으로 들어가자. 안으로 들어가 놈들을 죄다 끌어내자.' 그들이 소리를 지르기 시작하더군.

'이놈은 무게가 천근만근이어서 들 수가 있어야지. 에라, 그냥 내버려 두자.' 한 사나이가 얼굴을 처박고 나자빠져 있는 돈 아나스타시오의 몸뚱이를 걷어찼어.

'뭐 하러 그런 무거운 똥덩어리를 낭떠러지까지 애써 지고 가? 여기 그냥 내버려 두면 될걸.'

'자, 안으로 들어가 안에 있는 놈들을 해치워 버리세. 안으로 들어가자고.' 어떤 사나이가 외치더군.

'도대체 왜 우리가 햇볕을 쬐면서 하루 종일 기다려야 하지? 자, 모두 안으로 어서 들어가세.' 다른 사람이 외치더군.

폭도들은 이제 회랑 안으로 밀고 들어가고 있었지. 고래고래 고함치고 밀치면서 꼭 야수처럼 으르렁대더군. '문 열어라! 문을 열어라! 문을 열어라!' 대열이 흩어지는 것을 보고 문지기들이 재빨리 문을 닫아 버렸던 거야.

난 의자 위에 올라가 있었기 때문에 쇠창살 사이로 시청 안의 넓은 방을 잘 들여다볼 수 있었어. 남아 있는 사람들은 서 있는 신부를 중심으로 반원을 그리고 꿇어앉아 아까처럼 기도를 하고 있더군. 파블로는 엽총 가죽 띠를 등에 걸머멘 채 시장 의자 앞 커다란 테이블에 걸터앉아 다리를 아래로 축 늘어뜨린 채 담배를 말고 있었어. 콰트로 데도스는 시장 의자에 앉아 다리를 테이블 위에 걸치고 담배를 피우고 있었고, 경비병들은 모두 총을 들고 제각기 여러 관리들의 의자에 앉아 있더군. 큰 문의 열쇠는 파블로 옆의 테이블에 놓여 있었어.

폭도들은 마치 성가라도 부르는 것처럼 '열어라! 열어라! 열어라!' 하며 아우성을 쳤지만, 파블로는 아무것도 못 들은 척 태연히 앉아 있었지. 신부에게 뭐라고 이야기했지만 폭도들이 어찌나 아우성인지 알아들을 수가 있어야지.

신부는 여전히 아무 대답도 없이 계속 기도만 하고 있었지. 사람들이 뒤에서 하도 떠다밀어서 난 할 수 없이 의자를 옮겨 벽에다 딱 붙여 놓았어. 그러고는 쇠창살에 얼굴을 들이대고 거기 매달리듯 의자 위에 서 있었지. 그런데 한 사나이가 의자 위까지 올라와서 두 팔로 내 팔을 감싸고는 커다란 쇠창살 두 개를 붙잡고 서지 않겠어.

'의자가 부서지겠어.' 내가 말했지.

'그게 무슨 상관이야? 저놈들 좀 봐. 기도하고 있는 저 녀석들을.' 그 사나이가 대답하더군.

목덜미에 느껴지는 그 녀석의 입김은 폭도의 냄새 자체였지. 길바닥에 깔린 돌에 토해 놓은 토사물 같은 시금털털한 냄새, 틀림없는 주정뱅이 냄새더군. 그 녀석이 내 어깨 너머로 머리를 내밀어 쇠창살에 입을 대고 '열어라! 열어라!' 고함을 치는데, 마치 꿈속에서 내 등에 악마가 매달린 것처럼 폭도가 내 등을 타고 오르려는 듯한 느낌이 들었어.

이즈음 폭도들이 입구로 몰려들어 밀치는 바람에 앞에 서 있던 사람들은 뒤에서 떠미는 사람들 때문에 터질 지경이었어. 검정 작업복을 입고 빨갛고 까만 손수건을 목에 두른 몸집이 큰 주정뱅이가 광장에서 달려오더니 밀치고 있는 폭도들을 향해 온몸을 내던지는 거야. 그러다가 다시 일어나 뒤로 물러났다가 밀치고 있는 폭도들에게 다시 달려들어 사람들 등에 쓰러졌어. 그러면서 '이 몸 만세! 무정부 만세!' 하고 외치는 게 아니겠어.

내가 보고 있으려니 그 사나이는 사람들 틈에서 저만큼 떨어져 나가더니 털썩 주저앉아 술병을 입에 대고 병나발을 불더군. 그렇게 앉아 있다가 길바닥에 얼굴을 처박고 죽어 나자빠진 채로 벌써 많은 사람들에게 짓밟힌 돈 아나스타시오를 보게 된 거야. 술주정뱅이는 일어서서 돈 아나스타시오 옆으로 걸어가 허리를 구부리고 앉더니, 돈 아나스타시오의 옷이며 머리에 술을 마구 끼얹고 호주머니에서 성냥갑을 꺼내 몇 번이나 성냥을 그어 돈 아나스타시오에게 불을 붙이려 하잖아. 하지만 바람이 세게 불어 성냥불이 곧 꺼져 버리더란 말이지. 얼마 뒤 이 덩치 큰 주정뱅이 녀석은 돈 아나스타시오 옆에 털썩 주저앉아 머리를 설레설레 흔들고 술병을 입에 대고 들이켜면서 가끔 상체를 구부려 돈 아나스타시오 시체의 어깨를 가볍게 두드렸지.

이러는 동안에도 폭도들은 문을 열라고 아우성치고 있었고, 나와 함께 의자에 올라서 있던 사나이도 쇠창살에 꼭 매달려 역시 문을 열라고 큰 소리로 야단을 쳤기 때문에 그 소리가 귓전을 울려 난 귀가 멀 지경에다 그 녀석의 더러운 입김으로 숨이 막힐 것만 같았어. 돈 아나스타시오에게 불을 붙이려는 주정뱅이에게서 시선을 돌려 다시 시청 안을 들여다봤지만 아까와 조금도 다를 것이 없었어. 아까와 마찬가지로 여전히 모두 기도를 하고 있었는데 셔츠 앞가슴을 헤치고 머리를 푹 수그리고 있는 사람도 있었고, 머리를 쳐들고 신부가 받들고 있는 십자가를 올려다보는 사람도 있었는데, 신부는 침착한 태도로 열심히 기도를 하다가 가끔 그들 머리 위로 밖을 내다보곤 하더군. 이제 담배에 불을 붙여 입에 문 파블로는 엽총을 등에 메고 테이블에 걸터앉아 다리를 건들건들 흔들면서 열쇠를 만지작거리고 있었지.

파블로가 테이블에서 앞으로 몸을 내밀고 또다시 신부에게 뭐라고 이야기를 건네는 모습이 보이긴 했지만, 무슨 소릴 하고 있는지 떠드는 소리 때문에 도무지 알아들을 수가 있어야지. 그런데 신부는 아무 대답도 하지 않고 여전히 기도만 하잖아. 얼마 뒤 반원형으로 앉아 기도하고 있던 사람들 중에서 한 사람이 불쑥 일어났어. 바깥으로 나가려 한다는 건 나도 알 수 있겠더군. 철저한 파시스트 말장수 녀석은 모든 사람이 돈 페페라고 부르는 돈 호세 카스트로였지. 이제 막 일어선 것을 보니까 몸집이 작은데 수염도 깎지 않았고 잠옷 상의 아랫자락은 회색 줄무늬 양복바지 속에 집어넣고 있었지만, 어딘지 말쑥하게 보이더군. 그 녀석이 십자가에 입을 맞추자 신부는 그를 축복해 줬지. 그러고는 일어서서 파블로를 쳐다보고 문 쪽을 향해 머리를 끄덕하더군.

파블로는 머리를 흔들고는 여전히 담배만 피웠어. 돈 페페가 파블로에게 뭐라고 말하는 게 보였지만 그 소리가 어디 들려야지. 파블로는 입을 열지 않고, 그저 또 한 번 턱 끝으로 문쪽을 가리키며 고개를 내저을 뿐이었어.

그러자 돈 페페가 문 쪽을 똑바로 바라보더군. 문에 자물쇠가 채워져 있는 건 아직 모르는 모양이었어. 파블로가 열쇠를 보여 주자 그는 우두커니 선 채 그것을 흘끗 바라보더니 얼른 몸을 돌려 있던 자리로 돌아가 꿇어앉아 버리잖아. 신부가 파블로를 바라보자 파블로는 빙그레 웃고 열쇠를 보여 주더군. 그제야 신부도 문에 자물쇠가 채워져 있다는 사실을 알아채고 고개를 내젓는 듯했어. 그저 머리를 끄덕이는 것처럼 보였지만 실제로는 고개를 조금 숙인 것일 뿐 또다시 기도를 하기 시작하더군.

그 사람들이 기도와 자기들 일에만 마음을 쓰지 않았다면 문에 자물쇠가 채워져 있다는 걸 몰랐을 리가 없지. 하지만 이제는 모두 똑똑히 알게 되었고, 또 함성이 왜 일어나는지도 잘 알게 되었으며, 이제는 처음과는 아주 분위기가 달라졌다는 것도 틀림없이 눈치채고 있었지. 그래도 그들은 여전히 전과 똑같이 계속하고 있더군.

이즈음 아우성 때문에 아무것도 들리지 않았고, 나와 함께 의자 위에 서 있던 주정뱅이가 쇠창살을 두 손으로 마구 흔들어 대며 목이 쉬어 터지도록 고래고래 "문을 열어라! 문을 열어!" 하고 고함을 질러 댔지.

파블로가 또 한 번 신부에게 뭐라고 이야기를 건넸지만 신부는 들은 체도 하지 않는 게 보이더군. 그러자 파블로가 엽총을 등에서 내려 그 끝으로 신부의 어깨를 가볍게 툭툭 치는 것도 보였지. 그런데도 신부가 그쪽은 거들떠도 보지 않자 파블로는 고개를 내젓더라고. 이윽고 어깨 너머로 콰트로 데도스에게 뭐라고 소곤거리니까, 이번에는 콰트로 데도스가 다른 호위병에게 뭐라고 소곤거리더군. 그러더니 호위병들이 모두 일어나 방 저쪽 구석으로 몰려가서 엽총을 들고 서는 게 아니겠어.

파블로가 콰트로 데도스에게 뭐라고 하는 것이 보였지. 그러자 콰트로 데도스는 테이블 둘과 거기 있던 긴 의자를 옮겨 놓았고 호위병들은 엽총을 들고 그 뒤에 죽 늘어섰지. 이렇게 방 한구석에다 바리케이드를 만든 셈이지. 파블로는 허리를 구부려 또 한 번 신부의 어깨를 툭 치더군. 하지만 신부는 모르는 체했고 돈 페페는 다른 사람들이 돌아보지도 않고 그냥 기도만 하고 있는 동안 눈을 쳐들고 파블로의 거동을 살피고 있잖겠어. 파블로는 고개를 내젓다가 돈 페페가 자기를 쳐다보고 있는 것을 알자, 돈 페페 쪽을 향해 고개를 끄덕이며 손에 들고 있던 열쇠를 들어 보였어. 돈 페페는 그것을 깨닫고 고개를 숙이더니 아주 빨리 기도하기 시작했지.

파블로는 테이블 아래로 내려와 거길 돌아 긴 회의용 테이블 뒤 한 층계 높이 있는 커다란 시장 의자로 걸어가더군. 그리고 거기 앉더니만 신부와 기도를 드리는 사람들을 잠시라도 놓칠세라 빤히 노려보면서 담배를 말기 시작했어. 그의 얼굴에는 아무 표정도 없었지. 열쇠는 자기 앞 테이블 위에 놓고 말이지. 30센티미터가 넘는 커다란 열쇠더군. 얼마 뒤 파블로는 호위병에게 뭐라고 소곤거렸지만 당연히 내겐 들리지 않았어. 그러자 그중 하나가 문 쪽으로 갔어. 모두 전보다 훨씬 빠른 속도로 기도를 하는 게 보일 정도였지. 그래서 난 그들이 이제야 겨우 사태를 알아챘다는 것을 알 수 있었어.

파블로는 다시 신부에게 뭐라고 했지. 하지만 신부는 이번에도 아무 대답도 하지 않았어. 그러자 파블로는 몸을 굽혀 열쇠를 집어 들고는 그것을 문간 옆에 있는 호위병에게 던졌어. 호위병이 열쇠를 손에 받아 들자 파블로는 그에게 싱긋 웃어 보이더군. 파수병이 열쇠 구멍에 열쇠를 꽂고 돌려 문을 자기 앞으로 당기는 순간 폭도들이 와 하고 몰려들었고 그는 재빨리 문 뒤로 숨어 버렸어.

모두 마구 달려 들어오는 것이 보였고, 바로 그때 나와 함께 의자 위에 올라서 있던 녀석이 '잘한다! 잘해! 잘한다!' 하고 외치면서 머리를 앞쪽으로 쑥 내미는 바람에 앞이 가려 아무것도 보이질 않더군. 그리고서 그 녀석이 '그놈들을 죽여라! 죽여! 몽둥이로 때려 죽여라! 그놈들을 죽여라!' 하고 외치면서 두 팔로 나를 밀어 버려 이제 정말로 아무것도 보이질 않게 되었어.

그래서 내가 그놈의 배때기를 팔꿈치로 탁 치면서 소리쳤지. '이 주정뱅이 놈아, 이게 누구 의자인 줄이나 알아? 썩 비키지 못해!'

그런데도 녀석은 두 팔과 손으로 쇠창살을 흔들면서 계속 외치는 게 아니겠어. '놈들을 죽여라! 몽둥이로 때려눕혀라! 때려눕혀라! 그래, 바로 그거야. 몽둥이로 때려눕혀! 죽여 버려! 카브로네스! 카브로네스! 카브로네스!(비겁한 놈들! 비겁한 놈들! 비겁한 놈들!)'

그래서 나는 팔꿈치로 그 녀석을 세게 치고는 쏘아붙였어. '카브론!(비겁한 놈!) 술주정뱅이! 나도 보게 해 줘.'

그러나 이놈은 좀 더 잘 보려고 두 손을 내 머리 위에 얹더니 있는 힘껏 내리누르면서 또 고래고래 소리를 지르지 않겠

어. '몽둥이로 때려눕혀라! 잘한다! 몽둥이로 때려눕혀라!'

'네놈이나 때려눕혀!' 내가 이렇게 말하고는 그놈의 급소를 세게 쳤더니 그제야 아픈지 내 머리에서 손을 떼고 이번엔 자기의 얻어맞은 곳을 움켜쥐고 외쳤어. '노 아이 데레초, 무혜르.(이럴 권리가 없잖아, 이 여편네야.)' 그 순간 쇠창살 사이로 안을 들여다보았더니, 홀 안은 곤봉으로 때리고 도리깨로 후려갈기고 나무 갈고리로 찌르고 처박고 때리고 밑에서 찍어 올리는 사람들로 꽉 들어차 있더군. 나무 갈고리는 피로 물들어 새빨개지고 부러졌지. 그런데도 파블로는 엽총을 무릎 위에 올려놓고 커다란 의자에 앉아 이 꼴을 지켜보고만 있지 않겠어. 모두 아우성을 친다, 몽둥이로 때린다, 찌른다, 사나이들이 지르는 고함은 마치 불이 났을 때 말이 지르는 비명과도 같다고 할까. 신부가 성의(聖衣)의 아랫자락을 걷어 올리고 벤치 위로 기어오르려니까 달려든 폭도들이 낫이며 갈고리로 신부를 막 찌르는 거야. 그러자 누군가 신부의 옷자락을 붙들더군. 째지는 듯한 비명이 잇달아 들렸어. 보니까 두 놈이 신부의 등덜미를 낫으로 내리찍고 있는 거야. 그리고 세 번째 녀석이 신부의 옷자락을 잡아당기더군. 신부는 두 팔을 쳐들어 죽을힘을 다해 의자 등에 매달렸지. 바로 그때 내가 서 있던 의자가 부서져 주정뱅이와 함께 길바닥으로 나동그라졌어. 길바닥은 쏟아진 포도주며 토해 낸 것들 때문에 구역질이 날 지경이었는데. 글쎄, 그 주정뱅이 녀석은 내게 삿대질까지 하며 소리치는 게 아니겠어. '노 아이 데레초, 무혜르. 노 아이 데레초. 당신 때문에 하마터면 큰일 날 뻔했잖아.' 이때 모두 시청의 홀로 들어가려고 우리를 막 짓밟고 넘어가서 내 눈에 보이는 것이라고는 문턱으로 뛰어 들어가는 사람들의 다리뿐이었다니까. 주정뱅이 녀석은 나와 얼굴을 맞대고 앉아서 나한테 얻어맞은 곳을 움켜쥐고 있었어.

이것이 바로 우리 고향에서 파시스트를 학살하던 마지막 광경이었지. 그 이상 보지 못한 게 그나마 나에겐 천만다행이었지만, 그 주정뱅이 녀석만 없었더라면 아마 끝까지 보았을 거야. 그러고 보면 녀석 덕을 본 셈이지. 글쎄 시청 안에선 그야말로 눈뜨고는 차마 볼 수 없는 일이 일어났으니까.

그런데 아까 그 한 녀석은 그야말로 보기 드문 괴짜였어. 의자가 부서져서 넘어졌다가 다시 일어섰을 때도 아직 많은 사람이 시청 안으로 막 몰려 들어가고 있었는데, 언뜻 보니까 붉고 검은 손수건을 두른 광장 쪽의 주정뱅이 녀석이 또다시 돈 아나스타시오에게 뭔가를 끼얹고 있는 게 아니겠어. 줄곧 좌우로 머리를 흔들면서 제 몸 하나도 가누지 못하는 주제에, 그래도 뭘 끼얹고는 성냥불을 켜 대곤 하기에 나는 그 녀석 옆으로 바싹 가서 한마디 쏘아붙였어. '뭘 하고 있는 거야? 이 뻔뻔스러운 놈아?'

'나다, 무헤르, 나다!(아무것도 아냐, 이 여자야, 아무것도 아니라고!) 나를 그냥 내버려 둬.' 그놈이 말하더군.

그런데 내가 거기 서 있어 내 다리가 바람막이가 되었던지 성냥에 불이 붙어 푸르스름한 불꽃이 돈 아나스타시오의 윗도리 어깨 위로 번지더니 삽시간에 목덜미로 옮아가지 않겠어. 그러자 주정뱅이 녀석은 고개를 쳐들고는 큰 소리로 고함

을 치더군. '놈들이 시체를 태우고 있다! 놈들이 시체를 태우고 있어!'

'누가?' 누군가 묻더군.

'어디서?' 다른 누군가 외쳤어.

'여기. 바로 여기!' 주정뱅이 놈이 소리를 질렀지.

그러자 그때 누군가 이 주정뱅이 놈의 대가리 옆을 도리깨로 냅다 후려갈겨서 그 녀석은 그만 픽하고 땅바닥에 나가 쓰러지지 않겠어. 땅바닥에 쓰러지면서도 그 녀석은 자기를 후려친 사나이를 밑에서 올려다보고 있다가 이내 눈을 감고 두 손을 가슴 위에다 엇갈리게 얹고는 마치 잠든 듯 돈 아나스타시오의 시체 옆에 누워 있었지. 그 사나이는 다시 때리지는 않더군. 주정뱅이 놈이 거기 나자빠진 채 그대로 누워 있을 때 사람들이 돈 아나스타시오의 시체를 들어 올려 다른 시체들과 함께 낭떠러지 끝으로 운반해 갔어. 그러곤 그날 저녁 시청에서 학살한 사람들과 함께 강으로 내동댕이쳐 버렸어. 한데 그 주정뱅이 놈은 그때까지도 그 자리에 쓰러져 누워 있었지. 차라리 그런 주정뱅이 놈을 스무 명이나 서른 명쯤, 특히나 그 붉고 검은 손수건을 목에 두르고 있는 주정뱅이 같은 놈들을 강에 던져 버리는 게 마을을 위해선 훨씬 더 좋았을 텐데. 이제 또 한 번 혁명이 일어난다면 그따위 놈들부터 진작 처치해 버려야 해. 하지만 그때는 그런 건 몰랐거든. 우리가 깨닫게 된 건 며칠이 지난 뒤였어.

그날 밤은 정말 어떤 일이 다가올지 예측할 수 없었지. 시청 안의 학살이 있은 뒤에는 더 이상의 학살은 없었어. 하지만 주정뱅이들이 너무 많아서 회합을 열 수 없었어. 질서를 회복할 수가 없어 회합은 그 이튿날로 연기했지.

그날 밤 난 파블로와 잠자리를 같이했어. 이런 얘기를 너 같은 아가씨 앞에서 하는 건 좀 뭐하지만, 네가 뭐든 알아 두는 게 나쁘진 않을 것 같아. 적어도 내가 하는 얘기는 사실이니까. 어쨌든 잘 들어 둬, 잉글레스 양반. 아주 재미있는 얘기니까.

방금도 얘기한 것처럼 그날 밤 우리는 같이 식사를 했는데 아주 서먹했어. 마치 폭풍이나 홍수나 전쟁이 지나간 뒤처럼 모두가 녹아 떨어져 입을 여는 사람도 별로 없는 거야. 나도 괜히 허전한 것이 기분이 좋지 않았고, 수치심과 나쁜 짓을 했다는 뉘우침으로 가슴이 에이는 것만 같더군. 게다가 오늘 아침 비행기를 봤을 때처럼 자꾸만 가슴이 무거워지며 꼭 무슨 언짢은 일이 일어날 것만 같았지. 그리고 실제로 그 일이 있고 채 사흘도 되기 전에 좋지 않은 일이 일어나고 말았거든.

식사를 하면서도 파블로는 거의 말이 없더군.

'어때, 오늘 일은 마음에 들어, 필라르?' 마침내 기름에 튀긴 새끼 양고기를 한입 가득 처넣고 우물거리며 그가 물었지. 우리는 버스가 출발하는 여관에서 식사를 했는데 식당 안은 손님으로 북적거리는 데다 모두 노래를 부르고 있어서 시중들기도 곤란할 지경이었어.

'아니. 돈 파우스티노를 제외하고는 싫었어.'

'난 좋던데.' 그가 대꾸하더군.

'뭐든 죄다 말이야?' 내가 그에게 물었지.

'그럼, 죄다 좋았고말고.' 그는 나이프로 빵을 큼직하게 잘라

스튜를 쓱쓱 훔치기 시작했지. '신부만 빼고는 죄다 좋았지.'

'신부의 일은 마음에 들지 않았다고?' 내가 이렇게 물은 것은 그가 파시스트들보다도 신부들을 더 미워한다는 걸 잘 알고 있었기 때문이었어.

'그 사람 때문에 환멸을 느꼈어.' 파블로가 침울하게 말하더군.

하도 많은 사람이 노래를 부르고 있었기 때문에 크게 소리를 질러야 겨우 서로의 말을 알아들을 수 있을 지경이었어.

'어째서?'

'죽는 꼴이 볼썽사나웠어. 조금도 위엄이 없었다고.' 파블로가 대답하더군.

'그렇게 폭도들에게 쫓기는 판에 위엄을 갖추는 건 무리지. 죽기 전까진 그래도 상당히 위엄을 갖추고 있었던 같던데. 그 이상의 위엄은 누구에게도 바랄 수 없지.' 내가 말했어.

'그건 그렇지. 하지만 마지막 순간엔 겁을 너무 집어먹더군.' 파블로가 대꾸했어.

'누군들 그렇지 않겠어? 뭘 가지고들 그에게 달려들었는지는 당신도 봤지?' 내가 물었지.

'봤고말고. 하지만 죽는 꼴이 좋지 않았다는 거야.' 파블로가 대답하더군.

'그런 경우라면 누구나 꼴사납지 별수 있나. 도대체 어떡했으면 좋았겠다는 거야? 시청 안에서 일어난 일은 하나같이 추잡하기 이를 데 없었어.'

'그건 그래. 전혀 조직적이지 않았어. 그렇지만 적어도 신부는 말이지. 그 사람은 다른 사람들의 본보기가 되었어야 하지 않겠어.' 파블로가 말했지.

'신부라면 무조건 미워하는 줄만 알았는데.'

'물론 미워하지.' 파블로는 이렇게 말하고 나서 빵을 더 자르더군. '적어도 스페인의 신부라면 말이지. 스페인의 신부라면 멋지게 죽어야 마땅하지.'

'그만하면 훌륭한 죽음이라고 생각해. 격식 같은 걸 모두 박탈당한 상황에서는.' 내가 말했지.

'아냐. 그 사람은 내게 큰 환멸감을 주었어. 난 하루 종일 신부가 죽기를 기다렸지. 그 사람은 맨 나중에 대열 속으로 걸어 들어갈 거라고 생각했거든. 큰 기대를 품고 그걸 기다렸다고. 무슨 절정 같은 걸 기대하고 있었단 말이지. 아직껏 신부가 죽는 걸 보지 못했으니까.' 파블로가 말하더군.

'하지만 앞으로 그럴 기회가 있을 거야. 이 내전은 이제 겨우 시작됐으니까.' 그에게 빈정대듯 말했지.

'아냐. 난 환멸을 느꼈어.' 그가 대꾸하더군.

'그럼, 당신은 신념을 잃어버릴지도 모르겠네.' 내가 말했지.

'당신은 몰라, 필라르. 그 사람은 스페인의 신부가 아니냔 말이야.' 그가 말했어.

'스페인 백성이란 도대체 어떤 백성인데?' 내가 그에게 물었지. 그건 그렇고, 잉글레스 양반, 그래 스페인 백성은 자부심을 가질 만큼 훌륭한 백성인가? 도대체 어떤 국민인가?"

"자, 이젠 그만 가 봐야 해요." 로버트 조던이 이렇게 말하고 해를 올려다보았다. "정오가 다 됐어요."

"그렇군. 그럼 슬슬 가 볼까." 필라르가 말했다. "하지만 파블로 얘기를 조금만 더 들어 봐. 그날 밤 그 사람이 내게 이렇게 말하더군. '필라르, 오늘 밤은 그냥 잡시다.'

'좋아, 그래. 나도 그게 좋아.'

'그렇게 많은 사람을 죽인 뒤라 아무래도 뒷맛이 좋지 못한 것 같아.'

'아, 굉장한 성자 같군. 오랫동안 투우사들과 함께 살아온 내가, 투우가 끝난 뒤에 그들이 어떤 심정인지 모를 것 같아?' 내가 말했지.

'정말이야, 필라르?' 그가 묻더군.

'내가 언제 당신에게 거짓말했어?' 내가 대꾸했지.

'정말이라니까, 필라르. 어쨌든 오늘 밤 나는 기진맥진해졌어. 날 나무라진 않겠지?'

'나무라다니, 옴브레.(이 남자가.) 하지만 날마다 사람을 죽이진 마, 파블로.' 내가 그에게 말했어.

그러고는 그날 밤 마치 어린애처럼 곤하게 잠을 자더군. 날이 밝을 새벽녘에 내가 그를 깨워 줬지. 나는 통 잠을 이룰 수 없어서 일어나 의자에 앉아 창밖을 내다보고 있었는데 사람들이 대열을 이루고 있던 광장이 달빛에 환하게 내려다보이더군. 광장을 가로질러 나무들이 달빛을 받아 빛나고, 거무스름한 그림자가 보이고, 벤치들도 달빛을 받아 하얗게 보이고, 또 여기저기 흩어져 있는 술병이 달빛에 반짝이더군. 그 건너쪽으로는 그들을 내던져 버렸던 낭떠러지가 보였고. 그리고 들려오는 소리라고는 분수의 물줄기가 수면에서 부서지는 소리뿐이었지. 나는 가만히 의자에 앉아 우리가 시작을 잘못했다고 생각하고 있었어.

창문은 활짝 열어 놓은 채였는데, 광장 위쪽 폰다 아파트에서 여자의 울음소리가 들려오는 거야. 발코니로 나가서 맨발로 철판을 딛고 서서 밖을 내다보았더니 달빛이 광장의 모든 건물 앞을 환히 비추고 있더군. 울음소리는 돈 기예르모의 집 발코니에서 들려왔어. 그 사람의 마누라가 발코니에 꿇어앉아 울고 있었어.

그래서 나는 방으로 도로 들어와 의자에 걸터앉았어. 더 이상 생각하기가 싫어졌거든. 그날이 내 인생에서 가장 끔찍한 날이었어, 그 뒤로 그런 날이 또 한 번 있기는 했지만.”

“또 한 번이라니요?” 마리아가 물었다.

“사흘째 되던 날 파시스트들에게 마을을 다시 빼앗겼지 뭐야.”

“그런 얘기라면 제발 하지 마요. 듣고 싶지 않아요. 이걸로 충분해요. 너무 끔찍해요.” 마리아가 말했다.

“그러니까 처음부터 듣지 말라고 해잖아. 그것 봐, 네겐 들려주고 싶지 않았다니까. 이제 넌 꿈자리가 사나울 거야.” 필라르가 대꾸했다.

“그렇진 않을 거예요. 하지만 더 듣고 싶진 않아요.” 마리아가 말했다.

“언젠가 그 얘기를 들려주세요.” 로버트 조던이 끼어들었다.

“얘기해 주지. 하지만 마리아에게는 좋지 않아.” 필라르가 말했다.

"난 정말 듣고 싶지 않아요. 제발요, 필라르 아주머니, 내가 있는 곳에선 그 얘기 하지 마요. 듣지 않으려고 해도 저절로 들리니까요." 마리아가 애처로운 목소리로 말했다.

마리아의 입술이 바르르 떨리고 있었으므로 로버트 조던은 그녀가 울려는 것이 아닌가 생각했다.

"제발, 필라르 아주머니, 얘기하지 마요."

"걱정 마, 이 까까머리 아가씨야. 걱정 말라고. 하지만 잉글레스 양반에겐 언젠가 얘기해 주지." 필라르가 말했다.

"하지만 이 사람이 있는 곳엔 언제나 나도 있을걸요. 아, 그러니 필라르 아주머니, 어쨌든 얘기해선 안 돼요." 마리아가 말했다.

"네가 일하고 있을 때 하도록 하마."

"안 돼요, 안 돼. 제발 그런 얘긴 꺼내지도 마요." 마리아가 다시 말했다.

"이제까지 우리가 한 짓을 얘기했으니 마저 얘기하는 게 공평해." 필라르가 대꾸했다. "하지만 넌 절대로 듣지 않게 될 거야."

"무슨 재미있는 얘기 없을까요? 밤낮 이런 끔찍한 얘기만 해야 돼요?" 마리아가 말했다.

"오늘 오후엔 너와 잉글레스 양반 단둘이서 무엇이든 실컷 얘기할 수 있을 거야." 필라르가 말했다.

"그렇다면 어서 그 오후가 왔으면 좋겠네요. 어서 오후가 훌쩍 날아왔으면 좋겠어요." 마리아가 대꾸했다.

"올 테지. 훌쩍 날아왔다가 또 훌쩍 날아가 버릴 테지. 그리고 내일도 훌쩍 날아가 버릴 테고." 필라르가 말했다.

"오늘 오후. 오늘 오후 말이에요. 아, 오늘 오후가 어서 빨리 오면 좋으련만." 마리아가 말했다.

11

높은 초원에서 수목이 우거진 계곡 아래로 내려가 개울과 평행을 이룬 오솔길을 따라 위쪽으로 올라갔다. 그런 뒤 벼랑 끝 바위 꼭대기로 올라가기 위해 그 길에서 벗어나 여전히 울창하게 우거진 소나무 그늘 속에서 위로 올라가자, 나무 뒤에서 카빈총을 든 사나이 하나가 불쑥 튀어나왔다.

"멈춰라!" 그가 외치더니 이렇게 말했다. "아, 필라르 아주머니군. 같이 온 이 사람은 누구죠?"

"잉글레스 양반이야. 세례명은…… 로베르토. 그런데 빌어먹을, 여기까지 올라오는 길은 왜 이리 험한 거야." 필라르가 말했다.

"살루드, 카마라다.(안녕하시오, 동지.)" 보초병이 로버트 조던에게 인사한 뒤 손을 내밀었다. "안녕하시오?"

"반갑습니다. 당신은 어떻소?" 로버트 조던이 인사를 받왔다.

"나도 좋아요." 보초병이 대답했다. 날씬하고 조금 여윈 데다 심한 매부리코에 광대뼈가 두드러진, 잿빛 눈을 한 퍽 어린 젊은이였다. 모자를 쓰지 않은 검은 머리가 더부룩하고, 움켜잡은 손아귀에선 힘과 온정이 느껴졌다. 그의 눈도 다정하기는 마찬가지였다.

"안녕, 마리아, 피곤하지 않아?" 그가 아가씨한테 물었다.

"케 바(아니), 호아킨. 걸은 시간보다는 앉아서 얘기한 시간이 더 길었는걸." 마리아가 대답했다.

"당신이 다이너마이트 기술자예요?" 호아킨이 물었다. "당신이 이곳에 왔다는 말은 벌써 듣고 있었어요."

"어젯밤은 파블로의 동굴에서 지냈소. 맞아요, 내가 바로 그 폭파 기술자요." 로버트 조던이 말했다.

"잘 오셨습니다. 기차를 폭파하러 왔습니까?" 호아킨이 물었다.

"당신도 지난번 기차 폭파 때 있었던가?" 로버트 조던이 물으며 빙그레 웃었다.

"있었고말고요. 바로 거기서 이 아가씨를 주워 왔는데요." 호아킨이 대답했다. 그는 마리아 쪽을 바라보며 히죽 웃었다. "이젠 제법 예뻐졌네. 사람들이 네가 얼마나 예쁜지 말해 주던?" 그가 다시 마리아에게 말했다.

"입 다물어, 호아킨. 어쨌든 고마워. 너도 머리만 깎으면 멋져 보일 거야." 마리아가 말했다.

"난 너를 짊어지고 온 사람이야. 바로 이 등에 말이야." 호아킨이 아가씨에게 말했다.

"다른 사람들도 그랬어." 필라르가 굵직한 목소리로 말했다. "이 애를 안 업은 사람이 어디 있었나? 영감님은 어디 계셔?"

"캠프에 있어요."

"영감님은 어젯밤에 어딜 갔었나?"

"세고비아에요."

"무슨 소식이라도 갖고 왔어?"

"네. 소식을 갖고 왔죠." 호아킨이 대답했다.

"좋은 거야, 나쁜 거야?"

"나쁜 소식일 겁니다."

"비행기들 봤나?"

"네." 호아킨은 이렇게 대답하더니 머리를 설레설레 흔들었다. "그 얘기는 아예 입 밖에도 내지 마요. 폭파 기술자 동지, 도대체 뭐 하는 비행기들이죠?"

"하인켈 111형 폭격기지. 하인켈과 피아트 추격기." 로버트 조던이 그에게 설명했다.

"날개가 나지막하고 커다란 놈은 어떤 전투기죠?"

"그게 바로 하인켈 111형이지."

"이름을 뭐든 끔찍한 놈이 틀림없어." 호아킨이 말했다. "내가 이렇게 붙잡고 있군요. 지휘관한테 안내하죠."

"지휘관이라니?" 필라르가 물었다.

호아킨은 정색을 하고 고개를 끄덕이며 말했다. "'두목'이라는 말보다는 훨씬 낫거든요. 훨씬 군대식이기도 하고요."

"자넨 굉장히 군대식이 됐구먼." 필라르는 그에게 말하고 조롱하듯 웃었다.

"천만에요, 그렇지도 않죠. 하지만 난 군대 용어를 좋아하거든요. 그렇게 부르면 명령도 분명해지고 기강도 잘 서고 말이죠."

"여기 자네 성미에 맞을 사나이가 있군, 잉글레스 양반. 아주 성실한 청년이야." 필라르가 로버트 조던에게 말했다.

"업어다 줄까?" 호아킨이 마리아에게 물으며 그녀의 어깨에 손을 얹고 싱긋 웃으며 얼굴을 들여다보았다.

"한 번으로 족해. 그땐 정말 고마웠어." 마리아가 대답했다.

"그 일이 기억나는 거야?" 호아킨이 그녀에게 물었다.

"업혀 오던 것만은 기억하고 있지. 하지만 너한테 업혔던 기억은 없어. 집시는 기억이 나. 나를 하도 많이 떨어뜨렸으니까. 하지만 고마워, 호아킨. 요담엔 내가 널 업어 줄게."

"난 너무 잘 기억하고 있지. 네 두 다리를 붙잡고 있던 거, 배가 내 어깨 위에 얹혀 있던 거, 머리는 등덜미에, 두 팔은 내 등 뒤에 척 늘어뜨리고 있던 거." 호아킨이 말했다.

"기억력도 좋아라." 마리아가 말하고는 생긋 웃었다. "난 그런 건 몽땅 잊어버렸어. 네 팔도, 네 어깨도, 네 등도 말이지."

"좋은 거 하나 가르쳐 줄까?" 호아킨이 그녀에게 물었다.

"뭔데?"

"탄알이 우리 등 뒤에서 날아오고 있는데 네가 내 등에 매달려 있는 게 천만다행이라는 생각이 들더라고."

"어머, 이 짐승 같은 사람! 그러면 집시가 나를 그렇게 많이 업었던 것도 역시 그 때문이었어?"마리아가 말했다.

"그 때문이기도 하고, 네 다리를 붙잡고 싶기도 해서였겠지."

"나를 구한 영웅들이라니. 나를 구한 구세주들이라니."마리아가 말했다.

"이봐, 아가씨, 이 젊은이는 널 많이 업어 줬어. 그런 위기 상황에 누가 네 다리 같은 것에 신경을 쓴단 말이냐. 그 순간에는 오직 총알 생각밖에 없어. 이 사람이 널 내버리고 갔다면, 아마 순식간에 사정거리 밖으로 벗어났을 거야."필라르가 말했다.

"그래서 고맙게 생각해요. 그리고 언젠가는 나도 그를 꼭 업어 주겠어요. 하지만 농담이에요. 그가 업어 줬다고 해서 그럴 필요는 없겠죠."마리아가 말했다.

"나도 당신을 떨어뜨리고 싶었어. 하지만 필라르가 날 쏴 죽일까 봐 차마 그렇게 못 했지."호아킨이 여전히 마리아를 놀려 댔다.

"난 아무나 쏴 죽이지는 않아."필라르가 대꾸했다.

"노 아세 팔타.(그럴 필요도 없죠.) 아주머니는 입만 갖고도 능히 사람들을 초죽음이 되도록 혼내 줄 수 있으니까요."호아킨이 그녀에게 말했다.

"이 녀석 말하는 것 좀 봐. 예전엔 예의범절이 좋던 애였는데. 내전에 참가하기 전엔 뭘 했지, 꼬마야?"필라르가 그에게 물었다.

"별로 한 일이 없어요. 그땐 겨우 열여섯 살이었는걸요."호아킨이 대답했다.

"그래도 뭘 했겠지. 솔직히 말해 봐."

"그저 가끔 구두 몇 켤레를⋯⋯."

"만들었다는 거야?"

"아뇨. 닦았어요."

"케 바.(글쎄.) 그것 말고도 또 있겠지." 필라르가 이렇게 말하고 햇볕에 그을린 그의 얼굴이며, 유연한 체구며, 헝클어진 머리카락이며, 발꿈치와 발가락을 민첩하게 놀리며 걷는 걸음걸이를 바라보았다. "무엇 때문에 그 일이 잘 안 됐지?"

"잘 안 됐다니 뭐가요?"

"뭐라니? 그건 네가 더 잘 알 텐데. 지금은 변발을 하려고 머리를 기르고 있잖아.*" 필라르가 그에게 말했다.

"아마 겁이 났던 모양이죠." 젊은이가 대답했다.

"넌 체격이 좋아. 얼굴은 그리 신통치 않지만." 필라르가 그에게 말했다. "그래, 겁이 났다고? 그래도 기차 폭파 때는 제법 잘해 내던데."

"지금 같아선 황소들이 조금도 무섭지 않아요. 조금도요. 더구나 우리는 황소들보다 훨씬 더 끔찍하고 위험한 것을 봐 왔으니까요. 황소 같은 건 기관총에 비하면 조금도 위험하지 않거든요. 하지만 지금 막상 투우장에서 황소와 맞붙는다면 다리가 후들후들 떨리지 않을지 그건 장담할 수 없죠." 젊은이가 말했다.

---

* 1920년대까지 투우사들은 전통적으로 변발을 하고 투우를 했다.

"이 녀석은 투우사가 되고 싶어 했지. 하지만 겁이 났던 모양이야." 필라르가 말했다.

"당신은 투우를 좋아하나요, 폭파 기술자 동지?" 호아킨이 흰 이를 드러내고 히죽 웃으며 물었다.

"좋아하고말고. 굉장히 좋아하지." 로버트 조던이 대답했다.

"바야돌리드에서 투우를 본 적 있어요?" 호아킨이 물었다.

"응, 9월 축제 때."

"거기가 바로 내 고향이죠. 참 아름다운 마을인데, 이번 내전으로 부에나 헨테(선량한 사람들)이 얼마나 고생을 하고 있는지 몰라요." 호야킨은 이렇게 말하고서 엄숙한 표정을 지었다. "거기서 놈들이 우리 아버지를 총살했어요. 어머니, 매부, 그리고 이번에 누님까지도."

"짐승 같은 놈들." 로버트 조던이 말했다.

이런 얘기를 얼마나 많이 들어 왔던가? 사람들이 이런 얘기를 입 밖에 내는 것을 얼마나 많이 지켜보았던가? 부모니 형제니 자매니 하는 말을 꺼내는 게 너무 가슴 아파서 눈물이 글썽하고 목이 메던 모습을 얼마나 많이 보아 왔던가? 죽은 사람들에 대해 이렇게 얘기하는 것을 얼마나 많이 들었는지 기억해 낼 수조차 없었다. 사람들은 거의 언제나 지금 이 젊은이처럼 말했다. 고향 마을의 이름이 입에 오르면 갑자기 그런 말을 꺼냈다. 그리고 그때마다 듣는 사람은 언제나 "짐승 같은 놈들." 하고 내뱉었던 것이다.

그러나 사람들은 그저 죽었다는 소식만 들을 뿐이었다. 그도 필라르가 개울가에서 들려준 이야기로 파시스트들이 죽는 모습을 알았던 것처럼, 사람들도 자기 아버지들이 쓰러지는 것을 직접 목격하지는 못했다. 사람들은 그저 그들의 아버지가 어느 뜰 안에서, 어느 담벼락에 기대어, 어느 밭 한가운데나 어느 과수원에서, 또는 밤에 길바닥에 쓰러져 트럭의 불빛을 받으며 죽어 있었다는 것을 알게 될 뿐이었다. 언덕 위에서 자동차의 불빛이 보이고, 총성이 들리고, 그런 뒤에 사람들이 길로 내려가 보면 시체가 여기저기 뒹굴고 있었다. 사람들은 자신들의 어머니가 총살당하는 것도, 자매나 형제가 총살되는 것도 직접 보지는 못했다. 남한테 들어서 알 뿐이었다. 총소리를 듣고 시체를 보았을 뿐이다.

필라르는 그 마을에서 일어난 사건을 그렇게 그에게 보여 주었다.

이 여자가 글을 쓸 줄 안다면 얼마나 좋을까. 그는 그 이야기를 글로 써 보고 싶었다. 다행히도 그가 그 얘기를 기억해 낼 수 있다면, 나중에라도 이 여자가 얘기한 대로 묘사해 낼 수 있으리라. 아, 그녀는 정말 얘기하는 솜씨가 놀라웠다. 케베도보다 훌륭해, 하고 그는 생각했다. 케베도라도 그녀가 얘기한 것만큼 멋지게 돈 파우스티노 같은 사나이의 죽음을 묘사할 수는 없을 거야. 그 얘기를 쓸 만큼 나도 글을 잘 쓸 수 있으면 얼마나 좋을까, 하고 그는 생각했다. 적들이 우리에게 저지른 일이 아니라, 우리가 적들에게 저지른 일 말이다. 그는 그런 것들에 대해 많이 알고 있었다. 전선 후방에서 일어난 그런 일들을 많이 알고 있었다. 그러나 그 전에 사람들에 관해 먼저 알아 둬야 한다. 그들이 마을에서 어떤 일을 했는지를 먼저 알아 둬야만 했다.

우리는 줄곧 이동하고 있는 데다 남아 있다가 처벌 당할 수 없었기 때문에 어떤 일이 실제로 어떻게 끝났는지 전혀 알 도리가 없지, 하고 그는 생각했다. 한 농부의 집에 그들 식구와 함께 묵었지. 밤에 몰래 가서 그들과 함께 식사를 했어. 한낮엔 하루 종일 숨어 있다가 이튿날 밤이 되면 그곳을 떠나갔고. 일만 끝마치면 부랴부랴 떠나 버렸거든. 뒤에 다시 그 지역에 가면 그들이 총살당했다는 이야기를 듣게 되지. 이처럼 지극히 간단했던 것이다.

하지만 그런 비극은 우리가 그곳을 떠난 뒤에 일어났어. 유격대는 손해를 입히고 곧 철수해 버리지. 농부들은 뒤에 남아 있다가 처벌을 당하거든. 하지만 내가 알게 되는 것은 항상 다른 일이었지, 하고 그는 생각했다. 내전 초기에 아군 쪽에서 그들에게 했던 일들 말이야. 나는 늘 그런 이야기를 끔찍이 싫어했다. 그런 이야기를 수치심도 없이 또는, 수치심을 느끼며 언급하거나, 우쭐대거나 자랑삼아 말하거나, 또 방어하거나 설명하거나 부정하는 것을 들어 왔거든. 그런데 저 여자는 마치 내가 그 현장에 있기라도 했던 것처럼 내 눈앞에 그것을 생생하게 보여 줬어.

그래, 그건 우리가 배울 교훈의 일부야, 하고 그는 생각했다. 이 일이 끝난 뒤에는 훌륭한 교훈이 되겠지. 사람들이 이 전쟁에 귀를 기울인다면 배울 것이 얼마든지 있어. 대부분의 사람은 확실히 그랬어. 그는 다행히도 이 전쟁이 일어나기 전에 스페인에서 십 년쯤 살았다. 사람이란 주로 언어 때문에 상대방을 신용했다. 언어를 완전히 이해하고 관용구를 섞어 가며 이야기할 줄 알고, 여러 지방의 지식을 갖추고 있으면 신용했다. 스페인 사람이 충실한 것은 결국 자기 마을에 대해서뿐이다. 물론 첫째가 스페인이고 다음이 자기 민족, 그다음이 자기 지방, 그리고 자기 마을, 가족, 그리고 맨 마지막이 자기 직업이다. 만약 스페인어를 알면 스페인 사람은 처음부터 그 사람에게 호감을 가졌고, 더군다나 그의 지방에 대해 알면 더욱 좋아했다. 그러나 만약 그의 마을과 직업을 알고 있다면 외국인으로서는 더할 나위 없이 좋은 대접을 받는다. 그는 스페인어를 사용해도 조금도 외국인 같다는 느낌이 없었고, 그들도 실제로 대개는 그를 외국인으로 취급하지 않았다. 물론 그들이 배신할 때는 얘기가 달라지지만 말이다.

물론 그들은 배신한다. 이따금 배신하지만, 그들은 누구든 배신한다. 심지어 자기들끼리도 배신한다. 셋이 모이면 둘은 한패가 되어 나머지 한 사람을 배신할 것이다. 그다음에는 그 두 사람끼리 서로 배신하기 시작할 것이다. 언제나 그렇다고는 할 수 없지만, 그런 결론을 이끌어 낼 만큼 자주 그런 경우를 접하게 된다.

이런 생각을 할 때가 아니지. 하지만 누가 그의 생각을 검열할 수 있단 말인가? 결국 자기 자신밖엔 없지 않은가. 그는 생각을 너무 해서 패배주의자가 되고 싶지는 않았다. 무엇보다도 먼저 전쟁에서 승리해야 한다. 우리가 이 전쟁에 승리하지 못하면 모든 것을 잃고 만다. 그러나 그는 모든 것을 주의해 지켜보았고 귀담아 들었으며 기억했다. 전쟁에 참가하고 있는 그는 절대적으로 충성하고, 작전을 수행하는 동안에는 가능한 한 완벽하게 했다. 하지만 어느 누구도 그와 같은 정신이나 보고 듣는 능력을 갖추지 못했다. 만약 그가 어떤 판단을 내리려고 한다면 나중에 가서 그렇게 할 수 있을 것이다. 그리고 판단을 내릴 재료는 얼마든지 있을 것이다. 이미 지금도 얼마든지 있었다. 때로는 지나칠 정도로 많이 있었다.

필라르라는 여자를 보라, 하고 그는 생각했다. 무슨 일이 있더라도 시간이 나면 꼭 나머지 얘기를 들어야겠어. 저 두 젊은이와 같이 걸어가는 저 여자의 뒷모습을 보라. 저 세 사람만큼 스페인이 만들어 낸 모습을 더 잘 보여 주지는 못하리라. 그 여자는 마치 산과 같고, 젊은이와 아가씨는 싱싱한 나무와도 같아. 고목은 모두 잘리고, 저처럼 싱싱한 나무들만 자라나고 있지. 이 두 젊은이는 지금까지 참혹한 일들을 겪어 왔지만, 마치 불행이라는 건 들어 본 적도 없는 듯 싱싱하고 깨끗하고 새롭고 아무 상처도 입지 않은 듯한 모습이거든. 하지만 필라르의 말로는 마리아는 이제 겨우 회복되었다지. 어쩌면 전에는 틀림없이 꼴이 말이 아니었을 거야.

그는 제11여단에 있던 벨기에 청년이 기억났다. 자기 마을에서 다섯 명의 청년과 함께 입대했다. 인구가 이백 명쯤 되는 마을이라는데, 그전까지 청년은 고향 마을을 한 번도 떠나 본 적이 없었다. 그가 그 청년을 만난 것은 한스 여단 사령부에서 였는데, 마을에서 같이 온 다섯 청년은 모두 전사했고, 청년은 그야말로 꼴이 말이 아니었다. 사령부에서는 그를 참모 식당의 당번병으로 일하게 했다. 몸집이 크고 금발에 얼굴이 붉그스레한 플랑드르 사람다운 얼굴과 엄청나게 큰 투박한 농부의 손으로 접시를 나를 때는 마치 짐수레 말처럼 우악스럽고 서툴렀다. 그러나 그는 줄곧 울고만 있었다. 식사를 할 때도 줄곧 소리 없이 울곤 했다.

고개를 들어 보면 그는 울고 있었다. 포도주를 달라고 해도 울고, 스튜를 떠 달라고 접시를 내밀어도 고개를 돌리고 울기만 했다. 그러다가 얼마 뒤에는 울음을 멈췄다. 그러나 쳐다보면 또다시 눈물을 줄줄 쏟기 시작했다. 요리 코스 사이사이에도 그는 부엌에서 울었다. 모든 사람이 그를 친절하게 대해 주었다. 그러나 그것도 아무 소용이 없었다. 그는 자신이 어떻게 되었는지, 이 문제를 해결하고 다시 군대 생활을 하는 것이 적합한지를 스스로 알아내야만 했던 것이다.

마리아는 이제는 아주 건강했다. 어쨌든 겉으로는 그렇게 보였다. 그러나 그는 정신분석학자는 아니었다. 필라르는 정신분석학자였다. 아마 어젯밤 함께 있었던 일이 두 사람을 위해서는 좋았던 모양이다. 그렇다, 그것을 도중에 그만두지 않았다면 말이다. 확실히 그를 위해서는 좋았다. 오늘은 참 기분이 상쾌했다. 거뜬하고 기분 좋고 뒤숭숭하지도 않고 행복했다. 전황은 매우 좋지 않았지만 운수만큼은 무척 좋았다. 그는 스스로가 운이 나쁘다고 선전하는 사람들 틈에 끼여 있었던 것이다. 스스로 선전하는 것, 이것이 스페인식 사고방식이었다. 마리아는 사랑스러웠다.

마리아를 봐, 하고 그는 스스로를 타일렀다. 저 여자를 보라고.

그는 햇볕을 받으며 행복하게 성큼성큼 걸어가는 그녀의 뒷모습을 바라보았다. 그녀의 카키색 셔츠는 목덜미에서 열려 있었다. 걸음걸이가 꼭 망아지 같군, 하고 생각했다. 저런 여자를 만나는 건 그리 쉬운 일이 아니지. 그리 자주 일어나는 일이 아니야. 어쩌면 전혀 일어나지 않았는지도 몰라, 하고 그는 생각했다. 어쩌면 그런 꿈을 꿨거나, 그런 이야기를 만들어 냈을 뿐 실제로는 절대로 일어나지 않았는지도 몰라. 어쩌면 영화에서 본 어떤 여인이 밤에 자기 침실에 나타나 아주 상냥하고 다정하게 대해 주는 꿈을 꾼 것인지도 몰라. 침대에서 잘 때는 늘 그런 여인들과 그런 식으로 꿈속에서 잠을 잤다. 그는 지금도 가르보*가 기억났다. 그리고 할로**도. 할로는 몇 번이나 꿈속에 찾아왔다. 어쩌면 지금 상황도 그런 꿈과 같은 것인지도 모른다.

그러나 그중에서도 그는 포소블랑코*** 공격이 있던 전날 밤, 가르보가 그의 침실로 찾아왔던 일을 잊어버릴 수 없었다. 그녀는 부드럽고 실크 같은 털 스웨터를 입고 있었다. 그가 팔을 내밀어 그녀를 끌어안고, 그녀가 몸을 앞으로 굽히자 그녀의 머리카락이 앞쪽으로 흘려내려 그의 얼굴을 뒤덮었다. 그리고 그녀는 오래전부터 당신을 사랑하고 있었는데 당신은 왜 나를 사랑한다고 고백하지 않았느냐고 묻는 것이 아닌가?

* 그레타 가르보(1905~1990). 스웨덴 출신의 영화배우.
** 진 할로(1911~1937). 미국의 영화배우.
*** 스페인 중남부에 있는 도시로, 스페인 내전 중 1937년 3월과 4월에 큰 전투가 벌어졌다.

그녀는 조금도 부끄러워하거나 냉정하거나 어색해하지도 않았다. 품속의 그녀는 귀엽고 정답고 예뻐 보였으며, 옛날에 잭 길버트*와 함께 있던 때와 꼭 같았다. 정말 실제로 있었던 일처럼 생생했다. 가르보는 단 한 번밖에는 나타나지 않았지만 할로보다는 가르보를 더 사랑했다……. 어쩌면 이번 일도 그런 꿈과 같은 것인지도 모른다.

아냐, 그렇지 않을지도 몰라, 하고 그는 속으로 생각했다. 손을 뻗으면 언제라도 저 마리아에게 손이 닿을지도 몰라, 하고 그는 생각했다. 다만 네가 그러기를 두려워하고 있을 뿐이지, 하고 그는 마음속으로 생각했다. 그런 일 같은 건 전혀 일어나지 않았다고, 그것은 사실이 아니라고, 또 그런 여배우들 꿈처럼 스스로 꾸며 낸 것에 지나지 않을지도 모른다고 깨달을지도 모르지. 또는 그 옛날 정든 여자들이 모두 돌아와, 밤마다 헛간의 짚더미에서, 외양간에서, 콜랄레(뒤뜰)에서, 코르티호(밭)에서, 숲에서, 차고에서, 트럭에서, 스페인의 모든 언덕에서, 침낭 속에 들어와 같이 잠을 자던 그런 꿈이라고 깨달을지도 모르지. 그가 잠을 자고 있으면 그 여자들이 모두 침낭 속으로 들어왔고 모두 실제보다 훨씬 정다웠다. 어쩌면 그런 것일지도 몰라. 어쩌면 그녀에게 손을 대어 그것이 현실인지 알아보는 게 겁이 나는지도 모르지. 아마 그럴 거야. 어쩌면 그것은 네가 꾸며 낸 망상이거나 꾼 꿈인지도 몰라.

---

* 존(잭) 길버트(1897~1936). 미국의 연극배우 겸 영화배우. 그레타 가르보와 함께 영화에 출연했다가 그녀와 사랑에 빠졌다.

그는 오솔길을 한걸음 가로질러 아가씨의 팔을 잡았다. 손가락 끝으로 낡은 카키색 셔츠 속의 그녀의 보드라운 팔이 느껴졌다. 그녀는 그를 쳐다보며 생긋 웃었다.

　"안녕, 마리아." 그가 불렀다.

　"안녕, 잉글레스." 그녀가 대답했다. 그는 햇볕에 그을린 그녀의 갈색 얼굴이며, 누르스름한 잿빛 눈동자며, 미소를 머금은 탐스러운 입술이며, 햇볕에 바랜 짤막한 머리카락을 바라보았다. 그녀는 그를 향해 얼굴을 들고 미소를 지으며 그의 눈을 들여다보았다. 틀림없는 현실이었다.

　그들은 벌써 솔밭 한쪽 끝에 있는 엘소르도 영감의 캠프가 보이는 곳까지 와 있었다. 마치 대야를 뒤집어 놓은 것 같은 둥그런 협곡의 끝이 있는 곳이었다. 이 석회암 상층에는 틀림없이 동굴이 잔뜩 있을 거야, 하고 그는 생각했다. 바로 앞쪽에도 동굴 두 개가 보였다. 바위에서 자란 잔솔들이 동굴을 감쪽같이 가리고 있었다. 이곳은 파블로가 있는 곳 못지않게, 아니 어쩌면 그보다도 더 좋은 곳이로군, 하고 그는 생각했다.

　"너희 집 식구들은 어떻게 총살당했지?" 필라르가 호아킨에게 묻고 있었다.

　"특별할 게 없죠, 아주머니. 바야돌리드에 사는 다른 주민들처럼 우리 식구들도 좌파였어요. 파시스트들이 마을 사람들을 숙청할 때 제일 먼저 아버지부터 쏴 죽였죠. 아버지가 사회주의자에게 표를 던졌거든요. 그다음엔 어머니를 총살했죠. 어머니도 사회주의자에게 투표했으니까요. 어머니가 투표 같은 걸 한 건 그때가 생전 처음이었어요. 그다음엔 한 누님의 남편을 총살했죠. 매부는 전차 운전수 조합의 조합원이 었어요. 이 조합에 들지 않으면 전차를 운전할 수 없으니까 할 수 없었죠. 하지만 정치 같은 건 전혀 몰랐어요. 난 그 매부를 잘 알았어요. 좀 뻔뻔스러운 데가 있었죠. 훌륭한 동지라는 생 각은 들지 않았어요. 그리고 다른 누님의 남편도 전차 조합원 이었다가 나처럼 산으로 들어왔죠. 놈들은 누님이 남편 있는 곳을 아는 줄로 생각했어요. 하지만 사실은 몰랐거든요. 그래 서 놈들은 누님이 남편 있는 데를 대지 않는다고 총살해 버렸 어요."

"저런 짐승 같은 놈들이 있나." 필라르가 말했다. "엘소르 도 영감님은 어디에 있는 거야? 보이지 않으니."

"여기 계세요. 아마 안에 들어가 있나 보죠." 호아킨이 대 답하고는 걸음을 멈추고 총대를 땅바닥에 내려놓으면서 말을 이었다. "아주머니, 내 말 좀 들어 봐요. 너 마리아도 말이야. 지금 내가 우리 집 얘기를 꺼내서 불쾌했다면 용서해 줘요. 누 구나 다 똑같은 고통을 안고 있으니까 그런 얘기는 하지 않는 편이 낫다는 건 나도 잘 알아요."

"얘기해야 해. 서로 돕지 않는다면 우리가 뭐 때문에 이 세 상에 태어났단 말이냐? 그리고 아무 말도 하지 않고 가만히 들어 주는 건 도움치고는 별로 달갑지 않은 도움이거든." 필 라르가 대꾸했다.

"그렇지만 마리아가 듣기 거북했을지도 모르죠. 이 아가씨 는 자기대로 너무 끔찍한 일을 많이 당했으니까요."

"케 바.(천만에.) 말하자면 내 양동이는 크기가 무척 커서 네

양동이 물을 모두 쏟아부어도 차지 않을걸. 참 안됐어, 호아킨. 누님이 무사하길 바라." 마리아가 대꾸했다.

"지금까진 무사한 모양이야. 놈들이 감옥에 가두긴 했지만 그다지 학대하진 않나 봐." 호아킨이 대답했다.

"그 밖에 가족은 없나?" 로버트 조던이 물었다.

"없어요. 나 혼자뿐인걸요. 아무도 없죠. 산에 들어온 매부가 있지만 벌써 죽었을 거예요."

"아냐, 무사할 거야. 다른 산에 있는 부대와 함께 있을지도 모르잖아." 마리아가 말했다.

"하지만 내 생각으로는 죽었을 것만 같아요. 어려움을 극복할 능력도 없었고. 또 전차 차장 노릇을 하고 있었으니 산악에서 싸울 준비치고는 별로 바람직하지 못하잖아요. 일 년이나 잘 버텼을지 모르죠. 게다가 폐도 좀 나빴어요." 호아킨이 대꾸했다.

"하지만 그분은 무사할 거야." 마리아가 그의 어깨에 한 팔을 얹으면서 말했다.

"맞아, 아가씨. 그럴지도 몰라." 호아킨이 말했다.

청년이 가만히 서 있는데 마리아가 허리를 펴더니 두 팔로 그의 목을 감고 다정히 그에게 입을 맞췄다. 호아킨은 울고 있었기 때문에 옆으로 얼굴을 돌렸다.

"이건 동생에게 한 키스야. 널 동생이라고 생각하고 키스한 거야." 마리아가 그에게 말했다.

청년은 소리 없이 울면서 고개를 가로저었다.

"난 네 누나야. 그러니 널 사랑해 줄게. 네겐 이제 가족이 생긴 거야. 우린 모두 당신 가족이야." 마리아가 그에게 말했다.

"이 잉글레스 양반도 포함해서 말이야." 필라르가 우레 같은 소리로 말했다. "맞지, 잉글레스 양반?"

"그렇고말고요." 로버트 조던이 청년에게 말했다. "우린 모두 자네의 집안 식구야, 호아킨."

"이 양반은 네 형이야. 어이, 그렇지 잉그레스 양반?" 필라르가 하는 소리였다.

로버트 조던은 한 손으로 청년의 어깨를 감았다. "우리는 모두가 형제야." 그러자 청년은 고개를 가로저었다.

"그런 걸 얘기한 게 부끄러워요. 괜히 그런 얘기를 해서 모두를 괴롭게 만들었어요. 여러분을 괴롭힌 것이 부끄러워요."

"빌어먹을 부끄러울 게 다 있다." 필라르가 다정하면서도 굵직한 목소리로 말했다. "그리고 만약 마리아가 또 네게 키스를 해 준다면, 나도 네게 키스를 해 주마. 투우사에게 키스를 해 주는 것도 참 오랜만인걸. 비록 너처럼 뜻을 이루지 못한 투우사일망정. 공산주의자로 돌아선 옛 투우사 지망생에게 키스하고 싶구나. 자, 잉글레스 양반, 내가 멋진 키스를 해 줄 때까지 이 사람을 꼭 붙잡고 있어."

"데하.(어디 해 보시지.)" 이렇게 말하고 청년은 재빨리 몸을 피했다. "나를 그냥 내버려 둬요. 이제 괜찮으니까. 몸 둘 바를 모르겠어요."

그는 울음을 꾹 참으며 그곳에 가만히 서 있었다. 마리아는 로버트 조던의 손을 쥐었다. 필라르는 두 손을 허리에 대고 청년을 놀려 주려는 듯한 시선으로 그를 쳐다보았다.

"내가 네게 키스를 한다면 말이지, 누나로서 하려는 게 아냐. 누나로서 키스한다는 건 말짱 속임수야."

"농담할 필요 없어요. 방금 말한 것처럼 이제 아무렇지도 않아요. 그저 아주머니에게 얘기한 게 부끄러울 뿐이에요." 청년이 대꾸했다.

"자, 그럼 이제 가서 영감님이나 만나 보기로 하지. 잔뜩 흥분했더니만 아주 피곤한걸." 필라르가 화제를 돌렸다.

청년은 그녀를 바라보았다. 눈빛으로 보아 그가 갑자기 아주 상처 받았다는 것을 알 수 있었다.

"네 감정 때문에 흥분했다는 게 아냐. 내 감정 때문이야. 투우사치고는 퍽도 마음이 여리구나." 필라르가 그에게 말했다.

"되려다 실패한 사람이니까요. 괜히 그런 소리 꺼낼 필요 없잖아요." 호아킨이 대꾸했다.

"하지만 넌 언젠가는 다시 변발을 하겠지."

"그럼요, 못 할 것도 없죠. 호전적인 집안 출신이 그런 목적에는 경제적으로 가장 쓸모가 있죠. 여러 사람에게 일자리를 주고, 앞으로 국가에서는 그것을 관리하게 될 테죠. 이젠 나도 겁을 집어먹지 않을지도 몰라요."

"그러지 못할지도 모르고. 그러지 못할지도 몰라." 필라르가 대꾸했다.

"왜 그렇게 잔인하게 말해요, 필라르 아주머니?" 마리아가 그녀에게 말했다. "난 아주머니를 여간 좋아하지 않지만, 지금 아주 잔인하게 행동하고 있어요."

"나는 잔인해질 수도 있어." 필라르가 대꾸했다. "이봐, 잉글레스 양반, 엘소르도 영감에게 할 얘기는 알고 있겠지?"

"그럼요."

"이 영감은 나나 당신이나 또 이 감상적인 동물원 짐승과는 달라서 거의 말이 없어."

"왜 그런 말투로 말해요?" 마리아가 다시 화난 목소리로 물었다.

"나도 모르겠다. 네 생각엔 왜 그런 것 같으냐?" 필라르는 성큼성큼 걸어가면서 물었다.

"몰라요."

"이따금씩 모든 게 귀찮아질 때가 있어." 필라르가 화난 목소리로 대꾸했다. "알겠어? 그중 하나는 마흔여덟 해나 살았다는 거야. 내 말 알아듣겠니? 마흔여덟 살에 못생긴 얼굴. 또 다른 이유는 내가 농담으로 키스해 주겠다고 했을 때 저 공산주의에 물든 실패한 투우사의 얼굴에서 겁에 질린 표정을 읽었기 때문이야."

"그건 사실이 아녜요, 필라르 아주머니. 그런 표정을 지은 적 없어요." 청년이 대꾸했다.

"케 바(천만에), 네 말은 사실이 아냐. 빌어먹을 염병할 녀석 같으니고! 아, 저기 있군. 올라(이봐요), 산티아고! 케 탈?(잘 지냈어요?)"

필라르가 말을 건넨 사람은 키가 작달막하고 육중한 몸에 광대뼈가 두드러진 갈색 얼굴의 사나이였다. 희끗희끗한 머리카락에 눈은 황갈색으로 큼직하고, 인디언처럼 콧날이 좁은 매부리코에, 윗입술이 옆으로 길게 찢어져서 입이 크고 얄

팍했다. 수염을 단정히 깎은 그 사람은 목동들이 입는 바지와 가죽 장화가 꼭 어울리는 구부러진 다리로 동굴 입구에서 그들 쪽으로 걸어왔다. 더운 날이었지만 양털로 깃을 댄 가죽 재킷을 입고 목까지 단추를 꼭 채우고 있었다. 그는 햇빛에 탄 큼직한 손을 필라르에게 내밀었다. "잘 오셨소, 부인." 하고 말했다. 그리고 이번에는 "어서 오시오." 하고 로버트 조던에게도 인사하고, 그의 손을 잡고는 날카로운 시선으로 그의 얼굴을 쳐다보았다. 로버트 조던은 그의 눈이 고양이처럼 노랗고 파충류의 눈처럼 무표정하다는 것을 알았다. "허, 아가씨도 왔구먼." 그는 마리아에게 말을 건네고는 그녀의 어깨를 토닥거렸다.

"밥은 드셨소?" 그가 필라르에게 물었다. 그녀는 고개를 가로저었다.

"같이 먹읍시다." 그가 말하고 로버트 조던을 바라보았다. "한잔?" 그가 엄지손가락을 밑으로 내려서 술 따르는 시늉을 하며 물었다.

"고맙습니다. 마시죠."

"좋소. 위스키?" 엘소르도가 물었다.

"위스키가 있습니까?"

그러자 엘소르도는 고개를 끄덕끄덕했다. "잉글레스요? 루소(러시아 사람) 아니고?" 그가 물었다.

"아메리카노(미국 사람)입니다."

"이곳에 미국 사람은 드물지." 그가 말했다.

"이제는 많아졌습니다."

"나쁠 건 없지. 북이요, 남이요?"

"북입니다."

"잉글레스와 같군. 다리는 언제 날리나?"

"다리 일을 아세요?"

엘소르도는 고개를 끄덕였다.

"모레 아침입니다."

"좋아." 엘소르도가 말했다.

"파블로는?" 그가 필라르에게 물었다.

그녀는 고개를 가로저었다. 그러자 엘소르도는 히죽 웃었다.

"저쪽으로 가." 마리아에게 말하며 그는 또 히죽 웃었다. 그리고 겉저고리 안주머니에서 가죽 끈이 달린 큼직한 회중시계를 꺼냈다. "돌아와 삼십 분 있다가."

그는 위를 평평하게 깎아 벤치 대신으로 사용하는 통나무에 앉으라고 그들에게 손짓을 해 보이고 호아킨을 보면서는 그들이 이제 방금 올라온 쪽의 오솔길을 엄지손가락으로 가리켰다.

"호아킨하고 잠깐 내려갔다 올게요." 마리아가 말했다.

엘소르도는 동굴 속으로 들어가더니 스카치위스키가 든 작은 병과 컵 세 개를 들고 나왔다. 술병은 겨드랑이에 끼고, 컵은 술병을 낀 손의 세 손가락에다 하나씩 끼고, 다른 한 손으로는 도자기 물병 모가지를 쥐고 있었다. 그리고 컵과 술병은 통나무 위에 올려놓고 물병은 땅에 내려놓았다.

"얼음은 없어." 그는 이렇게 말하고는 술병을 로버트 조던에게 건네주었다.

"난 안 마실래요." 필라르가 말하면서 손으로 컵을 덮었다.

"간밤엔 땅에 얼음이 얼었어." 엘소르도가 히죽 웃었다. "다 녹았어. 저 위엔 있지만. 너무 멀어." 엘소르도는 벌거숭이 산봉우리에 덮인 흰 눈을 가리켰다.

로버트 조던은 엘소르도의 컵에 먼저 따르기 시작했지만, 귀머거리 영감은 고개를 흔들며 어서 먼저 따르라는 손짓을 했다.

로버트 조던은 컵에 스카치위스키를 가득 따랐고, 엘소르도는 그 모습을 물끄러미 지켜보고 있다가, 그가 다 따르자 이번에는 물병을 건네주었다. 로버트 조던은 병을 기울여 병 주둥이에서 흘러나오는 차디찬 물을 컵에 가득 따랐다.

엘소르도는 위스키를 손수 컵에 반쯤 따른 뒤 냉수를 부어 가득 채웠다.

"포도주는?" 그가 필라르에게 물었다.

"아뇨, 물이나 줘요."

"들어. 좋은 술은 아니지만." 그는 로버트 조던에게 말하고 히죽 웃었다. "영국인을 많이 알아. 늘 위스키를 많이 마시지."

"어디서요?"

"목장에서. 주인의 친구들." 엘소르도가 말했다.

"위스키는 어디서 구하시나요?"

"뭐?" 그는 잘 들리지 않는 모양이었다.

"저쪽 귀에다 소리를 쳐야 해." 필라르가 말했다.

엘소르도가 잘 들리는 쪽의 귀를 가리키며 히죽 웃었다.

"위스키는 어디서 구하시나요?" 로버트 조던이 큰 소리로 외쳤다.

"만들지." 엘소르도는 이렇게 대답하고 로버트 조던의 손이 컵을 입으로 가져가다 말고 멈칫하는 것을 지켜보았다.

"아냐. 농담." 엘소르도가 로버트 조던의 어깨를 토닥거렸다. "라그랑하에서 구해. 어젯밤 영국인 폭파원이 온다는 말을 들었어. 좋지. 아주 좋아. 위스키를 구했지. 자네를 위해서. 술맛 괜찮나?"

"아주 좋습니다. 참 좋은 위스키인데요." 로버트 조던이 대답했다.

"다행이군. 오늘 밤 정보와 함께 갖고 가려던 참이야." 엘소르도가 히죽 웃었다.

"무슨 정보요?"

"부대의 대이동."

"어디로요?"

"세고비아. 비행기 봤겠지?"

"네."

"좋지 않지?"

"좋지 않죠. 부대의 이동은 어때요?"

"비야카스틴*과 세고비아 사이에서 많지. 바야돌리드 가도에서. 비야카스틴과 산라파엘 사이에서도 많고. 아주, 아주 많아."

---

* 스페인 세고비아 주의 카스티야-레온 자치구에 있는 마을.

"어떻게 생각해요?"

"아군이 무슨 준비를 하나?"

"아마도요."

"적군도 알겠지. 역시 준비하겠지."

"아마도요."

"왜 오늘 밤에 다리를 날려 버리지 않지?"

"명령이니까요."

"누구 명령?"

"참모 본부죠."

"그래."

"폭파하는 시각이 중요한가?" 필라르가 물었다.

"무엇보다 중요하죠."

"하지만 적의 부대가 이동하고 있다면?"

"안셀모를 시켜 모든 이동과 집결에 관한 보고서를 보낼 겁니다. 그 영감은 지금 도로를 감시하고 있거든요."

"누굴 도로로 보냈다고?" 엘소르도가 물었다.

로버트 조던은 이 영감이 얼마나 알아듣고 있는지 알 수 없었다. 상대가 귀머거리이면 전혀 짐작할 수 없는 법이다.

"그렇습니다." 그가 대답했다.

"나도 그랬어. 왜 당장 다리를 날려 버리지 않지?"

"명령이니까요."

"난 그게 싫단 말이야. 그게 싫어." 엘소르도가 대꾸했다.

"저도 그래요."

엘소르도는 머리를 설레설레 흔들며 위스키를 한 모금 마셨다. "내 힘도 빌리고 싶나?"

"영감님한테 인원이 몇이나 있습니까?"

"여덟."

"전화선을 끊고, 도로 인부 집합소의 초소를 공격해 점령한 뒤 다리 위로 퇴각하는 겁니다."

"문제없어."

"나중에 전부 적어 드릴게요."

"필요 없어. 그런데 파블로는?"

"아래쪽 전화선을 끊고, 제재소의 초소를 공격해 점령한 뒤 다리 위로 퇴각할 겁니다."

"그리고 나서 퇴각하기 위해서는?" 필라르가 물었다. "우리는 남자 일곱 여자 둘에 말이 다섯이에요. 영감네는요?" 그녀가 엘소르도의 귀에 대고 소리쳤다.

"남자 여덟에 말이 네 마리. 팔탄 카바요스.(말이 모자라.)" 그가 말했다.

"사람이 열일곱 명인데 말은 아홉 마리밖에 없어요. 짐을 운반할 것은 치지 않더라도요." 필라르가 말했다.

엘소르도는 아무 말도 하지 않았다.

"어떻게 말을 구할 도리가 없을까요?" 로버트 조던이 엘소르도의 잘 들리는 쪽 귀에다 대고 소리쳤다.

"전쟁 시작 일 년이라. 네 마리뿐." 영감은 손가락 네 개를 펴 보였다. "그런데 내일 당장 여덟 마리가 필요해?"

"그렇습니다. 어쨌든 떠날 게 아닙니까. 그렇다면 이제까지처럼 이 근처에서 조심할 필요는 없어요. 더 이상 여기서 경계

할 필요가 없는 거죠. 어떻게든 뚫고 나가서 말을 여덟 마리쯤 훔쳐 올 수 없을까요?"

"어쩌면. 어쩌면 한 마리도 못 구할지 모르고. 어쩌면 그 이상이고." 엘소르도가 대꾸했다.

"영감님 자동소총 있어요?" 로버트 조던이 물었다.

엘소르도가 고개를 끄덕였다.

"어디요?"

"언덕 위."

"어떤 종류죠?"

"이름은 몰라. 둥근 탄창이 있어."

"몇 개나요?"

"다섯."

"사용법을 아는 사람이 있습니까?"

"내가 조금. 하지만 별로 쏴 본 적은 없어. 이곳에서 큰 소리를 내고 싶지도 않아. 탄알 낭비하기도 싫고."

"나중에 보죠. 수류탄도 있나요?" 로버트 조던이 물었다.

"많아."

"소총 한 자루에 몇 발씩이나 있나요?"

"많아."

"얼마나요?"

"백오십. 더 있을지도 모르지."

"나머지 사람들은 어떻게 하죠?"

"뭘 어떻게 해?"

"제가 다리를 폭파하는 동안 초소를 점령하고 그 다리를 담당하려면 충분한 병력이 필요합니다. 지금 인원의 두 배는 있어야 할 겁니다."

"초소 점령은 걱정할 것 없어. 몇 시에 할 작정인데?"

"새벽녘에요."

"걱정 마."

"확실히 스무 명가량만 더 있으면 좋겠는데요." 로버트 조던이 말했다.

"쓸 만한 놈이 있어야지. 믿지 못할 놈도 괜찮소?"

"안 되죠. 믿을 만한 사람은 몇이나 되죠?"

"네 명쯤."

"어째서 그렇게 적습니까?"

"믿을 수가 있어야지."

"말을 지키는 사람들도요?"

"그 사람들이라면 더욱 믿을 수 있어야지."

"가능하면 쓸 만한 사람으로 열 명은 더 필요한데요."

"네 명뿐이야."

"안셀모 영감 말로는 이 산엔 백 명이 넘게 있다고 하던데요."

"쓸 만한 놈들이 없어."

"아주머니는 서른 명이 있다고 그랬죠? 그런대로 믿을 만한 사람이 서른 명쯤 있다고요." 로버트 조던이 이번에는 필라르에게 말했다.

"엘리아스의 사람들은 어떻겠어요?" 필라르가 영감에게 소리쳐 물었다. 그러자 그는 고개를 가로저었다.

"좋은 놈이 없다니까."

"열 명도 모을 수 없어요?" 로버트 조던이 물었다. 엘소르도는 무표정한 노란 눈으로 그를 바라보며 고개를 가로저었다.

"네 명뿐." 그가 손가락 네 개를 펴 보이며 대답했다.

"영감님의 부하들은 괜찮고요?" 로버트 조던이 물었지만 괜한 소리를 했다고 후회했다.

엘소르도는 고개를 끄덕였다.

"덴트로 데 라 그라베다드.(그 정도 위험한 일이라면.)" 그는 이 말을 스페인어로 하고 히죽 웃었다. "그러면 곤란하겠지?"

"어쩌면요."

"나도 그렇게 생각해." 엘소르도는 그저 담담히 말할 뿐 별로 뽐내는 기색은 아니었다. "시원치 않은 열 놈보다는 쓸 만한 네 놈이 낫지. 이 전쟁에선 나쁜 놈만 많고 좋은 사람은 아주 적어. 나날이 좋은 사람이 줄어들어. 그런데 파블로는 어떤가?" 그가 이번에는 필라르 쪽으로 시선을 돌렸다.

"영감님도 아시다시피 나날이 나빠만 가죠." 필라르가 대답했다.

엘소르도는 어깨를 으쓱했다.

"자, 마셔." 엘소르도가 로버트 조던에게 권했다. "내 부하들하고 그 밖에 넷을 더 데려 가지. 그럼 모두 열둘. 오늘 밤 의논해. 나한테 다이너마이트가 예순 개 있어. 필요한가?"

"몇 퍼센트짜리죠?"

"몰라. 보통 다이너마이트지. 갖고 갈게."

"그럼 그것으로 위쪽 작은 다리를 폭파하도록 하죠. 잘됐군요. 영감님은 오늘 밤 내려오실 거죠? 그럼 그때 갖고 오시겠습니까? 그 다리에 대해선 명령을 받지 않았지만 그것도 폭파해야 할 것 같습니다."

"오늘 밤 가지. 그리고 말을 구하러 가야 해."

"말을 구할 수 있겠습니까?"

"어쩌면. 식사나 해."

이 영감은 누구에게나 이런 투로 말하는 걸까, 하고 그는 생각했다. 그렇지 않으면 외국인이 알아들을 수 있도록 일부러 이런 말투를 생각해 낸 걸까?

"그런데 이 일이 끝나면 우린 어디로 가죠?" 필라르가 엘소르도의 귀에 대고 큰 소리로 물었다.

그러자 그는 어깨를 으쓱했다.

"모든 일을 계획해 놓아야 해요." 필라르가 또다시 말했다.

"아무렴. 그래야지." 엘소르도가 맞장구쳤다.

"형세는 아주 나빠요. 계획을 잘 세워 놓지 않으면 안 돼요." 필라르가 말했다.

"물론이지. 한데 당신은 뭐가 걱정이란 말이오?" 엘소르도가 물었다.

"모든 게 다." 필라르는 큰 소리로 대답했다.

엘소르도는 그녀를 보고 히죽 웃었다.

"당신은 밤낮 파블로 꽁무니만 따라다니고 있잖아." 그가 말했다.

그러니까 이 영감은 외국인들을 위해서만 그런 엉터리 스페인어를 쓰고 있었구나, 하고 로버트 조던은 생각했다. 좋은 일이야. 그가 스페인어로 제대로 말하는 것을 들으니 기분이 좋군.

"영감님은 우리가 어디로 가는 게 좋다고 생각해요?" 필라르가 물었다.

"어디로?"

"그래요. 어디로 가느냐 말예요."

"갈 데야 많지. 얼마든지 있어. 그레도스 알지?" 엘소르도가 말했다.

"거긴 사람이 너무 많아요. 그런 곳은 놈들이 시간만 나면 곧바로 소탕할 거예요."

"하긴 그래. 하지만 워낙 넓은 지역인 데다 지대가 아주 험해서."

"그곳까지 가려면 여간 힘들지 않을걸요."

"이 세상에 힘들지 않은 게 어디 있나." 엘소르도가 대꾸했다. "다른 곳으로 갈 수 있다면 그레도스에도 갈 수 있을걸. 밤에 이동하는 거지. 이곳은 이젠 여간 위험하지 않아. 이렇게 오래 살아온 게 기적이라고 생각될 정도야. 여기보다는 그레도스가 덜 위험해."

"내가 가고 싶은 곳이 어디인지 알아요?" 필라르가 그에게 물었다.

"어딘데? 파라메라* 말인가? 그곳은 안 좋아."

"천만예요. 시에라 데 파라메라 같은 곳은 아니에요." 필라

---

* 스페인 중부 지방 아빌라에 있는 산악 지대.

르가 대답했다. "공화국 쪽의 지방으로 가고 싶어요."

"그것도 가능하긴 해."

"영감님 부하들도 갈까요?"

"그야 물론이지. 내가 얘기하면."

"그런데 우리 쪽은 알 수 없어요. 그쪽으로 가는 편이 더 안전하다는 걸 알면서도 파블로가 통 가려고 하지 않아요. 파블로는 너무 나이가 들어 이제 새삼스럽게 사병이 될 수는 없죠. 물론 계급을 높여 주지 않으면 말이죠. 그 집시 놈은 안 가려고 할 테고. 다른 녀석들은 잘 모르겠어요." 필라르가 말했다.

"여기서 이렇게 오랫동안 아무 일도 일어나지 않으니까 놈들은 위험하다는 걸 깨닫지 못하는 거야." 엘소르도가 대꾸했다.

"오늘 비행기들을 봤으니 전보다는 위험하다는 걸 알아차렸을 테죠. 하지만 영감님은 그레도스라면 훨씬 더 일을 잘할 수 있으리라는 생각이 듭니다." 로버트 조던이 말했다.

"뭐라고?" 엘소르도가 이렇게 묻고는 아주 무표정한 눈초리로 그를 바라보았다. 그가 물어보는 어조에는 친근한 맛이라곤 조금도 없었다.

"그곳이라면 훨씬 효과적으로 습격할 수 있을 거라는 말이죠."

"그렇지. 그레도스 아나?" 엘소르도가 물었다.

"알고말고요. 거기서라면 철도 간선을 습격하는 작전을 할 수 있죠. 아군이 훨씬 남쪽인 에스트레마두라에서 작전을 펴는 것처럼 계속 차단할 수 있어요. 그곳에서 활동하는 편이 공화국으로 돌아가는 것보다 나을 겁니다. 영감님 같은 분은 그쪽에서 더 쓸모 있을 거예요." 로버트 조던이 말했다.

그가 이야기하고 있는 동안 엘소르도나 필라르나 둘 다 우울한 표정을 짓고 있었다.

엘소르도가 필라르를 쳐다보았고, 필라르도 영감을 바라보았다.

"그레도스 알아? 정말?" 엘소르도가 물었다.

"잘 알고말고요." 로버트 조던이 대답했다.

"당신은 어디로 가고 싶어?"

"바르코 데 아빌라* 위쪽으로 가고 싶습니다. 여기보다는 훨씬 좋죠. 그리고 간선 도로와 베하르**와 플라센시아*** 사이의 철도를 습격할 수도 있고요."

"퍽 힘들걸."

"우리는 에스트레마두라에서는 이보다 위험한 곳에서도 철도를 폭파시킨 일이 있습니다."

"우리가 누구지?"

"에스트레마두라의 게릴라 말이죠."

"수가 많나?"

"마흔 명가량 됩니다."

"왜 거기서 온 예민하고 이름이 이상한 사람 하나 있었잖아?" 필라르가 물었다.

"있었죠."

---

* 아빌라 주 카스티야-레온 자치구에 있는 소도시.
** 스페인 서부 살라망카 주에 있는 소도시.
*** 스페인 서부 카세레스 주에 있는 상업 도시.

"그 사람, 지금 어디 있지?"

"죽었어요. 전에 얘기했잖아요."

"그럼 당신도 거기 있었나?"

"물론이죠."

"무슨 말인지 알아듣겠지?" 필라르가 로버트 조던에게 물었다.

내가 실수했는걸, 하고 로버트 조던은 생각했다. 자신의 공적이니 능력이니 하는 말은 결코 입 밖에 내서는 안 되는 법인데, 난 그만 스페인 사람들을 향해서 너희들보다도 우리가 더 훌륭한 일을 해낼 수 있다고 큰소리친 것이 아닌가. 그들의 비위를 맞춰야 하는 판에 너희들은 이렇게 해야 한다고 내 생각을 말했으니 그들이 화를 낼밖에. 어쨌든 좋아, 벌컥 화를 내든지 그러지 않든지 둘 중 하나일 테니까. 이 사람들은 여기 있는 것보다는 그레도스로 가 버리는 편이 훨씬 유익할 텐데. 카슈킨이 계획한 열차 전복 사건 이후 여기 들러붙어 앉아 아무 일도 하지 못하고 있는 게 그렇다는 증거 아닌가. 그다지 내세울 만한 일도 아니었지. 파시스트들의 기관차 한 대를 파괴하고 적병 몇을 죽였을 뿐인데, 그런데도 그걸 가지고 이 사람들은 마치 전쟁의 절정을 겪은 듯 떠들어 대고 있잖아. 어쩌면 그들은 부끄러움을 느끼면서 그레도스로 가게 될지도 몰라. 그래, 어쩌면 나도 여기서 쫓겨나게 될지도 몰라. 어쨌든 어느 쪽으로 돌아봐도 앞으로 펼쳐진 상황은 그다지 장밋빛처럼 밝지는 않구나.

"이봐요, 잉글레스 양반. 당신의 담력은 어떤가?" 필라르가 그에게 물었다.

"문제없습니다. 괜찮죠." 로버트 조던이 대답했다.

"요전번 우리와 함께 일을 하도록 파견되었던 그 폭파원은 기술은 대단했지만 신경이 너무 과민해 놔서."

"우리 쪽에는 신경이 예민한 사람들이 있죠."

"그 사람은 참 훌륭하게 처신했으니까 겁쟁이라곤 할 수 없지." 필라르가 다시 말을 이었다. "아주 이상하고 감정이 격한 사람이더군." 그런 뒤 그녀는 목소리를 높였다. "그렇잖아요, 산티아고? 지난번 폭파원, 그 기차를 파괴한 사람 말예요. 그 사람 좀 별나지 않습디까?"

"알고 라로.(좀 이상한 사람이더군.)" 귀머거리 영감은 머리를 끄덕이며, 진공청소기 자루 끝 둥근 구멍을 연상케 하는 눈으로 로버트 조던의 얼굴을 훑어보았다. "시, 알고 라로, 페로 부에노.(그래, 좀 이상한 데가 있긴 했지만 퍽 좋은 사람이었지.)"

"무리오.(그 사람은 죽었어요.)" 로버트 조던은 귀머거리 영감 귀에 대고 소리쳤다.

"어쩌다가?" 귀머거리 영감이 로버트 조던의 눈에서 입가로 시선을 떨어뜨리면서 물었다.

"제가 쏴 죽였죠. 부상이 심해서 걸을 수 없게 돼 제가 쏴 죽였어요." 로버트 조던이 대답했다.

"그 사람 늘 그럴 필요가 있을 거라고 말하더니만. 강박관념이었거든." 필라르가 말했다.

"그렇죠. 그 친구 늘 그럴 필요가 있을 거라고 얘기하곤 했어요. 그건 그 친구의 강박관념이죠."

"코모 푸에?(어떻게 된 거야?) 기차 습격이었나?"귀머거리 영감이 물었다.

"기차 습격을 마치고 돌아오는 길이었습니다. 습격은 성공 했죠. 그런데 캄캄한 어둠 속에서 돌아오는 길에 파시스트의 순찰병을 만났습니다. 도망치다가 그만 등 위쪽에 총알을 맞 았죠. 어깨뼈를 다쳤을 뿐 다른 뼈는 아무렇지도 않았어요. 워 낙 먼 길이라 그런 부상으론 더 이상 걸을 수가 없었어요. 뒤 에 남기 싫다고 하기에 제가 쐈습니다."

"모노스 말.(그게 차라리 낫지.)"귀머거리 영감이 말했다.

"그래서 당신은 담이 크다고 확신하는구려."필라르가 로 버트 조던에게 말했다.

"네, 그래요. 배짱이 든든하다는 것만은 장담할 수 있죠. 다 리 폭파 일을 끝내면 당신들은 아무래도 그레도스로 가는 게 좋을 것 같아요."

그가 말을 마치자 필라르는 마치 간헐온천이 갑자기 희고 뜨거운 물줄기를 내뿜듯 상스러운 욕설을 마구 퍼붓기 시작 했다.

귀머거리 영감은 로버트 조던을 바라보고 고개를 가로저으 며 재미있다는 듯 히죽 웃고만 있었다. 그러면서 필라르가 욕 설을 한참 퍼붓고 있는 내내 기분 좋게 계속 고개를 흔들었다. 그래서 로버트 조던은 아마 이제는 사태가 다시 좋아지리라 는 생각이 들었다. 마침내 욕설을 멈춘 그녀는 물병을 기울여 한 모금 마시고는 다시 조용히 입을 열었다. "이 일이 끝난 뒤 우리가 앞으로 어떻게 할지에 대해선 입을 닥치시지, 잉글레스 양반? 자네는 공화국으로 돌아가 당신 할 일이나 해. 여기 있는 우리 일은, 이 산속 어디서 죽든, 그런 건 우리가 마음대로 결정하게 내버려 두고."

"어디서든 살 수 있겠지. 진정해, 필라르." 엘소르도가 말했다.

"어디서 살든지 어디서 죽든지. 이 일의 결말이 빤히 내다뵈는군. 난 자네가 좋아, 잉글레스 양반. 하지만 자네 일이 끝난 뒤 우리가 어떻게 할지에 대해서는 제발 입 다물고 있어." 필라르가 말했다.

"그건 당신들 일이죠. 난 그런 일에 간섭하지 않습니다." 로버트 조던이 대꾸했다.

"하지만 방금 그랬잖아. 자넨 그 까까머리 갈보 년이나 데리고 공화국으로 돌아가. 하지만 외국인도 아니고 공화국을 사랑하는 사람들이 못 들어가게 문이나 닫지 마. 아직 젖비린내가 나는 주제에." 필라르가 말했다.

그들이 이야기하고 있는 동안, 마리아가 오솔길을 따라 위쪽으로 올라오다가 필라르가 목소리를 높여 로버트 조던에게 쏘아붙인 그 마지막 말을 들었다. 마리아는 로버트 조던에게 고개를 거세게 흔들어 보이며 조심하라고 손을 내저었다. 필라르는 로버트 조던이 아가씨 쪽을 보며 미소 짓는 걸 보고는 몸을 홱 돌리며 소리쳤다. "그래, 갈보 년이라고 그랬다. 사실이지 뭐야. 넌 이 사람과 함께 발렌시아로 가 버리겠지. 그러면 우린 그레도스에서 산양 오물이나 먹을 수 있을 거고."

"아주머니, 정 그렇다면 난 갈보 년이라도 좋아요. 아무튼

난 아주머니가 부르는 대로니까요. 하지만 좀 진정하세요. 도대체 무슨 일이 있었어요?" 마리아가 말했다.

"아무것도 아냐." 필라르는 이렇게 대답하고 벤치에 걸터앉았다. 어느새 목소리도 부드러워지고, 금속성의 노여움도 깨끗이 사라져 버렸다. "이제 널 갈보 년이라고 부르지 않을게. 하지만 나도 공화국에 가 보고 싶어 죽겠어."

"모두 함께 갈 수 있잖아요." 마리아가 대꾸했다.

"물론 있고말고. 하지만 아주머니는 그레도스가 싫은 모양이야." 로버트 조던이 맞장구쳤다.

엘소르도가 그를 보고 히죽 웃었다.

"두고 보지." 노여움이 깨끗이 가신 필라르가 말했다. "그 귀한 술이나 한 잔 주시오. 화를 냈더니 목이 다 타는군. 곧 알게 될 테지. 무슨 일이 일어날지 알게 되겠지."

"그런데, 동지. 그게 꼭 아침이어야 한다니 곤란하구려." 영감이 설명했다. 그는 이제 엉터리 스페인어를 쓰지 않았다. 뭔가를 알아내려는 듯한 표정도 의아스럽다는 표정도 아니었고, 또 전투에 먼저 참가했던 늙은 전사의 노골적인 우월감도 보이지 않고 다만 조용히 설명하는 듯한 시선으로 로버트 조던의 눈을 들여다보았다. "당신이 필요로 하는 게 뭔지 알고 있고, 초소를 점령한 뒤 당신이 일을 하고 있는 동안 다리를 지키고 있어야 한다는 것도 잘 알겠소. 모두 똑똑히 알겠단 말이오. 그런데 이 일은 동트기 직전이나 그 직후에 하는 것이 쉬울 것 같소."

"그렇죠." 로버트 조던이 맞장구쳤다. "이봐, 잠깐만 저리로 가 주겠어?" 그가 이번에는 돌아보지도 않고 마리아에게 말했다.

마리아는 이야기가 들리지 않는 곳까지 걸어가서 쭈그리고 앉아 두 손으로 발목을 붙잡고 있었다.

"자네도 알겠지. 거기까진 문제가 아니란 말이야." 엘소르도가 말을 이었다. "하지만 그 작전을 실행한 뒤 대낮에 이 지역에서 빠져나가는 건 여간 어렵지 않아."

"그건 확실히 그렇습니다. 저도 그렇게 생각합니다. 저로서도 때가 대낮이라면 문제거든요."

"자네는 혼자 몸이야. 하지만 우린 잡다한 사람이 모여 있거든."

"일단 캠프로 돌아왔다가 어두워진 뒤에 떠날 수도 있죠." 필라르가 술잔을 입술로 가져갔다가 내려놓으며 말했다.

"그것 역시 퍽 위험한 노릇이야. 어쩌면 훨씬 더 위험할지도 몰라." 엘소르도가 설명했다.

"어떻게 할지 생각해 보죠." 로버트 조던이 대꾸했다.

"밤중에 다리를 해치운다면 문제가 없으련만." 엘소르도가 말을 이었다. "꼭 아침에 해야 한다는 조건을 붙이면 아주 심각한 문제가 일어날지도 몰라."

"그건 저도 압니다."

"밤에 하면 안 되나?"

"그랬다간 전 총에 맞을지도 모르죠."

"하지만 자네가 낮에 해야 한다면 우리가 몽땅 총에 맞을 가능성이 아주 커."

"다리만 폭파시키는 거라면 저 자신은 그리 중요하지가 않습니다. 하지만 여러분의 처지도 잘 알고 있죠. 어떻게, 한낮에 퇴각하는 방법을 생각해 낼 순 없을까요?" 로버트 조던이 물었다.

"있고말고. 퇴각에 대해 생각해 보겠소." 엘소르도가 대답했다. "하지만 한쪽에선 한 가지 일에만 몰두해 있고, 또 다른 한쪽은 애만 태우고 있는 그 이유를 설명해 주리다. 그레도스로 가는 일을 당신은 마치 꼭 수행해야만 할 군사작전처럼 말하고 있지만, 사실 그레도스까지 무사히 도착한다는 건 거의 기적에 가까운 일이거든."

로버트 조던은 아무 말도 하지 않았다

"자, 내 말 좀 들어 봐." 귀머거리 영감은 말을 이었다. "오늘 내가 너무 많이 지껄이는군. 하지만 이렇게 얘기해 둬야만 서로 이해할 수 있거든. 우리가 여태껏 이곳에서 살아온 건 순전히 기적이었어. 파시스트 놈들의 기적 같은 태만과 우매 때문이지. 그렇지만 놈들도 그러다 시간이 지나면 눈을 뜨겠지. 물론 우리도 조심에 조심을 해서 이 근처의 산에선 절대로 소동을 일으키지 않으려고 하고 있어."

"알고 있습니다."

"하지만 이번 일을 하고 나면 우리는 이곳을 떠날 수밖에 없어. 어떻게 떠나야 할지 그 방법을 잘 생각해야 돼."

"그렇고말고요."

"자, 그럼 이제 식사를 하지. 너무 많이 지껄였어." 엘소르도가 말했다.

"영감님이 이렇게 많이 얘기하는 건 처음 봤어요." 필라르가 말했다. "이것 탓인가?" 그녀가 술잔을 쳐들었다.

"천만에. 위스키 때문이 아냐." 엘소르도가 고개를 가로저었다. "이제까지는 이처럼 많은 말을 해야 할 일이 없었던 거지."

"영감님의 협조와 충성에 정말 감사드립니다. 다리를 폭파할 시각 때문에 생기는 난관에 대한 충고도 고맙고요." 로버트 조던이 말했다.

"그런 소리 마. 우리는 우리가 할 수 있는 일을 하려고 여기 있는 건데. 물론 이번 일은 골칫덩어리지만." 엘소르도가 대꾸했다.

"하지만 종이 위에서는 지극히 간단하거든요." 로버트 조던은 빙그레 웃으며 말했다 "그 위에선 도로로 개미 새끼 한마리 통과하지 못하도록 하기 위해 아군의 공격이 시작되는 순간에 폭파한다, 이렇게 되어 있거든요. 아주 간단해요."

"그들은 우리도 종이 위에서 작전하도록 해 줘야 돼. 종이 위에서 뭔가를 생각해서 그걸 실행하도록 말이지."

"종이 위에서는 피를 거의 흘리지 않거든요." 로버트 조던이 격언을 인용해 말했다.

"하지만 그건 아주 유용하지. 에스 무이 우틸.(아주 유용해.) 내가 바라는 건 당신이 받은 명령을 그런 목적으로 써 주는 거야." 필라르가 말했다.

"나도 그래요. 하지만 그런 식으론 전쟁에 이길 수 없겠죠." 로버트 조던이 말했다.

"이길 수 없어. 그럴 거야. 하지만 내가 하고 싶은 게 뭔지 알아?" 몸집이 큰 여자가 말했다.

"공화국 쪽으로 가는 거지 뭐야." 엘소르도가 대꾸했다. 그는 그녀가 얘기하고 있는 동안, 잘 들리는 쪽의 귀를 그녀 쪽으로 바싹 대고 있었던 것이다. "야 이가스, 무헤르(당장 가세, 이 여자야)인가. 어쨌든 이 전쟁에서 승리하면 온 세상이 공화국이 될테니."

"그래요. 자, 그럼 제발 이젠 식사를 하죠." 필라르가 맞장구쳤다.

12

그들은 식사를 마친 뒤 엘소르도의 캠프를 떠나 오솔길을 따라 내려갔다. 엘소르도는 아래쪽 초소 있는 데까지 따라 내려왔다.

"살루드.(잘들 가오.) 그럼 오늘 밤에 봅시다." 그가 작별인사를 했다.

"살루드, 카마라다.(안녕히 계십시오, 동지.)" 로버트 조던이 그에게 말했다. 세 사람은 배웅하는 영감을 뒤로한 채 오솔길을 따라 내려왔다. 마리아가 돌아서서 손을 흔들자 엘소르도는 마치 뭔가를 내던지는 것처럼 용무와 아무 관계도 없는 인사는 아예 집어치우라는 듯 무뚝뚝한 스페인 사람 특유의 독특한 몸짓으로 아무렇게나 팔뚝을 위쪽으로 획 내저었다. 그는 식사하는 내내 양피 윗도리의 단추를 끄르지 않고 줄곧 예의를 갖추려고 마음을 썼으며, 이야기를 듣는 데 온 정신을 집중했고, 그 엉터리 스페인어로 되돌아가 로버트 조던에게 공손한 태도로 공화국의 상태를 이모저모 묻곤 했다. 그러나 영감이 그들을 어서 쫓아 버리고 싶어 하는 눈치만은 분명했다.

영감과 헤어질 때 필라르가 물었다. "무슨 일이죠, 산티아고?"

"뭘, 아무것도 아냐. 아무 일도 아냐. 그저 뭔가 생각하고 있었어." 귀머거리 영감이 대답했다.

"나도 그래요." 필라르가 대답했다. 올라올 때는 힘겨웠던 솔밭 사이의 가파른 오솔길을 이제는 쉽고 유쾌하게 내려가는데도 필라르는 아무런 말이 없었다. 로버트 조던도 마리아도 말을 하지 않았다. 세 사람은 나무가 우거진 골짜기에서 오솔길을 빠져나와 험한 비탈길을 올라가다가 숲에 이르고 그 숲을 통과해 높은 초원에 이를 때까지 총총걸음으로 걸어갔다.

5월 하순의 오후는 무더웠다. 마지막 험한 비탈길을 절반쯤 올라간 곳에서 필라르는 걸음을 멈췄다. 로버트 조던도 걸음을 멈추고 뒤를 돌아보니 그녀의 이마에 구슬땀이 맺혀 있었다. 햇볕에 갈색으로 탄 얼굴이 핏기를 잃었고, 피부는 파리한데다 눈 아래로는 거뭇거뭇한 반점이 있었다.

"좀 쉬었다 가죠. 너무 빨리 걸은 것 같아요." 그가 말했다.

"아냐. 그냥 가." 그녀가 대답했다.

"쉬었다 가요, 필라르 아주머니. 얼굴빛이 좋지 않아요." 마리아가 거들었다.

"듣기 싫어. 너한테 안 물어봤어." 필라르가 대꾸했다.

그녀는 오솔길 위쪽으로 다시 오르기 시작했지만 꼭대기에 이르자 숨은 거칠어지고 얼굴은 흠뻑 땀에 젖어 있었다. 그리고 얼굴빛은 누가 봐도 알 수 있을 만큼 백짓장처럼 창백했다.

"좀 앉아요, 필라르 아주머니. 제발, 좀 앉으세요." 마리아가 다그쳐 말했다.

"그러지." 필라르가 대답했다. 세 사람은 소나무 그늘에 앉아 고원 너머로 산봉우리 정상이 고원의 기복에서 곧바로 솟아나온 것처럼 보이는 곳을 바라보았다. 산봉우리 정상에는 이른 오후의 햇빛을 받아 하얀 눈이 반짝였다.

"눈이란 얼마나 쓰레기 같으면서도 어쩌면 저토록 아름다울까." 필라르가 감탄하며 말했다. "눈이란 건 정말 사람을 흘리는 허깨비 같은 거야." 그녀는 마리아 쪽으로 고개를 돌렸다. "네게 너무 심하게 굴어서 미안하구나, 귀여운 아가씨. 오늘은 왜 이렇게 기분이 엉망인지 잘 모르겠는걸. 성질이 더러워서 그래."

"아주머니가 화가 났을 땐 무슨 말을 들어도 상관 안 해요. 한데 아주머니는 자주 화를 내요." 마리아가 그녀에게 대꾸했다.

"아냐, 화를 낼 때보다 기분이 더 엉망이야." 필라르가 산봉우리 정상을 쳐다보며 말했다.

"몸이 안 좋은 모양이죠." 마리아가 말했다.

"그것 때문도 아냐. 이리 온, 아가씨. 내 무릎에 머리를 올려놔 봐." 필라르가 말했다.

마리아는 그녀 쪽으로 바싹 다가가 두 팔을 뻗어 베개 없이 잠자리에 드는 사람처럼 팔베개를 하고 그 위에 머리를 얹고 드러누웠다. 그리고 얼굴을 들어 필라르를 쳐다보며 생글 미

소를 지었지만, 필라르는 초원 건너편 산봉우리를 바라볼 뿐
이었다. 그녀는 마리아를 내려다보지도 않은 채 그녀의 머리
를 쓰다듬고, 투박한 손가락으로 그녀의 이마에서 귓전으로,
그리고 목덜미로 내려가며 어루만졌다.

"조금만 있으면 이 애를 차지할 수 있을 거요, 잉글레스 양
반." 그녀가 말했다. 로버트 조던은 그녀 뒤에 앉아 있었다.

"아주머니, 그런 식으로 말하지 마요." 마리아가 말했다.

"그래, 저 양반은 널 차지할 수 있다니까." 필라르는 이렇게
말하면서 어느 누구도 쳐다보지 않았다. "난 널 한 번도 갖고
싶은 적이 없었지. 하지만 샘이 나는구나."

"필라르 아주머니, 그런 식으로 말하지 마요." 마리아가 말
했다.

"저 양반은 널 차지할 수 있어. 정말 샘이 나는구나." 필라
르가 이렇게 말하고는 아가씨의 귓불 주위를 손가락 끝으로
만지작거렸다.

"그렇지만 아주머니, 우리 사이에 그런 건 아무것도 없다고
설명해 준 건 바로 아주머니였잖아요."

"세상엔 언제나 그런 일이 있는 법이야. 있을 법하지도 않
은 일이 늘 있는 법이라고. 하지만 내겐 없어. 정말로 없어. 난
네 행복을 바랄 뿐 그 이상 아무것도 바라지 않아."

마리아는 아무 말 없이 머리를 가볍게 괴려고 하면서 그냥
가만히 누워 있었다.

"내 말 좀 들어 봐, 아가씨." 필라르가 말을 이으며 이제 멍
한 표정으로, 그러나 공중에 뭘 그리는 것처럼 손가락 끝으로

아가씨의 얼굴을 어루만졌다. "있잖니, 난 널 사랑한단다. 하지만 저 양반이 널 차지할 테지. 난 토르티예라(레즈비언)가 아니라 남자를 위해 태어난 여자야. 정말로 그래. 하지만 지금 이렇게 대낮에 널 사랑한다고 말하니 참 기분이 좋구나."

"나도 아주머니를 사랑해요."

"케 바.(흥.) 쓸데없는 소리는 제발 그만둬. 넌 내가 뭘 얘기하는지도 잘 모르고 있어."

"왜 몰라요."

"케 바.(천만에.) 넌 몰라. 어쨌든 넌 이 잉글레스 양반 거야. 그건 벌써 뻔한 일이고, 또 그래야만 해. 나도 그렇게 되기를 바라고 있어. 다른 건 아무것도 바라지 않아. 난 변태 같은 얘기를 하고 있는 게 아냐. 사실을 얘기하고 있을 뿐이지. 이제 앞으로도 너한테 사실대로 얘기해 줄 사람은 아마 별로 없을 거야. 특히 여자는 더욱 그래. 난 지금 샘이 나서 솔직히 얘기하는 거야. 사실이 그래. 그러니까 이렇게 말하는 거야."

"그럼 이제 말하지 마요. 말하지 말라고요, 필라르 아주머니." 마리아가 대꾸했다.

"포르케?(왜?) 왜 말하지 말라는 거야." 필라르는 여전히 두 사람 중 어느 쪽도 바라보지 않았다. "난 이런 얘기 하는 게 싫증날 때까지 할 테야. 그리고……." 그녀는 이번에는 아가씨를 내려다보더니 다시 말을 이었다. "이제 바로 그때가 온 거야. 그러니까 이제부턴 더 이상 얘기하지 않을게. 알겠니?"

"아주머니, 그런 식으로 말하지 마요." 마리아가 말했다.

"넌 참 귀여운 토끼 같은 애야. 자, 이젠 그런 쓸데없는 얘기는 다 끝났으니까 어디 머리를 들어 봐." 필라르가 말을 이었다.

"쓸데없는 얘기는 아니었어요. 그리고 머리를 이렇게 하고 있으니까 기분이 좋아요." 마리아가 말했다.

"안 돼. 머릴 들어 봐." 필라르가 말하면서 큼직한 두 손을 아가씨의 머리 밑에 갖다 대고 일으켰다. "그런데 잉글레스 양반!" 그녀는 여전히 아가씨의 머리를 붙잡고 초원 너머로 먼 산을 바라보았다. "고양이한테 혓바닥이라도 깨물린 거야?"

"고양이가 있어야죠." 로버트 조던이 대꾸했다.

"그러면 어떤 짐승한테 물렸겠지?" 그녀는 아가씨의 머리를 바닥에 내려놓았다.

"어떤 짐승도 아니죠." 로버트 조던이 대답했다.

"그럼 자기 혓바닥을 집어삼켰나 보지, 응?"

"아마 그런가 보죠." 로버트 조던이 대답했다.

"그래 맛이 좋더오?" 필라르가 고개를 돌리며 그를 향해 히죽 웃었다.

"그다지요."

"그럴 줄 알았어. 맛이 좋으리라곤 생각지 않았어. 하지만 당신 토끼를 돌려주리다. 하기야 당신 토끼를 빼앗으려고 한 적은 한 번도 없지만. 토끼라니 참 좋은 이름을 붙였어. 오늘 아침에 자네가 그렇게 부르는 걸 들었지."

로버트 조던은 얼굴이 붉어지는 것을 느꼈다.

"당신은 참 짓궂어요." 그가 그녀에게 말했다.

"천만에. 하지만 너무 단순해서 지독히 복잡하다고 할까.

자네도 복잡한 편인가, 잉글레스 양반?"

"아뇨, 하기야 그렇게 단순한 편도 아니죠."

"난 당신이 마음에 들었어, 잉글레스 양반." 필라르가 이렇게 말하고는 빙긋 미소를 짓고 몸을 앞쪽으로 일으키더니 다시 미소를 짓고는 머리를 흔들었다. "지금 당신한테서 이 토끼를 뺏고, 또 이 토끼한테서 당신을 뺏을 수만 있다면 얼마나 좋을까."

"그럴 수는 없을걸요."

"누가 그걸 몰라서 그러나." 필라르가 이렇게 말하고는 또다시 빙긋 미소를 지었다. "하기야 그럴 생각도 없어. 젊었을 땐 나도 곧잘 그럴 수 있었지만."

"그랬겠죠."

"정말 그렇게 생각하나?"

"물론이죠. 하지만 그런 얘기는 이제 무의미해요." 로버트 조던이 대꾸했다.

"아주머니답지 않아요." 마리아가 맞장구쳤다.

"오늘은 여느 때와 다르군. 보통 때와는 아주 딴판이야. 당신의 그 다리 얘기 때문에 그만 골치가 아파졌어, 잉글레스 양반." 필라르가 말했다.

"그럼 그 다리를 '두통의 다리'라고 부르죠. 하지만 그놈의 다리를 망가진 새장처럼 골짜기 밑바닥으로 처박아 버릴 겁니다." 로버트 조던이 말했다.

"좋아. 그런 식으로 계속 얘기해." 필라르가 말했다.

"그런 다리 같은 건 껍질 벗긴 바나나를 부러뜨리듯 부숴

버릴 겁니다."

"그럼 나도 바나나를 먹을 수 있을 테지. 자, 어서 얘기를 계속해 봐, 잉글레스 양반. 계속 허풍을 떨어 봐." 필라르가 말했다.

"그럴 필요가 있나요. 이제 어서 캠프로 돌아가죠."

"자네 임무로 말이지. 이제 곧바로 그럴 때가 올 거야. 당신들 단둘이만 있게 해 준다고 내가 그러지 않았나."

"아니에요. 할 일이 많아요."

"그 일도 중요하지. 게다가 그리 시간이 오래 걸리지도 않을 테고."

"그만둬요, 필라르 아주머니. 말이 거칠잖아요." 마리아가 말했다.

"나야 늘 입이 거칠지. 하지만 소이 무이 델리카다.(꽤 점잖은 데도 없지 않아.) 당신들 둘만 남겨 드리지. 아까 말한 질투 얘기는 헛소리였어. 난 호아킨의 표정에서 내가 얼마나 못생겼는지를 읽고 그만 녀석에게 화를 냈지. 난 그저 네가 열아홉 살이라는 데 시샘을 하고 있었던 거야. 하지만 오래가는 질투는 아니거든. 너도 언제까지나 열아홉 살로만 남아 있을 리는 없을 테니까. 그럼 나 먼저 가겠어."

필라르는 일어나서 한쪽 손을 허리에 대고 역시 서 있는 로버트 조던을 바라보았다. 마리아는 고개를 수그린 채 나무 그늘 아래 땅바닥에 그냥 앉아 있었다.

"다 같이 캠프로 돌아가기로 하죠. 그게 더 좋아요. 할 일도 많으니까." 로버트 조던이 말했다.

필라르는 고개를 돌리고 아무 말 없이 앉아 있는 마리아를 향해 고개를 끄덕였다. 필라르는 미소를 지으면서 거의 눈에 띄지 않을 만큼 가볍게 어깨를 으쓱하며 말했다. "길은 알고 있겠지?"

"내가 알아요." 마리아가 고개를 들지 않고 대답했다.

"푸에스 메 보이.(그럼 난 간다.)" 필라르가 말했다. "맛있는 음식이라도 만들어 놓고 기다리고 있겠어, 잉글레스 양반."

그녀는 캠프 쪽으로 흐르는 개울을 향해 초원의 히스 밭 속으로 걸어 들어가기 시작했다.

"좀 기다려요. 우리 모두 같이 가는 게 좋겠어요." 로버트 조던이 그녀를 향해 소리쳤다.

마리아는 아무 말 없이 가만히 앉아 있었다.

필라르는 뒤를 돌아보지도 않았다.

"케 바(안 돼), 같이 와. 그럼 이따 캠프에서 만나." 그녀가 말했다.

로버트 조던은 가만히 그곳에 서 있었다.

"아주머니가 괜찮을까? 아까는 아파 보이던데." 그가 마리아에게 물었다.

"그냥 가게 내버려 둬요." 마리아가 여전히 고개를 수그린 채 대답했다.

"같이 가야 하는 건데."

"그냥 가게 내버려 둬요. 가게 내버려 둬요!" 마리아가 말했다.

13

두 사람은 고원 풀밭의 우거진 히스 속을 걸었다. 로버트 조
던은 히스가 다리에 스치는 것을 느꼈고, 가죽집 안에 든 권총
이 허벅지에 묵직하게 닿는 것을 느꼈으며, 햇볕이 머리 위에
따갑게 내리쬐는 것을 느꼈다. 또 눈 덮인 산봉우리에서 불어
오는 산들바람이 등으로 서늘하게 닿는 것도 느꼈고, 손에서
는 손가락을 깍지 끼어 힘껏 붙잡은 아가씨의 손을 느꼈다. 그
녀의 손에서, 그의 손바닥에 겹쳐 놓은 그녀의 손바닥에서, 서
로 꼭 움켜잡고 있는 그들의 손가락에서, 그의 손목과 서로 엉
킨 그녀의 손목에서 마치 바다 건너 멀리서 불어오면서 잔잔
한 거울 같은 수면에 잔물결조차 일으키지 않는 최초의 훈풍
처럼 그렇게 신선한 그 무엇이, 입술 언저리에 닿는 깃털이나,
또는 바람도 없는데 떨어지는 낙엽처럼 그렇게 가벼운 그 무
엇이 그녀의 손에서, 손가락에서, 그녀의 손목에서 그에게로

전해져 왔다. 참으로 부드러운 것이어서 손가락을 서로 맞대는 것만으로도 느낄 수 있었지만, 깍지 낀 손가락이나 꼭 누른 손바닥과 손목의 힘 때문에 너무 힘이 세져서, 너무 격렬하고 너무 다급하고 너무 통렬해지고 너무 강해져서 그의 팔에 전류가 올라 그의 온몸을 쓰라리고 공허한 욕망으로 채우는 것 같았다. 밀처럼 황갈색인 그녀의 머리카락에, 금갈색의 부드럽고 귀여운 그녀의 얼굴에, 곡선으로 굽은 그녀의 목덜미에 눈부신 햇살이 반짝일 때, 그는 그녀의 얼굴을 위로 쳐든 채 꼭 껴안고 키스를 했다. 그가 키스하는 동안 그녀가 몸을 바르르 떨었다. 그녀의 몸을 힘껏 끌어당기자 카키색 셔츠를 통해 그녀의 젖가슴이 그의 가슴을 지그시 누르는 것이 느껴졌다. 조그마하지만 탄탄한 젖가슴이었다. 그는 손을 뻗어 그녀의 셔츠 단추를 끄르고 몸을 굽혀 키스를 했다. 그녀는 그의 팔에 안겨 얼굴을 뒤로 젖히고 선 채 바르르 떨었다. 다음 순간 그녀가 자기 턱을 그의 머리에 대자 그녀가 두 팔로 그의 머리를 휘감고 자기 머리에 대고 흔들어 대는 것이 느껴졌다. 그는 몸을 똑바로 펴고 두 팔로 그녀를 꼭 껴안았기 때문에 그녀의 몸이 그의 몸에 꼭 붙은 채로 땅에서 들렸다. 그녀가 바르르 떠는 것을 느끼고 다음 순간 그녀의 입술이 그의 목덜미에 와 닿았다. 그는 그녀를 땅바닥에 내려놓고 나지막하게 속삭였다. "마리아, 오, 나의 마리아!"

그러고 나서 그는 또다시 속삭였다. "우리 어디로 갈까?"

그녀는 아무 대답도 하지 않고 그의 셔츠 속에 한 손을 밀어넣었다. 그는 그녀가 셔츠 단추를 끄르는 것을 느꼈다. 그녀가 속삭였다. "당신도 하고 싶죠. 나도 키스하고 싶어요."

"안 돼, 귀여운 토끼."

"해요. 할 거예요. 뭐든 당신과 똑같이."

"안 된다니까. 그런 일은 할 수 없어."

"좋아요, 그렇다면. 아, 그렇다면. 아, 그렇다면. 아!"

짓이겨진 히스의 향기가 풍겨 오고, 그녀의 머리 밑에서 구부러진 줄기가 거칠거칠하게 느껴졌다. 지그시 감고 있는 그녀의 두 눈 위로 햇살이 밝게 쏟아졌다. 히스의 뿌리에 머리를 대고 있는 그녀의 목덜미의 곡선이며, 저절로 가볍게 경련을 일으키고 있는 입술이며, 태양과 모든 것을 향해 꼭 감은 채 파르르 떨고 있는 두 눈 위의 속눈썹은 그에게는 일생을 두고도 잊히지 않을 것이다. 감고 있는 눈 위로 내리쬐는 햇빛 때문에 그녀에게는 모든 것이 붉은색, 오렌지색, 황금빛 붉은색으로 보일 뿐이었다. 모든 것이 그런 빛깔이었다. 충만도, 점유도, 소유도 모든 것이 그런 빛깔을 띠고 있었으며, 그런 빛깔에 모든 것이 멀어 있었다. 그에게 그것은 망아의 세계로, 그러고 나서 다시 망아의 세계로, 또다시 망아의 세계로, 다시 한 번 망아의 세계로, 언제나 변함없는 영원한 망아의 세계로, 땅바닥에 팔꿈치를 기댄 채 무겁게 망아의 세계로, 어둡고 끝이 없는 망아의 세계로, 늘 시간 위에 걸려 있는 미지의 망아의 세계로, 이번에도 또 그다음에도 언제나 망아의 세계로, 이제 두 번 다시는 견뎌 낼 것 같지 않으면서 언제나 또다시 망아의 세계로, 이제는 도저히 참을 수 없이 위로, 위로, 위로 치올라 망아의 세계로 이끄는 어두운 길이었다. 그러다가 갑자기 끓어오르듯 망아의 세계는 송두리째 사라지고, 시간은 우뚝 멈춰 선 채 두 사람은 여전히 그 자리에 있었다. 그는 시간이 정지하고, 대지가 요동하더니 두 사람의 밑에서 빠져나가는 것처럼 느꼈다.

그다음 순간 그는 옆으로 누워 머리를 히스 숲속으로 깊이 파묻고 그 뿌리 냄새와 흙냄새를 들이마셨다. 햇빛이 히스 사이로 스며들고 있었고, 벌거벗은 어깨와 옆구리를 히스 가지가 따끔하게 간질였다. 아가씨는 아직도 지그시 눈을 감은 채 그와 마주 누워 있었다. 잠시 뒤 눈을 뜬 그녀는 그에게 방긋 미소를 지어 보였다. 그는 몸이 노곤한 듯 멀리서, 그러나 친근한 목소리로 불렀다. "어이, 나의 토끼." 그러자 그녀는 생글 웃으며 바로 옆에서 "응, 나의 잉글레스."

"난 잉글레스가 아냐." 그가 아주 나른한 목소리로 말했다.

"아, 맞아요, 나의 잉글레스." 그러고 그녀는 두 손을 뻗어 그의 귀를 붙잡고 이마에 키스했다.

"이봐요, 어땠어요? 이젠 키스를 전보다 잘하죠?"

얼마 뒤 두 사람은 함께 개울을 따라 걸었고, 그가 입을 열었다. "마리아, 난 당신을 사랑해. 당신이 너무도 귀엽고 너무도 황홀하고 너무도 아름다워서, 당신과 사랑을 나누고 있을 때는 그만 죽고 싶은 심정이었어."

"아, 난 그때마다 죽는걸요. 당신은 죽지 않아요?" 그녀가 말했다.

"아니. 하지만 거의 죽어 가는 기분이지. 그런데 당신은 땅바닥이 움직이는 걸 느꼈어?"

"그럼요, 느꼈어요. 죽어 갈 때요. 그 팔로 나를 껴안아 줘요."

"안 돼, 이렇게 당신 손을 잡고 있으니까. 손만으로도 충분해."

그는 그녀를 바라보다가 매 한 마리가 먹이를 찾고 있는 초원으로 시선을 돌렸다. 산등성이에는 벌써 오후의 구름이 몰려오고 있었다.

"다른 여자하고 사랑할 때는 그렇지 않았겠죠?" 두 사람이 손을 맞잡고 걸을 때 마리아가 그에게 물었다.

"그렇지 않았어. 정말이야."

"이제까지 당신은 여자들을 많이 사랑했겠죠?"

"몇 사람 되지. 하지만 당신처럼 그렇게 사랑해 본 적은 없었어."

"그리고 그렇지도 않았고요? 정말로요?"

"기분은 좋았지만 그렇진 않았어."

"그렇다면 역시 땅바닥이 움직였군요. 전에는 땅바닥이 움직인 적이 한 번도 없었어요?"

"없었고말고. 정말로 한 번도 없었어."

"아! 우린 단 하루 사이에 이렇게 되었어요." 그녀가 말했다.

그는 아무 말도 하지 않았다.

"하지만 우린 적어도 방금 전에 그랬던 거죠. 그리고 당신도 내가 좋죠? 내가 마음에 들었어요? 이제부턴 나도 더 예뻐질 거예요." 마리아가 말했다.

"지금도 여간 예쁘지 않아."

"그렇지 않아요. 머리를 쓰다듬어 줘요."

그는 그녀의 머리를 쓰다듬어 주었다. 짧게 깎인 머리카락이 부드럽고 납작하게 누웠다가 곧 삐죽삐죽 손가락 사이로 일어서는 것이 느껴졌다. 그리고 두 손으로 그녀의 머리를 껴안고 얼굴을 자기 쪽으로 돌리고는 키스했다.

"난 키스하는 걸 좋아해요. 하지만 잘할 줄은 몰라요."

"당신은 키스 같은 건 할 필요가 없어."

"천만에요. 할 필요가 있어요. 만약 당신의 아내가 된다면 모든 면에서 당신을 즐겁게 해 줄 거예요."

"지금도 충분히 즐겁게 해 주고 있는데 뭘. 이 이상 더 바라지 않아. 이 이상 더 날 즐겁게 해 준다면 내가 아가씨에게 해 줄 것이 없어지니까."

"하지만 이제 두고 봐요. 지금은 이렇게 이상한 꼴이니까 당신은 내 머리를 재미있어하고 있죠." 그녀가 아주 행복한 듯이 말했다. "하지만 날마다 자라고 있거든요. 이제 머지않아 길어질 거고, 그러면 나도 보기 싫지 않을 거예요. 어쩌면 당신도 지금보다는 훨씬 더 날 사랑하게 될 거예요."

"당신은 몸매가 참 예뻐. 이 세상에서 가장 예쁜 몸일 거야." 그가 말했다.

"그저 어리고 여위었을 뿐인데요."

"천만에, 그렇지 않아. 아름다운 몸에는 마력이 깃들어 있지. 어떤 사람 몸에는 있고, 또 어떤 사람 몸에는 없는지 잘 모르겠어. 하지만 당신한테는 그런 마력이 있거든."

"당신을 위한 거죠." 그녀가 대답했다.

"천만에."

"아니, 당신을 위해서예요. 늘 당신을 위해서, 오직 당신만을 위해서죠. 하지만 난 당신을 위해서 해 줄 것이 거의 없어요. 당신을 돌보는 법을 배울 거예요. 하지만 솔직히 얘기해 봐요. 전에는 땅바닥이 움직인 일이 한 번도 없었어요?"

"한 번도 없었고말고." 그가 사실대로 말했다.

"난 행복해요. 정말로 행복해." 그녀가 말했다. 그리고 그에게 물었다.

"당신 지금 다른 생각 하고 있는 거죠?"

"맞아. 내가 해야 할 일을 생각하고 있어."

"지금 둘이서 타고 갈 말이 있었으면 좋겠어요. 이 행복 속에서 훌륭한 말을 타고 내달리고 싶어요. 당신과 나란히 빨리 달리면서요. 우리 둘이서 점점 빨리 내달리면서도 내 행복을 추월하지 않도록 하고 싶어요." 마리아가 말했다.

"당신의 행복을 비행기에다 태울 수도 있어." 그가 정신이 나간 사람처럼 말했다.

"그리고 햇빛에 반짝이는 조그마한 추격기처럼 하늘 높이 자꾸만 올라가는 거예요. 공중회전도 하고, 급강하도 하고요." 그녀가 말했다. "케 부에노!(얼마나 근사할까!)" 그녀가 깔깔 웃었다. "그래도 내 행복은 그런 것은 눈치채지도 못할 거예요."

"당신 행복은 왕성한 밥통을 가지고 있으니까." 그가 마리아의 말을 반밖에 듣지 않고 건성으로 말했다.

이제 그의 마음은 그곳에 있지 않았기 때문이다. 그녀와 나란히 걷고 있었지만 그는 다리 일만 생각하고 있었다. 더구나 이제 그 일은 카메라 렌즈의 초점이 들어맞았을 때처럼 분명하고 틀림없고 뚜렷했다. 두 군데의 초소와 망을 보고 있을 안셀모와 집시의 모습이 선하게 떠올랐다. 텅 빈 도로가 보이고, 그 위로 오락가락 움직이는 물체가 보였다. 가장 평탄한 위치에서 사격할 수 있도록 자동소총 두 자루를 설치한 장소까지 보였다. 도대체 누구를 시켜 자동소총을 쏘게 하지, 하고 그는 생각했다. 맨 나중에는 내가 쏜다 하더라도 처음 시작할 때는 누가 쏜다? 그는 다이너마이트를 설치하고, 움직이지 않도록 쐐기를 박아 고정하고, 뇌관을 장전해 오그라뜨리고, 전선을 끌어다 걸쳐 두고, 미리 폭파 장치 상자를 놔 둔 장소로 돌아오면 되는 것이다. 그는 만약의 경우 일어날지도 모르는 일과 잘못될지도 모르는 일을 이것저것 모두 생각하기 시작했다. 그따위 생각은 이제 집어치워, 하고 그는 혼잣말로 중얼거렸다. 너는 방금 이 아가씨와 사랑을 나누었고, 이제 네 머리가 뚜렷하게, 더할 나위 없이 뚜렷하게 되었는데 지금 걱정을 하기 시작하다니. 네가 해야 할 일을 생각하는 것과 걱정하는 것은 별개의 일이야. 걱정하지 마. 걱정할 필요가 없어. 넌 네가 해야 할 일을 잘 알고 있고, 또 어떤 일이 일어날지도 알고 있어. 틀림없이 그 일은 계획대로 일어날 거야.

넌 무엇 때문에 싸우는지 잘 알고 그 속으로 뛰어 들어간 거야. 조금이라도 승리할 기회를 얻기 위해 바로 네가 지금 하고 있는 일, 또 어쩔 수 없이 할 수밖에 없는 일과 맞서 싸우고 있었던 거야. 그러니 만약 성공을 거두고 싶다면, 네가 전혀 아무런 감정도 느끼지 않는 군대를 사용해야 하는 것처럼, 그는 그가 좋아하는 이 사람들을 사용할 수밖에 없지 않은가. 틀림없이 파블로는 가장 영리한 사람이지. 그는 이 일이 얼마나 어려운지 순식간에 알아챘어. 그의 마누라는 이 일에 찬성했고, 지금도 그렇지. 그러나 이 일이 정말로 어떤 위험을 지니고 있는지 깨닫고는 점점 압도당하더니 이제는 벌써 꽤 많이 영향을 받고 있어. 엘소르도 영감도 즉각 그 일을 알아보고 그것을 실행할 의지는 있지만 너, 로버트 조던이 그것을 좋아하지 않는 것처럼 그 역시 그것을 달갑게 여기고 있지는 않아.

그렇다면 넌 너 자신에게 일어날 문제가 아니라, 파블로의 마누라와 그 아가씨와 지금 네 머리에 떠오르는 다른 사람들에게 일어날지도 모르는 일이라고 말하고 있어. 그래도 좋다. 하지만 네가 이곳에 오지 않았다면 그들한테 어떤 일이 일어났을까? 네가 이곳에 나타나기 전에 그들에게 어떤 일이 일어났고, 또 어떤 일을 겪었던가? 그런 식으로 생각해서는 안 돼. 넌 그들에게 전투 중을 제외하고는 아무런 책임도 없어. 명령은 너한테서 나온 것이 아니라 골츠한테서 나온 것이니까. 그렇다면 골츠란 도대체 누구인가? 훌륭한 장군이지. 이제까지 밑에서 일해 본 사람 중에서도 가장 뛰어난 장군이야. 하지만 그 명령이 어떠한 사태를 일으킬지 빤히 알면서도, 불가능한 명령을 수행해야 하는 것일까? 그것이 비록 당이요 군대인 골츠가 내린 명령이라 해도 말이다. 그렇다. 그 명령이 불가능하다는 것을 증명해 보일 수 있는 방법은 그것을 실행해 보는 것밖에는 없어. 실행해 보지도 않고 불가능하다는 것을 어떻게 안단 말인가? 만약 누군가 명령을 받았을 때 그것을 수행하는 건 불가능하다고 한다면 어떻게 될 것인가? 명령이 내려졌을 때 모두가 '불가능'하다고 주장한다면 우리는 도대체 어떻게 되느냐 말이야.

그는 그동안 불가능한 명령을 내리는 사령관들을 얼마든지 보아 왔다. 에스트레마두라에 있는 그 돼지 같은 고메츠가 그랬다. 불가능하다는 이유로 측면 부대가 진격할 수 없었던 공격을 그는 여러 번 보아 왔다. 아니, 어쨌든 그는 명령을 수행할 것이다. 그런데 운이 나쁘게도 그 명령을 함께 수행해야 할 사람들에게 호의를 품게 된 것이다.

그들 유격대가 하는 일에서는 그들을 숨겨 주고 함께 일해 준 사람들에게 더 큰 위험과 악운을 안겨 주었다. 뭐 때문인가? 결국 이 나라를 더 이상 위험이 없고 살기 좋은 곳으로 만들기 위해서다. 진부한 말처럼 들릴지라도 역시 그것은 진실이다.

만약 공화국이 패배한다면 그것을 지지하는 사람들은 더 이상 스페인에서 살 수 없게 된다. 하지만 정말로 그렇게 될까? 그렇다, 파시스트들이 점령하고 있는 지역에서 이미 일어나고 있는 사태로 보아 그렇게 될 것이 뻔하다고 그는 깨닫고 있었다.

파블로는 돼지 같은 사내지만 다른 사람들은 좋은 사람들이다. 그러니 그들에게 이런 일을 시키는 건 그들 모두를 배신하는 게 아닐까? 어쩌면 그럴지도 모르지. 하지만 만약 그들이 이 일을 하지 않는다면, 두 기병 대대가 나타나서 일주일이면 그들을 이 산에서 깡그리 소탕할 것이다.

그렇지 않아. 그들을 자유롭게 그냥 내버려 둔대도 이득이 될 것은 조금도 없었어. 모든 사람을 자유롭게 내버려 둬야 하고, 누구도 남을 간섭해서는 안 된다는 사실을 제외하고는 말이지. 그러니까 그는 그것을 믿고 있었던 것이 아닌가. 그렇다, 그는 그것을 믿고 있었다. 그리고 계획 사회나 그 밖의 일들은 어떻게 되나? 그런 것들은 다른 사람들이 할 몫이 아닌가. 그에게는 이 전쟁이 끝나면 따로 할 일이 있었다. 그가 이 전쟁에서 싸우는 것은 이 전쟁이 자기가 사랑하는 나라에서 일어났기 때문이고, 공화주의를 신봉하기 때문이며, 또 만약 이 전쟁에 진다면 공화주의를 신봉하는 사람들의 삶이 비참해지기 때문이다. 이번 전쟁을 치르는 동안 그는 공산당의 통제를 받고 있다. 이곳 스페인에서는 공산주의자들이 전쟁을 수행하는 데 가장 훌륭한 기율, 가장 건전하고 가장 진지한 기율을 지니고 있었다. 그가 전쟁 동안 그들의 통제를 받아들인 것은 전쟁을 수행하는 데 그가 존경할 만한 계획과 기율을 지닌 유일한 당이었기 때문이다.

그렇다면 그의 정치적 견해는 어떠한가? 지금으로서는 아무런 정치적 견해도 갖고 있지 않지, 하고 그는 혼잣말을 중얼거렸다. 하지만 아무한테도 그런 소리를 해서는 안 돼. 무슨 일이 있어도 그 사실을 인정해서는 안 돼. 그렇다면 이 전쟁이 끝나면 뭘 할 것인가? 귀국하여 전처럼 스페인어를 가르치며 먹고살 것이고, 또 실화를 책으로 쓸 작정이거든. 꼭 그렇게 할 거야. 그리 힘든 일은 아닐 테지.

파블로와 정치적 견해를 토론해야 할지 모른다. 그의 정치적 성장이 어떠했는지 알아보는 것은 확실히 재미있는 일일 것이다. 어쩌면 고전적 방식으로 좌파에서 우파로 변모했을지도 몰라. 마치 레루*처럼 말이야. 파블로는 레루와 아주 비슷한 데가 있지. 프리에토**도 마찬가지로 좋지 않아. 파블로와 프리에토는 거의 비슷하게 궁극적인 승리를 믿고 있다. 그 둘은 말 도둑놈 같은 정견을 지니고 있다. 그는 정치의 한 형태로서 공화주의에 신념을 품고 있었지만, 반란이 일어나면 공화국은 공화국에 위기를 가져온 말 도둑 무리를 모두 제거해 버려야 할 것이다. 지도자들이 실제로 그들의 적인 그런 인민이 전에도 과연 있었던가?

인민의 적, 이것이야말로 그가 생략하고 싶은 구절이었다. 또 그가 건너뛰고 싶은 구호였다. 역시 마리아와 함께 잔 탓으로 생긴 일이었다. 그는 한때 완고한 침례교 신자처럼 자신의 정치적 견해에 대해 편견을 가지고 있었고 편협했다. 그래서 '인민의 적'이라는 구절이 아무런 비판 없이 그의 마음속에 들어와 있었다. 혁명적이고 애국적인 상투어가 흔히 그러듯이 말이다. 그의 마음은 그런 말들을 아무 비판도 없이 사용했다. 물론 그런 말들은 진리이기는 하지만 너무 쉬워서 남용하기 쉽다. 그러나 어젯밤부터 오늘 오후까지 그의 마음은 이 문제

---

* 알레한드로 레루 이 가르시아(1864/1866~1949). 스페인 급진 공화당의 지도자.
** 인달레시오 프리에토 투에로(1883~1962). 스페인 사회주의 노동당 (PSOE)을 이끈 지도자.

에 대해 훨씬 명료해지고 또 훨씬 분명해졌다. 편견이란 참으로 우스운 것이다. 편견을 갖자면 자신이 절대로 옳다고 확신할 필요가 있다. 자제(自制)만큼 확실성과 정당성을 만들어 내는 것도 없다. 그렇다면 자제란 이단의 적인 셈이다.

만약 그가 이 문제를 자세히 검토한다면 그 전제가 어떻게 유지될 수 있을까? 어쩌면 그 때문에 공산주의자들이 자유분방한 생활을 엄중히 단속하는 것이리라. 술에 만취했거나, 간통이나 간음을 범했을 때, 그토록 속절없는 사도신경의 대치물인 당의 강령을 개인적으로 범하고 있다는 사실을 깨닫게 되는 것이 아닌가. 자유분방한 생활을 타도하라! 마야코프스키*의 죄를 타도하라!

하지만 마야코프스키는 또다시 성자가 되었지. 그것은 그가 무사히 세상을 떠났기 때문이거든. 너도 안전하게 세상을 떠날 거야, 하고 그는 속으로 중얼거렸다. 자, 이젠 그런 생각은 그만두기로 하자. 마리아에 대해서나 생각하자.

마리아는 그의 완고한 편견에 아주 가혹했다. 아직까지는 그녀가 그의 결의를 흔들리게 한 적이 없지만, 그는 죽지 않는 편이 훨씬 나을 것만 같이 생각되었다. 어쩌면 그는 기꺼이 영웅의 최후니, 순교자의 최후니 하는 것을 포기하고 싶었다. 어떤 다리에서든 테르모필레**의 전투를 연출한다든지, 호라티우

---

* 블라디미르 마야코프스키(1893~1930). 러시아 혁명기의 미래파 시인으로 소련의 공산당 체제가 개인의 자유로운 영혼을 질식시킨다고 생각하여 자살했다.
** BC 480년 페르시아가 두 번째로 그리스를 침공하면서 벌인 전투의 격전지.

스*가 된다든지, 또는 손가락으로 제방을 틀어막은 네덜란드의 소년은 되고 싶지 않았다. 그렇다, 그는 얼마 동안 마리아와 함께 살고 싶었다. 이것이 가장 솔직한 고백이리라. 그녀와 더불어 언제까지든 오래오래 살고 싶었던 것이다.

이제 더 이상 긴 시간 같은 것이 있으리라고는 믿어지지 않았지만, 만약 그런 시간이 있다면 그는 그 시간을 마리아와 함께 보내고 싶었다. 우리는 둘이서 호텔로 들어가, 리빙스턴 박사 부부라고 등록할 수 있을 거야, 하고 그는 생각했다.

왜 그녀와 결혼하지 않겠는가? 꼭 할 거야, 그는 생각했다. 이제 그녀와 결혼할 거야. 그러면 우리는 아이다호 주의 선밸리, 텍사스 주의 코퍼스크리스티, 또는 몬태나 주의 뷰트에 사는 로버트 조던 부부가 되겠지.

스페인 아가씨는 훌륭한 아내가 되지. 아직 아내로 맞아 보지 않았지만 예상할 수 있는 일이야. 그리고 내가 대학에 복직하면 그녀는 교수의 아내가 될 테지. 그리고 '스페인어 IV' 과목을 수강하는 학부 학생들이 저녁에 담배를 피우러 놀러 와서 케베도, 로페 데 베가**, 갈도스***, 그 밖에 늘 존경을 받는 많은 고인 작가들에 관해서 유익하고 격식을 차리지 않는 이야기를 주고받는다면, 마리아는 학생들에게 신념에 불타는 푸른 셔츠의 병사들이 어떻게 그녀의 팔을 비틀고, 스커트를 걷

---

* 퀸투스 호라티우스 플라쿠스(65~8, BC). 고대 로마 시대 공화정 말기의 군인이자 시인.
** 로페 페릭스 데 베가 카르피오(1562~1635). 르네상스 시대 스페인의 작가.
*** 베니토 페레스 갈도스(1843~1920). 스페인의 소설가.

어 올려 입을 틀어막고 있는 동안 다른 병사들이 어떻게 그녀의 머리에 올라앉아 있었는지 들려줄 수도 있을 거야.

몬태나 주의 미줄라*에서는 사람들이 마리아를 어떻게 받아들일까? 내가 미줄라에서 다시 자리를 잡게 된다면 말이다. 어쩌면 영원히 빨갱이라는 딱지가 붙어 일반적인 블랙리스트에 이름이 오를지도 모르지. 정확히 알 수 없는 일이지만. 어쨌든 예측할 수 없는 일이야. 지금 내가 뭘 하고 있는지 그들은 아무런 증거도 없을뿐더러, 실제로 내 입으로 들려준다 해도 그들은 믿지 않을 거다. 내 여권은 그들이 몇몇 제한 조치를 두기 전에는 스페인에서 사용하는 데는 유효했으니까.

귀국은 1937년 가을까지는 괜찮아. 고국을 떠난 것이 1936년 여름으로 휴가는 일 년 동안이니 그 다음해 가을 학기가 시작될 때까지는 돌아갈 필요가 없지. 이제부터 가을 학기까지는 아직 시간이 많군. 하기야 그런 식으로 말한다면 이제부터 내일모레까지도 아직 시간이 많다고 할 수 있지 뭐. 아냐, 대학 일은 아직 걱정할 필요가 없어. 가을까지만 귀국하면 돼. 어떻게든 그때까지는 돌아가기로 하자.

하지만 이제까지 오랫동안 참 이상한 생활만 해 왔구나. 빌어먹을, 이상한 생활이 아니고 뭐란 말이냐. 스페인은 네 일이요 네 직업이었으니 스페인에 머무는 것은 자연스럽고도 건전한 일이거든. 몇 해 여름을 토목 공사며, 삼림에서의 도로 건설이나 공원 일로 화약 다루는 방법을 배웠다. 그러니 뭔가

---

* 몬태나 대학교의 소재지.

를 파괴하는 일도 건전하고 정상적인 일이지. 언제나 조금 서둘러 대기야 하지만 건전한 일이야.

일단 네가 폭파의 개념을 문젯거리로 받아들이면, 그건 오직 문젯거리일 뿐이지. 하지만 네가 정말로 그걸 수월하게 받아들여도 거기에 수반되는 그리 좋지 않은 일들이 수없이 많았지. 폭파를 성공적인 암살의 상황과 비슷하게 보려는 시도는 늘 있었거든. 거창한 말을 사용하면 좀 더 변명이 될까? 그런다고 살인이 좀 더 구미에 당기게 될까? 아무리 생각해 봐도 넌 너무 섣불리 덤벼들었나 보다, 하고 그는 생각했다. 게다가 공화국 일에서 물러났을 때는 어떻게 되어 있겠는가, 네가 무슨 일을 하기에 적합한 사람이 되겠는가? 그것은 정말 알 수 없다는 생각이 들었다. 하지만 네 체험을 속속들이 글로 써 버린다면 그런 것쯤은 자취도 없이 깨끗하게 사라지고 말 거야, 하고 그는 자신에게 말했다. 일단 네가 글로 쓴다면 모든 것은 사라지게 될 거다. 네가 그것을 쓴다면 훌륭한 책이 될 거야. 다른 책보다 훨씬 좋은 책이 될 거야.

하지만 그때까지는 네가 현재 누리고 있는 삶이나 앞으로 누릴 삶이 (바라건대) 오늘, 오늘 밤, 내일, 오늘, 오늘 밤, 내일, 이렇게 자꾸만 되풀이될 거야, 하고 그는 생각했다. 그러니까 현재의 시간을 최대한으로 이용하고 그것에 감사하면 그만이야. 비록 다리 일이 실패로 돌아간다 해도. 지금으로서는 그리 희망이 있어 보이지 않지만 말이다.

하지만 마리아만큼은 좋았어. 참으로 좋았지. 아, 정말로 그랬어, 하고 그는 생각했다. 어쩌면 이것이 지금 내가 삶에서 얻을 수 있는 것일지도 몰라. 어쩌면 이것이 바로 내 삶이고, 내 삶의 연수는 칠십 년이 아니라* 사십팔 시간, 아니 고작 육십 시간이나 열 시간이나 열두 시간일지도 몰라. 하루가 이십사 시간이니 꼬박 사흘은 칠십이 시간이 되거든.

칠십 시간 동안 칠십 년에 못잖은 풍부한 삶을 누릴 수 없는 것은 아니야. 칠십 시간이 시작되는 순간까지 네 삶을 더없이 풍부하게 살아 왔고, 또 네가 어떤 나이에 이르렀다면 말이다.

이 무슨 잠꼬대 같은 생각일까, 하고 그는 생각했다. 이 무슨 엉터리 같은 일을 혼자서 생각하고 있는 거야. 정말로 잠꼬대 같은 생각이지 뭐야. 어쩌면 실없는 일이 아닐지도 몰라. 어쨌든 앞으로 두고 보기로 하자. 내가 마지막으로 여자하고 잔 것은 마드리드에서였지. 아니, 그렇지 않아. 에스코리알에서였어. 그저 밤중에 눈을 뜨고 어떤 다른 여자라고 생각하고 흥분하고 있다가 마침내 그 여자가 누구인지 알아챈 사실을 제외하고는 마치 유골을 주무르는 것 같은 기분이었지. 그래도 제법 재미는 보았지만 말이야. 그전에는 마드리드에서였는데, 상대방 여자와 그 일을 벌이고 있는 동안 신분에 대해 나 자신에게 거짓말도 하고 가장도 한 사실을 제외하고는 그 일도 이전의 일과 똑같거나 그보다 못했지. 그러니 나는 스페인 여자를 낭만적으로 찬미하는 사람도 아니고, 그렇다고 하룻밤 지낸 여자를 다른 나라에서 하룻밤 지낸 여자보다 훨씬

---

* "우리의 연수가 칠십이요 강건하면 팔십이라도, 그 연수의 자랑은 수고와 슬픔뿐이요, 빠르게 지나가니, 마치 날아가는 것 같습니다."(「시편」 90장 10절)

낫다고 생각해 본 일도 없어. 하지만 마리아와 함께 있을 때는 글자 그대로 죽어도 좋을 것 같은 느낌이 들었어. 그런 감정이 있다고 믿은 적도 없었고, 또한 그런 일이 일어나리라고 생각해 본 적도 없었거든.

그래서 만약 네 삶의 칠십 년을 팔아서 칠십 시간을 산다 해도 지금의 나로서는 그런 가치가 있는 셈이야. 그 사실을 알게 되다니 참으로 다행스러운 일이지. 그리고 만약 오랜 시간이나 앞으로 남은 삶도 없고, 또 지금부터의 시간도 없고 오직 있는 것이라곤 현재뿐이라면, 바로 이 현재야말로 찬양해야 할 것이 아니겠는가. 나는 그것을 가지고 있기에 참으로 행복해. 지금을 뜻하는 나우(now), 아오라(ahora), 맹트낭(maintenant), 오이테(heute). 그런데 '나우(now)'란 말은 전 세계가 되고 네 삶이 되기에는 조금 이상한 느낌이 드는군. 오늘 밤을 뜻하는 에스타(esta noche), 투나잇(tonight), 스 수아르(ce soir), 오이테 아벤트(heute abend)는 어떤가. 인생과 아내를 뜻하는 라이프(life)와 와이프(wife), 비(vie)와 마리(mari). 아니, 이것도 잘 들어맞지 않는군. 프랑스 사람은 이것을 남편으로 바꾸어 버렸지. 나우(now)와 프라우(frau)가 있지만 이것도 별로 어울리지 않아. 죽음을 뜻하는 데드(dead), 모르(mort), 무에르토(muerto), 토트(todt)를 예로 들어 보자. 이중에서 '토트(todt)'가 가장 잘 어울리는군. 전쟁을 뜻하는 워(war), 게르(guerre), 구라(gurra), 크리크(krieg)는 어떤가. 이중에서 크리크(kreig)가 가장 전쟁처럼 실감이 나는 것 같지 않은가? 어쩌면 내가 독일어를 가장 잘 몰라서 그런 것일까? 애인을 뜻하는 스위트하트(sweetheart), 셰리(cherie), 프렌자(prenda), 샤츠(shatz)는 어떤가. 이 모든 것을 주고라도 마리아와 바꾸고 싶었다. 그야말로 멋진 이름이었어.

그런데 그들은 모두 함께 그 일을 하게 될 거야. 그리고 먼 장래의 일도 아니지. 확실히 그 일은 언제 생각해 봐도 갈수록 불리한 일처럼 보이는군. 오늘 아침에는 전혀 제대로 수행할 수 없는 일처럼 느껴지기도 했지. 막다른 곳에 다다른 상태가 되면 밤까지만 버텨 보다 도망쳐야지. 어쨌든 밤까지만 끌어 보다가 다시 들어오도록 애써 보자. 어두워질 때까지만 끌다가 도망칠 수 있다면 어쩌면 일이 잘 풀릴지도 몰라. 그렇다면 이 끈질긴 작전을 날이 밝을 때 시작하면 어떨까? 그게 어떨까? 그리고 저 가련한 엘소르도 영감은 그 사정을 조심스럽게 설명하려고 엉터리 스페인어를 집어치우지 않았던가. 골츠가 처음 그 이야기를 언급한 이후 특별히 일을 나쁘게 생각할 때면 으레 그런 경우를 생각하지 않았던 것처럼 말이다. 엊그제 밤부터 마치 명치에 소화되지 않은 빵조각 덩어리가 걸려 있는 것처럼 그 생각을 하며 지내 오지 않은 것처럼.

무슨 상관이냔 말이냐. 넌 지금껏 너의 인생을 살아왔는데, 그들이 마치 무슨 중요한 의미라도 되는 것 같군. 하지만 그런 일은 언제나 아무런 의미도 없이 끝장나 버리지. 전에는 결코 이번 일 같은 경우가 없었거든. 넌 절대 겪지 않을 것으로만 생각하고 있었지. 그런데 이런 허술한 쇼에서, 불가능한 조건 속에서 다리를 폭파하려는 너를 도와주기 위해, 또 어쩌면 이미 시작되었을지도 모르는 적의 역습을 무산시키기 위해 보잘것없는 두 유격대를 편성하다가 넌 마리아라는 아가씨를 우연히 만나게 되었지. 그건 확실해. 그게 네가 하고 싶은 일이지. 너는 조금 늦게 마리아를 만났을 뿐이야.

그래 필라르 같은 여자가 특별히 이 아가씨를 네 침낭 속으로 밀어 넣어 주었는데, 그래서 무슨 일이 벌어졌지? 그래, 어떻게 되었지? 도대체 무슨 일이 일어난 거지? 제발 무슨 일이 일어났는지 얘기 좀 해 보란 말이다. 그렇다, 바로 그 일이 일어났지. 일어난 일이란 정확히 바로 그거야.

필라르가 그 아가씨를 네 침낭 속으로 밀어 넣어 준 것에 대해 너 자신에게 거짓말을 하고는, 그것을 아무렇지도 않은 일처럼 만들거나 불결한 일인 것처럼 만들지는 마. 너는 그 여자를 보고 첫눈에 녹아떨어졌지 않느냐. 그녀가 처음 입을 열고 말을 건넸을 때 이미 일은 벌어졌고, 넌 그 사실을 잘 알고 있었지. 네가 그것을 얻은 이상, 그것을 얻으리라고는 꿈에도 생각지 않은 이상, 그것에 흙을 뿌리는 건 분별없는 짓이거든. 네가 그것이 무엇인지 알았고, 그녀가 요리를 담은 무쇠 쟁반을 들고 나오는 것을 처음 보는 순간, 한눈에 그것이 찾아온 것을 알았으니 말이야.

그때 그것이 너의 급소를 찔렀고, 너도 그 사실을 알고 있었는데, 왜 거짓말을 하는 거지? 네가 그녀를 바라볼 때마다, 또 그녀가 너를 바라볼 때마다 마음속에서 이상한 것이 꿈틀거린 것이 아닌가. 그렇다면 왜 넌 그것을 솔직히 시인하지 않느냐. 그래, 좋다. 인정하마. 그리고 필라르는 마리아를 네게 맡겼지만 그녀가 한 짓은 무척 현명했지. 그녀는 그 아가씨를 오늘까지 잘 보살펴 주었고, 아가씨가 요리 쟁반을 들고 동굴 안으로 돌아온 그 순간, 앞으로 무슨 일이 다가올지 한눈에 알아차렸던 거야.

그래서 그녀는 일이 쉽도록 거들어 준 거야. 그렇게 일을 쉽게 해 준 덕택으로 어젯밤 일과 오늘 오후의 일이 있었지. 그녀는 너보다는 훨씬 더 문명화되었고, 시간에 대해서도 잘 알고 있어. 그래 맞아, 하고 그는 마음속으로 생각했다. 그녀는 시간의 가치에 대해 어떤 식으로든지 이해하고 있다고 인정해야 해. 참패를 당했느니 뭐니 하는 것은 자신이 잃었던 것을 남들은 잃지 않도록 해 주기 위해서야. 자신이 잃었다는 것을 인정하는 건 참으로 참기 힘든 일인데. 그래서 그녀는 그 언덕에서도 참패를 당해 가슴이 아팠던 것인데, 우리는 그녀를 조금도 마음 편하게 해 주지 못했어.

그런데 그것이 지금 일어나고 있는 일, 이제껏 일어났던 일이야. 그러니 그것을 그대로 너도 인정해 줘야 해. 이제 앞으로 그녀와 함께 있을 시간은 꼬박 이틀 밤도 채 되지 않을 거야. 한평생도 아니고, 함께 살 수도 없고, 사람들이 누구나 누리는 것들도 절대 누리지 못할 거야. 이미 지나가 버린 하룻밤, 오늘 오후에 한 번, 그리고 다가올 내일 밤뿐이야. 어쩌면 그뿐일지도 몰라. 정말로 그래.

시간도 없고, 행복도 없고, 재미난 일도 없고, 아이들도 없고, 집도 없고, 목욕탕도 없고, 깨끗한 잠옷 한 벌도 없고, 조간 신문도 없고, 함께 눈을 뜰 일도 없고, 잠에서 깨어나 그녀가 옆에 있어 네가 외롭지 않다는 사실을 알 도리도 없어. 그렇다, 그런 것들은 하나도 없지. 하지만 이것이 삶에서 네가 얻으려는 전부라면, 그리고 네가 그것을 찾았다면, 왜 시트를 깐 침대에서 하룻밤쯤 잘 수 없단 말인가?

너는 지금 불가능한 것을 요구하고 있어. 정말 불가능한 것을 바라고 있는 거야. 그러니 만약 네가 말하는 것처럼 이 아가씨를 그렇게 사랑하고 있다면, 아주 열렬히 지속적으로 오래 사랑할 수 없는 데서 오는 결함을 불같은 열정으로 보충해야 하지 않을까. 지금 내 말 듣고 있는 거야? 저 옛날 사람들은 그것을 위해 생을 바쳤지. 네가 그것을 찾아낸 지금, 이틀 밤이라도 얻었는데도, 이런 엄청난 행운이 어디서 찾아왔는지 의아스럽게 생각하고 있구나. 이틀 밤이야. 사랑하고, 찬양하고, 소중히 해야 할 이틀 밤 말이다. 좋을 때나 나쁠 때나. 아플 때나 죽을 때나. 아냐, 그게 아니지. 아플 때나 건강할 때나. 죽음이 우리를 갈라놓을 때까지. 이틀 밤 동안 말이야. 훨씬 더 가능성이 있어. 훨씬 더 가능성이 있고말고. 이제 그런 생각은 하지 말자. 그런 생각은 그만두자. 너를 위해 좋지 않으니까. 너한테 좋지 않은 건 어떤 일도 하지 마. 정말 그래.

이게 바로 골츠가 한 말이었지. 곁에 오래 있을수록 골츠는 똑똑해 보였어. 그가 묻고 있었던 게 바로 이런 거였지. 비정규 근무의 보상에 대해서 말이야. 골츠도 이것을 겪은 적이 있었을까? 절박함과 시간의 부족 그리고 상황 때문이었을까? 이와 비슷한 상황이 주어진다면 누구나 다 이런 감정에 사로잡히게 되는 것일까? 자신에게 일어나고 있는 일이기 때문에 특별하다고 생각할 뿐인가? 골츠도 붉은 군대의 비정규 기병

사령관 노릇을 하고 있을 때는 이렇게 서둘러 여러 여자와 잠을 잤을까? 또 여러 상황과 다른 일들을 잘 엮어 그 아가씨들을 마리아처럼 그런 식으로 만들었을까?

골츠는 아마 모든 것을 알고 있어서 네게 주어진 이틀 밤에 네 모든 삶을 살아야 한다고 보여 주고 싶었는지 모른다. 지금 우리가 살고 있는 것처럼 살면서, 네가 언제나 누려야 할 모든 것을 허락된 짧은 시간 안에 집중시켜야 한다고 알려 주고 싶었는지 모른다.

훌륭한 신념이었어. 하지만 그는 마리아가 오직 상황 때문에 만들어졌다고는 믿지 않았다. 물론 그녀가 그의 상황은 말할 것도 없고 그녀 자신의 상황에서 나온 반동이 아닌 이상에는 말이다. 한 가지, 그녀의 상황은 썩 좋지 않아, 하고 그는 생각했다. 그래, 틀림없이 그렇게 썩 좋지가 않지.

만약 지금의 상황이 이렇다면 어쩔 수 없지. 하지만 이 상황이 좋다고 말해야 하는 법은 없었어. 내가 이제껏 느껴 온 것을 지금 느낄 수 있을지는 몰랐어, 하고 그는 생각했다. 이런 일이 내게 일어나리라고도 말이야. 나는 전 생애를 걸고라도 이것을 내 것으로 만들고 싶어. 넌 그렇게 할 거야, 하고 다른 쪽의 그가 말했다. 넌 그렇게 할 거야. 넌 지금 그것을 갖고 있고, 그것은 너의 전 생애가 아니더냐. 지금 말이야. 지금 말고는 아무것도 없어. 어제라는 것도 없고, 내일이라는 것도 없지. 도대체 몇 살이나 되어야 그것을 안다는 말이냐? 오로지 현재만 있을 뿐이야. 만약 그 현재가 겨우 이틀뿐이라면, 그 이틀이 네 모든 인생이며, 그 속의 모든 것은 그 비율로 존재하거든. 이게 네가 이틀 동안에 일생을 보내는 방법이야. 그리고 만약 네가 불평은 집어치우고, 절대로 손에 넣을 수 없는 것만 바라지 않는다면, 넌 훌륭한 삶을 살 수 있을 거야. 훌륭한 삶이란 성서에서 말하는 그 기간으로 잴 수 있는 건 아니거든.

그러니까 이제는 걱정하지 말고 현재 네가 갖고 있는 것을 누리고, 맡은 일이나 해. 그러면 넌 긴 인생을, 그것도 아주 즐거운 인생을 보낼 수 있을 거야. 최근 즐거운 삶을 누리지 않았던가? 뭘 그렇게 불평만 늘어놓고 있는 것이냐? 이런 일이라는 게 그런 거지, 하고 그는 자신을 타이르고, 그런 생각에 아주 만족했다. 그리고 중요한 건 네가 배운 것이 아니라 네가 만난 사람들이지. 이렇게 농담을 하고 나니 기분이 좋았고, 그래서 그는 마리아한테로 돌아갔다.

"당신을 사랑해, 토끼." 그가 아가씨에게 말을 건넸다. "아가씨가 무슨 말을 하고 있었지?"

"당신 일에 간섭도 방해도 하지 않을 테니 일에 대해선 걱정하지 말라고요. 내가 할 수 있는 일이 있다면 알려 줘요." 그녀가 그에게 말했다.

"아무것도 없어. 정말 아주 간단한 일이니까." 그가 대답했다.

"필라르한테서 남자를 시중드는 법이며, 내가 이제부터 할 일들을 배울 거예요. 그러면 배우는 동안에 혼자서 여러 일을 깨닫게 되지 않겠어요? 그 밖의 일은 당신이 일러 주면 되고요." 마리아가 말했다.

"할 일은 아무것도 없어."

"무슨 소리예요, 아무것도 할 일이 없다니! 오늘 아침 일만 해도 침낭을 잘 털어 바람을 쐬고 어디 양지 바른 곳에 걸어 둬야 했어요. 그리고 이슬이 내리기 전에 걷어 들여야 했고요."

"계속해 봐, 토끼."

"당신의 양말도 빨아 말려야 하고요. 언제나 두 켤레쯤은 마련해 두고 싶어요."

"그다음엔 또 뭐가 있지?"

"당신이 가르쳐만 주면 당신 권총을 닦고 기름칠을 해 두고 싶어요."

"키스해 줘." 로버트 조던이 말했다.

"싫어요. 이건 심각한 얘기예요. 권총에 대해 가르쳐 줄 거죠? 필라르 아주머니는 헝겊과 기름을 갖고 있어요. 동굴 안에는 거기에 맞는 꽂을대도 있고요."

"물론이지. 가르쳐 주고말고."

"그다음은요, 만약 권총 쏘는 방법을 가르쳐 주면, 우리 두 사람 중 어느 누가 부상을 당하거나 포로가 되고 싶지 않다면 한쪽에서 다른 쪽을 먼저 쏴 죽이고 자기도 죽을 수 있잖아요."

"그것 참 재미난 얘기군. 그런 생각을 많이 해?" 로버트 조던이 물었다.

"그다지 많이 하진 않아요. 하지만 근사한 생각이에요. 필라르 아주머니가 이걸 주면서 사용하는 방법도 가르쳐 줬어요." 그녀는 셔츠 주머니에서 휴대용 빗을 넣고 다니는 가죽 주머니를 꺼내더니 양쪽 끝이 닫혀 있는 넓적한 고무 밴드를 벗기고 젬형(型) 외날 면도날을 꺼냈다. "난 언제나 이걸 지니고 다녀요. 귓바퀴 바로 밑의 여기를 찔러 아래로 당기라고, 필라르 아주머니가 가르쳐 줬어요." 그녀는 손가락으로 가리키며 시범을 보였다. "여기에 대동맥이 있어서 칼날을 이렇게 당기기만 하면 실패하는 일은 없대요. 그리고 조금도 아프지 않고요. 그저 귀 밑으로 푹 찌르고 아래로 당기기만 하면 된대요. 아주머니 말로는, 누워서 떡 먹기처럼 아주 간단해서 일단 그렇게만 하면 출혈을 막을 수가 없대요."

"맞아. 그게 경동맥이라는 거지."

이 여자는 그걸 하나의 가능한 방법으로 받아들이고 적절하게 준비한 채 늘 몸에 품고 다니는구나, 하고 그는 생각했다.

"하지만 난 당신이 나를 쏘게 됐으면 좋겠어요. 만약 그럴 필요가 생긴다면 당신이 꼭 나를 쏴 죽이겠다고 약속해 줘요." 마리아가 말했다.

"좋아, 약속하지." 로버트 조던이 대답했다.

"정말 고마워요. 하지만 그게 쉬운 일이 아니라는 건 나도 잘 알아요." 마리아가 그에게 말했다.

"괜찮아." 로버트 조던이 말했다.

넌 그런 건 모두 잊어버리고 있었던 거야, 하고 그는 생각했다. 자기 일에만 너무나 골몰한 나머지 이 내전의 아름다운 점에 관해서는 까맣게 잊어버리고 있구나. 넌 그걸 잊어 왔어. 어쩌면 그래야만 할지도 모르지. 카슈킨은 그걸 잊을 수가 없어 자기 일을 망쳐 버린 거야. 아니면 그 사람에게는 어떤 예감이 있었던 것일까? 그는 카슈킨을 쏴 죽이면서도 전혀 아무런 감정을 느끼지 못했으니 이건 참으로 이상한 일이었다. 언젠가는 그런 감정을 느끼게 되리라고 기대했다. 그러나 이제까지는 그런 감정을 느낀 적이 한 번도 없었다.

"하지만 당신에게 해 줄 일이 그것 말고 또 있어요." 마리아가 그의 곁에 바싹 붙어서 걸으면서 아주 진지하고 여성스러운 어조로 말했다.

"나를 쏴 죽이는 일 말고?"

"네. 필터가 달린 담배가 다 떨어지면 당신에게 담배를 말아 줄 수도 있어요. 필라르 아주머니가 아주 솜씨 좋게 마는 법을 가르쳐 줬거든요. 단단하고 깔끔하게, 그리고 담배를 흘리지 않게 말이에요."

"그것 참 잘됐군. 침을 바르는 것도 아가씨가 하나?" 로버트 조던이 물었다.

"그럼요. 그리고 당신이 부상당하면 당신을 간호해 주고, 당신 상처에 붕대를 감아 주고, 몸도 씻겨 주고, 음식도 먹여 주고……." 그녀가 말했다.

"어쩌면 부상 같은 건 당하지 않을지도 몰라." 로버트 조던이 대답했다.

"그럼 당신이 병이 나면 간호해 주고, 수프도 끓여 주고, 몸을 씻겨 주기도 하고, 그 밖에 모든 일을 하겠어요. 또 책도 읽어 주고요."

"병이 나지 않을지도 모르지."

"그럼 당신이 아침에 눈을 뜨면 커피를 끓여 주고……."

"어쩌면 커피를 좋아하지 않을지도 몰라." 로버트 조던이 그녀에게 말했다.

"거짓말, 좋아하면서. 오늘 아침에도 두 잔이나 마셨잖아요." 아가씨가 행복하게 말했다.

"만약 내가 커피에도 싫증을 느끼고, 나를 쏴 죽일 일도 일어나지 않고, 부상을 당하지도 않고, 아프지도 않고, 담배도 끊고, 양말도 한 켤레밖에 필요 없고, 침낭도 내가 직접 널어 놓는다면 그땐 어떡하지, 토끼? 그땐 어떻게 할 거야?" 그가 마리아의 등을 가볍게 두드렸다.

"그때는 필라르 아주머니한테서 가위를 빌려다 당신 머리를 깎아 줄 거예요." 마리아가 말했다.

"난 머리 깎는 걸 싫어하는데."

"그건 나도 마찬가지예요. 그리고 당신 머리는 지금 그대로가 좋아요. 그래요, 만약 당신을 위해서 해 줄 것이 없다면 당신 옆에 꼭 붙어 앉아서 당신을 바라보고만 있다가, 그리고 밤이 되면 함께 사랑을 나누죠." 마리아가 받았다.

"좋아. 그 마지막 계획이 아주 그럴싸한데." 로버트 조던이 말했다.

"내 생각도 그래요. 아, 잉글레스!" 마리아가 빙긋 미소를 지었다.

"내 이름은 로베로토야."

"싫어요. 난 필라르 아주머니처럼 당신을 잉글레스라고 부를래요."

"그래도 역시 로베르토지."

"아니라니까요. 이제 오늘 하루는 잉글레스예요. 잉글레스, 내가 당신 일을 도울 순 없을까요?" 그녀가 말했다.

"아니. 내가 지금 하고 있는 일은 나 혼자서, 그리고 머릿속에서 아주 냉정하게 해야 되거든."

"그럼 좋아요, 그렇다면 그 일은 언제 끝나죠?" 그녀가 물었다.

"운이 따르면 오늘 밤에."

"좋아요." 그녀가 대꾸했다.

아래쪽으로 캠프로 향하는 마지막 숲이 내려다보였다.

"저게 누구지?" 로버트 조던이 물으며 그쪽을 가리켰다.

"필라르예요. 틀림없이 필라르 아주머니예요." 마리아가 그의 팔을 따라 바라보며 대답했다.

나무들이 자라기 시작하는 초원의 낮은 한쪽 끄트머리에 웬 여자 하나가 팔로 머리를 괴고 앉아 있었다. 그들이 서 있는 곳에서 보면 갈색 나무줄기에 등을 기대고 앉아 있는 그 여자는 마치 검은색 보따리처럼 보였다.

"자, 가자." 로버트 조던은 무릎까지 올라온 히스 밭을 헤치며 달리기 시작했다. 풀밭을 헤치고 달리자니 힘이 들었다. 그래서 조금 달리다가 걸음을 늦추고 걸었다. 여자가 두 팔을 끼고 그 위에 머리를 얹고 있었다. 나무줄기에 등을 기댄 모습이 크고 까맣게 보였다. 그는 그녀 곁으로 다가가서 날카로운 목소리로 불렀다. "필라르!"

그러자 그녀는 얼굴을 들고 그를 바라보았다.

"아, 벌써 끝난 거야?"

"어디 몸이 아프기라도 한 거예요?" 그가 그녀 옆으로 몸을 굽히며 물었다.

"케 바(아냐), 자고 있었어." 그녀가 대답했다.

"아주머니, 기분이 어때요? 괜찮은 거예요?" 마리아가 가까이 다가와서 그녀 옆에 무릎을 꿇었다.

"힘이 팔팔하니까." 필라르는 일어서지도 않고 대답했다. 그리고 두 사람을 쳐다보았다. "한데 잉글레스 양반, 당신은 또다시 사내답게 짓궂은 짓을 했을 테지?"

"정말 괜찮은 거예요?" 그녀의 말에는 아랑곳하지 않고 로버트 조던이 물었다.

"그야 물론이지. 눈을 좀 붙였으니깐. 그래 당신도 눈 좀 붙였나?"

"아뇨."

"한데 말이야, 마음에 썩 들었나 보구나." 필라르가 그녀에게 말했다.

마리아는 얼굴을 붉힌 채 아무 말도 하지 않았다.

"이 아가씨는 그냥 내버려 둬요." 로버트 조던이 말했다.

"아무도 당신에게 말을 걸지 않았어." 필라르가 그에게 말했다. 그녀가 "마리아!" 하고 불렀는데, 그 목소리는 거칠었다. 마리아는 고개를 들지 않았다.

"마리아, 네 마음에 들었냐고 묻는 거야." 필라르가 다시 한 번 말했다.

"아, 그냥 내버려 두라니까요." 로버트 조던도 다시 한 번 말했다.

"당신은 잠자코 있어." 필라르가 그를 쳐다보지도 않고 말했다. "이봐, 마리아, 내게 한마디만 해 봐."

"싫어요." 마리아가 대답하고는 고개를 가로저었다.

"마리아, 네 의사로 내게 한마디만 해 보란 말이야." 필라르가 다시 말했다. 그러나 목소리는 얼굴 표정과 마찬가지로 굳어 있었고, 얼굴에는 부드러움이라고는 조금도 보이지 않았다.

마리아는 여전히 고개를 가로저었다.

내가 만약 이 여자나 이 여자의 주정뱅이 남편이나 그 보잘 것없는 부하들과 함께 일하지 않아도 된다면 뺨이라도 한 대 힘껏 후려갈겨 줄 텐데…… 하고 로버트 조던은 생각했다.

"자, 어서 얘기해 봐." 필라르가 그녀에게 재촉했다.

"싫어요, 싫다니까요." 마리아가 대답했다.

"그냥 내버려 두라니까요." 이렇게 말하는 로버트 조던의 목소리는 평소 목소리와는 달랐다. 이놈의 여편네를 한 대 후려갈길까. 나중에야 어떻게 되든지, 하고 그는 생각했다.

필라르는 그에게는 대꾸조차 하지 않았다. 그녀의 태도는 새를 호리고 있는 뱀이나, 새를 호리고 있는 고양이와는 달랐다. 육식동물 같은 분위기는 조금도 보이지 않았다. 도착적인 것도 전혀 없었다. 그러나 코브라가 우산 모양으로 모가지를 곧추세우는 것처럼 득의양양한 데가 있었다. 그에게는 그렇게 느껴졌다. 득의양양한 데서 오는 위협을 느낄 수 있었다. 그러나 뭔가 알아내려는 강압적인 태도일 뿐 어떤 악의를 지닌 태도는 아니었다. 이런 꼴을 보지 않았으면 좋으련만, 하고 로버트 조던은 생각했다. 하지만 이런 일로 따귀를 때릴 순 없지.

"마리아, 너한테 손가락 하나 대지 않을 거야. 그러니 너 스스로 자진해서 어디 말해 봐.(데 투 프로피아 볼룬타드.)" 하고 필라르가 말했다.

그러나 마리아는 고개를 내저었다.

"마리아, 이제 자, 자신의 의사로 말해 보라니까. 내 말 알아
듣겠어? 어서, 뭐든 좋으니." 필라르가 다시 말했다.

"싫어요. 싫다고요, 정말 싫어요." 그녀가 부드럽게 대답
했다.

"자, 어서 말해 보라니까. 뭐든 좋으니까. 너도 알게 될 거
야. 자, 어서 말해 봐." 필라르가 말했다.

"땅바닥이 흔들렸어요. 정말이에요. 그래서 아주머니한테
얘기할 수 없어요." 마리아가 필라르를 쳐다보지도 않고 대답
했다.

"응, 그래." 필라르가 말했다. 그 목소리는 부드럽고 다정했
으며 억지로 그러는 것 같은 느낌은 조금도 없었다. 그러나 로
버트 조던은 그녀의 이마와 입술에 조그마한 땀방울이 맺혀
있는 것을 보았다. "그랬을 거야. 정말로 그랬을 거야."

"정말이에요." 마리아가 이렇게 말하고는 입술을 깨물
었다.

"물론 정말이고말고. 하지만 너희 쪽 사람들한테는 말하지
마. 아무도 믿어 주지 않을 테니까." 필라르가 부드러운 목소
리로 말했다. "한데 당신에게 칼리미 인디언 피가 들어 있진
않겠지, 잉글레스 양반?"

그녀는 앉은 자리에서 일어서려 했고, 로버트 조던은 손을
내밀어 그녀가 일어서는 것을 도와주었다.

"아뇨, 난 그런 건 잘 모르겠는데요." 그가 대답했다.

"마리아도 그럴 리 없지. 푸에스 에스 무이 라로.(참으로 이상하군.)" 필라르가 말했다.

"하지만 정말로 그랬어요, 필라르 아주머니." 마리아가 말했다.

"코모 케 노, 이하?(왜 그렇지 않았겠니, 딸아?) 나도 젊었을 땐 땅바닥이 빙빙 돌았지. 그래서 사방이 마구 흔들려 땅바닥이 내 밑에서 꺼져 버리는 게 아닌지 덜컥 겁이 났어. 매일 밤 그런 일이 있었거든."

"거짓말 마요." 마리아가 말했다.

"그래. 거짓말을 하고 있는 거야. 평생에 땅바닥이 움직인 적은 세 번밖에 없었어. 넌 정말 땅바닥이 움직인 거야?" 필라르가 물었다.

"그래요. 정말이에요." 아가씨가 대답했다.

"당신은 어땠나, 잉글레스 양반? 거짓말하지 말고." 필라르가 로버트 조던을 쳐다보았다.

"그래요, 정말 그랬죠." 그가 대답했다.

"좋아. 좋다고. 그건 굉장한 일이지."

"세 번이었다니 그게 무슨 말이죠, 아주머니?" 마리아가 물었다. "왜 그렇게 말했어요?"

"세 번이었어. 넌 이제 겨우 한 번 경험한 셈이지." 필라르가 말했다.

"세 번밖에 없었다고요?"

"보통 사람들은 단 한 번도 느끼지 못해. 땅바닥이 움직였다는 그게 확실한 거야?" 필라르가 물었다.

"떨어지는 것만 같았어요." 마리아가 대답했다.

"그럼 정말 땅바닥이 움직이긴 움직인 모양이구나. 자, 그럼 이제 캠프로 돌아가자."

"세 번뿐이라니, 왜 그런 터무니없는 말을 하는 건가요?" 로버트 조던이 함께 솔밭 사이를 걸으면서 몸집이 큰 그 여자에게 물었다.

"터무니없는 말이라고?" 그녀가 얼굴을 찡그리며 그를 쳐다보았다. "자네나 터무니없는 말을 그만두지그래, 이 귀여운 잉글레스 양반."

"그것도 손금 보는 것처럼 마술인가요?"

"천만에. 집시들한테 그건 증명된 흔한 사실이야."

"하지만 우리는 집시가 아니잖아요."

"물론 아니지. 하지만 자네한테는 행운이 조금은 있어. 집시가 아닌 사람에게도 어쩌다 작은 행운이 따르긴 하거든."

"세 번이라는 건 정말인가요?"

필라르는 이상한 표정을 지으며 또다시 그를 쳐다보았다. "이제 그만합시다, 잉글레스 양반. 날 괴롭히지 말아 줘. 당신은 아직 젊어서 말 상대가 안 되니까." 그녀가 말했다.

"하지만 아주머니." 마리아가 말을 가로챘다.

"넌 입 다물고 가만히 있어. 이제 한 번 맛봤고, 너한테는 평생에 두 번 더 남아 있어." 필라르가 그녀에게 말했다.

"그럼 아주머니는요?" 로버트 조던이 물었다.

"두 번이지." 필라르가 손가락 두 개를 펴 보였다. "두 번 있을 거야. 세 번째는 결코 올 리가 없고."

"왜요?" 마리아가 물었다.

"아, 입 닥쳐. 입 닥치고 있으라니까. 젊은 부스네들*은 참 귀찮게도 굴어." 필라르가 쏘아붙였다.

"왜 세 번째는 없는 건가요?" 로버트 조던이 물었다.

"아, 그만두래도! 제발 입 닥치고 가만히들 있어!" 필라르가 소리쳤다.

그럼 좋아, 하고 로버트 조던은 속으로 중얼거렸다. 내게만 그런 일이 없군. 난 그동안 집시를 많이 알아 왔지만, 집시들이란 참 이상한 족속들이야. 하지만 그건 우리도 마찬가지 아닌가. 다른 점이 있다면, 우리는 정직하게 살아가야 한다는 점뿐이지. 우리가 어떤 종족에서 왔으며, 우리 종족의 유산이 어떤 것이며, 우리의 조상이 살고 있던 숲속이 얼마나 신비로웠는지 아무도 몰라. 우리가 알고 있는 것이라곤, 우리가 모른다는 사실뿐이거든. 우리는 밤에 일어나는 일은 하나도 몰라. 하지만 그것이 낮에 일어났을 때는 대단한 일이 되지. 어쨌든 일어난 일이 뭐든 그 일은 이미 일어난 일이야. 지금 이 여자는 아가씨가 한사코 싫다고 하는데도 억지로 입을 열게 했을 뿐만 아니라, 그 이야기를 차지해 자기 것으로 만들어 버리려 해. 그것을 집시의 것으로 만들지 않고는 견디지 못하는 거야. 나는 아까 언덕 위에서 그녀가 참패를 당했다고 생각했는데, 이제 보니 우리를 확실히 지배하고 있는 게 아닌가. 만약 그것이 악의에 찬 것이었다면, 난 이 여자를 총으로 쏴 죽였을 거

---

* busnes. 스페인에서 집시들이 이방인을 부를 때 사용하는 용어.

야. 하지만 그것은 악의에서 나온 게 아니었지. 다만 삶을 붙잡고 있는 손을 놓지 않으려 하는 것뿐이거든. 마리아를 통해 그것을 계속 붙잡고 있으려 할 뿐이란 말이야.

이 전쟁이 무사히 끝나고 나면 여자들에 대해 연구해 보는 것도 재미있는 일일 거야, 하고 그는 생각했다. 필라르부터 시작하는 것이 좋겠어. 굳이 말한다면, 이 여자는 꽤 복잡한 하루를 보낸 듯하군. 전에는 한 번도 집시 이야기라곤 입 밖에 낸 적이 없었지. 손금만 빼고는 말이야. 그래, 물론 손금에 관해서는. 하지만 그녀가 손금에 관해 속임수를 쓰는 것 같지는 않아. 물론 그녀는 내 손금에 대해 말하고 싶어 하지 않았지. 손금에서 뭘 보았건 그녀는 자신의 능력을 믿고 있어. 하지만 그것으로 뭔가 증명되었다고는 할 수 없거든.

"이봐요, 필라르 아주머니." 그가 그녀에게 말을 건넸다.

그러자 필라르는 그를 쳐다보고 생긋 미소를 지었다.

"왜 그래?" 그녀가 물었다.

"너무 그렇게 신비스럽게 굴지 마요. 그놈의 신비에 난 그만 신물이 나거든요." 로버트 조던이 말했다.

"그래?" 필라르가 반문했다.

"난 귀신이니, 점쟁이들이니, 예언자들이니, 그 거지발싸개 같은 집시의 마술 따위는 믿지 않아요."

"아, 그래?" 필라르가 대꾸했다.

"믿지 않고말고요. 그리고 이 아가씨는 그냥 내버려 뒀으면 좋겠어요."

"그래, 이 아이를 그냥 내버려 두지."

"그리고 그 신비스러운 것들도 집어치우고요. 우리에겐 해야 할 일이 산더미 같은데, 그런 하찮은 일로 머리를 복잡하게 할 필요는 없잖아요. 신비스러운 일들은 적게 하는 대신 작업을 더 많이 하도록 하죠."

"알겠어." 필라르가 이렇게 말하고 동의한다는 듯 고개를 끄덕였다. "그런데 잉글레스 양반, 자네도 땅바닥이 움직였나?" 그녀가 말하며 그를 향해 빙긋 미소를 지었다.

"정말로 그렇다니까요. 움직였어요."

필라르는 웃었고, 선 채 로버트 조던을 쳐다보며 계속 웃었다.

"아, 잉글레스, 잉글레스 양반, 자네는 아주 우스꽝스러워. 이제 위엄을 되찾으려면 꽤 노력해야 되겠는걸."

우라질 여자 같으니, 하고 로버트 조던은 생각했다. 하지만 그는 입을 꾹 다물었다. 이렇게 그들이 이야기를 주고받는 동안 하늘에는 구름이 끼기 시작하며 해를 가렸다. 산 쪽을 돌아보니 하늘은 벌써 음산하게 잿빛으로 내려 덮이고 있었다.

"꼭 눈이 올 것만 같군." 필라르가 하늘을 올려다보며 그에게 말했다.

"이 계절에요? 6월이 다 됐는데요?"

"눈이 오지 말라는 법이 어디 있어? 이 산은 계절 같은 건 몰라. 지금은 음력 5월이야."

"눈이 올 리 없어요. 절대로 없어요." 그가 말했다.

"뭐라 해도 마찬가지야, 잉글레스 양반. 눈이 내릴 거야." 그녀가 그에게 말했다.

로버트 조던은 햇빛이 희미하게 누런빛으로 변해 버린 음산한 잿빛 하늘을 올려다보았다. 그가 바라보는 동안 해는 완전히 사라져 버리고 하늘은 온통 잿빛으로 변하더니 부드러우면서도 음산하게 가라앉았다. 산봉우리는 이제 잿빛 때문에 시야에서 사라지고 말았다.

　"정말인가 봅니다. 아주머니 말이 맞는 것 같군요." 그가 말했다.

14

그들이 캠프에 도착했을 때는 벌써 눈이 내리고 있었고, 눈 송이가 소나무 사이로 비스듬하게 흩날리고 있었다. 눈은 처음에는 이따금씩 너울대며 소나무 사이로 비스듬히 내리더니, 곧이어 산에서 찬바람이 휘몰아치자 빙빙 돌면서 지척을 분간할 수 없을 만큼 세차게 쏟아져 내렸다. 로버트 조던은 잔뜩 화가 나서 동굴 앞에 서서 눈발을 바라보았다.

"눈이 굉장히 퍼붓겠는걸." 파블로가 말했다. 그의 목소리는 탁했고, 두 눈은 충혈되고 게슴츠레했다.

"집시는 돌아왔어요?" 로버트 조던이 그에게 물었다.

"아니. 집시도 영감도 아직 돌아오지 않았어." 파블로가 대답했다.

"나와 길 위쪽 초소까지 가 보겠습니까?"

"싫어. 난 이 일에 조금도 관여하지 않겠어." 파블로가 대답했다.

"그럼 나 혼자 찾아보죠."

"이런 눈보라 속에서는 못 찾을걸. 나라면 지금 이 날씨엔 가지 않을 거야." 파블로가 말했다.

"이 산을 도로까지 내려갔다가 다시 그 도로를 따라 올라오면 되죠."

"찾아낼 수도 있겠지. 하지만 그 두 보초는 이렇게 눈이 내리고 있으니 지금쯤은 슬슬 올라오고 있을 거야. 그러니까 도중에서 서로 길이 엇갈릴지도 모르지."

"영감님은 날 기다리고 있을 거요."

"천만에. 이 정도 눈이라면 벌써 올라오고 있을걸."

파블로는 눈보라가 동굴 입구 쪽을 휘몰아치고 지나가는 것을 쳐다보며 말했다. "자넨 이 눈이 싫겠지, 잉글레스 양반?"

로버트 조던이 욕설을 내뱉자, 파블로는 게슴츠레한 눈으로 그를 쳐다보며 웃었다.

"이렇게 눈이 퍼부으니 자네 공격도 이제 글렀군, 잉글레스 양반. 어서 동굴로나 들어가지. 자네 사람들은 곧 돌아올 테니." 그가 말했다.

동굴 안에서 마리아는 화덕 옆에서, 필라르는 부엌 테이블 옆에서 분주했다. 불에선 연기가 몹시 나고 있었지만 마리아가 나무 막대기로 쑤시고 접은 종이로 부채질하자 연기를 푹 하고 내뿜더니 활활 살아났고, 바람이 지붕에 난 구멍으로 안의 공기를 빨아들이자 장작은 타오르기 시작했다.

"이 눈 말이에요, 많이 올 것 같습니까?" 로버트 조던이 물었다.

"많이 내릴 것 같아." 파블로는 자못 만족스럽다는 듯 대답했다. 그러더니 이번에는 필라르를 향해 소리쳤다. "임자, 임자도 이 눈이 싫겠지? 이제 임자가 지휘를 맡고 있으니 이 눈이 그리 좋지 않을 테지?"

"아 미 케?(나하고 무슨 상관이야?)" 필라르가 어깨 너머로 대꾸했다. "눈이 내리면 내리는 거지 뭐."

"포도주 좀 마셔, 잉글레스 양반. 난 이 눈을 기다리면서 하루 종일 마셨거든." 파블로가 말했다.

"그럼 한 잔 주시오." 로버트 조던이 대답했다.

"자, 눈을 위하여!" 파블로가 이렇게 말하며 자신의 술잔과 그의 술잔을 부딪쳤다. 로버트 조던은 그의 눈을 빤히 들여다보면서 컵을 짤깍 부딪쳤다. 게슴츠레한 눈에 살인자같이 생긴 백정 놈아, 하고 그는 생각했다. 이 잔으로 네놈의 이빨을 콱 후려치고 싶구나. 하지만 성급히 굴 건 없어, 하고 그는 스스로를 타일렀다. 느긋하게 생각하자.

"눈이란 참 아름다운 거야. 이렇게 눈이 퍼붓는데 밖에서 자고 싶지는 않겠지." 파블로가 말했다.

그래, 너도 그 일을 마음에 두고 있는 거냐? 로버트 조던은 생각했다. 참 걱정거리도 많은 놈이구나, 파블로!

"싫냐고요?" 그가 정중하게 되물었다.

"싫겠지. 지독히 추우니까. 게다가 아주 축축하거든." 파블로가 말했다.

네까짓 놈은 이 낡은 오리털 침낭이 왜 65달러씩이나 하는지 알 리 없을 거야, 하고 로버트 조던은 생각했다. 그 침낭을 뒤집어쓰고 눈 속에서 잘 때마다 1달러씩 받고 싶구나.

"그럼 여기서 자도 좋은가요?" 그가 정중하게 물었다.

"그럼 좋고말고."

"고맙소. 하지만 밖에서 자겠습니다." 로버트 조던이 대답했다.

"눈 속에서 말이야?"

"그래요."(빨갛게 충혈된 네놈의 돼지 눈깔이며, 돼지털처럼 뻣뻣한 털이 난 네놈의 상판대기는 꼴도 보기 싫어.) "눈 속에서 자고말고요."(예상치도 않게 사람을 골탕 먹이는 데다 낭패스럽고 매춘부와도 같고 사생아와도 같은, 이 빌어먹을 눈 속에서 말이다.)

그는 이제 막 마리아가 소나무 장작을 또 하나 불에 올려놓은 화덕으로 가까이 다가갔다.

"눈이 참 아름답군." 그가 아가씨에게 말했다.

"하지만 일하기엔 나쁘지 않아요? 걱정 안 돼요?" 그녀가 그에게 물었다.

"할 수 없지. 걱정해 봤자 무슨 소용이 있어." 그가 대답했다. "저녁은 언제 먹게 되나?"

"당신 꽤 배가 고플 거야. 치즈라도 잘라 줄까?" 필라르가 물었다.

"고맙습니다." 그가 대답하자 그녀는 손을 뻗어 천장에 매달아 놓은 그물에서 큼직한 치즈 덩어리를 내리더니 칼로 한쪽 끝을 썰어 그에게 큰 조각을 건네주었다. 그는 서서 그것을 먹었다. 산양 냄새가 적잖이 나는 게 그다지 맛이 좋지 않았다.

"마리아!" 파블로가 앉아 있는 테이블 쪽에서 불렀다.

"왜 그러세요?" 그녀가 되물었다.

"테이블을 깨끗이 닦아, 마리아." 파블로가 이렇게 말하고는 로버트 조던을 향해 히죽 웃어 보였다.

"자기가 흘린 건 자기가 닦아. 먼저 턱이랑 셔츠를 훔치고 테이블이라도 좀 닦지그래." 필라르가 그에게 말했다.

"마리아!" 파블로가 소리를 질렀다.

"그 사람한테 신경 쓸 것 없어. 술에 취해 있으니까." 필라르가 말했다.

"마리아!" 파블로가 또다시 불렀다. "아직도 눈이 내리고 있어. 그리고 눈은 참으로 아름다운 거란 말이야."

이 녀석은 침낭에 대해선 아무것도 모르지, 로버트 조던은 생각했다. 이 돼지 눈깔을 한 녀석은 무엇 때문에 내가 그 침낭을 사는 데 우즈 상점의 사람들에게 65달러나 되는 거금을 치렀는지 알 리가 없지. 한데 집시 녀석이 무사히 도착했으면 좋겠는데. 집시가 오자마자 함께 영감을 찾으러 가야지. 지금 가는 게 좋겠지만 그러면 그들을 놓칠 가능성이 무척 커. 난 영감이 어디서 감시하고 있는지 모르거든.

"눈을 뭉치고 싶지 않아요? 눈싸움 하고 싶지 않아요?" 그가 파블로에게 물었다.

"뭐라고? 뭘 하자고?" 파블로가 반문했다.

"아무것도 아니에요." 로버트 조던이 대답했다. "안장은 잘 덮어 뒀죠?"

"두말하면 잔소리지."

그러고 나서 로버트 조던이 영어로 말했다. "말들에게 곡물을 먹이거나, 아니면 말뚝 밖으로 풀어 놓아 먹이를 찾게 해야 지 않아요?"

"뭐라고?"

"아무것도 아니에요. 그건 당신이 알아서 할 일이죠. 난 두 발로 걸어서 여기를 나갈 작정이에요."

"어째서 당신은 영어로 지껄이는 거지?" 파블로가 물었다.

"나도 모르겠어요." 로버트 조던이 대답했다. "아주 지쳐서 피로해지면 가끔 영어로 지껄이죠. 몹시 기분이 나쁠 때도. 난 처할 때도 그렇고. 난처한 상황에 빠지면 그저 그 소리를 듣기 위해서 영어로 조금 말하는 거요. 영어에는 사람을 안심시키는 소리가 있어서 말이죠. 당신도 한번 시도해 보면 좋을 거요."

"지금 뭐라고 했소, 잉글레스 양반?" 필라르가 물었다. "퍽 재미있게 들리는데, 통 알아들을 수가 있어야지."

"아무것도 아닙니다. 그저 영어로 '아무것도 아니에요.'라고 했을 뿐이에요." 로버트 조던이 대답했다.

"그렇다면 스페인어로 말하는 게 좋겠구먼. 스페인어라면 더 짧고 간단하니까." 필라르가 말했다.

"그건 그렇죠." 로버트 조던이 대꾸했다. 하지만 아, 이거야 원, 하고 그는 생각했다. 아, 파블로, 아, 필라르, 아, 마리아, 그리고 아, 그 이름을 잊어버렸지만 기억해야 할, 구석에 앉아 있는 두 형제여, 나는 가끔 스페인어가 싫어지곤 해. 스페인어도, 당신들도, 나 자신도, 이 전쟁도 싫어지곤 해. 그래도 그렇지, 도대체 왜 지금 눈이 내려야 한단 말이냐? 정말 쾌씸한 일이 아니냐. 아니, 그렇지도 않아. 아무것도 괘씸할 건 없어. 넌 현실 그대로를 받아들여 그것과 싸워 나가야지, 지금 오페라의 주역인 체하는 짓은 그만둬. 그리고 조금 전까지 그랬던 것처럼 눈이 내린다는 사실을 받아들이고, 그다음에 할 일은 집시를 만나 영감을 찾아내는 거야. 하지만 눈이 내리다니! 지금이 몇 월인데. 아니야. 그런 생각은 이제 집어치워, 하고 그는 자신을 타일렀다. 그런 생각은 버리고, 현실을 그대로 받아들여. 그런 생각을 하게 한 건 바로 이놈의 술잔이야. 술잔에 관한 격언이 뭐더라? 기억력을 향상시키거나, 아니면 인용구 같은 건 아예 생각을 말아야지. 인용구를 잊어버렸을 때는 사람의 이름을 잊어버린 것처럼 계속 마음에 걸려 도무지 떨쳐 낼 수가 없는 법이거든. 술잔에 관한 격언이 뭐더라?

"포도주를 한 잔 주겠어요?" 그가 말했다. 그러고 나서 파블로에게 물었다. "무차 니에베?(눈이 많이 올 것 같아요?)"

술주정뱅이는 그를 올려다보며 히죽 웃었다. 그러고는 고개를 끄덕끄덕하더니 다시 한 번 히죽 웃었다.

"이제 공격은 다 글렀군. 노 아비오네스.(비행기도 없고.) 다리도 영 글렀어. 이제는 눈밖에 없어." 파블로가 말했다.

"이 눈이 오래갈 것 같아요?" 로버트 조던은 그의 옆에 앉았다. "여름 내내 눈 속에 갇혀 있게 될 것 같아요, 파블로 영감?"

"여름 내내라니 그럴 수야 없지. 오늘 밤과 내일이라면 몰라도."

"어째서 그렇게 생각하는 거죠?"

"눈보라에는 두 종류가 있지." 파블로가 격렬하지만 분별 있게 말했다. "하나는 피레네 산맥에서 오는 거야. 이놈이 오면 추위가 모질지. 그런데 이런 늦은 철에 그놈이 올 리는 만무해."

"다행이군요. 그럴듯해요." 로버트 조던이 대꾸했다.

"오늘 내리는 눈보라는 칸타브리코*에서 오는 거야. 바다에서 오는 놈이지. 여기서 바람이 불면 폭풍이 심한 데다 눈도 무척 많이 내릴 거야."

"어디서 이런 걸 배웠어요, 영감?" 로버트 조던이 물었다.

이제 분노가 깨끗이 사라졌고, 폭풍우를 만날 때면 늘 그랬던 것처럼 오늘 이 폭풍우에도 무척 흥분하고 있었다. 눈보라, 질풍, 적도 지대의 갑작스러운 돌풍, 열대 지방의 폭풍우, 또는 여름철에 산중에서 우레와 함께 쏟아지는 소나기에서 그는 다른 어디서도 느낄 수 없는 흥분을 느꼈다. 깨끗하다는 것을 제외한다면 마치 전투할 때 느끼는 흥분과 비슷했다. 전투에서도 바람이 불지만 그것은 뜨거운 바람이었다. 사람들의 입처럼 열을 지니고 있으면서 타는 듯 메마른 바람이었다. 세차고 뜨겁고 험악하게 부는 바람이었다. 그리고 그 바람은 그날의 운명과 더불어 일었다가 사라져 버렸다. 그는 그 바람을 잘 알고 있었다.

그러나 눈보라는 그런 것과는 정반대였다. 눈보라 속에서

---

* 스페인 수도 마드리드에서 북쪽으로 400킬로미터쯤 떨어져 있는 대서양에 면한 만.

는 야수들에게 가까이 다가가도 무서워하지 않았다. 야수들은 사람들이 있는지도 모르고 들판을 쏘다녔고, 사슴 같은 것은 오두막 추녀 밑에 와서 서 있기도 했다. 눈보라 속에서 말을 타고 엘크에게 접근하면, 엘크는 이쪽 말을 또 다른 엘크로 착각하고 마중 나와 주었다. 눈보라 속에서는 비록 잠시 동안이기는 하지만 적이 없는 것만 같았다. 눈보라 속에서도 질풍이 불 때가 있었다. 그러나 세차게 몰아쳐도 새하얀 깨끗함이 있고, 대기는 온통 휘몰아치는 흰색으로 가득 차며, 모든 것이 달라졌다. 그러다가 바람이 잦아들면 모든 것이 그대로 정적 속에 파묻히고 말았다. 오늘의 눈보라는 거셌지만 즐기는 편이 나을 것이다. 모든 것을 엉망진창으로 만들고 있었지만 그것을 즐기는 편이 좋을지 모른다.

"난 오랫동안 짐마차 마부 노릇을 했지. 화물 자동차가 사용되기 전에는 큰 짐마차로 산을 넘어 화물을 운반했어. 그런 일을 하면서 날씨에 대해 배웠지." 파블로가 말했다.

"그럼 어떡하다 이 내전에 참가하게 됐어요?"

"난 언제나 좌파였지. 우리는 아스투리아* 사람들과 접촉이 잦았는데, 그곳 사람들은 정치의식이 아주 발전되어 있었지. 난 언제나 공화국 편이었어." 파블로가 대답했다.

"그럼 이 내전이 일어나기 전에는 무슨 일을 했어요?"

"그 무렵에는 사라고사**에 있는 어느 말 장수 밑에서 일했

* 스페인 왕국의 자치 지역.
** 스페인 동북부의 지역.

어. 그 사내는 투우장에서 사용하는 말과 군대에서 사용하는 말을 공급했지. 내가 필라르를 만난 것도 바로 그 무렵이었어. 그 여자가 얘기한 것처럼, 필라르는 피니토 데 팔렌시아라는 투우사와 함께 살고 있었고."

그는 자못 우쭐대며 이야기를 늘어놓았다.

"대단한 투우사는 아니었어." 테이블에 앉아 있던 형제 중 하나가 난로 앞에 서 있는 필라르의 등을 바라보며 한마디 했다.

"뭐가 어째? 대단한 투우사가 아니었다고?" 필라르가 몸을 돌려 그 사나이를 바라보며 말했다.

지금 동굴 속의 부엌 화덕 곁에 서 있는 그녀에게는 키가 작고 갈색 피부에 진지한 표정의 피니토의 모습이 눈앞에 어른거리는 것만 같았다. 두 눈에는 슬픔을 머금고 있고 두 뺨은 움푹 꺼진 데다 다른 사람은 눈치채지 못하지만 꼭 맞는 모자 때문에 붉은 줄이 나 있는 이마 위에는 검은 곱슬머리가 땀에 젖어 있었다. 그녀에게는 그가 다섯 살짜리 황소와, 말을 높이 들어 올린 뿔을 노려보는 모습이 보였다. 창기수(槍騎手)가 그 목을 스파이크가 박힌 막대기로 찌르자 황소는 굵은 목덜미로 말을 위로, 위로 계속 치받아 올리고, 더욱더 위로 치받아 올려 마침내 말은 쿵 하고 땅에 쓰러지고 창기수도 나무 울타리에 부딪혀 떨어진다. 황소는 거대한 목덜미로 말을 찌른 뿔을 흔들어 대며 창기수의 목숨마저 뺏으려고 그를 향해 다리를 앞으로 내딛는다. 그렇게 대단치 않은 투우사인 피니토가 황소 정면에 서 있다가 휙 몸을 옆으로 비켜 황소를 쳐다본다. 이제 그가 묵직한 플란넬 천을 막대기에 둘둘 접어 마는 모습이 똑똑히 보였다. 황소가 공중으로 날뛰고 반데리야*가 쨍그랑 소리를 내며 부딪치는 동안, 칼끝이 쇠머리며 어깨며, 땀이 흘러 번들번들한 어깨뼈 사이의 융기며, 등 아래쪽을 휘둘렀기 때문에 플란넬 천에 피가 질퍽하게 묻어 묵직하게 아래로 늘어진다. 피니토는 꼼짝하지 않고 육중한 몸으로 옆모습으로 서 있는 황소의 머리에서 다섯 발짝쯤 떨어진 곳에 서서 칼을 천천히 어깨 높이까지 치켜들었다가 머리가 자신의 눈보다 높아 아직 보이지 않는 한 점을 향해 칼날을 따라 쳐다보며 겨냥하는 모습이 그녀의 눈에 들어왔다. 그는 왼손으로 피에 젖은 무거운 천을 홱 돌리면서 황소 머리를 눈 깜짝할 사이에 날려 버릴 기세다. 그러나 지금은 발뒤꿈치로 버티고 서서 약간 뒤로 몸을 젖힌 채 갈라진 뿔 앞쪽에서 옆모습으로 칼날을 따라 노려본다. 황소의 가슴은 부풀어 오르고 그 눈은 천을 노려보고 있다.

그녀에게는 지금 그의 모습이 정말 뚜렷하게 보였고, 머리를 들어 빨간 울타리 위 맨 앞줄 관람석에 앉아 있는 관중들을 쳐다보며 가늘고도 맑은 목소리로 이렇게 외치는 소리가 들렸다. "우리가 이렇게 황소를 죽일 수 있는지 지켜보십시오!"

그녀가 소리를 들었다고 생각한 순간 곧이어 그가 첫발을 내딛느라 무릎을 굽히는 모습이 보였다. 또 낮게 너울거리는 천을 따라 요술을 부린 것처럼 땅 위를 기는 뿔을 향해 걸어가

---

* 투우할 때 사용하는 창으로 화려한 색깔로 장식되어 있고 끝에는 쇠갈고리가 달려 있다. 그것을 사용하는 투우사를 '반데리예로'라고 한다.

는 그의 모습이며, 칼이 먼지투성이가 된 황소의 어깨뼈 융기를 찌르는 동안 교묘하게 뿔을 피하면서도 가늘고 거무스름한 손목이 빈틈없이 움직이는 모습이 보였다.

그녀에게는 마치 돌진해 오는 황소가 그의 손에서 칼을 빼앗아 자기 몸에다 찌른 듯, 칼이 서서히, 그러면서도 계속해서 꽂혀 들어가면서 반짝 빛이 나는 것이 보였다. 또 갈색 손가락 마디가 팽팽한 쇠가죽에 닿을 때까지 칼이 들어가는 모습이 보였다. 칼이 들어간 그 지점에서 눈길을 떼지 않고 있던 키 작은 갈색 피부의 사나이는 뿔을 피하느라 숨을 들이마신 배를 황소로부터 벗어나려고 좌우로 흔들며, 왼손에는 막대기에 만 천을 들고, 오른손은 쳐든 채, 황소가 죽어 가는 것을 지켜보며 서 있었다.

그가 선 채로 땅바닥을 붙잡으려는 황소를 지켜보는 모습이며, 또 쓰러지기 직전 황소가 나무처럼 흔들거리는 것을 지켜보는 모습이며, 황소가 땅바닥에 다리를 바로 딛고 서 있으려고 애쓰는 것을 지켜보는 모습이며, 키 작은 사나이가 승리를 알리는 격식을 차린 제스처로 한 팔을 들어 올리는 모습이 보였다. 이제 모든 것이 끝났다는 허탈한 안도감, 황소가 죽어 가고 있다는 데서 오는 안도감, 황소의 뿔에서 벗어날 때 어떤 충격도 타격도 입지 않았다는 데서 오는 안도감을 느끼면서 땀을 뻘뻘 흘리며 서 있는 그가 보였다. 그러고서 그가 이렇게 서 있는 동안, 황소는 이제 더 이상 땅에 버티고 서 있을 수도 없어 쿵 하고 쓰러진 채 네 다리를 허공에 쳐들고 죽어서 뒹굴고 있었다. 그녀에게는 키가 작달막하고 살빛이 갈색인 사나이가 지칠 대로 지쳐 미소도 짓지 않으며 울타리 쪽으로 걸어가는 모습이 보였다.

그녀는 그가 자신의 목숨이 걸려 있다고 해도 투우장을 가로질러 달려갈 수 없다는 것을 잘 알고 있었다. 그녀의 눈에는 그가 천천히 울타리 있는 곳까지 가서 수건으로 입을 닦고, 그녀를 쳐다보며 고개를 흔들더니 다시 수건으로 얼굴을 닦은 뒤 자랑스럽게 장내를 한 바퀴 빙 도는 모습이 보였다.

그가 아주 천천히 걸으며 미소를 짓다가 머리를 숙이다가 또다시 미소를 지으면서 장내를 도는 모습이 보였다. 조수들이 그의 뒤를 따라 걸으며 몸을 굽혀 궐련을 줍기도 하고 모자를 도로 던져 주기도 한다. 그는 서글픈 눈으로 미소를 지으면서 장내를 한 바퀴 돌고 그녀 바로 앞에서 멈춰 선다. 그때 그녀가 고개를 드니 그는 입에 수건을 대고 나무 울타리 계단에 걸터 앉아 있다.

화덕 옆에 서서 필라르는 마음속으로 이 모든 모습을 보았고, 그래서 입을 열었다. "이래도 그 사람이 훌륭한 투우사가 아니었다고? 내가 이런 작자들과 함께 살고 있다니!"

"그 사람은 훌륭한 투우사였어. 키가 작은 게 좀 흠이었지만." 파블로가 말했다.

"게다가 틀림없이 폐병 환자였지." 프리미티보가 말했다.

"그 사람이 폐병 환자였다고?" 필라르가 말했다. "그 사람처럼 고통을 받고 폐병이 걸리지 않을 장사가 어디 있어? 후안 마르치* 같은 범죄자나 투우사나 오페라의 테너 가수가 되지 않는 한, 이 나라에서 가난뱅이가 어떻게 돈을 벌 수 있지?

그 사람이 폐병에 걸리지 않고 어찌 배겨 낼 수 있단 말이야? 부자 놈들은 너무 처먹어서 위가 다 망가져 버리고 중탄산소다 없이는 살아갈 수 없는 지경이고, 가난뱅이들은 태어나서 죽을 때까지 줄곧 배를 곯아야 하는 이 나라에서, 그 사람이 어찌 폐병에 걸리지 않을 수 있느냐 말이야? 어렸을 적 투우를 배우겠다고 시합이 있는 축제를 따라다닐 때, 공짜 차를 타려고 갓 내뱉은 가래침이나 마른 가래침투성이인 3등칸 좌석 밑에 숨어서 먼지와 진흙 속에서 뒹굴며 옮겨 다녔는데, 가슴을 쇠뿔에 들이받히고도 폐병에 안 걸리고 배길 장사가 어디 있겠느냐 말이야?"

"백번 옳은 말이죠. 난 그저 그 사람이 폐병 환자라고 말했을 뿐이에요." 프리미티보가 대꾸했다.

"물론 그 사람에겐 폐병이 있었지." 필라르는 큼직한 나무 주걱을 손에 들고 서서 말했다. "그 사람은 작은 키에 목소리는 가늘었고, 황소를 아주 무서워했어. 난 투우를 하기 전에 그렇게 겁을 집어먹는 사람은 보지 못했지만, 일단 투우장으로 나가면 또 그만큼 겁을 내지 않는 사람도 보지 못했어. 그런데 당신은 말이야……." 그녀가 파블로를 보고 말을 이었다. "당신은 이제 죽는 걸 무척 무서워하고 있지. 그걸 퍽 중대한 일로 생각하고 있는 거야. 하지만 피니토는 늘 겁을 내면서도 투우장 안에서는 마치 사사와 같았거든."

---

* 후안 알베르토 마르치 오르디나스(1880~1962). 스페인 내전 중에는 우파 반란군에, 내전 뒤에는 프란시스코 프랑코 정부에 협력해 막대한 재산을 모았다.

"그 사람은 아주 대담하다는 평판이 나 있었지." 형제 중 한 사람이 맞장구를 쳤다.

"난 그렇게 겁을 내는 사람은 머리털 나고 처음 봤어." 필라르는 다시 말을 이었다. "자기 집에다 황소 대가리를 놓아두려고도 하지 않았다니까. 언젠가 한번은 바야돌리드 축제 때 파블로 로메로*의 황소를 아주 멋지게 죽인 적이 있었지만……."

"그건 나도 기억이 나는군." 처음 말한 형제가 이렇게 말을 받았다. "그때 나도 투우장에 있었으니까. 이마털이 곱슬곱슬하고 뿔이 아주 긴 비누 빛깔을 한 황소였지. 30아로바**가 넘는 놈이었어. 그 사람이 바야돌리드에서 죽인 마지막 황소였지."

"맞아. 그리고 그 뒤에 그의 열성 팬들이 그의 이름으로 클럽을 만들어 카페 콜론에서 만났는데, 그 황소의 머리를 박제해서 카페 콜론에서 조그마한 연회를 베풀고는 그 자리에서 그 사람에게 선물했지. 식사 중 황소 머리를 벽에 걸어 놓았지만 보자기로 가려 뒀어. 그 자리에는 나도 있었고, 나보다도 못생긴 파스토라라든지, 니냐 데 로스 페이네스라든지, 꽤 이름난 집시들과 갈보들이 여럿 있었어. 조촐하지만 그래도 즐거운 연회였는데, 파스토라와 어느 유명한 갈보 사이에 예의 범절 문제를 두고 말다툼이 벌어져 하마터면 주먹다짐이 일

---

* 헤밍웨이의 『태양은 다시 떠오른다』에 페드로 로메로라는 투우사가 등장한다.
** 1아로바는 약 11.5킬로그램.

어날 뻔했지. 난 행복감에 도취되어 피니토 옆에 바싹 붙어 앉아 있었어. 그 사람은 예수 수난 주간 중 교회의 성인상처럼 자줏빛 보자기로 덮어 둔 그 황소 머리는 쳐다보려고도 하지 않더군.

피니토는 사라고사에서 열린 그해 마지막 투우에서 황소를 죽이려던 마지막 순간 뿔에 받히는 팔로타조*를 입었기 때문에 얼마 동안 음식을 많이 먹을 수가 없었지. 한동안 의식을 잃은 데다 음식을 먹어도 위가 받아 내질 못했거든. 연회 중 가끔 입에다 손수건을 대고 피를 토해 내곤 했지. 내가 지금 무슨 얘기를 하려고 했더라?" 필라르가 말했다.

"황소 대가리 얘기요. 박제한 황소 대가리." 프리미티보가 대꾸했다.

"그래그래. 참 그랬지. 하지만 자네들이 잘 알 수 있도록 좀 더 자세히 해야겠군. 자네들도 알겠지만, 피니토는 그다지 쾌활한 사람은 아니었어. 본디 진지한 사람이어서 나와 단둘이 있을 때도 그 사람이 뭘 보고 웃는 건 본 적이 없어. 아주 우스꽝스러운 일이 있어도 절대로 웃지 않는 거야. 뭐든 무척 심각하게 생각하는 사람이었거든. 거의 페르난도만큼이나 진지했어. 하지만 아피시오나도들(투우 애호가들)이 '피니토 클럽'을 만들어 그를 위해 마련한 연회였으니까 명랑하고 다정하고 유쾌한 표정을 지을 필요가 있었단 말이야. 그래서 그 사람은 식사 중에 미소를 짓고 다정하게 얘기도 했지만, 나만이 그가

---

* 투우 중 황소 뿔의 평평한 부분에 받혀 당하는 부상.

손수건을 꺼내 들고 뭘 하는지 알고 있었지. 그 사람은 손수건을 세 장 갖고 있었지만, 세 장을 몽땅 더럽힌 뒤 내게 가만히 이렇게 속삭이더군.

'필라르, 더 이상 참을 수가 없어. 그만 일어나야겠어.'

'그럼 같이 나가.' 내가 말했지. 그 사람이 무척 괴로워하는 것을 난 잘 알 수 있었으니까. 그때 연회는 절정에 달해서 장내가 무척 시끌벅적했어.

'아냐, 자리를 뜰 순 없어. 어찌 됐건 내 이름을 따서 붙인 클럽이니 내겐 의무가 있어.' 피니토가 내게 말하더군.

'몸이 아프면 그만 돌아가.' 내가 말했어.

'안 돼. 그냥 이대로 있을 거야. 저 만사니야*나 좀 줘.'

아무것도 먹지 않은 빈속에 또 위장도 그 모양인데 술을 마시는 건 좋지 않을 거라고 생각했지. 하지만 뭔가 마시지 않고서는 그 유쾌하고 시끌벅적한 분위기를 견뎌 내지 못할 게 뻔했어. 그래서 난 그 사람이 만사니야를 거의 한 병이나 쭉 들이켜는 것을 보고만 있잖았겠어. 세 장이나 되는 자기 손수건을 다 더럽힌 그는 이제는 손수건 대신에 냅킨을 쓰고 있었지.

그러는 동안 연회는 정말로 난장판이 되어 버렸고, 그중에서도 가장 헤픈 갈보 년들은 클럽 회원들의 어깨 위에 올라가 테이블 주위를 빙빙 돌기 시작했지. 파스토라는 노래를 부르라는 청을 받았고, 엘 니뇨 리카르도는 기타로 반주를 했는데, 참 흥겹고도 더할 나위 없이 유쾌한 우정의 술자리였어. 플라

---

* 스페인 산루카르 지역에서 생산하는 셰리와인.

멩코가 그때만큼 고조됐던 술자리는 머리털 나고 나도 진짜 처음이었거든. 그래도 우리는 아직 황소 머리에 걸친 보자기를 벗기는 단계에는 이르지 않았지. 그 때문에 이 연회를 갖게 됐는데 말이야.

난 아주 기분이 유쾌해진 데다 리카르도의 연주에 박수를 치거나, 니냐 데 로스 페이네스의 노래에 박수를 치도록 팀을 만드는 데 정신이 없어서 피니토가 벌써 자기 냅킨을 더럽히고 내 것까지 쓰고 있는 걸 알지 못했지. 그 사람은 그때 만사니야를 거푸 들이켜서 눈은 아주 유쾌하게 빛났고, 누구에게나 아주 행복한 듯 고개를 끄덕이고 있었어. 얘기 도중 언제 또 냅킨을 꺼내야 할지 모르니까 그다지 얘기를 많이 할 순 없었지. 하지만 결국 그 사람을 위한 자리였으니 그는 아주 유쾌하고 즐거운 표정을 짓고 있었어.

이런 식으로 연회가 진행되었어. 내 옆에 앉아 있던 라파엘 엘 갈로의 전 매니저였던 사람이 이런 얘기를 들려줬지. 그 이야기의 결말은 이런 거야. '그래서 라파엘이 나를 찾아와서 이렇게 말했어. '당신은 이 세상에서 가장 훌륭하고 소중한 친구야. 난 당신을 친형제처럼 사랑한다는 뜻에서 당신에게 선물을 하나 하고 싶어.' 이러고는 그 사내가 내게 근사한 다이아몬드 핀을 주며, 내 두 뺨에 입을 맞추는 거야. 우린 둘 다 무척 감동했지. 라파엘 엘 갈로는 내게 다이아몬드 핀을 주고 카페에서 나가 버렸고 난 테이블에 같이 있던 레타나에게 '저 더러운 집시 녀석은 방금 다른 매니저와 새로 계약서에 서명한 거야.'라고 했어.

'그게 무슨 말인가요?' 레타나가 묻더군.

'나는 십 년 동안이나 저 녀석 매니저 노릇을 해 왔지만 나한 테 선물을 준 적이 한 번도 없었어. 그러니까 이 선물을 준 의미를 그렇게밖엔 받아들일 길이 없어.'' 그리고 그 말은 사실로 판명되었지. 그렇게 하고서 엘 갈로는 그 사람을 떠났으니까.

그런데 바로 그때 파스토라가 우리 얘기에 뛰어들었어. 그렇다고 뭐 라파엘의 평판을 옹호하려는 생각에서는 아니었어. 그 여자만큼 라파엘을 나쁘게 말하고 다니는 사람도 없었으니까. 매니저가 '더러운 집시 놈'이라는 표현을 써 가며 집시 욕을 했기 때문이었지. 너무도 심한 말을 하면서 그 여자가 우리 얘기에 뛰어들었기 때문에 매니저는 그만 입을 꾹 다물고 말았지. 내가 파스토라를 가만히 있게 하려고 말을 가로막았더니, 또 다른 지타나(집시)가 끼어들어 내 말을 가로막는 게 아니겠어. 장내는 몹시 소란해서 어느 누구도 상대방이 지껄이는 소리를 알아들을 수가 없었고, 다만 '갈보'라는 말만 다른 소리보다 유난히 크게 들리더군. 마침내 겨우 소동이 가라앉고, 서로 끼어들던 우리 세 사람이 술잔만 내려다보고 앉아 있는데, 피니토가 아직도 자줏빛 보자기에 덮인 채 걸려 있는 황소 머리를 뚫어져라 지켜보면서 겁먹은 얼굴을 하고 있다는 것을 난 그제야 깨달았지.

그리고 바로 그때 클럽의 회장이 황소 머리에 덮힌 천을 걷기에 앞서 연설을 하기 시작했어. 연설하는 내내 '올레!(옳소!)' 하는 환성과 더불어 박수를 치고 테이블을 두드리는 소리가 대단했지. 그러는 동안 난 줄곧 피니토의 거동을 살피고 있었는데, 피니토는 자기 냅킨, 아니 내 냅킨을 사용하면서 의자에 점점 깊이 주저앉으며 바로 앞 벽에 걸려 있는 보자기에 덮여 있는 황소 머리를 겁에 질린 채 마법에 걸린 듯 정신없이 노려보고 있는 게 아니겠어.

연설이 끝나는 시간이 가까워 오자 피니토는 머리를 흔들어 대기 시작하더니 점점 의자 속에 가라앉고 있었어.

'웬일이야, 키 작은 투우사 양반?' 내가 말을 걸었지만 나를 빤히 쳐다만 볼 뿐 알아보지도 못하더군. 고개만 설레설레 흔들며 '싫어, 싫어, 싫어.' 하고 말하더라고.

회장은 연설을 끝마치고 모든 이들의 갈채를 받으면서 의자 위에 올라가서 손을 뻗어 황소 머리를 덮고 있는 자줏빛 보자기 끈을 끌러 천천히 젖혔지만 보자기가 한쪽 뿔에 걸려 있어서 그것을 벗겨 반짝반짝 닦아 놓은 뿔에서 보자기를 끌어내리더군. 그러자 새까만 뿔이 양쪽으로 쑥 나온 큼직한 누런 황소 머리가 완전히 드러나는 거야. 뿔의 하얀 끝은 마치 고슴도치의 가시같이 날카롭고, 황소 머리는 마치 살아 있는 놈처럼 보이더군. 울퉁불퉁한 이마에 콧구멍은 빼끔히 열려 있고 훨훨 타는 듯한 눈으로 똑바로 피니토를 노려보고 있는 게 아니겠어.

자리에 있던 사람들은 하나같이 와 하고 함성을 지르며 박수를 쳤지. 그러나 피니토는 점점 더 의자 속으로 깊숙이 내려앉기만 하는 거야. 얼마 뒤 모두 조용히 피니토 쪽을 바라보니까, 피니토는 '싫어, 싫어.' 하면서 황소 머리를 쳐다보고는 더욱 몸을 웅크리더군. 그러더니 한 번 더 아주 크게 '싫어!' 하고 고함을 질렀고 그 바람에 큼직한 핏덩어리 하나를 울컥 토해 놓더군. 그가 냅킨을 댈 겨를도 없이 피는 턱밑으로 질질 흘러내렸지. 자꾸만. 그 사람은 여전히 황소를 노려보면서 이렇게 외치더군. '투우 시즌마다, 좋아. 돈벌이, 좋아. 밥을 먹는 것, 좋아. 하지만 난 먹을 수가 없잖아. 내 말 알아듣겠어? 위장이 엉망이 되었으니까. 하지만 이제 시즌도 끝장이라고! 싫어! 싫어! 싫다고!' 그 사람은 테이블 주위를 한 바퀴 획 둘러보더니 황소 머리를 바라보고는 또 한 번 '난 싫어!' 하고 말하고 머리를 숙여 냅킨을 입에다 대고 그냥 주저앉은 채 입을 다물어 버리더군. 결국 연회는 처음에는 퍽 기분 좋게 시작되어 자못 성황을 이루며 유쾌하게 친목을 꾀할 듯싶더니 결국에는 아주 엉망이 되고 말았지."

"그 일이 있고 얼마 후에 그 사람이 죽었죠?" 프리미티보가 물었다.

"그해 겨울이었어. 사라고사에서 마지막으로 쇠뿔의 넓적한 부위에 떠받힌 상처가 영 회복되지 않았어. 그런 상처는 뿔에 떠받히면서 찔린 상처보다 고약해. 상처가 안쪽에 생겨서 좀처럼 낫질 않거든. 황소를 죽이려고 다가서는 마지막 순간 떠받혀 버리는 바람에 성공하지 못했지. 키가 작기 때문에 쇠뿔을 피하는 게 힘들었어. 그래서 거의 언제나 뿔 옆으로 떠받혔지. 물론 그때까지도 여러 번 비스듬히 떠받히는 상처를 입었지."

"그렇게 키가 작으면 투우사가 되려고 하지 말았어야죠." 프리미티보가 말했다.

필라르는 로버트 조던 쪽을 바라보며 고개를 흔들어 보였다. 그리고 계속 고개를 흔들면서 솥 위로 허리를 구부렸다.

무슨 이런 사람들이 다 있나, 하고 그녀는 생각했다. "그렇게 키가 작으면 투우사가 되려고 하지 말았어야죠."라니 스페인인들이란 도대체 어떤 사람들이란 말인가. 난 이런 말을 듣고도 아무 말 않고 잠자코 있지. 이런 말을 듣고도 화를 내지 않아. 그 이유를 설명하긴 했지만 아무 말도 하지 않고 침묵을 지키고 있잖아. 아무것도 모른다면 만사가 얼마나 단순하게 보이는가. 케 센시요!(그 얼마나 단순한가!) 쥐뿔도 모르는 사람은 "그 녀석은 하찮은 투우사였지." 하고 함부로 지껄이지. 또 다른 사람은 아무것도 모르니까 "그 사람은 폐병 환자였어." 하고 지껄이는 거야. 그리고 또 어떤 녀석은 얘기를 듣고 사정을 알게 된 뒤에도 이렇게 지껄여. "그렇게 키가 작으면 투우사가 되려고 하지 말았어야지."

불 위로 몸을 구부리고 있는 그녀에게, 양쪽 넓적다리에 툭 불거진 상처가 있고, 가슴 오른편 늑골 밑으로는 불로 지진 듯한 깊은 소용돌이 상처가 있고, 옆구리에는 희고 긴 채찍 자국 같은 상처가 겨드랑이까지 뻗어 있는 거무스름한 몸뚱이를 드러낸 채 침대 위에 누워 있는 피니토의 모습이 보였다. 그의 감은 두 눈과 진지하고 가무잡잡한 얼굴과 이마에서 뒤로 빗이 넘긴 검은 고수머리가 눈앞에 보이는 듯했다. 그녀는 침대 옆에 앉아서 그의 다리를 주무르고, 장딴지의 뭉친 근육을 문지르고, 반죽하듯 치대거나 주먹으로 가볍게 두드리며 굳어진 근육을 풀어 주고 있었다.

"좀 어때? 다리가 어떠냐고, 이 키 작은 투우사 양반?"

"아주 기분이 좋아, 필라르." 그는 눈을 뜨지도 않고 대답하곤 했다.

"가슴도 문질러 줄까?"

"아냐, 필라르. 거기는 만지지 마."

"그럼 다리 위쪽은?"

"그만둬. 너무 심하게 아프니까."

"하지만 문지르고 연고를 바르면 좀 후끈해져서 한결 나아질 텐데."

"그만둬, 필라르. 고마워. 건드리지 않는 게 더 좋아."

"알코올로 씻어 줄게."

"좋아. 하지만 아주 살살 해."

"지난번 투우 때는 당신 굉장했어." 그녀가 말하자 그가 대답했다. "그렇지, 그때는 정말 멋지게 해치웠지."

그러고 나서 그녀는 그의 몸을 씻어 주었고, 이불을 덮어 준 뒤 침대 속으로 들어가 그의 옆에 누웠다. 그는 햇볕에 탄 갈색 손을 뻗어 그녀의 몸을 어루만지면서 말했다. "필라르, 당신은 굉장한 여자야." 그가 한 말 중에서도 가장 농담에 가까운 말이었다. 투우가 끝나면 그는 보통 잠을 잤다. 그래서 그녀는 두 손으로 그의 손을 잡은 채 그의 숨소리에 귀를 기울이면서 가만히 누워 있곤 했다.

그는 잠을 자면서 자주 깜짝깜짝 놀랐다. 그때마다 그녀는 그가 자기 손을 힘껏 쥐는 것을 느꼈고, 그의 이마에 구슬땀이 맺히는 것을 보았다. 만약 그가 눈을 뜨면 "아무것도 아냐."라고 말해 주었고, 그러면 그는 다시 잠이 들었다. 그녀는 이렇게 오 년 동안 그와 함께 살았고, 그를 배신한 적은 한 번도, 아니 거의 없었다. 그러고 그의 장례식이 끝난 뒤에는, 창기수가 사용할 말을 이끌고 투우장에 들어오는 일을 맡고 있던 파블로와 눈이 맞았다. 그때 파블로는 피니토가 그때까지 계속 죽여 온 황소와 닮은 사내였다. 하지만 황소의 힘도, 황소의 용기도 오래 지속되지 못한다는 것을 그녀는 이제 비로소 알게 되었다. 그러면 이제까지 지속된 건 무엇일까? 그건 바로 나야, 하고 그녀는 생각했다. 그렇다, 난 이제까지 계속 버텨 왔지. 하지만 뭘 위해서 그랬단 말인가?

"마리아, 지금 하고 있는 일에 신경 좀 써. 그 불은 음식을 요리하는 불이야. 온 동네를 태워 버리려는 불이 아니야." 그녀가 말했다.

바로 그때 집시가 동굴 입구로 들어왔다. 온몸에 눈을 뒤집어쓴 그는 카빈총을 든 채 발을 구르며 눈을 털어 냈다.

로버트 조던은 자리에서 일어나 입구 쪽으로 걸어갔다. "그래, 어떻던가?" 그가 집시에게 물었다.

"큰 다리 위에선 여섯 시간 교대로 두 놈이 보초를 서고 있습니다. 도로 인부 집합소엔 졸병 여덟 명에 하사 한 명이 있고요. 자, 당신 시계 여기 있소." 집시가 말했다.

"제재소 쪽은 어떻던가?"

"그곳에는 영감이 있어요. 제재소와 도로 양쪽으로 망을 볼 수 있거든요."

"그리고 도로 사정은?" 로버트 조던이 물었다.

"그대로예요. 여느 때와 조금도 다를 것이 없어요. 자동차가 몇 대 지나가더군요." 집시가 대답했다.

거무스레한 얼굴이 추위 때문에 일그러지고 손이 빨개진 것이 집시는 추워 보였다. 동굴 입구에 선 채 그는 윗옷을 벗어 눈을 털었다.

"놈들이 보초를 교대할 때까지 망을 봤죠. 정오와 6시에 교대하더군요. 참 길게 서는 보초죠. 놈들 군대에 들어가지 않기 천만다행이죠."

"영감님을 찾으러 나가세." 로버트 조던이 가죽 점퍼를 걸치며 말했다.

"난 안 갈래요. 불을 쬐고 따뜻한 수프라도 좀 마셔야겠어요. 여기 있는 한 사람에게 영감님이 있는 장소를 가르쳐 줄테니, 그 사람더러 안내해 달라고 해요. 이봐, 게으름뱅이들!" 그가 테이블에 앉아 있는 사람들에게 소리를 질렀다. "도로에서 망을 보고 있는 영감이 있는 데까지 이 잉글레스 양반을 안내해 줄 친구 없나?"

"내가 가지. 어딘지 가르쳐 줘." 페르난도가 자리에서 일어섰다.

"잘 들어요. 바로 이곳이……." 집시가 말했다. 그러고는 안셀모 노인이 있는 장소를 그에게 가르쳐 주었다.

15

안셀모는 커다란 나무줄기 옆 바람이 불지 않는 곳에 웅크리고 있었고, 눈보라가 나무 양쪽으로 스치고 지나갔다. 나무에 바싹 몸을 갖다 대고 재킷 소매 속에 두 손을 감추고 목을 되도록 깊숙이 재킷 속으로 푹 움츠리고 있었다. 여기 오래 있다가는 얼어 죽고 말겠군, 하고 노인은 생각했다. 또 이렇게 있어 봤자 아무 소용없는 짓이 아닌가. 그 잉글레스는 교대할 사람이 올 때까지는 여기 있으라고 했지만, 그때는 이렇게 눈보라가 내릴 줄은 몰랐지. 도로에선 수상한 이동이라곤 조금도 눈에 띄지도 않았고, 길 건너 쪽 제재소에 있는 초소의 배치와 활동 상황은 이미 잘 알고 있어. 이제 캠프로 돌아가는 게 좋겠는걸. 분별이 있는 녀석이라면 내가 캠프로 돌아올 걸로 생각하고 있을 거야. 조금만 더 있다가 캠프로 돌아가기로 하자, 하고 그는 생각했다. 이건 지나치게 엄격한 명령 탓이야. 상황이 변할 수도 있다는 사실은 조금도 고려하지 않거든. 노인은 두 발을 비비고 나서 두 손을 재킷 소매에서 빼 내어 몸을 구부려 다리를 문지르고 두드려서 혈액순환이 잘 되게 했다. 이렇게 나무 뒤쪽 바람을 받지 않는 곳에 있으니 덜 춥지만 이제 조금만 더 있다가 돌아가야겠다고 그는 생각했다.

그가 웅크리고 앉아서 발을 비비고 있을 때 도로에서 자동차 엔진 소리가 들려왔다. 자동차 바퀴에는 체인이 감겨 있어서 연결 부분이 철컥철컥 소리를 냈다. 그가 지켜보는 동안 차는 눈 덮인 도로로 올라왔는데 초록색과 갈색 페인트가 아무렇게나 마구 칠해져 있었다. 밖에서는 볼 수 없도록 차창은 푸른 빛깔로 칠해져 있었는데, 차에 타고 있는 사람들만 바깥을 내다볼 수 있도록 한 군데만 반원 모양으로 남겨 놓았을 뿐이다. 참모 본부에서 사용하기 위해 위장한 이 년 된 롤스로이스 자동차였지만 안셀모가 그런 것을 알 리 없었다. 외투를 입은 장교 셋이 타고 있는 것이 그에게는 보이지 않았다. 두 사람은 뒷자리에, 다른 한 사람은 접의자에 앉아 있었다. 접의자에 앉아 있는 장교는 차가 지나가는 동안 푸른 창문에 남겨 둔 구멍으로 바깥을 내다보았지만, 그것도 안셀모로서는 알 수 없었다. 장교 쪽에서도 안셀모가 눈에 띄지 않았다.

자동차는 눈 속을 달려 바로 그의 아래쪽으로 지나쳤다. 안셀모는 얼굴색이 불그스레한 철모 쓴 운전병을 보았다. 운전병이 입고 있는 담요 천으로 만든 외투에서 그의 얼굴과 철모가 앞쪽으로 쑥 나와 있고, 운전병 옆에 앉아 있는 연락병의 자동소총 앞부분이 불쑥 나와 있는 것도 보였다. 얼마 뒤 자동차가 도로 위쪽으로 올라가 버리자, 안셀모는 재킷 속으로 손을 넣어 셔츠 주머니에서 로버트 조던의 수첩에서 뜯어 낸 종이 두 장을 꺼내 자동차의 표식을 그려 넣었다. 그날 도로로 지나간 열 번째 자동차였다. 아래로 내려간 것이 여섯 대, 위로 지나간 것이 네 대였다. 이 도로를 오르내리는 자동차 수는 평상시와 별로 다르지 않았지만, 안셀모는 산마루와 산악 능선을 점령하고 있는 사단의 참모들이 타고 다니는 포드, 피아트, 오펠, 르노, 시트로앵 등의 자동차와 참모 본부에서 타고 다니는 롤스로이스, 란시아, 메르세데스, 이소타 등의 자동차를 구별할 수 없었다. 로버트 조던이 아니고서는 구별할 수 없는 일이었고, 노인 대신에 그가 있었다면 이런 종류의 차들이 뭘 뜻하는지 잘 알 수 있었을 것이다. 그러나 그는 그 자리에 없었고, 다만 노인은 수첩 종이에다 도로를 지나간 자동차의 표식만을 그려 넣었을 뿐이다.

안셀모는 너무 추워서 어두워지기 전에 캠프로 돌아가는 것이 최선이라고 마음먹었다. 길을 잃을 염려는 없었지만 더 이상 있는 것도 쓸데없는 일이라는 생각이 들었다. 바람은 점점 더 차갑게 휘몰아쳤으며, 눈은 조금도 수그러들 것 같지 않았다. 그러나 막상 일어서서는 두 발을 동동 구르고 휘몰아치는 눈보라 사이로 도로를 내다보다가, 그는 산으로 올라가려 하지 않고 바람이 불지 않는 쪽 소나무에 몸을 기대고 그대로 서 있었다.

잉글레스는 나보고 여기 서 있으라고 했지, 하고 그는 생각했다. 그 젊은이는 아마 지금쯤 이쪽으로 오는 중일지도 몰라.

그러니 내가 자리를 뜬다면 그 친구는 나를 찾느라 길을 잃을 지도 모르지. 이 전쟁 내내 기율이 없는 데다 명령에도 복종하지 않아 우리가 얼마나 고통을 당해 왔는가. 조금만 더 잉글 레스가 오기를 기다려 보자. 하지만 만약 그 친구가 빨리 오지 않으면, 아무리 명령을 받았다고 해도 돌아가야지. 보고할 자료는 다 준비되었고, 앞으로도 나한테는 할 일이 얼마든지 남아 있으니까. 여기서 얼어 죽는다는 것은 너무나 어처구니없는 일일뿐더러 아무 소용도 없는 짓이 아닌가.

제재소 쪽 도로를 가로질러 굴뚝에서 연기가 피어올랐고, 그 냄새가 눈발을 타고 올라와 안셀모에게까지 풍겼다. 저 파시스트 놈들은 따뜻하겠군, 하고 그는 생각했다. 편안하겠지. 하지만 놈들은 내일 밤에 우리한테 죽고 말 테지. 참 이상야릇한 일이군. 난 이런 생각은 딱 질색이야. 종일토록 놈들의 망을 보고 있지만 놈들도 우리와 다름없는 인간이지 않은가. 내가 그 제재소 있는 데까지 걸어가서 문을 두드리면, 그리고 놈들이 모든 여행자를 검문하고 신분증을 검사하라는 명령을 받지만 않았다면 날 즐거이 맞아 줄 텐데. 녀석들과 나 사이를 가로막고 있는 건 명령뿐이지. 저기 있는 녀석들은 파시스트도 아니야. 내가 그렇게 부르고 있지만 놈들은 실제로는 파시스트가 아니거든. 녀석들도 우리처럼 가난한 사람들이지. 그러니 저 녀석들도 절대 우리에 맞서 싸워서는 안 돼. 난 사람 죽이는 생각은 하고 싶지 않아.

이 초소에 있는 녀석들은 갈리시아 녀석들이야. 오늘 오후 녀석들이 지껄이는 소리를 듣고 알았지. 놈들은 도망칠 수가 없어. 만약 도망치는 날에는 놈들의 가족이 총살을 당하니까. 갈리시아인은 아주 이지적인 녀석과 아주 바보 같고 짐승 같은 녀석, 두 부류가 있지. 난 그 두 부류를 모두 알거든. 리스테르*는 프랑코와 같은 마을 출신인 갈리시아인이지. 저기 있는 저 갈리시아 녀석들은 이 계절에 이처럼 눈이 내리는 걸 어떻게 생각할까. 녀석들의 고향에는 이런 높은 산도 없고 일 년 내내 비만 내려서 대지가 늘 푸르기만 하지.

제재소 유리창으로 등불이 보이자 안셀모는 몸을 부르르 떨며 생각했다. 망할 놈의 잉글레스 녀석! 저기 갈리시아 녀석들은 우리 고장에 와서 집 안에 들어앉아 따뜻하게들 지내고 있는데, 난 지금 나무 아래서 얼어 죽을 지경이고, 또 우리는 산짐승처럼 바위 굴속에서 살고 있지 않은가. 하지만 내일이면, 하고 그는 생각했다. 그 짐승들도 굴속에서 빠져나오게 되겠지. 그리고 저 녀석들은 지금은 저렇게 따뜻하게 편히 있지만, 내일은 몸을 담요로 둘둘 두른 채 따뜻하게 죽어 갈 게야. 마치 우리가 오테로**를 습격하던 날 밤에 죽어 가던 놈들처럼 말이야, 하고 그는 생각했다. 그는 오테로의 일은 기억하기 싫었다.

오테로를 습격하던 날 밤 그는 난생처음으로 사람을 죽였고, 이번 습격에서는 사람을 죽이게 되는 일이 없기를 바랐다. 오테로에서 안셀모가 보초 녀석의 머리에 담요를 덮어씌우자

---

* 엔리케 리스테르 포르한(1907~1994). 스페인의 공산주의 정치가.
** 스페인 중부 톨레도 주에 있는 자치구.

파블로가 칼로 찔렀다. 보초 녀석은 안셀모의 발을 죽어라고 꼭 붙잡았고, 담요 속에서 몸부림치면서도 붙잡은 발을 놓지 않고 비명을 지르는 통에 녀석이 조용해지고 자기 발이 자유롭게 될 때까지 안셀모가 담요 속으로 마구 칼을 찔러 대야 했다. 그는 보초 녀석의 목을 무릎으로 눌러 비명을 지르지 못하게 해 놓고는 담요 속으로 칼을 들이박았고, 파블로는 초소의 군인들이 잠을 자고 있는 방에 폭탄을 던졌다. 섬광이 번쩍할 때는 마치 온 세계가 눈앞에서 붉은색과 노란색 불꽃으로 작렬하는 것 같았다. 곧이어 폭탄을 두 개 더 던졌다. 파블로는 안전핀을 뽑기가 무섭게 폭탄을 창 너머로 던졌다. 채 죽지 않은 녀석들은 침대에서 일어나다 두 번째로 터진 폭탄에 몰살당했다. 그때는 파블로가 마치 타타르인*처럼 신출귀몰하던 그의 전성 시대였다. 그 때문에 이 무렵 어떤 파시스트의 초소도 밤에 마음을 놓을 수 없었다.

그러던 녀석이 지금은 마치 거세당한 멧돼지 꼴이 되고 말았어, 하고 안셀모는 생각했다. 거세가 끝나고 비명도 멎은 뒤 불알 두 쪽을 내던지면 이미 멧돼지의 자격을 상실한 수놈은 코를 쿨쿨거리면서 그 불알을 파내 먹어 치우지. 아니, 그 녀석은 아직 그 지경까지는 이르지 않았어, 하고 안셀모는 혼자 쓴웃음을 지었다. 파블로에 대해 그렇게까지 지독하게 생각하긴 그렇지. 하지만 녀석은 정말로 추하게 변했고, 아주 딴사

---

* 중앙아시아의 터키계 사람. 성격이 격렬하고 성미가 까다로운 사람을 가리키기도 한다.

람이 되고 말았지 뭐야.

날씨가 너무 춥군, 하고 그는 생각했다. 어서 잉글레스 친구가 와 줘야 할 텐데. 난 이 초소에서 또 사람을 죽이고 싶지는 않아. 저 갈리시아 네 녀석과 그놈들을 지휘하는 하사는 사람 죽이는 걸 좋아하는 놈들이야. 잉글레스 양반도 그렇게 말했지. 의무라면 할 수 없는 일이지만, 잉글레스 양반 말을 들어 보면, 난 그 친구와 함께 다리 옆에 있고 습격하는 일은 다른 녀석들에게 맡긴다는 거였어. 다리에서 전투가 벌어질 것이고, 만약 내가 그 전투를 끝까지 해낸다면, 그때는 이 전쟁에서 늙은이가 할 수 있는 일은 수행한 셈이 되겠지. 어쨌든 잉글레스 친구가 어서 빨리 와야 할 텐데. 지금 난 추워 못 견디겠단 말이야. 제재소의 불빛을 바라보며 갈리시아 녀석들이 따뜻하게 있을 것을 생각하니 한결 더 추워지는군. 이 전쟁이 어서 빨리 끝나서 다시 내 집에 있다면 참으로 좋겠어. 하지만 지금은 아무한테도 집이 없지, 하고 그는 생각했다. 집으로 돌아가기 전에 무슨 일이 있어도 이 전쟁에서 승리해야만 해.

제재소 안에서는 졸병 하나가 침대에 걸터앉아 장화에 구두약을 칠하고 있었다. 다른 한 녀석은 침대에 벌렁 드러누워 잠을 자고 있었다. 세 번째 녀석은 요리를 하고 있고, 하사는 신문을 읽고 있었다. 그들의 철모는 벽에 박힌 못에 나란히 걸려 있었고, 소총은 판자벽에 기대 놓고 있었다.

"이제 얼마 안 있으면 6월인데 눈이 내리다니 어떻게 된 놈의 지방이 이래?" 침대에 걸터앉아 있던 병사가 말했다.

"참 희한한 일이지." 하사가 받았다.

"아직 5월이잖아요. 아직 5월이 끝나지 않았죠." 요리하던 병사가 말했다.

"5월에 눈이 내리다니 대체 무슨 지방이 이러냐고?" 침대에 앉아 있는 병사가 거듭 말했다.

"5월에 눈이 내리는 건 이 산속에서는 그리 드문 일도 아냐. 마드리드에 있을 때는, 5월이 다른 어떤 달보다도 추웠어." 하사관이 대꾸했다.

"그리고 다른 달보다 더 덥기도 했죠." 요리하던 병사가 말을 받았다.

"5월은 기온의 변화가 아주 심한 달이지. 이 카스티야에서 5월은 아주 더운 달이지만, 때로는 아주 추울 때도 있거든." 하사가 말했다.

"그리고 비가 내릴 때도 있죠. 올해 5월은 거의 날마다 비가 내렸죠." 침대의 병사가 대꾸했다.

"무슨 비가 내려. 게다가 자네가 말하는 올해 5월이란 4월 얘기잖아." 요리를 하던 병사가 쏘아붙였다.

"너희들이 달 얘기를 하고 있는 걸 들으니 미칠 것만 같아. 이제 달 얘기는 집어치워." 하사가 말했다.

"바닷가나 시골에서 사는 사람들에게 중요한 건 달력에 나오는 달이 아니라 음력 달이거든요." 요리를 하던 병사가 말했다. "예를 들면 말이죠, 이제 막 5월의 달이 뜨기 시작한 거지만 달력에선 곧 6월이 되거든요."

"그럼 왜 확실하게 계절을 늦추지 않는 거야? 그런 얘기들 때문에 골치만 아파." 하사가 대꾸했다.

"하사님은 도시 출신이잖아요. 루고* 출신이죠. 그러니 바닷가나 시골 일에 대해 뭘 알겠어요?" 요리를 하던 병사가 말했다.

"도시 사람들은 자네들같이 바닷가나 시골에서 사는 아날파베토스(무식한 놈들)보다 아는 게 많아."

"이번 달이 뜨면 정어리가 처음 떼를 지어 몰려오는 달이 돼요. 이번 달에는 정어리 잡는 배가 출항을 준비를 갖추고, 고등어들이 벌써 북쪽으로 올라갈 무렵이죠." 요리를 하던 병사가 말했다.

"자네는 노야** 출신이면서 왜 해군에 입대하지 않았지?" 하사가 물었다.

"그건 말이죠, 노야에서 입대한 것이 아니라 제가 태어난 네그레이라***에서 입대했으니까 그렇죠. 탐브레 강 상류에 있는 네그레이라에서는 육군에 입대하기 마련이거든요."

"운이 나빴군." 하사가 말했다.

"해군이라고 해서 위험하지 않다고 생각할 순 없죠." 침대에 걸터앉은 병사가 끼어들었다. "전투에 직접 참가할 염려는 없다고 하지만, 그쪽 겨울 해안은 위험하거든요."

"그래도 육군보다 나쁜 곳은 없겠지." 하사가 대꾸했다.

"아니, 하사님! 무슨 말을 그렇게 하십니까?" 요리하던 병사가 말했다.

---

* 스페인 북서쪽 지방 갈리시아 자치구에 있는 도시.
** 스페인 북서쪽 지방 갈리시아 자치구에 있는 해양 도시.
*** 스페인 북서부 갈리시아 자치구에 있는 도시.

"그게 아냐. 내 말은 위험성을 두고 하는 얘기야. 폭격을 견뎌 내야 하지, 공격이 늘 있지, 참호 속에서 생활해야 하지."

"이곳이라면 그리 고통스럽지도 않죠." 침대에 걸터앉은 병사가 말했다.

"하느님의 은총 덕분에 말이지. 하지만 언제 어느 때 무슨 일을 또 당할지 누가 알겠어? 지금처럼 언제까지나 무사태평하게 있을 수 없다는 게 뻔한데!"

"우린 도대체 언제까지 이 특별 임무를 맡게 되는 겁니까?"

"난들 아나. 하지만 전쟁이 끝날 때까지 여기 있었으면 좋겠어." 하사가 말했다.

"여섯 시간 보초 근무는 너무 길어요." 요리하던 병사가 불평했다.

"그럼 이 눈보라가 계속되는 동안엔 세 시간 교대로 하지. 그 정도가 정상일 거야." 하사가 말했다.

"아까 그 사령부의 자동차들은 뭐죠? 그런 사령부의 자동차들이라면 보기도 싫어요." 침대에 걸터앉은 병사가 물었다.

"그건 나도 그래. 다 불길한 징조거든." 하사가 맞장구쳤다.

"그리고 비행기 말이에요. 비행기들도 모두 불길한 징조죠." 요리하던 병사가 말했다.

"하지만 우리 공군은 굉장해. 빨갱이 놈들한테는 우리가 가진 그런 공군이 없지. 오늘 아침 그런 비행기들을 보면 누구라도 기분이 좋아지거든." 하사가 대꾸했다.

"난 빨갱이 놈들의 비행기들이 제법 그럴듯해 보일 때 날고 있는 걸 본 적이 있죠." 침대에 걸터앉은 병사가 말했다. "동력이 두 개 달린 폭격기들이 날아오는 걸 본 적이 있는데 무서워서 혼났어요."

"그래. 하지만 우리 공군만큼 가공하지는 못해. 우리 공군은 절대 이길 수 없지."

안셀모가 눈보라 속에서 도로와 제재소 창에 비친 불빛을 지켜보며 기다리는 동안, 제재소 안에서 병사들은 이렇게 지껄이고 있었다.

난 사람 죽이는 일은 맡지 않게 되었으면 좋겠어, 하고 안셀모는 생각하고 있었다. 전쟁이 끝나고 나면 사람을 죽인 것에 대해 엄청나게 속죄해야 할 거야. 만약 전쟁 뒤에 종교가 없어진다고 해도 어떤 형식이든 살인 행위의 죄를 씻어 내는 공적인 속죄 행위가 있어야 할 거야. 그렇지 않고선 진실하고 인도적인 삶의 기반을 갖추지 못할 거야. 살인이 필요하다는 건 나도 알지. 하지만 아무리 그렇다 해도 그런 행위를 범한다는 건 인간으로서 아주 나쁜 일이야. 이번 전쟁이 끝나서 우리가 승리하게 되면, 우리 모두의 죄를 씻어 줄 어떤 종류의 속죄 행위가 반드시 있어야 해.

안셀모는 마음씨가 아주 착해서 오랫동안 혼자 있을 때면 — 혼자 있을 때가 많았지만 — 늘 이 살인 문제가 마음에 걸렸다.

잉글레스는 어떨까, 하고 그는 생각해 보았다. 그 친구는 이 문제에 별로 마음을 쓰지 않는다고 내게 말했지. 하지만 그 친구는 예민하고 다정한 것 같아. 하기야 젊은 사람들에게는 이런 문제가 그리 대수롭지 않을 수도 있겠지. 외국인들이나 우리와 종교가 다른 사람들은 우리 태도와 똑같지 않을 테니까. 하지만 내 생각에는, 어떤 인간이든 사람을 죽이면 짐승처럼 돼 버려. 또 비록 살인이 필요한 행위라 해도 사람을 죽인다는 건 심각한 죄악이거든. 그래서 그런 짓을 한 뒤에는 반드시 그 것에 대해 속죄하는 강력한 뭔가 따라야만 해.

이제는 사방이 아주 어두워졌고, 그래서 그는 도로 저쪽의 불빛을 바라보며 두 팔로 앞가슴을 두들겨 몸을 따뜻하게 했다. 자, 이제는 캠프로 돌아가도 되겠지, 하고 그는 생각했다. 그러나 무엇 때문인지 그는 길 위쪽 나무 옆에 그대로 서 있었다. 눈은 갈수록 심하게 내렸다. 오늘 밤중으로 다리를 해치워 버리면 좋겠는걸, 하고 안셀모는 생각했다. 이런 밤이라면 초소를 습격하고 다리를 폭파하기가 누워서 떡 먹기일 텐데. 쉽게 해치워 만사를 끝낼 수 있을 텐데 말이야. 이런 밤이라면 무슨 일이라도 해낼 수 있지 않을까.

그러고 나서 그는 나무를 등지고 서서 가볍게 두 발을 동동 구르면서 다리 일은 더 이상 생각하지 않았다. 밤이 오면 언제나 마음이 쓸쓸해졌는데, 오늘 밤에는 유난히 쓸쓸하여 허기와 같은 공허함이 그를 엄습해 왔다. 예전 같으면 이 외로운 심정을 기도로 달랠 수 있었다. 사냥에서 돌아오면서 똑같은 기도를 몇 번이고 되풀이하면 마음이 차분히 가라앉곤 했다. 하지만 내전에 참가한 뒤로는 한 번도 기도를 한 적이 없었다. 때로는 기도가 그리웠지만 기도를 드리는 건 불공평하고 위선적인 행위라는 생각이 들었다. 그는 호의나 다른 사람과 다른 대우는 받고 싶지 않았다.

그래, 난 지금 외로워, 하고 그는 생각했다. 하기야 군인이란 모두가 외롭지. 군인의 아내와, 가족이나 부모를 잃은 사람도 하나같이 외롭지. 내겐 아내가 없어. 내전이 일어나기 전에 마누라가 죽어서 다행이야. 마누라는 이 내전을 이해하지 못했을 테지. 내겐 자식도 없고, 앞으로도 물론 없을 거야. 일을 하지 않는 대낮에는 외로워. 하지만 밤은 가장 외로운 시간이지. 그러나 내겐 어떠한 사람도, 어떠한 신도 빼앗아 가지 못하는 게 한 가지 있지. 그것은 공화국을 위해 충실히 일해 왔다는 사실이야. 난 사람들이 뒷날에 함께 누릴 선(善)을 위해 힘들게 일해 왔어. 내전이 시작되면서부터 난 최선을 다해 왔어. 무엇 하나 부끄러워할 일은 한 적이 없어.

오직 하나 마음에 걸리는 것은 사람을 죽인다는 것뿐이지. 하지만 곧 그것을 속죄할 기회가 반드시 올 거야. 많은 사람이 짊어지고 있는 이 죄를 덜기 위해서 올바른 구원의 길을 생각해 낼 테니까. 잉글레스하고 이 일을 이야기하고 싶지만, 그 사람은 아직 젊어서 그 참된 뜻을 이해하지 못할지도 몰라. 아까 그 친구가 사람 죽이는 얘기를 꺼냈지. 아니, 내가 꺼냈던가? 그 친구도 틀림없이 많은 사람을 죽였겠지만 사람을 죽이는 걸 좋아하는 기색은 보이지 않았어. 살인을 좋아하는 녀석들은 늘 타락한 면이 있기 마련이거든.

그것은 분명히 큰 죄악이야, 하고 그는 생각했다. 비록 그게 필요하다 해도 그것을 실행할 권리가 우리한테는 없기 때문이지. 하지만 스페인에서는 살인 행위가 너무나도 가볍게, 게다가 정말로 필요도 없이 이루어지는 경우가 많아. 그래서 나중에 도저히 돌이킬 수 없는 심각하고 부정한 일도 신속하게 벌어지는 거야. 이 일에 대해 너무 생각하지 않는 게 좋겠어, 하고 그는 생각했다. 이제라도 곧 시작할 수 있는 속죄 방법이 있었으면 좋겠는걸. 이 일은 일생 동안 외로울 때마다 기분을 언짢게 할 유일한 문제니까. 다른 일들은 친절을 베풀거나 적당한 방법으로 용서를 빌거나 속죄할 수 있지. 하지만 살인 행위만은 아주 큰 죄악이기 때문에 이 일을 꼭 바로잡고 싶어. 훗날 언젠가 나라를 위해 일을 하거나, 죄를 면할 수 있는 일을 할 수 있을 때가 올지도 모르지. 교회가 있었을 때처럼 어쩌면 속죄 방법이 생길지도 몰라, 하고 생각하고 그는 미소를 지었다. 교회란 속죄를 위해서 만들어진 게 아닌가. 그것에 생각이 미치자 기분이 좋아져 어둠 속에서 미소 짓고 있는데, 로버트 조던이 가까이 다가왔다. 아무 소리 없이 다가오는 바람에 노인은 그가 자기 바로 옆에 올 때까지도 알아채지 못했다.

"올라, 비에호.(어이, 영감님.) 괜찮습니까?" 로버트 조던이 나지막하게 속삭이고는 노인의 등을 가볍게 두드렸다.

"지독히 춥구려." 안셀모가 대답했다. 페르난도는 조금 떨어진 곳에 눈보라를 등지고 서 있었다.

"자, 이제 가시죠. 어서 캠프로 돌아가 몸을 녹이십시오. 영감님을 이렇게 오랫 동안 여기 있게 한 건 큰 실수였습니다." 로버트 조던이 나지막하게 말했다.

"저것이 놈들의 등불이야." 안셀모가 손가락으로 가리켰다.

"보초는 어디 있습니까?"

"여기선 보이지 않아. 저 모퉁이를 돌아서 있으니까."

"빌어먹을 놈들 같으니!" 로버트 조던이 나지막하게 내뱉었다. "얘기는 캠프에 가서 듣기로 하죠. 자, 어서 돌아갑시다."

"보여 줄 게 있어." 안셀모가 말했다.

"내일 아침에 보기로 하죠. 자, 이걸 한 모금 마셔 봐요." 로버트 조던이 말했다.

그는 노인에게 술병을 건네주었다. 안셀모는 술병을 기울여 한 모금 마셨다.

"아, 지독해. 마치 불같군." 그는 이렇게 말하면서 입을 훔쳤다.

"자, 가시죠. 어서 가자고요." 로버트 조던이 어둠 속에서 말했다.

이제는 완전히 어둠이 내려 휘날리는 눈송이와 우뚝 서 있는 시커먼 소나무 줄기밖에 아무것도 보이지 않았다. 페르난도는 위쪽으로 조금 떨어진 곳에 서 있었다. 저 담배장수 인디언 좀 봐, 하고 로버트 조던은 생각했다. 저 녀석한테도 한 모금 마시도록 해 줘야겠군.

"어이, 페르난도! 한 모금 어때요?" 그가 가까이 다가가면서 불렀다.

"아니, 괜찮아요. 어쨌든 고맙소." 그가 대답했다.

나야말로 고맙지, 하고 로버트 조던은 생각했다. 담배장수 인디언이 술을 마시지 않아서 참 다행이야. 이젠 얼마 남지도 않았으니까. 아, 영감을 만나서 기쁘군, 하고 로버트 조던은 생각했다. 산을 오르기 시작하면서 그는 노인의 얼굴을 쳐다보고 다시 한 번 그의 등을 가볍게 툭 두드렸다.

"비에호(영감님), 영감님을 만나서 참 기쁩니다. 우울하다 가도 영감님만 만나면 기분이 좋아지거든요. 자, 어서 올라가 죠." 그가 안셀모에게 말했다.

그들은 눈을 맞으며 언덕을 올라갔다.

"파블로의 궁전을 향하여." 로버트 조던이 안셀모에게 말했다. 이 말을 스페인어로 하니 제법 근사하게 들렸다.

"엘 팔라시오 델 미에도.(공포의 궁전으로지.)" 안셀모가 대 꾸했다.

"라 케바 데 로스 우에보스 페르디오스.(잃어버린 달걀의 굴 속을 향해서.)" 로버트 조던이 덧붙여 말했다.

"무슨 달걀 말이오?" 페르난도가 물었다

"농담이죠. 그저 농담이에요. 당신도 알다시피 진짜 달걀이 아니에요. 다른 거죠." 로버트 조던이 대꾸했다.

"하지만 왜 그것들을 잃어버렸다고 하는 거죠?" 페르난도 가 물었다.

"난 잘 몰라요. 알고 싶으면 책을 찾아봐요. 아니면 필라르 한테 물어보거나." 그러고 나서 걸어가는 동안 그는 안셀모의 어깨를 한 팔로 감고 꼭 껴안았다. "이보십시오, 영감님, 영감 님을 만나서 정말 기뻐요. 아시겠습니까? 이 나라에서 보초를 세워 둔 장소에서 그 사람을 다시 만나는 게 뭘 뜻하는지 잘 모르실 겁니다."

이 나라에 대해서 뭐라도 좋지 않은 말을 한다는 건 그만큼 그가 신뢰와 친근감이 있다는 걸 보여 주는 것이다.

"나도 자네를 만나 기뻐. 하지만 막 가려던 참이었어." 안셀모도 맞장구를 쳤다.

"만약 가 버렸다면 큰일 날 뻔했어요. 영감님이 맨 먼저 얼어 죽었을걸요." 로버트 조던이 행복한 듯 말했다.

"위쪽 일을 잘됐나?" 안셀모가 물었다.

"잘됐습니다. 모든 일이 잘되어 갑니다." 로버트 조던이 대답했다.

지금 그는 혁명군을 이끄는 사람만이 즐길 수 있는, 돌발적이고 좀처럼 보기 드문 행복감에 젖어 있었다. 그것은 측면 부대 중 한쪽이 어쨌든 완전히 지탱되고 있다는 걸 깨달았을 때의 행복감이었다. 만약 양쪽이 그대로 지탱되고 있다면 그것도 너무 부담스러울지 모르지, 하고 그는 생각했다. 누가 감히 그걸 견뎌 낼 준비가 되어 있겠어. 또 만약 한쪽을 따라 뻗어 나가다 보면, 그게 어떤 한쪽이건 결국에는 한 사람을 만나게 되지. 그래, 한 사람 말이야. 그가 바라는 원리는 이게 아니었다. 하지만 이 영감은 좋은 사람이야. 선량한 한 사람. 당신은 전투 때 내 한쪽 팔이 될 수 있어, 하고 그는 생각했다. 아직은 그 이야기를 당신에게 하지 않는 게 좋겠어. 이건 정말로 소규모의 전투가 될 거야, 하고 그는 생각했다. 하지만 참으로 기막힌 전투이기도 할 거야. 그래, 난 언제나 내가 지휘하는 전투를 하고 싶지 않았던가. 아쟁쿠르 전투*부터 해서, 다른 사

---

* 1415년 10월 백년전쟁 때 영국군이 병사가 훨씬 많은 프랑스군에 맞서 승리를 거둔 전투.

람들의 전투에서 무엇이 잘못이었는지 나 나름의 의견이 있어. 난 이번 전투를 멋지게 해치우겠어. 소규모이긴 하지만 아주 훌륭한 전투가 될 거야. 만약 내 생각대로만 할 수 있다면 이건 틀림없이 멋진 전투가 될 거야.

"이봐요, 영감님을 만나게 되어 참 기뻐요." 그가 안셀모에게 말을 건넸다.

"나도 그렇구려." 노인이 대답했다.

그들은 어둠 속에서 바람을 등지고 산 위쪽으로 올라갔다. 그들이 위쪽으로 올라가는 동안 눈보라가 그들 옆으로 휘몰아치며 지나갔다. 안셀모는 이제 쓸쓸하지 않았다. 잉글레스가 그의 어깨를 툭 쳐 준 뒤로는 조금도 외롭지가 않았다. 잉글레스 청년은 행복하고 유쾌했고, 두 사람은 계속 농담을 주고받았다. 잉글레스는 만사가 다 잘되어 간다고 했고 걱정하는 기색도 별로 없었다. 술기운이 배 속에 퍼져 훈훈하게 몸을 녹여 주었고, 오르막길을 걷는 발도 이제 따듯해지고 있었다.

"도로에는 별다른 움직임이 없었어." 노인이 잉글레스 친구에게 말했다.

"잘됐어요. 동굴에 돌아가서 보여 주십시오." 잉글레스가 그에게 말했다.

안셀모는 이제 행복했고, 망을 보던 장소에서 떠나지 않았던 것이 진심으로 기뻤다.

노인이 캠프로 돌아갔더라도 아무 일 없었을 거야. 이런 상황에서는 그게 오히려 현명하고 옳은 일일 테지, 하고 로버트 조던은 생각했다. 하지만 이 노인은 명령대로 그곳에 그대로 남아 있었던 게 아닌가, 하고 로버트 조던은 생각했다. 이런 일은 스페인에서는 아주 보기 드물거든. 폭풍이 휘몰아치는데 그대로 머물러 있다는 것, 이것은 어쩌면 큰 의미가 있지. 독일 사람들이 공격을 폭풍이라고 부르는 것도 일리가 있는 말이야. 이렇게 그대로 남아 있을 만한 사람을 두세 명만 더 쓸 수 있으면 좋을 텐데. 틀림없이 쓸 수 있을 거야. 저 페르난도라면 남아 있을까. 남아 있을지도 모르지. 어쨌든 그 사나이는 아까 나와 같이 가겠다고 자청하지 않았던가. 넌 저 사나이가 남아 있으리라고 생각하는가? 그렇게 생각하는 건 잘못일까? 저 사나이는 그저 고집불통일 뿐이야. 좀 더 자세히 물어 봐야겠는걸. 담배장수 인디언은 지금 무슨 생각을 하고 있는 걸까.

"페르난도, 지금 무엇을 생각하고 있소?" 로버트 조던이 물었다.

"왜 그런 걸 묻소?"

"호기심 때문에. 난 호기심이 무척 많은 사람이거든요." 로버트 조던이 대답했다.

"저녁밥 생각했소." 페르난도가 대답했다.

"먹는 걸 좋아하는군요?"

"그래요. 아주 좋아해요."

"그럼 필라르의 요리 솜씨는 어때요?"

"보통이죠." 페르난도가 대답했다.

이 사나이는 쿨리지*를 닮았구나, 하고 로버트 조던은 생각했다. 하지만 이 사나이라면 계속 남아 있을 것 같다는 예감이 드는군.

세 사람은 무거운 발걸음으로 눈 속을 걸어서 언덕 위쪽으로 터벅터벅 올라갔다.

---

* 존 캘빈 쿨리지 2세(1872~1933). 미국의 제29대 부통령과 제30대 대통령.

16

 "엘소르도 영감이 다녀갔어." 필라르가 로버트 조던에게
말했다. 그들이 눈보라 속에서 연기가 자욱하고 따뜻한 동굴
속으로 들어서자 그녀가 고개를 끄덕여 로버트 조던에게 자
기 쪽으로 오라고 신호를 보냈다. "말을 찾아보고 오겠다고
갔어."
 "잘됐어요. 내게 무슨 말을 남기진 않던가요?"
 "그저 말을 찾으러 간다고만 하던데."
 "그러면 우리는요?"
 "노 세.(모르겠어.) 저 사람 좀 봐." 그녀가 말했다.
 로버트 조던은 굴속으로 들어올 때 이미 파블로를 보았고,
파블로는 그를 향해 히죽 웃어 보였다. 이제 그는 나무 테이블
앞에 앉아 그를 바라보면서 다시 히죽 웃으며 손을 내젓고 있
었다.

"잉글레스 양반, 아직도 눈이 내리고 있나, 잉글레스 양반?" 파블로가 큰 소리로 말했다.

로버트 조던은 그를 향해 고개를 끄덕여 보였다.

"신을 벗겨 말려 줄게요. 연기 나는 불 옆에 걸어 둘게요." 마리아가 말했다.

"태우지 않도록 조심해. 맨발로 이 산을 쏘다니고 싶진 않으니까." 로버트 조던이 그녀에게 말했다. 그러고 나서 필라르 쪽을 돌아보았다. "무슨 일이죠? 무슨 회의라도 하는 중인가요? 보초는 내보내지 않았어요?"

"이런 눈보라 속에? 케 바.(당치 않은 소리.)"

사나이 여섯이 테이블 앞에 앉아 벽에 등을 기대고 있었다. 안셀모와 페르난도는 아직도 재킷의 눈을 털고 바지를 두들기고 입구 옆 벽에 대고 신발의 눈을 털고 있었다.

"재킷도 벗어요. 그대로 뒀서 눈이 녹게 하지 말고." 마리아가 말했다.

로버트 조던은 재킷을 벗고 바지의 눈을 턴 뒤 구두끈을 풀었다.

"그러다간 이곳이 온통 젖어 버리겠는걸." 필라르가 말했다.

"나를 이쪽으로 불러들인 건 아주머니였잖아요."

"그렇다고 해도 눈을 털 땐 입구 쪽으로 좀 나가서 한다고 어디 덧날 건 없잖아."

"참 미안하게 됐어요." 로버트 조던이 더러운 땅바닥 위에 맨발로 선 채 말했다. "마리아, 미안하지만 양말 한 켤레 찾아다 줘."

"임금님 같구먼." 필라르가 이렇게 말하고는 장작개비 하나를 불 속에 던졌다.

"아이 케 아프로베차르 엘 티엠포.(주어진 시간을 잘 이용해야죠.)" 로버트 조던이 그녀에게 말했다.

"자물쇠가 채워져 있는데요." 마리아가 말했다.

"자, 여기 열쇠가 있어." 그가 열쇠를 던져 주었다.

"이 배낭에는 맞질 않아요."

"그럼 다른 배낭이겠지. 양말은 위쪽 옆에 들어 있어."

마리아는 양말 한 켤레를 찾아내 배낭 주둥이를 묶고 자물쇠를 채운 뒤 열쇠와 함께 양말을 갖고 왔다.

"앉아서 신고 발을 잘 문질러요." 그녀가 말했다. 로버트 조던이 그녀를 향해 히죽 웃었다.

"네 머리카락으로 닦아 줄 순 없는 거야?" 그가 필라르에게 들으라는 듯 큰 소리로 말했다.

"이런 돼지 같은 사람이 있나! 아깐 임금 행세를 하더니 이제는 아주 예수님처럼 구네.* 마리아, 그 장작개비로 한 대 때려 줘." 필라르가 말했다.

"그게 아닙니다. 기분이 좋아서 농담을 하는 겁니다." 로버트 조던이 그녀에게 변명했다.

"기분이 좋다고?"

"네, 좋아요. 만사가 다 잘 되어 가는 것 같으니까요." 그가

---

* "그때에 마리아가 매우 값진 순 나드 향유 한 근을 가져다가 예수의 발에 붓고, 자기 머리털로 그 발을 닦았다." (「요한복음」 12장 3절)

대답했다.

"로베르토, 앉아서 발을 말려요. 몸이 따뜻해지게 뭐 마실 걸 가져다줄게요." 마리아가 말했다.

"저 사람이 전엔 한 번도 물에 발을 담가 본 적이 없는 것처럼 야단법석이구나. 눈도 맞아 본 적이 없는 것처럼 굴고 말이야." 필라르가 말했다.

마리아는 양피 한 장을 갖고 와 더러운 동굴 바닥에 깔았다.

"자, 신발이 마를 때까지 발밑에 깔고 있어요."

양피는 아직 무두질을 하지 않고 갓 말린 것이어서 로버트 조던이 양말 신은 발을 그 위에 올려놓으니 마치 양피지처럼 바삭바삭한 촉감이 느껴졌다.

화롯불에서 연기가 피어오르자 필라르가 마리아를 불렀다. "불 좀 빨리 피워, 이 못난 것아. 여기는 훈제실이 아니야."

"아주머니가 좀 피워요. 난 지금 엘소르도 영감이 두고 간 술병을 찾는 중이니까요." 마리아가 대꾸했다.

"그 영감 짐 뒤에 있잖아. 마치 젖먹이처럼 그 사람을 일일이 돌봐 줘야 한단 말이냐?" 필라르가 그녀에게 핀잔을 주었다.

"그게 아니죠. 젖어서 몸이 차가워진 남자잖아요. 그리고 이제 막 집으로 돌아온 남자니까요. 자, 여기 있어요." 그녀는 로버트 조던이 앉아 있는 곳으로 술병을 들고 왔다. "이게 오늘 낮에 마시던 술이에요. 이 병으로 멋있는 램프를 만들 수도 있겠네요. 다시 전기가 들어오면 이 병으로 얼마나 멋진 램프를 만들 수 있을까." 그녀는 자못 감탄하는 듯 조그마한 위스키 병을 들여다보았다. "로베르토, 이거 한 잔 마시는 게 어때요?"

"난 잉글레스인 줄로 알고 있었는데." 로버트 조던이 그녀에게 말했다.

"다른 사람들 앞에서는 당신을 로베르토라고 부를래요. 이거 안 마실래요, 로베르토?" 그녀는 나지막한 목소리로 말하고는 얼굴을 붉혔다.

"로베르토, 한잔하겠나, 돈 로베르토?" 파블로가 꼬부라진 소리로 무뚝뚝하게 말하고는 로버트 조던을 향해 고개를 끄덕여 보였다.

"당신도 좀 하겠어요?" 로버트 조던이 그에게 물었다.

파블로는 고개를 가로저었다. "난 포도주로 꽤 취하는 중인걸." 그가 위엄 있게 대답했다.

"그럼 바쿠스 신과 정답게 노시구려." 로버트 조던은 말했다.

"바쿠스가 누구야?" 파블로가 물었다.

"당신의 동지죠." 로버트 조던이 대답했다.

"그 이름은 처음 들어 보는걸. 이 산중에선 그런 이름은 들어 본 적이 없어." 파블로가 무뚝뚝하게 말했다.

"안셀모 영감님에게도 한 잔 드려." 로버트 조던이 마리아에게 말했다. "추운 건 그 영감님이니까." 그는 마른 양말을 신으면서 물에 탄 위스키를 마셨다. 맛이 산뜻한 것이 몸이 살짝 달아올랐다. 하지만 압생트처럼 내장을 핑 돌게 하지는 않아, 하고 그는 생각했다. 이 세상에 압생트 같은 술은 둘도 없지.

누가 이런 산중에서 위스키를 마실 수 있으리라고 상상이나 할까, 하고 그는 생각했다. 하지만 생각해 보면, 이런 것을 입수할 가능성이 제일 높은 곳은 라그랑하일 거야. 엘소르도 영감이 이곳을 찾아온 폭파원을 위해 한 병 구해다가, 그걸 여기까지 일부러 가져와 놓고 간 것을 상상해 봐. 이런 일은 그들의 단순한 예의가 아니거든. 그저 술병을 꺼내 형식적으로 마시는 게 예의겠지. 프랑스 사람들이 지킬 예의일 것이고, 그들이라면 남은 술을 다음 기회를 위해 남겨 둘 테지. 아니, 찾아온 손님이 정말로 그것을 좋아할지를 사려 깊게 생각하고, 그가 즐기도록 가져다준다는 것, 그것도 자기 일이 급해서 남의 일을 돌볼 여유조차 없이 눈앞의 일에만 골몰해야 할 때 그처럼 마음을 쓴다는 것 — 이것이 바로 스페인 사람이야. 스페인 사람의 한 부류지, 하고 그는 생각했다. 위스키를 가져오는 것을 잊지 않는다는 게 네가 이 나라 민중을 사랑하는 이유 가운데 하나야. 그렇다고 그들을 너무 낭만적으로 생각해서는 안 돼, 하고 그는 생각했다. 미국 사람들처럼 스페인 사람들도 여러 부류가 있으니까. 하지만 어쨌든 위스키를 가져다준다는 것은 정말 고마운 일이야.

"술맛이 어떻습니까?" 그가 안셀모에게 물었다.

노인은 얼굴에 미소를 띠고 큼직한 두 손으로 술잔을 받쳐 든 채 불 옆에 앉아 있었다. 그는 고개를 가로저었다.

"좋지 않나요?" 로버트 조던이 그에게 물었다.

"저 아이가 물을 섞었어." 안셀모가 대답했다.

"로베르토가 마시는 것과 똑같이 했는데요. 영감님은 무슨 특별한 방법이라도 있어요?" 마리아가 항의하듯 물었다.

"아니, 뭐 특별한 방법이 있는 건 아냐. 하지만 난 요놈이 목구멍을 타고 내려가면서 톡 쏘는 맛이 참 좋단 말씀이야." 안셀모가 그녀에게 대답했다.

"그럼 그걸 나한테 줘요." 로버트 조던이 마리아에게 말했다. "그리고 영감님에게는 톡 쏘는 것으로 한 잔 따라 드려."

그는 그 술잔의 술을 자기 잔에 붓고, 빈 잔을 아가씨에게 건네주었다. 마리아는 조심조심 술병에서 잔에 술을 따랐다.

"아!" 안셀모는 잔을 받아 들고, 머리를 뒤로 젖히고는 목구멍 아래로 흘려보냈다. 그는 병을 들고 서 있는 마리아를 향해 찡긋 윙크를 했다. 그의 두 눈에서는 눈물이 흘러내렸다. "이거야. 바로 이거라고." 그가 말했다. 그러고는 입술을 핥았다. "이거라면 내 배 속에 든 기생충도 몽땅 죽을 거야."

"로베르토, 이젠 식사할래요?" 마리아가 여전히 병을 든 채 이렇게 말하며 그의 옆으로 가까이 다가왔다.

"식사 준비가 다 된 거야?"

"언제라도 당신이 먹고 싶을 때 먹으면 돼요."

"다른 사람들은 모두 했나?"

"당신과 안셀모와 페르난도 말고는 모두 들었어요."

"그럼 하지. 그리고 아가씨는?" 그가 그녀에게 물었다.

"필라르와 나중에 할래요."

"지금 우리와 함께 하지."

"싫어요. 그건 안 돼요."

"자, 같이 해. 우리 나라에서 남자는 절대로 자기 아내보다 먼저 식사를 하지 않아."

"그건 당신 나라의 일이잖아요. 이곳에서는 여자가 나중에 먹는 게 나아요."

"그 사람하고 같이 먹지그래. 같이 먹어. 같이 마시고. 같이 자고. 같이 죽으면 되잖아. 그 사람 나라의 관습을 따라야지." 파블로가 테이블에서 이쪽을 바라보며 내뱉었다.

"술에 취했나요?" 로버트 조던이 파블로 앞으로 가서 서서 말했다. 수염을 깎지 않아 보기 흉하게 덥수룩한 사나이가 기분이 좋은 듯 그를 올려다보았다.

"그래 취했어. 잉글레스 양반, 당신 나라가 어디지? 마누라들이 남편들과 함께 식사한다는 그 나라 말이야?" 파블로가 물었다.

"에스타도스 우니도스(아메리카 합중국)의 몬태나 주라는 곳이죠."

"그곳에서는 남자도 여자처럼 치마를 입나?"

"아니죠. 그건 스코틀랜드죠."

"한데 이봐, 잉글레스 양반, 당신이 그런 치마를 입게 되면……." 파블로가 입을 열었다.

"난 치마를 입지 않아요." 로버트 조던이 대답했다.

"당신이 그런 치마를 입게 되면 말이지, 그 속에는 뭘 입지?" 파블로가 계속 말을 이었다.

"스코틀랜드 사람들이 뭘 입는지는 몰라요. 나도 그게 궁금하지만." 로버트 조던이 대꾸했다.

"에스코세세스(스코틀랜드 사람들)가 아냐. 누가 스코틀랜드 사람들에게 관심을 갖겠어? 본 적도 없는 그런 이름의 나라에 누가 관심을 갖겠느냐고? 난 아니야. 조금도 관심 없어.

당신, 잉글레스 양반. 당신 말이야. 당신 나라에서는 치마 아래에 뭘 입느냐 말이야?" 파블로가 말했다.

"우리 나라에서는 치마를 입지 않는다고 두 번이나 말했잖소. 술에 취해서건 장난삼아서건 절대로 입지 않아요." 로버트 조던이 말했다.

"하지만 어쨌든 당신 치마 밑에 말이야. 당신들이 치마를 입는다는 걸 모르는 사람이 없으니까. 심지어 군인들도 입는다던데. 그걸 사진으로도 보았고, 또 프라이스의 서커스단에서도 봤거든. 그래 당신은 치마 밑에 뭘 입지, 잉글레스 양반?" 파블로가 끈질기게 물었다.

"로스 코호네스.(불알.)" 로버트 조던이 대답했다.

그러자 안셀모가 웃었고, 그 밖에 이 두 사람의 대화를 듣고 있던 사람들도 모두 웃었다. 페르난도를 제외하고는. 여자들 앞에서 이런 천박한 말을 한 그는 기분이 불쾌했다.

"옳아, 그게 정상이지. 하지만 내 생각에는, 불알을 차고 있으면 치마 같은 건 입지 않으려고 할 테지." 파블로가 대꾸했다.

"잉글레스 양반, 이젠 그 사람과 말상대를 하지 마쇼. 술에 취했으니까." 코가 찌부러지고 얼굴이 납작한 프리미티보라는 사나이가 말했다. "한데 당신네 나라에선 뭘 키워 먹고 살고 있소?"

"소와 양을 치지. 곡물하고 콩도 많이 재배하고. 또 설탕을 만들기 위해 사탕수수도 재배한다네." 로버트 조던이 대답했다.

세 사람은 이제 테이블 앞에 가서 앉았고, 그 밖의 사람들도 파블로를 제외하고는 모두 그 주위에 바짝 둘러앉았다. 파블로는 포도주가 든 사발을 앞에 놓고 혼자 앉아 있었다. 음식은 어제 저녁과 마찬가지로 스튜였다. 로버트 조던은 걸신들린 사람처럼 먹었다.

"당신네 나라에도 산이 있소? 하기야 이름으로 봐서는 산이 많을 것 같은데." 프리미티보는 화제를 돌리려고 정중하게 물었다. 그는 파블로의 술주정을 부끄럽게 생각하고 있었다.

"많은 데다 아주 높아."

"그리고 좋은 목장도 있소?"

"목장이 아주 훌륭하지. 여름철에는 숲속의 고지대 목장을 정부에서 관리하지. 가을이 되면 가축을 낮은 지대로 몰고 오고."

"토지는 농부들 소유요?"

"토지는 대부분 그것을 경작하는 사람들이 소유하고 있어. 본디는 국유였지만, 그곳에 살면서 개간하겠다는 의사만 표시하면 한 사람이 150헥타르까지 소유권을 얻을 수 있었어."

"어떻게 그렇게 되는지 말해 주시오. 뭔가 중요한 의미가 있는 농지 개혁 같거든." 아구스틴이 말했다.

로버트 조던은 자작 농장* 과정에 대해 설명했다. 그는 이제까지 그것을 농지 개혁이라고 생각한 적은 한 번도 없었다.

"참 멋진 개혁이군. 그럼 당신네 나라에도 공산주의가 있소?" 프리미티보가 물었다.

---

* 1862년 자작 농장법에 따라 개척지에 들어와 사는 사람들에게 정부가 준 65만평방미터 정도의 토지.

"천만에. 그건 공화국 아래서 이루어지고 있어."

"내 생각에도 공화국 아래서 모든 일이 이루어질 수 있을 것 같아. 다른 형태의 정부 같은 건 있을 필요가 없다고 생각하거든." 프리미티보가 말했다.

"당신 나라에는 대소유주가 없소?" 안드레스가 물었다.

"그야 많지."

"그럼 착취도 있겠네요."

"물론 있고말고! 착취가 많지."

"하지만 당신들은 그 사람들을 없애려고 하겠죠?"

"점점 없애려고 노력하고 있어. 하지만 아직도 그런 일이 성행하고 있지."

"하지만 분할해야 할 만큼 엄청난 사유지는 없나요?"

"물론 있지. 하지만 세금으로도 그런 사유지를 분할할 수 있다고 믿는 사람들이 있거든."

"어떻게 말인가요?"

로버트 조던은 남은 스튜를 빵조각으로 닦아 내면서 어떻게 소득세와 상속세가 운용되는지 설명했다. "하지만 그래도 여전히 엄청난 재산이 남게 되거든. 토지에도 물론 세금이 있고." 그가 덧붙여 말했다.

"하지만 대소유주들이나 대부호들이 그런 세금에 반대해 혁명을 일으키지 않겠소? 그런 세금은 혁명적인 것처럼 보이는데. 파시스트 놈들이 바로 이 나라에서 그래 온 것처럼, 그 사람들이 그런 위협을 받고 있다는 걸 알면 정부에 대해 반기를 들 텐데요." 프리미티보가 말했다.

"그럴 가능성이 있지."

"그렇게 되면 당신들도 우리가 여기서 싸우고 있는 것처럼 싸워야 하는 게 아닌가요?"

"그렇지. 싸워야 해."

"하지만 당신 나라에는 파시스트들이 그다지 많지 않겠죠?"

"자기 자신이 파시스트라는 걸 모르는 사람이 많지만, 때가 되면 알게 되겠지."

"하지만 당신들은 그들이 반항하여 일어설 때까지는 그들을 쳐부술 수 없겠죠?"

"그럴 순 없어. 우리는 그 사람들을 쳐부술 순 없어. 하지만 우리는 국민을 교육시켜서 그들에게 파시즘을 무서워하도록 할 순 있지. 그래서 파시즘이 나타나면 그것을 깨닫고 맞설 수 있을 거네." 로버트 조던이 대답했다.

"당신은 파시스트가 하나도 없는 곳이 어딘지 알아요?" 안드레스가 물었다.

"그곳이 어딘데?"

"파블로의 고향." 안드레스가 이렇게 대답하고 히죽 웃었다.

"그 마을에서 어떤 일이 일어났는지 알죠?" 프리미티보가 로버트 조던에게 물었다.

"물론 알고말고. 그 얘기를 들었거든."

"필라르한테서요?"

"응."

"그 여자한테서라면 모든 얘기를 다 듣지는 못했을걸." 파블로가 무뚝뚝하게 말했다. "창밖의 의자에서 굴러 떨어지는 바람에 끝까지 볼 수가 없었으니까."

"그럼 당신이 그 뒷얘기를 하구려. 내가 그 얘기를 모른다니 당신이 해 주면 되겠네." 필라르가 말했다.

"싫어! 난 아직껏 한 번도 그 얘기를 해 본 적이 없어." 파블로가 대꾸했다.

"그렇겠지. 당신이 얘기할 리가 없지. 그리고 지금은 그런 일이 없었더라면 좋았을 거라고 생각할 테니까."

"그렇지 않아. 그건 사실이 아냐. 그리고 모두 나처럼만 파시스트 놈들을 죽였다면 이런 전쟁은 아예 없었을 거야. 하지만 지금 같은 식으로 일어나지 말았어야 했어." 파블로가 대꾸했다.

"왜 그런 말을 하는 거죠? 정치적 입장을 바꾸고 있는 거예요?" 프리미티보가 물었다.

"천만에! 하지만 그건 너무 잔인했어. 그 당시 난 너무 잔인했어." 파블로가 대답했다.

"그리고 이제는 술주정뱅이가 되었지." 필라르가 쏘아붙였다.

"맞아. 임자의 허락을 받고서 말이지." 파블로가 대꾸했다.

"난 당신이 잔인했을 때가 더 좋았어. 인간들 중에서 제일 추잡한 건 술수정뱅이야. 도둑놈은 도둑질을 하지 않을 때는 꼭 딴사람 같지. 강도는 제 집에서는 강도질을 하지 않고. 살인자도 집에 돌아오면 두 손을 씻지. 하지만 술주정뱅이만은 퀴퀴한 냄새를 풍기는 데다 침대에 올라와서까지 토하고 알코올로 내장을 녹여 버리거든." 그녀가 말했다.

"임자는 여자라서 잘 몰라." 파블로도 지지 않고 대꾸했다. "난 지금 포도주에 취해 있어. 내가 죽인 사람들만 생각나지 않는다면 기분이 좋을 거야. 그 사람들 생각만 하면 슬픔으로 내 가슴이 미어질 것 같아." 그는 자못 우울한 표정을 지으며 고개를 흔들었다.

"엘소르도 영감이 가져온 술을 저 사람에게도 좀 가져다줘. 기운을 북돋아 줄 뭔가를 줘야겠어. 견딜 수 없을 만큼 너무 슬퍼지는 것 같으니 말이야." 필라르가 말했다.

"내가 그 사람들을 다시 살려 낼 수만 있다면 얼마나 좋을까!"

"할 일이 없으면 나가서 용두질이라도 치지그래. 지금 이곳을 어디로 알고 있는 거야?" 아구스틴이 소리쳤다.

"그 사람들을 하나하나 다 살려 내고 싶어. 한 사람도 빼놓지 않고." 파블로가 슬픈 듯이 말했다.

"네 어멈도 말이지. 그런 얘길 그만두지 않으려거든 여기서 썩 나가. 네놈이 죽인 건 파시스트들이잖아." 아구스틴이 쏘아붙였다.

"넌 내가 한 말을 들었겠지. 그 사람들을 몽땅 살려 내고 싶단 말이야." 파블로가 대꾸했다.

"그럼 당신은 물 위를 걷게 되겠군.* 난 이런 사내는 머리털

---

* "이른 새벽에 예수께서 바다 위로 걸어서 제자들에게 오셨다." (「마태복음」 14장 25절)

나고 처음 봐. 그래도 어제까지는 쥐꼬리만큼이라도 사내다운 데가 남아 있었는데. 오늘은 병에 걸린 고양이 새끼만큼도 사내다운 데가 없어. 그래도 술에 그렇게 찌들어 있어 행복하다는 거지." 필라르가 말했다.

"모조리 죽여 버리든지, 아니면 한 놈도 죽이지 말든지 했어야 옳았어." 파블로가 머리를 끄덕였다. "모두 죽이든지, 모두 살리든지 말이야."

"이보시오, 잉글레스 양반! 당신은 어쩌다 스페인으로 오게 됐소?" 아구스틴이 물었다. "파블로는 이제 내버려 둡시다. 술에 잔뜩 취했으니까."

"십이 년 전에 이 나라와 이 나라 말을 배우려고 처음으로 왔습니다. 지금은 대학에서 스페인어를 가르치고 있고." 로버트 조던이 대답했다.

"당신은 별로 대학교수처럼 안 보여요." 프리미티보가 말했다.

"콧수염이 없어서 그래. 얼굴을 봐. 수염이 없잖아." 파블로가 말했다.

"당신 정말 대학교수예요?"

"강사입니다."

"그래도 대학에서 가르치는 거겠죠?"

"그럼요."

"그런데 왜 하필 스페인어를 가르치는 거죠? 영국 사람이니까 영어를 가르치는 편이 더 쉽지 않나요?" 안드레스가 물었다.

"이 양반은 우리와 마찬가지로 스페인어를 할 줄 알거든."
안셀모가 끼어들었다. "그러니까 스페인어를 가르쳐도 이상
할 건 없지."

"그건 그래요. 하지만 어떤 의미에서는 외국인이 스페인
어를 가르치는 게 좀 주제넘은 것 같아서요. 당신한테 감정
이 있어서 하는 소리는 아니오, 돈 로베르토." 페르난도가 말
했다.

"그 친구는 가짜 교수래. 수염이 없잖아." 파블로가 혼자 무
척 기분이 좋아서 이죽거렸다.

"아무래도 당신은 영어를 더 잘 알 텐데요. 그러니까 영어
를 가르치는 편이 더 좋고 더 편하고 더 분명할 것 같은데." 페
르난도가 다시 말을 이었다.

"스페인 사람들에게 가르치는 게 아니지……." 필라르가
참견하기 시작했다.

"그렇게 되지 않기를 바라요." 페르난도가 말했다.

"끝까지 내 말을 들어 봐, 이 바보야. 이 양반은 미국 사람들
에게 스페인어를 가르치는 거야. 북아메리카 사람들에게 말
이야." 필라르가 말했다.

"미국 사람들은 스페인어를 할 줄 모르나? 남아메리카 사
람들은 할 줄 아는데." 페르난도가 말했다.

"바보 같으니라고. 이 양반은 영어를 하는 북아메리카 사람
들에게 스페인어를 가르치는 거란 말이야." 필라르가 말했다.

"그래도 자기가 말하는 영어를 가르치는 편이 훨씬 쉬울 것
같다는 생각이 드는데." 페르난도도 지지 않았다.

"넌 이 양반이 스페인어 하는 걸 못 들었어?" 필라르는 할 수 없다는 듯 로버트 조던에게 고개를 흔들어 보였다.

"듣기는 했죠. 하지만 사투리가 섞여 있던데."

"어느 지방 사투리가 섞여 있던가요?" 로버트 조던이 물었다.

"에스트레마두라 사투리요." 페르난도가 점잔을 빼며 대답했다.

"이런 세상에, 이 사람들이!" 필라르가 말했다.

"그럴지도 모르죠. 난 그곳에서 이리로 왔으니까요." 로버트 조던이 말했다.

"이 양반은 잘 알고 있어." 필라르가 말했다. "이봐, 노처녀 같은 양반." 그녀가 이번에는 페르난도 쪽으로 고개를 돌렸다. "이제 식사는 충분히 했겠지?"

"양이 넉넉하다면야 더 먹을 수도 있죠." 페르난도가 그녀에게 대답했다. "그리고 돈 로베르토, 당신 기분을 언짢게 하려고 그랬다고 생각하지는 않았으면……."

"이 좆 같은 놈아!" 아구스틴이 밑도 끝도 없이 버럭 소리를 질렀다. "그래 이 좆 같은 놈아! 그래 우리가 동지에게 '돈 로베르토'라는 말을 쓰려고 혁명을 일으킨 줄 알아?"

"내 생각에, 혁명이라는 건 모든 사람이 모든 사람에게 '돈'이라는 호칭을 사용할 수 있도록 일으킨 줄 아는데. 적어도 공화국 아래선 그렇게 돼야 하거든." 페르난도가 대꾸했다.

"이 후레자식아! 이 빌어먹을 좆 같은 놈아!" 아구스틴이 버럭 소리쳤다.

"어쨌든 난 돈 로베르토가 영어를 가르치는 편이 더 쉽고 더 분명하리라 생각해."

"돈 로베르토에겐 수염이 없어. 그러니까 그 친구는 가짜 교수인 게야." 파블로가 말했다.

"내게 수염이 없다니, 그게 무슨 소린가요?" 로버트 조던이 말했다. "그럼 이건 뭐죠?" 로버트 조던은 면도를 하지 않아 금발 수염이 사흘 동안 자란 더부룩한 턱과 뺨을 문질렀다.

"그것도 수염 축에 드나. 그런 건 수염이 아니지." 파블로가 말했다. 그러고는 고개를 설레설레 저었다. 이제 그는 기분이 들떠 있다시피 했다. "저 친구는 가짜 교수라니까."

"에이, 모두 엿이나 먹어라!" 아구스틴이 버럭 소리를 질렀다. "이곳이 미치광이들이 모인 병원이 아니고 뭐야."

"너도 한 잔 마셔 봐. 내 눈엔 모든 게 다 정상으로 보여. 돈 로베르토에게 수염이 없다는 것만 빼면." 파블로가 그에게 말했다.

마리아는 한 손으로 로버트 조던의 뺨을 문질렀다.

"수염 있잖아요." 그녀가 파블로에게 말했다.

"그거야 너나 알지." 파블로가 이렇게 말하자 로버트 조던이 그를 쳐다보았다.

이 녀석은 그다지 취하지도 않은 것 같은데, 하고 그는 생각했다. 그래, 그리 취하지 않았어. 그러니 정신을 바짝 차리는 게 좋겠는걸.

"이봐요, 당신 생각에는 이 눈이 오래갈 것 같소?" 그가 파블로에게 물었다.

"당신 생각은 어떤데?"

"내가 먼저 물었잖아요."

"다른 놈에게 물어봐. 난 당신에게 정보나 주는 사람이 아니니까. 당신은 정보국에서 서류를 받고 있을 테지. 저 여자에게 물어보든지. 저 여자가 두목이니까." 파블로가 말했다.

"난 당신에게 물은 거요."

"할 일이 없으면 나가서 용두질이나 쳐. 당신하고 저 여편네하고, 또 저 아가씨하고." 파블로가 그에게 내뱉었다.

"저 사람 취했어요. 그러니 상대하지 마요, 잉글레스 양반." 프리미티보가 말했다.

"그렇게까지 취했다곤 생각지 않는데." 로버트 조던이 대꾸했다.

마리아는 그의 등 뒤에 서 있었고, 로버트 조던은 파블로가 자기 어깨 너머로 그녀를 지켜보고 있는 것을 보았다. 수염이 더부룩하게 덮힌 둥근 얼굴의 그 조그마한 수퇘지 같은 눈이 그녀를 노려보고 있었다. 나는 이 전쟁에서, 또 그 이전 전쟁에서도 숱한 살인자를 보아 왔지, 하고 로버트 조던은 생각했다. 그들은 전부 달랐어. 그들에게는 공통된 특징과 용모라는 게 없지. 또 범죄 유형이라는 것도 없어. 하지만 파블로는 확실히 잘생긴 얼굴은 아니야.

"당신은 술을 마실 줄 아는 것 같지 않아요. 또 술에 취해 있다고 믿지도 않고요."

"난 지금 취했어." 위엄을 부리며 파블로가 대답했다. "술을 마시는 건 아무것도 아냐. 중요한 건 술에 취한다는 거지.

에스토이 무이 보라초.(아주 취했는걸.)"

"난 그렇게 생각하지 않아요." 로버트 조던이 그에게 대꾸했다. "겁을 먹고 있는 거죠."

동굴 안이 갑자기 조용해지는 바람에 필라르가 요리하는 화덕에서 장작이 탁탁 타는 소리가 들릴 정도였다. 그가 두 발에 무게를 싣고 있어 양피에서 바삭거리는 소리도 들렸다. 심지어 밖에서 내리는 눈 소리마저 들리는 것 같았다. 물론 그 소리는 들을 수 없었지만, 눈이 내리면서 주위에 고요히 적막이 내려앉는 소리는 들을 수 있었다.

이 녀석을 죽여 끝장을 내고 싶군, 하고 로버트 조던은 생각했다. 이 녀석이 무슨 일을 저지를지는 모르겠지만, 어쨌든 좋은 일이 아닐 것은 불을 보듯 뻔해. 내일모레는 다리를 해치워야 하는데, 이 녀석은 악질이어서 계획을 성공시키는 데 위험 요소가 되고 있어. 자, 처치해 버리자.

파블로는 그를 힐끗 바라보고 웃으면서 손가락 하나를 세워 자기 목을 그었다. 그리고 머리를 흔들었지만 그 굵직하고 짧은 목이 좌우로 조금밖에 돌아가지 않았다.

"그러면 안 되지, 잉글레스 양반. 내 화를 돋우지 마." 그는 이번에는 필라르를 바라보고 말했다. "임자가 이런 식으로 나를 처치해 버릴 순 없지."

"신베르겐사.(더러운 놈.)" 로버트 조던은 마음속으로 이미 행동으로 옮길 결심을 하고 그에게 욕설을 퍼부었다. "코바르데.(겁쟁이.)"

"그럴지도 모르지. 하지만 난 쉽게 화내지 않아." 파블로가 말했다. "뭐든 한 잔 마시시지, 잉글레스 양반. 그러고 나서 일을 잡쳤다고 내 마누라에게 신호를 보내시지."

"입 닥쳐! 지금 네놈에게 싸움을 걸고 있는 거야." 로버트 조던이 쏘아붙였다.

"뭐 그렇게까지 귀찮게 수고할 가치가 있나. 내 쪽에선 그리하지 않을 텐데." 파블로가 대꾸했다.

"네놈은 비초 라로(별난 놈)야." 로버트 조던이 흐지부지되거나, 또다시 실패로 돌아가지 않기를 바라면서 욕설을 퍼부었다. 이렇게 말하면서 그는 이런 일이 전에도 한 번 있었다는 사실을 깨달았다. 언젠가 책에서 읽었거나 공상했던 것을 기억해서 지금 그렇게 하고 있다는 느낌도 들었다. 그 모든 것이 원을 그리며 빙빙 도는 듯한 느낌이 들었다.

"암, 아주 별나고말고. 아주 별난 데다 술에 무척 취해 있지. 자, 당신 건강을 위해 건배, 잉글레스 양반!" 그는 잔으로 술그릇의 술을 퍼서 높이 들었다. "살루드 이 코호네스.(건강과 배짱을 위해.)"

이 녀석은 참으로 괴짜로군, 하고 로버트 조던은 생각했다. 아주 영리하고 복잡한 녀석이야. 자신의 거친 숨소리 때문에 이제는 불이 타는 소리도 들리지 않았다.

"당신을 위해서 건배!" 로버트 조던도 이렇게 말하고 술 그릇에 잔을 담가 포도주를 펐다. 이런 건배가 없다면 배신 행위는 아무런 가치가 없지, 하고 그는 생각했다. 그러니 건배를 들어 주기로 하자. "살루드.(건배.)" 그가 외쳤다. "건배! 그리고 또 건배!" 네놈에게 바치는 건배다, 하고 그는 생각했다. 건

배! 네놈을 위해 드는 건배야.

"돈 로베르토." 파블로가 무뚝뚝하게 말했다.

"돈 파블로." 로버트 조던이 받았다.

"자넨 교수가 아냐. 수염이 없으니까. 게다가 날 해치우려면 나를 암살해야 할 텐데. 하지만 이 일을 할 배짱이 자네한테는 없단 말씀이야."

그는 입을 꼭 다물고 로버트 조던을 바라보았다. 꼭 다물고 있는 입이 마치 물고기 입처럼 팽팽한 선을 만들고 있구나, 하고 로버트 조던은 생각했다. 그런 대갈통을 하고 있으니 입이 가시복어 입과 다를 것이 없군. 낚아 올리면 공기를 들이마시고 배를 공처럼 부풀리는 그 물고기 말이야.

"살루드(건배), 파블로." 로버트 조던이 잔을 높이 들어 올리며 외치고 술을 마셨다. "당신한테서 참 많은 것을 배우고 있어요."

"그렇다면 내가 교수 양반을 가르치고 있는 셈이군." 파블로가 고개를 끄덕끄덕했다. "자, 돈 로베르토, 이제 우리 친하게 지냅시다."

"우린 벌써부터 친구 아니었나요?" 로버트 조던이 대꾸했다.

"앞으로 더 좋은 친구가 되자는 거지."

"우린 이미 좋은 친구죠."

"제기랄, 난 여기서 나가야겠어. 정말이지, 우리가 일생 동안 먹는 양이 한 톤가량 된다지만, 난 지금 그중 20킬로그램이 넘는 음식을 양쪽 귀 속에 처박고 있는 것 같아." 아구스틴이 말했다.

"그게 어쨌다는 거야, 네그로(검둥이)야. 네 녀석은 나와 로베르토 사이의 우정이 그렇게도 보기 싫다는 거냐?" 파블로가 그에게 외쳤다.

"나보고 검둥이라니, 입조심해." 아구스틴이 파블로에게 가까이 다가가 두 손을 아래로 내리고는 그 앞에 버티고 섰다.

"모두 그렇게 부르잖아." 파블로가 말했다.

"그래도 네놈이 그러는 건 싫거든."

"좋아 그래, 그럼 블랑코(흰둥이)……."

"그것도 아니지."

"그럼 뭔데? 빨갱이냐?"

"그렇다, 빨갱이다. 로호지. 군대의 붉은 별과 함께 공화국을 지지해. 그리고 내 이름은 아구스틴이고."

"대단한 애국자시군! 이봐, 잉글레스 양반, 이 얼마나 모범적인 애국자 양반이야." 파블로가 말했다.

아구스틴은 왼손을 앞으로 쳐들어 손등으로 그의 입가를 힘껏 후려갈겼다. 파블로는 그대로 자리에 앉아 있었다. 그의 입언저리는 온통 술로 더럽혀졌고 표정은 변하지 않았지만, 로버트 조던은 그의 두 눈이 마치 고양이의 눈동자가 강렬한 빛을 받아 옆으로 닫히는 것처럼 가늘어지는 것을 지켜보았다.

"이건 아니지. 이건 셈하지 마, 마누라." 그는 다시 필라르 쪽으로 고개를 돌렸다. "난 도전에 응하지 않을 테니까." 파블로가 말했다.

그러자 아구스틴은 또 한 번 그를 후려쳤는데, 이번에는 주먹으로 입을 갈겼다. 로버트 조던은 테이블 밑에서 권총을 쥐고 있었다. 안전장치를 풀고 왼손으로는 마리아를 밀었다. 그녀가 뒤쪽으로 조금 물러서자 그는 또 한 번 왼손으로 그녀의 갈비뼈를 세게 떠밀어 그 자리를 뜨게 했다. 그녀가 동굴 벽을 따라 화덕 있는 데로 가는 것을 곁눈으로 확인하고 나서 로버트 조던은 파블로의 얼굴을 노려보았다.

머리가 둥근 이 사나이는 그 자리에 그대로 앉은 채 표정 없는 조그마한 눈으로 아구스틴의 얼굴을 쏘아보고 있었다. 눈동자는 이제 더 작아졌다. 그는 입맛을 다시더니 한쪽 팔을 들어 손등으로 입을 닦고 손에 묻은 피를 내려다보았다. 혀로 입술을 닦고 나서 침을 뱉었다.

"그것도 아냐. 난 바보가 아니거든. 도전에 응하지 않는다니까." 그가 말했다.

"카브론.(비겁한 놈.)" 아구스틴이 쏘아붙였다.

"넌 알 만도 한데. 넌 저 여편네가 어떤지 알잖아." 파블로가 말했다.

아구스틴은 다시 한 번 파블로의 입을 세게 후려갈겼다. 파블로는 피로 붉게 물든 입술을 벌리고 누렇고 지저분한 부러진 이를 내보이면서 아구스틴을 보고 웃었다.

"이제 그만 내버려 두시지." 파블로는 이렇게 말하고는 잔으로 술그릇의 포도주를 퍼냈다. "여기 있는 사람 누구도 날 죽일 배짱은 없어. 이렇게 손으로 치다니 어리석은 수작이야."

"코바르데.(겁쟁이.)" 아구스틴이 쏘아붙였다.

"그 말로도 안 되지." 파블로는 이렇게 말한 뒤 소리 내어 포도주를 들이켰다. 그러고는 바닥에 침을 탁 뱉었다. "네까짓 놈 말 같은 걸로 까딱이나 할 사람이 아니지."

아구스틴은 그 자리에 서서 그를 내려다보며 천천히, 똑똑하게, 독살스럽게, 경멸에 찬 어조로 욕설을 퍼부었다. 마치 분뇨 마차에서 분뇨 바가지로 똥을 퍼내어 밭에 뿌리듯 침착하게 욕설을 퍼부어 댔다.

"그것으로도 어림없어. 그러니 이젠 그만해, 아구스틴. 그리고 때리는 것도 이제 그만하고. 때려 봤자 네 손만 아플 테니까." 파블로가 말했다.

그러자 아구스틴은 동굴 입구 쪽으로 걸어가 버렸다.

"밖으로 나가지 마. 밖에는 눈이 내리고 있어. 여기서 편히 쉬지그래." 파블로가 말했다.

"네놈은! 네놈!" 아구스틴은 입구 쪽에서 몸을 돌려 온갖 경멸을 '투(네놈)'라는 단어에 담아 내뱉었다.

"그래 나야. 네놈들이 죽을 때도 나만은 살아 있을걸." 파블로가 대꾸했다.

그는 포도주를 또 한 잔 퍼내어 로버트 조던을 향해 쳐들었다. "교수 선생을 위하여!" 그가 큰 소리로 부르짖고 나서 필라르 쪽으로 고개를 돌렸다. "대장 여사를 위하여!" 그런 다음 그 안에 서 있는 모두를 향해 건배를 들었다. "머리에 환상이 가득 찬 공상가 여러분을 위하여!" 그러자 아구스틴이 그에게 다가가 재빨리 손 옆으로 술잔을 쳐서 그의 손에서 떨어뜨렸다.

"술이 아깝지도 않아. 이런 바보 같은 짓이 어디 있어." 파블로가 말했다.

아구스틴은 그에게 끔찍한 말을 퍼부었다.

"아냐." 파블로는 또 술을 한 잔 퍼냈다. "내가 술에 취한 게 안 보여? 취하지 않으면 말이 없는 사람이야. 네놈들은 내가 떠들어 대는 걸 한 번도 본 적이 없잖아. 하지만 똑똑한 사람은 바보 놈들과 함께 시간을 보내려고 어쩔 수 없이 술에 취할 때도 가끔 있는 법이거든."

"썩 나가서 네놈의 비겁함에 대고 용두질이나 쳐. 난 네놈에 대해, 네놈의 비겁함에 대해 너무나 잘 알고 있어." 필라르가 그를 향해 내뱉었다.

"이 여편네 말하는 것 좀 봐. 난 나가서 말이나 둘러보고 올 테야." 파블로가 대꾸했다.

"어서 가서 말하고나 붙어먹어. 그게 네놈의 버릇 아니었어?" 아구스틴이 내뱉었다.

"천만에." 파블로는 이렇게 말하고는 고개를 설레설레 흔들었다. 그러고는 벽에서 담요로 만든 커다란 망토를 내리면서 아구스틴을 바라보았다. "네놈하고 네놈이 휘두른 폭력, 그래 어디 두고 보자." 그가 말했다.

"도대체 말들하고 뭘 어쩌려는 거지?" 아구스틴이 물었다.

"그저 보러 가는 거야." 파블로가 대답했다.

"말하고나 붙어먹어라. 이 말에 미친 놈아." 아구스틴이 쏘아붙였다.

"말에 미치고말고. 뒷모습만 보더라도 여기 있는 놈들보다 훨씬 맵시가 좋고 영리하거든. 자, 그럼 재미들 보시지." 파블로가 이렇게 말하고 히죽 웃었다. "잉글레스 양반, 모두에게 다리 얘기나 하시지. 공격할 때 각자가 해야 할 임무를 가르쳐 줘야 하지 않나? 다리를 폭파한 뒤에는 어디로 데려갈 건가? 애국자들을 어디로 모시고 갈 작정이야? 난 하루 종일 술을 퍼마시면서 그걸 생각하고 있었어."

"그래 뭘 생각했는데?" 아구스틴이 물었다.

"뭘 생각했느냐고?" 파블로는 이렇게 반문하고는 입속을 샅샅이 뒤지듯 혀를 내둘렀다. "케 테 임포르타.(그게 무슨 상관이야.) 내가 뭘 생각했든지."

"어디 한번 말해 봐." 아구스틴이 그에게 다그쳤다.

"아주 많이 생각했지." 파블로가 말했다. 그리고 담요로 만든 외투를 머리부터 푹 뒤집어썼다. 그의 둥근 머리가 더럽고 누런 담요 속에서 삐죽 솟아나왔다. "여러 가지 일을 생각했지."

"뭘 생각했느냔 말이야? 도대체 뭘?" 아구스틴이 물었다.

"네놈들을 공상가들 집단이라고 생각했지. 두뇌라곤 사타구니 사이에 들어 있는 것밖에 없는 여편네하고, 너희를 파멸로 이끌려고 찾아온 외국인에게 끌려 다니고 있는 공상가들 말이야."

"어서 썩 꺼지지 못해! 어서 나가서 눈 속에서 거꾸러져 버려. 네놈의 그 더러운 몸뚱어리를 갖고 어서 꺼져 버려! 말하고 붙을 이 마리콘(남색 놈)아." 필라르가 그에게 소리를 질렀다.

"말 한번 잘했어요." 아구스틴이 감탄한 듯, 그러나 얼빠진 표정으로 내뱉었다. 그러나 그는 걱정이 되었다.

"나가고말고. 하지만 곧 돌아올 거야." 파블로가 대꾸했다.

그는 동굴 입구에 걸어 놓은 담요를 들치고 밖으로 나갔다. 그러고는 입구에서 버럭 소리를 질렀다. "아직도 눈이 내리고 있어, 잉글레스 양반!"

17

이제 동굴 속에서 들리는 소리라고는 눈이 지붕에 난 구멍에서 화덕 숯불로 떨어지면서 내는 쉬잇 하는 소리뿐이었다.

"필라르, 스튜 좀 더 있어요?" 페르난도가 물었다.

"아, 입 닥쳐." 파블로의 마누라가 말했다. 그러나 마리아는 페르난도의 그릇을 화덕 가에 내려놓은 큼직한 냄비로 가져가 국자로 스튜를 떠 담았다. 그러고는 테이블로 가서 페르난도 앞에다 놓았고 그가 허리를 구부리고 먹기 시작하자 그의 어깨를 가볍게 툭툭 두드렸다. 한 손을 그의 어깨 위에 올려놓은 채 그녀는 얼마 동안 그의 옆에 서 있었다. 그러나 페르난도는 고개를 들지도 않았다. 스튜를 먹는 데만 온통 정신이 팔려 있었다.

아구스틴은 불 옆에 서 있었다. 다른 사람들은 자리에 앉아 있었다. 필라르는 로버트 조던의 맞은편에 앉아 있었다.

"한데 잉글레스 양반, 이젠 저 사람이 어떻다는 걸 알았겠지." 필라르가 말을 건넸다.

"도대체 저 사람이 무슨 일을 저지를까요?" 로버트 조던이 물었다.

"무슨 짓인들 못 하겠어. 무슨 짓이든 할 거야. 충분히 그럴 위인이니까." 파블로의 마누라가 테이블 아래를 내려다보았다.

"자동소총은 어디 있죠?" 로버트 조던이 물었다.

"담요로 싸서 저 구석에 놔뒀지. 지금 필요한가?"

"나중에요. 지금은 어디 있는지 알고 싶었을 뿐이에요." 로버트 조던이 대답했다.

"저기 있어요. 내가 갖고 들어와 기계장치에 습기가 차지 않도록 내 담요에 싸 두었죠. 탄창은 저 배낭 속에 들어 있어요." 프리미티보가 말했다.

"저 사람은 그런 짓은 하지 않을 거야. 자동소총 갖고는 아무 짓도 안 할 거야." 필라르가 말했다.

"아주머니는 저 사람이 무슨 짓이든 할 거라고 하지 않았어요?"

"그럴지도 모르지. 하지만 저 사람은 자동소총을 사용해 본 일이 없거든. 폭탄은 던질 수 있지만. 그게 저 사람 스타일이야." 그녀가 대꾸했다.

"저놈을 죽이지 않고 그냥 내버려 두는 건 어리석고 나약한 짓이야." 집시가 말했다. 그는 저녁 내내 지금껏 한마디도 하지 않았다. "어젯밤에 로베르토가 저놈을 죽였어야 했어요."

"죽여 버려." 필라르가 말했다. 그녀의 커다란 얼굴은 거무스름하고 피곤해 보였다. "이젠 나도 찬성이야."

"나도 반대했죠." 아구스틴이 말했다. 그는 기다란 두 팔을 양쪽 옆구리에 떨어뜨리고 불 앞에 서 있었다. 광대뼈 밑으로 수염이 덥수룩한 두 뺨이 불빛에 푹 꺼져 보였다. "하지만 이제는 찬성이에요. 저놈은 이제 우리에게 해로워요. 그리고 우리 모두가 파멸되는 꼴을 보고 싶어 하죠." 그가 말했다.

"모두 말해 봐. 자네, 안드레스?" 필라르가 피곤한 목소리로 물었다.

"마타를로.(죽여요.)" 이마 아래쪽까지 검은 머리털이 나 있는 형제 중 하나가 이렇게 말하며 고개를 끄덕였다.

"엘라디오는?"

"동감입니다. 대단히 위험한 인물이에요. 그리고 아무 짝에도 쓸모가 없죠." 그가 대답했다.

"프리미티보는?"

"나도 동감입니다."

"페르난도는?"

"저자를 죄수처럼 붙잡아 둘 순 없나요?" 페르난도가 물었다.

"그럼 누가 그 죄수를 지켜?" 프리미티보가 반문했다. "죄수를 감시하려면 두 사람은 필요할 거야. 또 그렇게 해 뒀다가 결국 어떻게 하자는 거야?"

"파시스트 놈들에게 팔아넘기면 되잖아요?" 집시가 대꾸했다.

"그런 짓이야 할 수 없지. 그렇게 치사한 짓은 안 돼." 아구스틴이 말했다.

"그저 잠깐 생각해 봤을 뿐이에요. 파시오스스(파시스트) 놈들이라면 저놈을 손에 넣으면 좋아할 것 같아서 말이죠." 집시 라파엘이 대꾸했다.

"그따위 생각은 집어치워. 치사한 생각이야." 아구스틴이 말했다.

"파블로만큼 치사하려고요." 집시도 자신을 변호하려고 했다.

"치사한 짓을 저질렀다고 우리도 치사한 짓을 해도 된다는 법은 없어. 이제 이것으로 됐어. 다음은 영감과 잉글레스 양반만 남았어." 아구스틴이 말했다.

"그 두 사람은 이 일과는 직접 관련이 없어. 파블로는 이 사람들의 두목이 아니었으니까." 필라르가 말했다.

"잠깐만 기다려 봐요. 아직 내 말이 끝나지 않았으니까요." 페르난도가 말했다.

"그럼 어서 말해 봐. 저놈이 돌아오기 전에 어서 말해. 저놈이 수류탄을 담요 밑에 감춰 갖고 들어와서 이곳을 폭파시켜 버리기 전에 어서 말하라고. 다이너마이트니 뭐니 할 것 없이 모조리 날아갈 테니까." 필라르가 말했다.

"그건 지나치게 과장하는 것 같은데요, 필라르 아주머니. 난 녀석이 그런 생각까지 하리라곤 생각하지 않아요." 페르난도가 대꾸했다.

"그건 나도 마찬가지요. 그런 짓을 하다간 술도 함께 날아가고 말 테니 말이죠. 놈은 좀 있으면 술을 마시러 돌아올 거

418

요." 아구스틴이 맞장구쳤다.

"왜 저놈을 엘소르도 영감한테 넘겨서, 영감더러 파시스트 놈들한테 팔도록 하지 않는담? 저놈을 장님으로 만들어 버리면 다루기 쉬울 텐데." 라파엘이 제안했다.

"입 닥쳐. 네놈 얘기를 듣고 있으면 네놈도 꼭 뭔가 변명을 지껄이는 것만 같아." 필라르가 쏘아붙였다.

"어쨌든 파시스트 놈들은 저 사람을 준다 해도 아무런 대가도 지불하지 않을걸." 프리미티보가 말했다. "다른 사람들도 전에 그렇게 해 본 적이 있는데, 놈들은 한 푼도 주지 않았어. 놈들은 아마 너까지 총살해 버릴 거야."

"그놈 눈깔을 빼면 그래도 얼마쯤 받을 것 같은데." 라파엘도 지지 않았다.

"입 닥치지 못해. 두 번 다시 눈깔을 뽑느니 뭐니 하는 소리 했다간 네놈도 함께 팔아 버릴 테야." 필라르가 호통쳤다.

"하지만 파블로는 부상당한 민병대의 눈깔을 뽑았잖아요. 벌써 그걸 잊었어요?" 집시가 대꾸했다.

"제발 닥치라니까." 필라르가 그에게 말했다. 그녀는 로버트 조던 앞에서 눈알 빼는 얘기를 하는 게 부끄러웠다.

"아직 내 말이 안 끝났어요." 페르난도가 말을 가로챘다.

"그럼 어서 끝내. 자, 어서 하던 말을 끝마쳐." 필라르가 그를 다그쳤다.

"파블로를 죄수로 붙잡아 두는 게 불가능하겠다, 또 그놈을 적에게 넘겨주는 일도 비위에 거슬리겠다 한다면 말이지……." 페르난도가 말을 시작했다.

"어서 끝내. 제발 어서 빨리 끝마치라고." 필라르가 재촉했다.

"……어떻게 문제를 타결하더라도 말입니다." 페르난도는 침착한 어조로 말을 이어 나갔다. "우리가 계획하고 있는 작전이 최대한 성공적으로 수행되기를 보장하기 위해서는 그를 처치해 버리는 게 아마 가장 좋은 방법이라고 생각하는 바요."

필라르는 몸집이 조그마한 이 사나이의 얼굴을 바라보고 고개를 내저으면서 입술을 깨물고 아무 말이 없었다.

"이것이 내 의견이오." 페르난도는 말을 이어 갔다. "그가 공화국의 위험 분자라고 믿는 건 당연하다고 봐요……."

"아이고 빌어먹을! 이런 곳에서조차 한 사람이 주둥이로 관료주의를 만들어 낼 수 있다니." 필라르가 말했다.

"그녀석의 말과 최근의 행동, 두가지 면을 미루어 봐도 이건 명확합니다." 페르난도는 계속했다. "또한 내전 초기부터 아주 최근까지의 그의 행동은 치하할 만하지만……."

필라르는 조금 전 화덕까지 걸어갔다. 그러나 다시 테이블로 돌아왔다.

"페르난도, 제발 온갖 격식을 차려 이 스튜를 받아서 입이나 틀어막고 계시지." 필라르가 조용히 말하면서 그에게 스튜 사발을 건네주었다. "그리고 더 이상 말하지 마. 이제 당신 의견은 잘 알겠으니까."

"하지만 그렇다면 어떻게……." 프리미티보가 묻다가 말을 맺지 못하고 입을 다물어 버렸다

"에스토이 리스토.(난 준비가 돼 있습니다.) 당신들이 모두 그

렇게 하기로 결정한 이상 나도 힘 닿는 데까지 돕겠습니다." 로버트 조던이 말했다.

도대체 어찌 된 거야, 하고 그는 생각했다. 페르난도의 말을 듣고 나니 나까지도 금방 그의 말투로 말을 하는군. 이 나라 말에는 전염성이 있는 모양이야. 프랑스어가 외교의 언어라면 스페인어는 틀림없이 관료주의의 언어야.

"안 돼요. 그건 안 돼요." 마리아가 말했다.

"네가 참견할 일이 아냐. 입 다물고 가만히 있어." 필라르가 그녀에게 말했다.

"오늘 밤 내가 하죠." 로버트 조던이 말했다.

그는 필라르가 입술에 손을 대고 자신의 얼굴을 빤히 지켜보는 것을 보았다. 그러더니 그녀는 문가 쪽을 내다보았다.

바로 그때 동굴 입구에 쳐 놓은 담요 자락을 들치고 파블로가 머리를 쑥 들이밀었다. 그리고 모두를 향해 히죽 웃더니 담요 자락을 쳐들고 안으로 들어온 후 돌아서서 조심스럽게 담요를 내렸다. 다시 돌아서서 그대로 서 있다가 목 위로 담요 외투를 벗어 눈을 털었다.

"내 얘기를 하고 있었나 보지?" 모두에게 하는 말이었다. 어느 누구를 두고 하는 소리가 아니었다. "내가 방해한 건가?"

아무도 대답하는 사람이 없자 그는 외투를 벽의 못에 걸고 테이블 쪽으로 걸어갔다.

"케 탈?(무슨 일이야?)" 그는 테이블 위에 빈 채로 놓여 있던 자기 술잔을 들어 포도주 그릇 속에 넣었다. "술이 없군. 가죽 부대에서 좀 따라와." 그가 마리아에게 말했다.

마리아는 그릇을 들고, 먼지를 뒤집어쓴 채 묵직하게 늘어져 있는 검은 타르를 칠한 가죽 포도주 부대가 모가지를 밑으로 한 채 걸려 있는 벽으로 다가갔다. 다리 한쪽에 붙어 있는 마개를 풀고 마개 끝에서 졸졸 흘러나오는 술을 그릇에 받았다. 파블로는 그녀가 무릎을 꿇고 그릇을 받쳐 들고 있는 모습, 그리고 맑고도 불그스레한 포도주가 너무 빨리 흘러나오는 바람에 그릇에서 소용돌이치면서 가득 채워지는 모습을 지켜보고 있었다.

"조심해. 술은 벌써 앞가슴까지 올라왔어." 그가 그녀에게 말했다.

누구 하나 입을 여는 사람이 없었다.

"난 오늘 배꼽부터 가슴까지 차도록 술을 마셨어. 이게 내 하루 일과거든. 아니, 도대체 왜들 이러는 거야? 갑자기 혓바닥이 굳어 버렸나?" 파블로가 말했다.

그래도 입을 여는 사람은 하나도 없었다.

"마개를 막아, 마리아. 흘리지 말고." 파블로가 말했다.

"술은 아직도 많아. 그러니 얼마든지 취할 수 있을 게다." 아구스틴이 내뱉었다.

"한 사람만 제대로 혓바닥이 돌아가는군." 파블로가 이렇게 말하며 아구스틴에게 고개를 끄덕여 보였다. "어쨌든 반가운 일이야. 난 또 네놈이 놀라서 벙어리가 된 줄 알았지 뭐야."

"뭐에 놀라서?" 아구스틴이 물었다.

"내가 갑자기 들어와서 말이지."

"네놈이 들어온 게 뭐 대단한 일인 줄 알아?"

이 사나이는 그 일을 실행에 옮기려는 거야, 하고 로버트 조던은 생각했다. 어쩌면 아구스틴은 그 일을 해치울 작정인지 몰라. 그는 확실히 놈을 끔찍이 미워하니까. 하지만 난 그놈을 미워하지 않아, 하고 그는 생각했다. 그래, 그놈을 미워하지 않아. 불쾌하기 짝이 없는 놈이긴 하지만 미워하진 않지. 그놈의 눈을 빼 버리면 그놈을 특수한 지위로 올려놓는 꼴이 돼. 어쨌든 이 전쟁은 그들의 싸움이 아닌가. 하지만 앞으로 이틀동안 그놈을 주변에 둬서는 안 된다는 건 확실해. 난 이 문제에서 비켜서 있을 작정이야, 하고 그는 생각했다. 오늘 밤만 해도 이놈 때문에 바보가 됐고, 그래서 이놈을 완전히 없애 버리고 싶은 생각이야 굴뚝같지. 하지만 난 녀석을 먼저 건드리지는 않을 거야. 게다가 다이너마이트를 놓아 둔 이곳에서 총을 쏘거나 바보 같은 짓을 해서는 안 되지. 물론 파블로도 그 점에 대해 생각하지 않았을 리 만무하지. 그런데 넌 그것을 깨닫고 있었단 말이냐, 하고 그는 자신에게 물어보았다. 아니, 넌 몰랐고, 아구스틴도 마찬가지였어. 그렇다면 어떤 일을 당해도 싸지 않은가, 하고 그는 생각했다.

"아구스틴." 그가 불렀다.

"왜?" 아구스틴이 무뚝뚝하게 고개를 들고 파블로에게서 얼굴을 돌렸다.

"당신에게 할 얘기가 좀 있소." 로버트 조던이 말했다.

"나중에."

"지금 해야 되오. 포르 파보르.(부탁이오.)" 로버트 조던이 말했다.

로버트 조던이 동굴 입구 쪽으로 걸어가자 파블로는 눈으로 그 뒤를 좇았다. 키가 크고 뺨이 움푹 꺼진 아구스틴은 자리에서 일어나 그의 옆으로 다가갔다. 내키지 않고 경멸스럽다는 듯한 걸음걸이었다.

"당신, 저 배낭 속에 무엇이 들어 있는지 잊어버린 거 아니오?" 로버트 조던이 아무한테도 들리지 않을 만큼 나지막한 목소리로 그에게 물었다.

"제기랄! 한쪽에 신경을 곤두세우다 보니 다른 쪽은 까맣게 잊어버렸군." 아구스틴이 내뱉었다.

"나 역시 깜박 잊고 있었소."

"빌어먹을! 젠장! 어쩌면 우리는 그렇게도 바보였담!" 그는 마치 관절이 흐느적거리는 것처럼 테이블로 돌아가 자리에 앉았다. "나한테도 한 잔 주시지, 파블로 영감. 그래 말들은 잘 있던가?" 그가 말했다.

"아주 잘 있더군. 게다가 이젠 눈도 덜 내리고 있어." 파블로가 대답했다.

"눈이 그칠 것 같나?"

"그래. 눈발이 가늘어지고 있고, 이젠 좁쌀만 한 싸락눈으로 변했어. 바람은 여전히 불지만 눈은 계속 내리고 있어. 바람의 방향도 달라졌고." 파블로가 말했다.

"내일은 날씨가 갤 것 같아요?" 로버트 조던이 그에게 물었다.

"춥긴 하겠지만 맑게 갤 거야. 바람 방향이 달라지고 있으니까."

이놈 봐라, 하고 로버트 조던은 생각했다. 이제는 제법 다정하게 구는군. 바람처럼 변했구나. 몸도 얼굴도 꼭 돼지 같아. 녀석이 여러 번 사람을 죽였다는 걸 나는 잘 알고 있는데, 정밀한 아네로이드 기압계 같은 감수성을 지니고 있군. 그래 맞아, 하고 그는 생각했다. 돼지는 꽤 영리한 동물이지. 파블로는 우리를 증오하고 있어. 어쩌면 우리 계획만을 증오하는지도 몰라. 어쨌든 놈은 그 증오와 모욕을 우리가 그를 없애 버리려고 하는 지점까지 밀고 갔어. 그리고 그 지점에 도달했다는 것을 깨닫고 이번에는 몸을 낮추어 모든 걸 새롭고 깨끗하게 다시 시작하고 있는 거야.

"우린 그 작전을 수행할 때 날씨 걱정은 하지 않아도 되겠어, 잉글레스 양반." 파블로가 로버트 조던에게 말했다.

"'우리'라. '우리'라고?" 필라르가 물었다.

"그래, 우리 말이야. 우리가 아니고 뭐겠어." 파블로는 그녀를 향해 히죽 웃고는 포도주를 한 모금 마셨다. "밖에 나가 있는 동안 곰곰이 생각해 봤지. 우리가 뜻을 같이하지 못할 것도 없잖아?"

"무슨 일에 뜻을 같이하는데? 이제 와서 도대체 무슨 일에 뜻을 같이한다는 거야?" 그의 마누라가 다그쳐 물었다.

"모든 일에서지. 이 다리 일에 대해서도. 난 이제 임자와 같은 생각이야."

"이제 우리와 생각이 같다고? 지금껏 그런 소리를 해 놓고도 말이지?" 아구스틴이 그에게 물었다.

"그렇다니까. 날씨가 바뀌어서 뜻을 같이하기로 한 거야."

파블로가 그에게 대답했다.

그러자 아구스틴이 고개를 내저었다. "날씨라고." 그는 다시 한 번 고개를 내저었다. "내가 네놈의 상판대기를 그렇게 후려갈겼는데도 말이지?"

"그렇다니까 그러네." 파블로는 그에게 히죽 웃어 보이고는 손가락으로 입술 위를 문질렀다. "그런 일이 있고서도 말이지."

로버트 조던은 필라르를 지켜보았다. 그녀는 무슨 이상한 짐승이라도 보는 것처럼 파블로의 얼굴을 빤히 쳐다보고 있었다. 그녀의 얼굴에는 눈알을 뺀다는 얘기가 나왔을 때 나타났던 표정의 그림자가 그대로 남아 있었다. 그녀는 그것을 털어 버리려는 듯 고개를 흔들더니 뒤로 휙 젖혔다. "이것 봐." 그녀가 파블로에게 말했다.

"왜 그래, 마누라."

"도대체 무슨 속셈이야?"

"속셈은 무슨 속셈. 생각을 바꿨을 뿐이야. 그 이상도 이하도 아냐."

"당신, 문 밖에서 엿듣고 있었지?" 그녀가 그에게 물었다.

"그래. 하지만 아무것도 들리지 않더군." 그가 대답했다.

"우리가 당신을 죽인다는 바람에 겁이 난 거지?"

"천만에. 난 그건 무섭지 않아. 임자도 잘 알 텐데." 그는 이렇게 말하고는 술잔 너머로 그녀를 바라보았다.

"음, 그럼 도대체 왜 마음이 달라졌을까?" 아구스틴이 말했다. "조금 전까지만 해도 네놈은 술이 취해서 우리 모두에게 더러운 입으로 지껄여 대고, 눈앞에 닥친 일에서 혼자 이탈하고, 또 우리가 비참한 꼴로 죽는다느니 어쩌느니, 여자들한테 욕설을 퍼부으며 꼭 해야 할 일에 반대하더니만……."

"아까는 술에 취해 있었으니까 그렇지." 파블로가 대답했다.

"그럼 지금은……."

"지금은 취하지 않았어. 그리고 마음도 달라졌고." 파블로가 대꾸했다.

"다른 사람은 네놈을 믿을지 몰라도 난 믿을 수 없어." 아구스틴이 내뱉었다.

"믿든 말든 아무래도 좋아. 하지만 너희들을 나만큼 그레도스까지 안내할 사람은 없을걸." 파블로가 말했다.

"그레도스라고?"

"이번 다리 일이 끝나면 우리가 갈 곳은 거기밖에 없어."

로버트 조던은 필라르를 바라보며 파블로에게는 보이지 않는 쪽 손을 들어 무엇인가 묻는 것처럼 오른쪽 귀를 두드려 보였다.

파블로의 마누라는 고개를 끄덕였다. 그러고 나서 한 번 더 고개를 끄덕였다. 그녀가 마리아에게 뭐라고 소곤거리자 마리아는 로버트 조던 옆으로 다가왔다.

"필라르가 하는 말이 '물론 파블로가 엿듣고 있었어.'래요." 마리아가 로버트 조던의 귀에 대고 소곤거렸다.

"그렇다면, 파블로, 당신은 이제부터 우리와 합심해서 이번 다리 일을 도와준다는 말이오?" 페르난도가 조심스럽게 입을 열었다.

"그래, 맞아." 파블로가 대답했다. 그는 페르난도의 눈을 똑바로 바라보며 고개를 끄덕였다.

"정말이죠?" 프리미티보가 물었다.

"데 베라스.(정말이지.)" 파블로가 그에게 대답했다.

"그리고 당신 생각으론 이 일이 성공할 것 같아요? 이젠 확신을 갖게 됐어요?" 페르난도가 다시 물었다.

"갖게 되다마다. 그럼 너희들은 확신이 없단 말이야?" 파블로가 반문했다.

"물론 있죠. 난 언제나 확신을 갖고 있어요." 페르난도가 대답했다.

"난 이 동굴에서 나갈 테야." 아구스틴이 말했다.

"바깥은 추워." 파블로가 다정한 목소리로 그에게 말했다.

"그럴지도 모르지. 하지만 더 이상 이런 마니코미오(정신병원)에선 견딜 수가 없어." 아구스틴이 대꾸했다.

"이 동굴이 정신병원이라는 소리는 집어치워." 페르난도가 쏘아붙였다.

"범죄자들을 수용하는 마니코미오지 뭐야. 나까지 정신병자가 되기 전에 얼른 이 동굴에서 빠져나가려는 거야." 아구스틴이 대꾸했다.

18

꼭 회전목마 같군, 하고 로버트 조던은 생각했다. 칼리오페 음악에 맞춰 아이들이 황금색 뿔이 달린 암소 등을 타고 재빠르게 돌아가는 회전목마와는 다르지만. 막대기로 둥근 고리를 치는, 초저녁 어스름 속 아브뒤멘* 거리에 푸른 가스등을 밝힐 때, 이웃 노점에서는 기름에 튀긴 생선을 팔고, 번호가 달린 칸막이 기둥에 가죽 덮개가 부딪쳐 탁탁 소리를 내며 빙글빙글 행운의 수레바퀴가 돌아가고, 상품으로 줄 각설탕이 피라미드 모양으로 수북이 쌓여 있었어. 그렇지, 그런 회전목마와는 종류가 달라. 다만 빙빙 도는 행운의 수레바퀴 앞에 서 있는 모자 쓴 사나이들과 털 스웨터를 입고 모자를 쓰지 않은 맨머리가 가스등 불빛에 빛나는 여자들처럼, 지금 모두 가만

---

* 프랑스 파리에 있는 도로 이름.

히 기다리고 있지만. 그렇다, 이 사람들은 그들과 똑같다. 하지만 이건 다른 종류의 바퀴야. 위로 올라가며 빙빙 도는 바퀴거든.

그 바퀴가 이제 벌써 두 번이나 돌았군. 엄청나게 큰 바퀴고 일정한 각도로 경사를 짓고 있어 늘 한 바퀴 돌고는 출발했던 제자리로 돌아오지. 한쪽이 다른 쪽보다 높아서 한꺼번에 쑥 올라갔다가 내려와 처음 출발했던 제자리에 와서 멈추지. 어느 쪽이든 이제 상품은 걸려 있지 않아, 하고 그는 생각했다. 그래서 누구도 이 바퀴를 타고 싶어 하지 않거든. 바퀴를 타고 제자리로 돌아오지만 다시 타고 싶은 생각은 전혀 없어. 회전은 한 번뿐. 크게 타원을 그리며 올라갔다가 다시 내려와 처음 출발했던 자리로 오곤 하지. 우린 이제 막 다시 제자리로 와 있는 거야, 하고 그는 생각했다. 해결된 것이라고는 아무것도 없이 말이지.

동굴 안은 후끈했고, 바깥에는 바람이 그쳤다. 이제 로버트 조던은 테이블 앞에 앉아 수첩을 펼쳐 놓고 다리를 폭파하는 데 필요한 기술적인 부분에 대해 계획을 세우고 있었다. 스케치 세 장을 그리고, 공식을 계산했으며, 도면 두 장에 폭파 방법을 표시해 두었다. 만약 폭파 작업 도중에 자신에게 무슨 변이 일어나게 되더라도 안셀모가 능히 그 일을 완성할 수 있도록 유치원 계획표처럼 자세하게 표시해 놓았다. 로버트는 스케치들을 모두 완성하고 자세히 살펴보았다.

마리아가 그의 옆에 앉아 어깨 너머로 그가 일하는 모습을 바라보고 있었다. 그는 테이블 맞은편에 앉아 있는 파블로, 그리고 잡담을 나누며 카드놀이를 하고 있는 다른 사람들을 의식하고 있었다. 이제 그는 식사할 때나 요리할 때의 냄새와는 또 다른 동굴의 냄새, 즉 화덕에서 풍기는 연기 냄새, 사람 냄새와 담배 냄새, 붉은 포도주와 놋쇠 같은 퀴퀴한 체취가 뒤섞인 냄새를 맡고 있었다. 마리아는 그가 도면 한 장을 마무리 짓는 것을 지켜보면서 테이블에 한 손을 얹어 놓았고, 그는 그 손을 왼손으로 잡고 자기 얼굴로 가져가 설거지를 마친 뒤에 남은 조악한 비누 냄새와 아직 물기가 가시지 않은 산뜻한 향기를 맡았다. 그는 그녀의 얼굴을 쳐다보지도 않고 잡았던 손을 내려놓고 계속 일했기 때문에 그녀의 빨갛게 상기된 얼굴을 볼 수 없었다. 그녀는 손을 치우지 않고 그의 손 가까이에 그대로 두었지만 그는 다시 그녀의 손을 잡지 않았다.

폭파 계획을 끝내자 이번에는 수첩의 새 쪽을 펼쳐 놓고 작업 명령서를 적기 시작했다. 그것에 대해서는 명확하고도 충분히 생각하고 있었기 때문에 그는 자신이 작성한 명령서가 만족스러웠다. 수첩 두 쪽에 걸쳐 쓴 내용을 세심하게 읽어 보았다.

이제 이 정도면 다 된 것 같군, 하고 그는 혼잣말을 했다. 완벽하게 분명한 데다 조금도 물샐 틈 없어. 골츠의 명령에 따라 초소 두 개를 파괴하고 다리를 폭파하는 게 내가 맡은 임무지. 파블로에 관한 문제는 내가 맡을 성질의 것이 아니야. 어떻게든 해결이 나겠지. 살아남거나, 아니면 사라져 버리거나. 어느 쪽이든 상관없어. 하지만 두 번 다시 그놈의 바퀴에 올라타지는 않을 테야. 두 번이나 그 바퀴에 올라타고 빙빙 돌아 출발점으로 되돌아왔으니까. 다시는 그 바퀴에 올라타지 않을 거라고.

그는 수첩을 접고 마리아의 얼굴을 쳐다보며 "올라 구아 파?(어때, 아가씨?) 이 모든 것에서 뭔가 알아챈 거야?" 하고 말을 걸었다.

"아뇨, 로베르토. 이제 다 끝났나요?" 마리아는 이렇게 묻고는 아직 연필을 쥔 그의 손 위에 자기 손을 얹었다.

"응. 명령서니 뭐니 모두 작성해 놓았어."

"뭘 하고 있었나, 잉글레스 양반?" 파블로가 테이블 맞은편에서 물었다. 그의 눈은 또다시 게슴츠레해졌다.

로버트 조던은 그를 자세히 바라보았다. 또다시 그 바퀴엔 타지 마, 하고 그는 스스로를 타일렀다. 그놈의 바퀴에는 아예 발도 들여놓지 마. 그러면 놈이 또다시 돌기 시작할 테니까.

"다리 일을 궁리하고 있었습니다." 그가 공손히 대답했다.

"그래, 잘됐나?" 파블로가 물었다.

"아주 잘됐어요. 모든 게 썩 잘됐어요." 로버트 조던이 대답했다.

"난 여태껏 퇴각하는 문제를 생각하고 있었어." 파블로가 이렇게 말했고, 로버트 조던은 그의 술에 취한 돼지 같은 몽롱한 눈과 포도주 그릇을 바라보았다. 술그릇은 이제 거의 바닥을 보이고 있었다.

바퀴에서 비켜 있어, 하고 그는 스스로를 타일렀다. 저놈은 또다시 술을 마시고 있구나. 틀림없어. 하지만 이제 두 번 다시 바퀴에 올라타지 마. 그랜트*는 남북전쟁 기간 내내 거의 취해 있었다고 했지 않았나. 분명히 술에 취해 있었을 거야.

432

만약 그랜트가 파블로를 직접 만난다면, 아마 자신을 그런 자와 비교하는 것에 무척 화를 낼 거야. 그랜트는 여송연도 좋아했다지. 한데 파블로에게도 여송연을 한 개 구해다 줘야겠는걸. 그런 상판대기에는 그게 잘 어울릴 테니까. 반쯤 씹은 여송연을 입에 물려 주면 말이야. 한데 어딜 가서 파블로에게 그걸 구해다 주지?

"어떻게 잘되어 가나요?" 로버트 조던이 정중하게 물었다.

"썩 잘됐어." 파블로가 대답하고 고개를 천천히 그리고 진지하게 끄덕여 보였다. "무이 비엔.(아주 좋아.)"

"무슨 좋은 생각이라도 찾아냈소?" 아구스틴이 카드놀이를 하다 말고 물었다.

"음, 여러 가지 일을 생각해 봤지." 파블로가 대답했다.

"어디서 그런 생각을 찾아냈는데요? 그 술그릇 속에서?" 아구스틴이 물었다.

"그럴지도 모르지. 누가 알겠어?" 파블로가 대답했다. "마리아, 술 좀 더 따라다 주겠어?"

"술 부대 속에도 좋은 생각이 들었을 거요. 아예 술 부대 속으로 기어 들어가서 그 속에서 방법을 찾아보지 않고?" 아구스틴은 다시 카드놀이로 돌아갔다.

"아냐. 난 술그릇 속에서 찾을 거야." 파블로가 침착하게 대꾸했다.

---

* 율리시스 S. 그랜트(1822~1885). 미국 남북전쟁 당시 북군의 장군으로 활약했던 미국의 제18대 대통령.

이 녀석도 역시 바퀴를 타려 하지 않는구나, 하고 로버트 조 던은 생각했다. 바퀴가 혼자서 빙빙 돌고 있는 게 틀림없어. 오래 타고 있을 건 못 돼. 어쩌면 치명적인 바퀴인지도 몰라. 운 좋게도 우린 이제 거기서 내렸어. 두서너 번이나 이놈을 탔 다가 현기증을 일으켰거든. 하지만 이놈은 술주정뱅이라든지 정말로 비열한 놈이라든지 또는 잔인한 녀석들이 죽을 때까 지 타고 다니는 물건이야. 그것이 돌기 시작해서 위로 올라간 다 해도 결코 똑같이 회전하지는 않고 다시 빙빙 돌면서 아래 로 내려오곤 해. 제 마음대로 빙빙 돌아가라지, 하고 그는 생 각했다. 두 번 다시 날 거기에 태울 순 없을걸. 천만의 말씀, 그 랜트 장군님, 전 이제 그 바퀴에서 내렸습니다.

필라르는 자신에게서 등을 돌린 상태로 카드놀이를 하는 두 사나이의 어깨 너머로 놈들을 내려다볼 수 있도록 의자를 돌려놓고 화덕 옆에 앉았다. 그녀는 카드놀이를 지켜보고 있 었다.

이제 사생결단을 낼 것 같던 치명적인 분위기에서 그야말 로 이상야릇하기 그지없는 평범한 가정생활 분위기로 바뀌었 군, 하고 로버트 조던은 생각했다. 그 망할 놈의 바퀴에게 붙 잡히는 것은 바퀴가 아래로 내려왔을 때야. 하지만 난 바퀴에 서 내렸어, 하고 그는 생각했다. 어느 놈이고 날 또다시 그놈 에다 태울 수는 없을 거야.

이틀 전만 해도 내게는 필라르도 파블로도 그 밖의 사람들 도 존재하지 않았지, 하고 그는 생각했다. 마리아라는 아가씨 도 이 세상에 존재하지 않았어. 세상은 확실히 지금보다는 훨썬 단순했어. 아주 확실하고 실행 가능한 명령을 골츠한테서 하달 받았지. 물론 그 명령은 어느 정도 어려운 점도 있는 데 다 어떤 부수적인 결과가 생길 수도 있는 것이지만. 다리를 폭파한 뒤 난 전선으로 되돌아가도 좋고, 돌아가지 않아도 좋아. 만약 돌아간다면 잠깐 동안 마드리드에 가 있게 해 달라고 요청해 봐야지. 이 전쟁에서는 어느 누구도 휴가를 얻을 수 없다는 게 뻔하지만, 그래도 이삼 일쯤 마드리드에서 시간을 보낼 순 있을 거야.

마드리드에 가면 책을 몇 권 사고 플로리다 호텔에 묵을 방을 정하고는 더운물로 목욕하고 싶어, 하고 그는 생각했다. 짐꾼인 루이스에게 구할 수만 있다면 만테케리아스 레오네사스*나 그란비아**에서 조금 떨어진 가게에 가서 압생트를 한 병 구해다 달라고 부탁해야지. 목욕한 뒤에는 침대에 누워 책을 읽다가 압생트 두서너 잔을 마시고 나서 게일로드***에 전화를 걸어 식사하러 가도 되느냐고 물어보는 거야.

그는 그란비아에서는 식사하고 싶지 않았다. 맛이 별로 없는 데다 시간에 맞춰 가지 않으면 음식마저 동나기 때문이다. 게다가 안면 있는 신문기자가 너무 많이 오기 때문에 입을 다물고 있어야 하는 것도 싫었다. 압생트를 마시면서 이야기가 하고 싶어지면 게일로드로 가서 카르코프와 함께 식사하고

싶었다. 거기라면 음식 맛도 좋고 내전이 어떻게 돌아가는지 전황을 들을 수도 있을 것이다.

　러시아인들이 점령한 마드리드의 게일로드 호텔에 처음 갔을 때, 그는 그곳이 마음에 들지 않았다. 너무 호화스러운 데다 적군한테 포위당한 도시치고 어울리지 않게 음식도 좋았고, 전시답지 않게 냉소적인 대화만 오갔기 때문이다. 하지만 나도 너무 쉽게 타락하고 말았지, 하고 그는 생각했다. 이렇게 비참한 곳에 있다가 돌아가는데 될 수 있는 한 좋은 음식을 먹는 게 뭐가 그리 나빠? 게다가 처음 들었을 때는 냉소적이라고 생각되었던 이야기도 이제 와서는 지나칠 정도로 진실한 이야기로 판명되지 않았는가. 이 작전이 끝나면 이것은 게일로드에서 좋은 이야깃거리가 될 거야, 하고 그는 생각했다. 그래, 이 일이 모두 끝나면 말이지.

　마리아를 게일로드에 데리고 갈 수 있을까? 아니, 데리고 갈 순 없을 거야. 하지만 그녀를 플로리다 호텔에 남겨 두고 가면, 게일로드에서 내가 돌아왔을 때 그녀는 따듯한 물로 목욕을 마치고 날 기다릴 수 있을 거야. 그래, 그렇게 하면 돼. 그녀에 대해 카르코프에게 미리 이야기해 두고 훗날 데리고 가면 될 거야. 모두 그녀에 대해 호기심을 느끼고 만나고 싶어 할 테니까.

　어쩌면 게일로드에는 아예 처음부터 가지 않을지도 몰라. 그란비아에서 일찌감치 식사를 마치고 서둘러 플로리다 호텔로 돌아가면 되니까. 그래도 역시 게일로드에 가 보고 싶군. 다시 한 번 모든 것을 보고 싶을 테니까. 이 일이 끝나면 다시 한

번 그 음식을 먹어 보고, 그 호텔의 아늑함과 사치스러움도 다시 맛보고 싶어. 그런 뒤에 플로리다 호텔에 오면 마리아가 그곳에 있을 테지. 이 일만 끝나면 이 아가씨를 그곳에 데리고 갈 수 있을 거야. 그래, 이 일만 끝나면 그녀는 그럴 수 있고말고. 이 작전이 끝난 뒤에는. 만약 작전이 잘 끝나면. 만약 일이 잘 끝나게 되면 게일로드에서 식사할 자격이 생길 테지.

게일로드는 내전 초기 이렇다 할 군사적 소양도 없이 민중 사이에서 무기를 들고 뛰어나온 여러 유명한 노동자들과 농민 출신의 스페인 지휘관들을 만난 곳이었고, 또 그들 대부분이 러시아어를 할 수 있다는 사실을 비로소 알게 된 곳이었다. 그 사실 때문에 몇 달 전 처음으로 심한 환멸을 느꼈고, 그로 인해 스스로에게 냉소적인 기분을 느끼기 시작하게 되었다. 하지만 사정을 알고 보니 그것은 당연한 일이었다. 한때 그들은 농민이었고 노동자였다. 1934년 혁명* 때 활약했고, 그것이 실패하자 국외로 망명해야 했다. 그리고 러시아에서 사관학교와 코민테른이 운영하는 레닌 연구소에 파견되어 앞으로 있을 투쟁을 위한 준비를 갖추고 군대 지휘관으로서 필요한 군사 교육을 받았던 것이다.

그곳에서 그들을 교육시킨 건 코민테른이었다. 혁명 때는 외부 사람들에게 자신들을 도와주는 사람들이 누군지를, 또 누가 자신보다 더 많은 것을 알고 있다는 사실을 인정할 수

---

* 1934년 10월 스페인 북부 아스투리아 지역에서 무정부주의자들과 석탄 광부들이 일으킨 총파업과 폭동.

도 없었다. 그는 그런 일을 배웠다. 만약 어떤 일이 근본적으로 옳다면, 거짓말 같은 것은 전혀 문제가 되지 않을 수도 있었다. 그래서 거짓말을 많이 했다. 처음에 거짓말하는 것을 별로 좋아하지 않았다. 거짓말을 끔찍이 싫어했다. 그러다가 얼마 후엔 거짓말이 좋아지게 되었다. 그것은 부분적으로 내부자가 되어 가는 과정의 일부에 지나지 않지만 그래도 아주 타락한 일임은 분명했다.

'엘 캄페시노' 또는 '농민'이라 일컬었던 발렌틴 곤살레스*가 실제로는 농민이 아니라 스페인 외인부대의 상사였다가 군에서 탈출하여 아브드 엘 크림**과 싸웠던 사람이라는 사실을 처음 알게 된 것도 바로 이 게일로드 호텔에서였다. 그것도 상관없었다. 그 사람이 그래서는 안 된다는 이유가 도대체 어디 있단 말인가? 이런 전쟁에서는 이런 농민 지도자를 빨리 발견해 낼 필요가 있었다. 진짜 농민 지도자라면 어쩌면 파블로를 아주 많이 닮았을지도 모른다. 진정한 '농민 지도자'의 출현을 기다리고 있을 순 없었으며, 그런 지도자가 출현한다고 해도 농민의 성격을 지나치게 많이 지닌 자일 수 있었다. 그렇기 때문에 농민 지도자를 억지로라도 만들어 내야 했다. 시꺼먼 턱수염에 두툼한 흑인 입술과 활활 타는 듯하고 응시하는 눈빛을 지닌 캄페시노의 모습을 보면, 마치 진정한 농민 지도자만

---

* 발렌틴 곤살레스 곤살레스(1904~1983). 스페인 내전 중 공화군의 사령관. 처음으로 민병대를 구성하여 프란시스코 프랑코 우파 반란군에 맞서 싸웠다.
** 아브드 엘 크림(1882~1963). 모로코의 리프 인종 지도자. 스페인 통치에 맞서 싸웠다.

큼 골칫거리가 될지도 모른다는 생각이 들었다. 마지막으로 그를 보았을 때, 그 사나이는 자신에 대한 평판을 믿고 이제는 자신을 농민이라고 생각하는 것처럼 보였다. 그는 용감하고 끈기가 있었다. 그보다 더 용감한 사나이는 이 세상에 없을 것이다. 그런데 아쉽게도 그 사나이는 너무 수다스러웠다. 흥분하면 자신의 무분별한 말이 어떠한 결과를 초래할지 전혀 아랑곳하지 않고 마구 지껄여 댔다. 그래서 이제까지 꽤 여러 번 귀찮은 일이 이미 일어났다. 그러나 그 사나이는 모든 것이 끝장난 것처럼 보이는 상황에서도 역시 훌륭한 여단장이었다. 언제 모든 일이 끝장날지 알지 못했고, 비록 일이 끝난다 해도 능히 싸워 곤경을 뚫고 나갈 인물이었던 것이다.

그는 게일로드에서 갈리시아 출신으로 보잘것없는 석공이었던 엔리케 리스테르를 만났다. 그때 그는 사단을 지휘하고 있었고, 러시아어를 잘했다. 또 그 얼마 전 군단장이 된 안달루시아 출신의 목공 후안 모데스토*도 그곳에서 만났다. 푸에르토 델 산타마리아**에서 그는 러시아어를 배우지 못했다. 그곳에 목공들이 다니는 베를리츠 학교라도 있었다면 배웠을 테지만 말이다. 러시아 사람들은 젊은 군인 중에서 그 사나이를 가장 신임했다. 그들 말로는 '100퍼센트' 진짜 당원인 데다 미국 특유의 어법을 사용하는 것을 자랑스럽게 여기고 있었기 때문이다. 그는 리스테르나 캄페시노보다는 훨씬 똑똑했다.

---

* 후안 모데스토 길로토 레온(1906~1969). 스페인 내전 중 공화군의 장교를 지냈다.
** 스페인의 카디스 주 구아달레테 강변에 있는 도시.

확실히 게일로드는 교육을 완성하는 데 필요한 장소였다. 그는 일이 어떻게 이루어질 것인가가 아니라, 어떻게 그 일이 모두 현실적으로 실행되었는가를 이곳에서 배웠다. 그 무렵 난 막 인생 수업을 시작했을 뿐이었지, 하고 그는 생각했다. 앞으로도 얼마나 오랫동안 수업을 계속해야 하는지는 모른다. 게일로드야말로 훌륭하고 건전하고, 그에게는 꼭 필요한 곳이었다. 그가 온갖 어리석은 일을 믿고 있던 초기 무렵에 그곳은 그에게 큰 충격이었다. 그러나 이제 그는 온갖 기만이 필요 불가결하다는 것을 받아들이기에 충분할 만큼 많이 알게 되었다. 또 게일로드에서 배운 것은 그가 옳다고 믿는 일을 더욱 확신하게 해 주었다. 일이 어떻게 이루어지기로 되어 있는지가 아니라, 일이 현실적으로 어떻게 실행되는지 알고 싶었다. 전쟁 중에는 언제나 거짓말이 있기 마련이다. 그러나 리스테르와 모데스토와 엘 캄페시노가 말하는 진실은 거짓말이나 전설보다 훨씬 그럴듯했다. 그들도 언젠가는 모든 사람에게 진실을 말하게 될 테지만, 그때까지 그런 것들에 대해 배울 수 있는 게일로드 같은 곳이 있다는 것이 그는 기뻤다.

그렇다, 마드리드에 도착해서 책을 사고, 더운물로 목욕하고, 술을 몇 잔 마신 뒤 잠시 책을 읽고 나서 그가 갈 곳이 바로 그곳이었다. 그러나 그가 이런 모든 계획을 세운 것은 마리아가 나타나기 전의 이야기다. 그렇다고 걱정할 건 없다. 방을 두 개 얻어 놓고, 그가 게일로드에 가 있는 동안 마리아는 마음대로 하고 싶은 일을 하고 있으면 될 것이고, 다시 게일로드에서 그녀 곁으로 돌아오면 될 것이었다. 지금껏 그녀는 이 산속에서 기다리고 있었지 않았는가. 어쩌면 그녀는 플로리다 호텔에서 조금 오래 기다려야 할지도 모른다. 마드리드에서 그들은 사흘 동안 머물 수 있다. 사흘이라면 꽤 여유 있게 지낼 수도 있는 시간이다. 그는 그녀를 데리고 오페라 극장으로 「마르크스 형제들」*을 보러 갈 것이다. 이 영화는 지금까지 세 달 동안 상영되고 있었는데, 앞으로도 세 달 동안은 더 상영될 것이 분명했다. 마리아가 이 영화를 좋아할 것 같은 생각이 든다. 정말로 마음에 들어 할 것이다.

하지만 게일로드에서 이 동굴까지는 참으로 먼 거리다. 아니, 그렇게 먼 거리라고는 할 수 없다. 참으로 먼 거리는 이제 이 동굴에서 게일로드까지 가는 길이다. 카슈킨을 따라서 처음 갔을 때는 그곳이 별로 마음에 들지 않았다. 카슈킨은 그에게 꼭 카르코프를 만나라고 했다. 카르코프가 미국인과 사귀고 싶어 하고, 또한 이 세상에서 로페 데 베가를 그 사람만큼 좋아하는 사람도 없으며, 『양(羊)의 우물』을 최고의 희곡 작품이라고 생각하기 때문이라는 것이다. 사실인지 모르지만 로버트 조던은 그렇게 생각하지 않았다.

그는 카르코프는 좋아했지만 그 호텔만은 마음에 들지 않았다. 카르코프는 그가 그때까지 만난 사람 중에서 가장 지적인 사람이었다. 까만 승마화를 신고 회색 바지에 역시 회색 상의를 입고, 손발은 작은데 얼굴과 몸집은 비대하고, 이 사이로

---

* 뉴욕에서 처음 시작한 가족 코미디. 1900년 초엽부터 1950년대까지 보드빌과 연극, 영화로 큰 인기를 끌었다.

침을 뱉듯 말하는 그 사람은 로버트 조던에게 처음에는 우스꽝스럽게 보였다. 그러나 그 사나이는 그가 만난 어떤 사람보다 머리가 좋았고, 내면으로는 위엄을 갖추고 있고, 외면으로는 오만불손하면서도 유머가 풍부한 사람이었다.

게일로드 자체도 천박하게 사치스럽고 퇴폐적인 호텔로 보였다. 그러나 세계의 육분의 일을 지배하는 권력의 대표자들이 몇 가지 향락을 누린다고 해서 뭐가 그리 나쁘단 말인가? 그렇다, 그들은 향락을 누렸고, 로버트 조던도 처음에는 그것이 눈꼴사나웠지만 얼마 뒤에는 받아들이고 즐기게 되었다. 카슈킨은 그를 두고 대단한 녀석이라고 판단했다. 또 카르코프도 처음에는 화가 치밀 정도로 정중하게 대하다가 로버트 조던이 영웅의 역할을 집어치우고 자신이 생각하기에도 어처구니없게 우스꽝스럽고 음탕스러운 얘기를 해 주자, 정중한 태도를 버리고 그제야 마음이 놓인다는 듯 그를 스스럼없이 대하더니 그 뒤에는 무례하게 굴었고, 마침내 두 사람은 친구가 되었다.

그곳에서 사람들은 카슈킨을 너그럽게 봐주고 있었을 뿐이다. 카슈킨한테는 분명히 어딘지 잘못된 데가 있었고, 그는 그런 짓을 하며 스페인 곳곳을 누비고 다녔다. 사람들은 그에게 무엇이 잘못되었는지에 대해 말하려고 하지 않았지만, 이제는 저세상 사람이 되었으니 말한들 아무 상관이 없을 것이다. 어쨌든 그는 카르코프와 친구가 되었다. 또 믿기 어려울 만큼 가냘프고 얼굴이 쪼글쪼글하고 검은 데다 정감 있고 신경질적이고, 가난하지만 독기도 없는 그 여자와도 친구가 되었다.

몸치장에는 전혀 관심이 없고, 백발이 희끗희끗한 새까만 머리를 짧게 친 말라빠진 여자, 바로 카르코프의 아내이자 탱크 부대의 통역을 맡고 있던 여자 말이다. 그는 카르코프의 정부(情婦)와도 친구가 되었는데, 그 여자는 고양이 같은 눈에 빨간 빛이 도는 금발(머리를 땋은 모양에 따라 때로는 붉은빛이 돋보였고 때로는 금빛이 더 잘 눈에 띄었다.), 육중한 관능적인 육체(사내들이 품에 안기 딱 좋은 몸이었다.)와 남자들의 입술에 알맞도록 생긴 입술, 우둔하고 야심이 강하고 공화국에 대해 충성심이 철저한 사람이었다. 이 여자는 가섭을 좋아해서 주기적으로 자유분방한 성적 모험을 즐겼지만, 카르코프는 그것이 오히려 재미있다는 태도였다. 카르코프는 탱크 부대에서 근무하는 이 여자 말고도 어딘가에 또 다른 정부가 — 어쩌면 두 명인지도 모른다. — 있다고 했지만 정확한 것을 아는 사람은 아무도 없었다. 로버트 조던은 그가 알고 있는 그의 아내와 정부를 둘 다 좋아했다. 만약 그가 다른 여자도 알았다면 그녀 역시 좋아졌을 것이다. 여자에 대한 카르코프의 취향은 훌륭했다.

게일로드의 차량 출입구 밖 계단 아래에는 총검을 든 보초들이 서 있었고, 오늘 밤에도 포위당한 마드리드에서는 그곳이 가장 유쾌하고 기분 좋은 장소일 것이다. 오늘 밤 이런 산속이 아니라 그곳에 가 있으면 얼마나 좋을까. 하기야 여기도 이제는 바퀴가 정지되어 괜찮기는 하지만. 게다가 동굴 바깥에는 눈도 그쳤다.

그는 마리아를 카르코프에게 보이고 싶었지만, 그 전에 먼저 허가를 받아 두지 않으면 그녀를 데리고 갈 수 없는 데다, 또 이번 여행에서 돌아가면 그를 어떻게 받아 줄지 알아야 했다. 이번 공격이 끝나면 골츠도 그곳에 있을 것이고, 만약 그가 작전을 잘 수행해 낸다면, 모두 골츠를 통해 그 이야기를 전해 듣게 될 것이다. 골츠는 마리아의 일로 그를 놀려 댈 것이다. 골츠에게 자기에게는 여자가 없다고 단언했으니까 말이다.

그는 파블로 앞에 놓여 있는 술그릇에 손을 뻗어 포도주를 한 잔 폈다. "당신이 허락하면요." 그가 말했다.

파블로는 고개를 끄덕였다. 이 사나이는 이제 제 나름의 전술 연구에 몰두하고 있구나, 하고 로버트 조던은 생각했다. 대포의 포문 속에서 거품 같은 명성을 찾는 것이 아니라, 저기 있는 술그릇 속에서 해결책을 찾고 있는 거야. 저 개자식은 지금껏 여기 있는 무리를 성공적으로 통솔해 왔어. 그는 파블로의 얼굴을 바라보면서 이 전쟁이 미국의 남북전쟁이라면 이 사나이가 어떤 유격대장이 되었을까 생각해 보았다. 그때도 유격대장은 많이 있었지, 하고 그는 생각했다. 하지만 우린 그들에 대해 아는 것이 거의 없거든. 퀸트릴* 같은 사람이라든지, 모스비** 같은 사람이라든지, 또는 자기 할아버지처럼 유명한 사람이 아니라 보잘것없는 유격대원들, 말하자면 숲속을 헤매는

* 윌리엄 클락 퀸트릴(1837~1865). 미국 남북전쟁 당시 남군의 게릴라 지도자.
** 존 싱글턴 모스비(1833~1916). 미국 남북전쟁 당시 남군 기병대대 사령관.

게릴라 병사들 말이야. 술 마시는 것은 또 어떤가. 그랜트가
정말 주정뱅이였다고 생각하는가? 그의 할아버지는 그러했
다고 늘 주장했다. 언제나 오후 4시쯤이면 약간 취해 있었고,
빅스버그 전투*가 있기 전 포위 공격이 한창일 때도 그랜트는
며칠이나 곤드레만드레 상태였다고 했다. 하지만 할아버지의
주장에 따르면, 아무리 취했더라도 가끔 깨우기가 힘들었을
뿐 그랜트는 평상시와 조금도 다름없이 임무를 완벽하게 수
행했다고 하지 않았는가. 깨울 수 있었다면 그는 분명 제정신
이었을 것이다.

지금까지 이 전쟁에서는 적군이든 아군이든 그랜트 같은
장군도 셔먼** 같은 장군도 스톤월 잭슨*** 같은 장군도 없었다.
사실이었다. 젭 스튜어트**** 같은 장군도 없었다. 셰리든***** 같은
장군도 없었다. 하기야 매클렐런****** 정도의 장군들은 우글거리
고 있지만. 파시스트 쪽에는 매클렐런 같은 장군이 얼마든지
있지만 아군 쪽에는 세 명쯤밖에 없었다.

확실히 그는 이번 전쟁에서 아직껏 천재적인 군인을 만난
적이 없었다. 단 한 사람도. 그와 비슷한 인물도 본 적도 없다.

---

* 그랜트가 이끄는 북군이 남군을 패배시켜 남북전쟁의 전환점이 된 전투.
** 윌리엄 T. 셔먼(1820~1891). 미국 남북전쟁 당시 북군 장군.
*** 토머스 조너선 '스톤월' 잭슨(1824~1863). 미국 남북전쟁 당시 남군
장군.
**** 제임스 브라운 '젭' 스튜어트(1833~1864). 미국 남북전쟁 당시 남군
장군.
***** 필립 헨리 셰리든(1831~1888). 미국 남북전쟁 당시 북군 장군.
****** 조지 브린튼 매클렐런(1826~1885). 미국 남북전쟁 당시 북군 장군.

클레베르, 루카스, 한스는 국제 여단*과 함께 마드리드 방위전에 그들 몫을 훌륭히 해냈다. 그다음은 대머리에 안경을 쓴, 자부심 강하고 부엉이처럼 우매한, 이야기를 해 보면 지적인 데라고는 조금도 없는, 황소처럼 용기 있고 선전에 의해 영웅취급을 받는 마드리드 방위 사령관인 미아하가 있었다. 그런데 이 사나이는 클레베르의 평판이 좋은 것에 질투를 느낀 나머지 러시아 측에 압력을 넣어 클레베르의 지휘권을 뺏고 발렌시아로 쫓아내고 말았다. 클레베르는 훌륭한 군인이었지만 도량이 좁고 직책에 걸맞지 않게 입이 가벼웠다. 골츠는 우수한 장군이고 훌륭한 군인이지만 언제나 아랫자리에만 머물러 있어 마음껏 능력을 발휘할 기회가 없었다. 이번 공격은 그에게 이제까지 감행해 온 것 중 가장 중요한 작전이 될 것이었는데, 로버트 조던은 이 공격에 대해 들은 소문이 마음에 들지 않았다. 그다음으로는 헝가리 사람 갈이 있지만, 게일로드에서 들은 이야기를 절반만 믿는다 해도 총살당해 마땅한 사람이었다. 아니, 10퍼센트만 믿는다 해도 그 사람은 그래 마땅해, 하고 로버트 조던은 생각했다.

과달라하라 너머 고지에서 이탈리아군을 격파한 전투를 봐 두었으면 좋았을 텐데, 하고 그는 생각했다. 하지만 그때 그는 에스트레마두라 아래쪽에 가 있었다. 두 주일 전 어느 날 밤, 게일로드에서 한스가 눈으로 직접 보는 것처럼 생생하게 그

---

* 스페인 내전 당시 제2공화국 정부를 지원하기 위해 각국에서 모인 의용군. 53개 국가, 3만 2천여 명 규모였다.

이야기를 들려주었다. 이탈리아군이 트리후에케 부근의 전선을 돌파하고 토리하-브리우에가의 도로를 차단했을 때 제12여단은 연락이 두절되어 한때 그 전투에서 정말로 패배하는 것이 아닌지 우려되는 순간도 있었다. "하지만 상대가 이탈리아군이라는 사실을 알자 다른 부대와 싸울 때는 말도 안 되는 작전을 시도했지. 그리고 그 작전이 잘 맞아떨어진 거야." 한스가 말했다.

한스는 그 전투 때 쓰던 지도를 펼쳐 놓고 자세하게 이야기를 들려주었다. 그는 언제나 그 지도를 케이스에 넣고 다니면서 여전히 기적 같은 그 전투에 놀라고 기뻐하는 듯했다. 한스는 훌륭한 군인이고 유쾌한 친구였다. 그때 한스가 들려준 바로는, 리스테르나 모데스토나 캄페시노가 지휘하던 스페인 군대는 모두 그 전투에서는 잘 싸웠다. 그것은 그들 부대의 사령관들의 공이었고, 그들이 자기 부하를 잘 훈련한 덕택이었다. 그러나 리스테르도 캄페시노도 모데스토도 그들이 취해야 할 많은 작전을 러시아 군사 고문관들의 지시에 따라 수행했다. 그들은 무슨 잘못이라도 생기면 진짜 조종사가 옆에서 비행기를 대신 조종해 주는 조종 훈련생들과도 같았다. 그렇다, 올해에는 그들이 얼마나 많이, 그리고 얼마나 잘 배웠는지 드러날 것이다. 앞으로 이중 조종 장치가 없어질 것이며, 그러고 나면 그들 혼자서 사단과 군단을 얼마나 잘 지휘할 수 있는지 알게 될 것이다.

그들은 공산주의자들이고, 훈련을 중시하는 군인들이다. 그들이 시행한 훈련은 훌륭한 군대를 만들어 낼 것이다. 리스테르는 훈련에 있어서는 살인적이다. 그 사나이는 철저한 광신자로, 스페인 사람답게 생명 존중이라는 관념이 없었다. 타타르인이 최초로 유럽에 침입해 온 이래, 그 사나이의 지휘 아래 있는 군대만큼 이렇다 할 이유 없이 즉결로 처형된 예는 아마 없었을 것이다. 그러나 그 사나이는 일개 사단을 전투 부대로 연마하는 방법을 잘 알고 있었다. 진지를 끝까지 지킨다는 것과 적의 진지를 공격하여 점령한다는 것은 별개의 일이다. 또 전쟁터에서 군대를 자유자재로 움직인다는 건 아주 다른 일이야, 하고 로버트 조던은 테이블 앞에 앉아 생각했다. 이제까지 봐 온 바로 미루어 볼 때, 리스테르는 이중 조정 장치가 없어진다면 과연 어떻게 될까? 하지만 그건 없어지지 않을지도 모르지, 하고 그는 생각했다. 이중 조정 장치가 정말로 없어질까? 오히려 한층 더 강화되지는 않을까? 이 전쟁에 대해 러시아는 어떤 입장인 걸까? 역시 게일로드가 안성맞춤이야, 하고 그는 생각했다. 지금 난 알아야 할 것이 많은데, 그건 오직 게일로드에서만 알 수 있어.

한때 그는 게일로드가 자신에게 좋지 않은 곳이라고 생각했다. 그곳은 벨라스케스 63호(이 수도의 국제 군단의 총사령부가 된 마드리드의 궁정)의 청교도적이고 종교적인 공산주의와는 정반대되는 장소였다. 벨라스케스 63호에서는 군대가 마치 종교 단체의 일원처럼 여겨졌다. 그런데 게일로드는 제5연대 본부가 해체되어 새로운 군대의 여단으로 편성되기 전 그 본부에서 느끼던 기분과는 거리가 멀어도 한참 멀었다.

그 두 곳에서 난 십자군에 참가한 것 같은 느낌을 받았어.

십자군이라는 말은 너무 남용되어 본래 뜻을 잃어버렸지만 그 말 말고는 다른 적당한 말을 찾아낼 수가 없지. 관료주의와 비능률과 당파 싸움에도 불구하고 내가 느낀 감정은 처음 성찬에 참석했을 때 기대했다가 느끼지 못한 그런 감정 비슷한 것이었거든. 온 세계에서 압박받는 모든 사람에 대한 의무에 헌신한다는 감정이었지. 종교적인 경험과 마찬가지로 말로 하기 곤란하고 쑥스럽지만 바흐의 음악을 들었을 때, 샤르트르 대성당이나 레온 대성당 안에서 거대한 창문으로 빛이 새어 들어오는 것을 우러러보았을 때, 또는 프라도 박물관에서 만테냐*와 그레코**와 브뤼헬***의 명화를 보았을 때 느끼는 것처럼 진솔한 감정이었어. 전적으로 완전히 믿을 수 있는 뭔가에 역할을 맡겨 주고, 또 그 일에 종사하는 다른 사람들과 완벽한 형제애를 느끼게 해 주는 감정이었지. 이제껏 전혀 느껴 보지 못했지만 이제 그것을 경험했지. 그래서 그것에 엄청난 의미와 이유를 부여한 나머지 이제 자신의 죽음마저 아무것도 아닌 것처럼 느끼게 됐거든. 죽음이란 다만 의무를 이행하는 데 방해가 되기 때문에 피해야 하는 것에 지나지 않았어. 하지만 가장 고마운 일은 이런 감정, 이런 필요성에 대해 네가 뭔가 할 일이 있다는 것이었지. 이제 넌 싸울 수가 있는 거야.

그래서 넌 싸웠지, 하고 그는 생각했다. 그리고 이렇게 싸

---

* 안드레아 만테냐(1431~1506). 르네상스 시대 이탈리아의 화가.
** 엘 그레코(1541~1614). 그리스에서 태어난 스페인 화가.
*** 페테르 브뤼헬(1564~1638). 네덜란드 태생의 화가.

우는 동안 곧 그 전투에서 살아남은 동지들, 잘 싸운 동지들에 대한 순수한 감정을 상실하고 말았어. 처음 여섯 달이 채 지나기 전에 말이지.

한 진지나 도시를 방어한다는 것은 전쟁 중에 첫 번째 종류의 감정을 맛볼 수 있게 한다. 시에라 산중에서의 전투도 그런 식으로 수행되었다. 그들은 산중에서 혁명의 참된 전우애를 느끼면서 싸웠다. 산중에서 처음으로 훈련을 강화할 필요가 있었을 때 그는 그것을 인정하고 이해했다. 포탄이 우박처럼 떨어져 내리는 전쟁터에서 병사들은 겁쟁이가 되어 달아나 버렸다. 그는 병사들이 총에 맞고 길가에 쓰러져 버려진 채 시체가 퉁퉁 부어오르고, 갖고 있는 탄약통과 귀중품을 빼앗아 가는 것 말고는 그들을 거들떠보는 사람이 없는 것을 목격했다. 그들의 탄약통과 장화와 가죽 외투를 벗겨 가는 것은 정당했다. 귀중품을 빼앗아 간다는 것은 어디까지나 실제적인 일에 지나지 않았다. 그래야만 무정부주의자들이 그것들을 빼앗아 갈 수 없을 테니까.

도망병을 쏘아 죽이는 것은 옳고 정당하고, 또 필요한 일이었어. 조금도 잘못이 아니었지. 놈들이 도주하는 것은 이기적인 행동이기 때문이야. 파시스트 놈들이 쳐들어 왔을 때, 우리는 과달라하라 산등성이의 잿빛 바위와 키 작은 소나무 관목 그리고 가시금작화를 방패 삼아 경사면에서 놈들을 막아 냈어. 적군의 비행기가 떨어뜨리는 폭탄과 적군의 포병이 쏘아 대는 포탄을 무릅쓰고 도로를 따라 사수했고, 그날 해 질 녘까지 살아남은 동지들이 적을 반격하여 격퇴했지. 나중에 적이 바위 사이와 숲을 뚫고 왼쪽으로 내려가려 할 때, 비록 적군은 벌써 건물 양쪽을 통과한 뒤였지만 아군은 요양소 안 창문이나 지붕에서 사격을 하면서 결국 지켜 냈어. 아군이 반격해서 적군을 다시 길 뒤쪽으로 격퇴시키기 전까지 적군에게 포위당한다는 게 과연 어떤 것인지 뼈저리게 맛보았지.

그런 모든 것을 겪으면서, 입안도 목구멍도 바싹바싹 말라 드는 두려움 속에서, 또 산산이 부서져 흩날리는 흙먼지와 갑자기 벽이 무너져 버리는 공포 속에서 말이야. 벽은 포탄이 터지는 섬광과 폭음 속에서 맥없이 무너지고, 기관총이 날아가면서 그것을 쥐고 있던 병사들을 질질 옆으로 끌어내며 파편을 뒤집어쓴 채 얼굴을 땅에 박고 쓰러지게 하고, 차단물 노릇을 하는 방어물 뒤에 머리를 숨기고, 깨진 탄약통을 끌어내고 탄띠를 매만져 똑바로 잡으면서 이번에는 방어물 그늘에 꼿꼿이 누워 다시 한 번 도로변을 향해 총을 겨누면서 말이야. 그때 넌 해야 할 일을 했고, 네가 옳다고 생각하는 걸 했지. 넌 입안이 바싹바싹 타는 듯하고 공포감이 일소되고, 공포감을 일소하는 전투의 희열을 알게 되었어. 그해 여름과 가을을 이 세계의 모든 빈민을 위해 싸웠고, 모든 압제에 맞서 싸웠으며, 네가 믿고 있는 모든 것, 네가 그동안 교육받은 새로운 세계를 위해 싸웠어. 그해 가을 너는 추위와 습기, 진흙과 참호를 파고 구축하는 오랜 고통을 어떻게 참아 내고 어떻게 그것을 무시해 버리는가를 배웠지. 그리고 그해 여름과 가을의 감정은 피로와 수마(睡魔)와 흥분과 불쾌의 밑바닥에 깊이 파묻히고 말았어. 하지만 그 감정은 아직도 남아 있지. 또 네가 겪은 모든 것은 다만 그것을 입증하는 데 도움이 되었을 뿐이지. 네가 심오하고 건전하고 사심 없는 자부심을 느끼게 된 건 바로 그 무렵이었어. 그래서 넌 게일로드에서는 지독하게 따분한 놈이 되었던 거야, 하고 그는 갑자기 생각했다.

아니, 넌 그 무렵 게일로드에서 그다지 어울리지 않았을 거야, 하고 그는 생각했다. 넌 너무 순진했어. 말하자면 은총을 받고 있었다고 할까. 하지만 그때의 게일로드 역시 지금과 같지는 않았을 거야. 그래, 사실 그렇지 않았지, 하고 그는 스스로에게 말했다. 전혀 그렇지 않았어. 그 무렵에는 아예 게일로드 같은 곳은 없었다고 해도 좋아.

카르코프가 그 무렵의 이야기를 그에게 들려주었다. 당시 러시아 사람들은 모두 팰리스 호텔에 묵고 있었다. 그때 로버트 조던은 그들 가운데 아는 사람이 한 명도 없었다. 아직 그 유격대가 편성되기 전이어서 카슈킨도 그 밖의 누구와도 만나기 전이었다. 카슈킨은 북부 지방인 이룬이나 산세바스티안*에 있었고, 실패한 빅토리아 진격 작전에서 전투에 참가하고 있었다. 그가 마드리드에 온 것은 1월 들어서였다. 한편 로버트 조던이 카라반첼과 우세라**에서 싸우고 있던 사흘 동안, 아군은 마드리드에 대한 파시스트 공격의 우익을 막아 내고, 집들을 샅샅이 뒤지면서 무어인들과 테르시오(외인부대)를 격퇴했다. 햇볕에 그을린 회색 고지 기슭의 파괴된 교외를 소탕

---

* 이룬과 산세바스티안은 프랑스와의 국경 근처 피레네 산맥에 있는 도시.
** 카라반첼과 우세라는 마드리드 남서부 교외 지역.

하고, 또 도시의 변두리를 지킬 만한 고지를 따라 방어선을 구축하기 위해서였던 것이다. 바로 그 무렵 카르코프는 마드리드에 있었다.

카르코프는 그 당시에 대해 이야기할 때만은 냉소적이지 않았다. 모든 것이 끝장난 것처럼 보였을 때 그 사흘 동안 모두 한마음 한뜻이 되었다. 모든 것이 끝나 버린 것처럼 보일 때 모든 사람이 어떻게 행동할지 알고 있었다. 표창이나 훈장보다 더 값진 행동이었다. 정부는 수도를 철수하면서 국방부 소속의 자동차를 모두 가지고 가 버렸다. 그래서 늙은 미아하 사령관은 자전거를 타고 방어 전선을 시찰해야 했다. 로버트 조던으로서는 믿기지 않는 이야기였다. 아무리 그가 애국적인 상상력을 발휘해도 자전거를 탄 미아하의 모습은 상상할 수 없었지만 카르코프는 사실이었다고 했다. 그도 그럴 것이 그때 러시아 신문에 그 기사를 썼기 때문에 어쩌면 그 일이 사실이라고 믿고 싶었는지 모른다.

그러나 카르코프가 쓰지 않은 이야기가 또 하나 있었다. 그는 펠리스 호텔에 자기가 책임져야 하는 러시아 부상병 세 명을 숨겨 두고 있었다. 그중 두 사람은 탱크 조종사고 한 사람은 비행기 조종사였는데, 그들은 너무 심한 중상을 입어 도저히 움직일 수 없었다. 그 무렵에는 러시아가 내전에 간섭하고 있다는 증거를 보임으로써 파시스트들에게 공공연하게 간섭할 수 있는 구실을 주지 않는 것이 무엇보다도 중요했기 때문에 만약 수도를 포기할 경우 이들 부상자를 파시스트 손에 넘어가지 않도록 하는 것이 카르코프의 책임이었다.

수도를 포기해야 할 경우 카르코프는 팰리스 호텔을 떠나기 전 세 사람을 독살해 그들의 신원에 관한 증거를 모두 없애 버리기로 되어 있었다. 어느 누구도 세 부상병의 시체에서 그들이 러시아인이라는 증거를 찾지 못해야 했다. 그런데 세 병사 중 하나는 하복부에 탄알 세 발을 맞았고, 또 하나는 총에 턱이 날아가고 성대가 노출되었고, 나머지 하나는 포탄에 맞아 대퇴골이 부서지고 두 손과 얼굴이 심한 화상을 입어 속눈썹도 눈썹도 머리카락도 없는 물집과 같았다. 어느 누구도 팰리스 호텔의 침대 속에 그가 버려 둔 상처투성이 시체 세 구를 보고 이것이 러시아인이라고 할 수 없었을 것이다. 나체로 죽어 있는 사람이 러시아인이라고 증명할 수 있는 단서는 아무것도 없었다. 일단 죽으면 국적도 정치적 입장도 알아낼 도리가 없기 때문이다.

로버트 조던이 카르코프에게 이 임무를 수행해야겠다고 판단했을 때 어떤 기분이 들었느냐고 물었다. 그러자 카르코프는 그렇게 되리라곤 예상하지 않았다고 대답했다. "어떻게 그 일을 처리할 생각이었어요?" 로버트 조던이 이렇게 묻고는 덧붙였다. "갑자기 사람들에게 독약을 먹인다는 게 그리 쉬운 일은 아닐 텐데요." 그러자 카르코프가 이렇게 대답했다. "아니야, 아주 간단해. 자신이 사용할 독약을 갖고 다닐 때는 말이야." 그러고 나서 그는 담배 케이스를 열고 그 한구석에 들어 있는 것을 로버트 조던에게 보여 주었다.

"하지만 적들이 당신을 포로로 잡는다면 제일 먼저 담배 케이스를 빼앗을 텐데요. 당신더러 두 손을 올리고 있으라고 할 겁니다." 로버트 조던이 반박했다.

"하지만 난 여기에도 조금 숨기고 다니거든." 카르코프는 히죽 웃고 나서 재킷 자락을 젖혀 보였다. "그저 이렇게 옷깃을 젖혀 입에 갖다 대고 물어뜯어 삼켜 버리면 돼."

"그 편이 훨씬 나은데요. 탐정 소설에 나오는 것처럼 씁쓸한 아몬드 같은 냄새가 납니까?" 로버트 조던이 물었다.

"잘 모르겠어. 냄새를 맡아 본 적은 한 번도 없으니까. 어디 튜브를 조금 찢어서 냄새를 맡아 볼까?" 카르코프가 기분 좋은 듯이 물었다.

"그대로 두는 게 좋겠습니다."

"그렇겠군." 카르코프는 이렇게 말하면서 담배 케이스를 집어넣었다. "너도 알다시피, 난 패배주의자는 아냐. 하지만 그런 중대한 경우가 생길 수가 있는데, 어디서도 이런 걸 입수할 수 없을 때가 늘 있는 법이거든. 코르도바* 전선에서 발표한 성명서를 읽어 봤나? 참으로 명문이야. 온갖 성명서 중에서도 난 그게 가장 마음에 들어."

"뭐라고 쓰여 있었습니까?" 로버트 조던은 코르도바 전선에서 마드리드로 돌아왔다. 그래서 자신은 농담을 할 수 있어도 다른 사람들은 해서는 안 되는 대상에 대해 누군가 농담할 때처럼 갑자기 어색한 기분이 들었다. "얘기해 줄 수 없나요?"

"누에스트라 글로리오사 트로파 시가 아반산도 신 페르데

---

* 스페인 남부 안달루시아에 있는 도시.

르 니 우나 솔라 팔마 데 테레노." 카르코프가 그 독특하고 이상한 스페인어로 말했다.

"설마 그런 말이 쓰여 있으려고요." 로버트 조던이 믿기지 않는다는 듯이 말했다.

"우리의 영광스러운 부대는 한 치의 땅도 빼앗기지 않고 전진을 거듭하고 있다." 카르코프가 이번에는 영어로 다시 말했다. "이것이 성명서에 있는 내용이야. 자네한테 성명서를 찾아 주겠네."

네가 아는 사람 중 포소블랑코 부근의 전투에서 전사한 친구들을 기억할 수 있었지. 하지만 게일로드에서는 그것이 농담거리에 지나지 않았어.

게일로드에서는 언제나 그런 식이었다. 그러나 게일로드가 늘 있었던 것은 아니었다. 만약 지금의 정세가 내전 초기 생존자들을 중심으로 게일로드 같은 곳을 만들어 냈다면, 그는 게일로드를 기꺼이 보고 또 그곳에 대해 기꺼이 알고 싶었다. 시에라 산중에서나 카라반첼이나 우세라에서 느끼던 감정과는 너무나도 다르구나, 하고 그는 생각했다. 넌 참 쉽게도 타락하고 마는군, 하고 그는 생각했다. 하지만 그게 과연 타락일까, 아니면 최초의 순진성을 잃어버린 것에 지나지 않는 것일까? 어떤 일에서도 처음과 똑같을 수는 없지 않을까? 젊은 의사건 젊은 사제건 젊은 군인이건 그들이 자신의 일에 대해 처음 품고 있던 순수한 마음을 그 밖의 누가 간직할 수 있단 말인가? 사제는 확실히 그 마음을 간직할 수 있다. 그렇지 않으면 사제 노릇을 집어치워 버릴 테니까. 어쩌면 나치 녀석도 간직할 수 있을지 모르지, 하고 그는 생각했다. 또 엄격하고도 철저하게 자기 훈련을 쌓은 공산주의자도 그럴 테지. 하지만 카르코프를 보라.

그는 카르코프의 경우를 아무리 여러 번 생각해도 싫증을 느껴 본 적이 없었다. 그가 마지막으로 게일로드에 갔을 때 카르코프는 스페인에서 많은 시간을 보낸 한 영국 경제학자에 대해 감탄하고 있었다. 로버트 조던은 이 학자의 글을 여러 해 동안 읽었기 때문에 그에 대해 아무것도 모르면서도 언제나 존경해 마지않았다. 이 사람이 스페인에 대해 쓴 글은 별로 좋아하지 않았다. 그 글은 지나칠 정도로 명석하고 첫눈에 알 수 있을 만큼 단순한 데다 그가 알고 있는 통계의 대부분이 필자가 원하는 방식으로 왜곡돼 있었다. 그러나 조던은 자신이 정말로 잘 알고 있는 나라에 대해 쓴 저널리즘에는 좀처럼 흥미를 느낄 수 없다고 생각하고는 이 학자의 의도에 대해서만은 그를 존경했다.

그러던 어느 날 오후 아군이 카라반첼을 공격했을 때 마침내 그는 그 학자와 만났다. 때마침 아군은 투우장의 담벼락 그늘에 앉아 있었다. 큰길 아래쪽 두 곳에서 사격 소리가 들려오고, 모두 마음을 졸이며 공격을 기다리고 있었다. 오기로 했던 탱크가 도착하지 않자 몬테로는 한 손을 머리에 얹고 앉아서 이렇게 투덜거렸다. "탱크가 오지 않네. 아직도 오지 않아."

그날은 몹시 추운 데다 거리에 황사가 휘몰아치고 있었다. 몬테로는 왼팔에 총상을 입어 팔이 점점 굳어 가고 있었다.

"어서 탱크가 와야 할 텐데. 탱크를 꼭 기다려야 하는데. 이제는 더 기다릴 수 없는데." 그가 말했다. 부상 때문인지 그의 목소리가 짜증스럽게 들렸다.

몬테로가 전차 선로 모퉁이에 있는 아파트 건물 뒤에 탱크가 정거해 있는 것 같다고 하자 로버트 조던은 탱크를 찾으러 되돌아갔다. 탱크는 거기 무사히 있었다. 그러나 그것은 탱크가 아니었다. 스페인 사람은 그 무렵 뭘 봐도 탱크라고 불렀다. 그것은 낡아빠진 장갑차였다. 운전병은 아파트 모퉁이를 빠져나와 투우장으로 차를 몰기 싫었던 것이다. 팔짱을 낀 채 그는 장갑차 뒤에 기대 서서 가죽 패드 철모를 쓴 머리를 두 팔에 얹고 있었다. 로버트 조던이 말을 걸었지만 그는 고개를 흔들며 두 팔에 머리를 더욱 밀었다. 그리고 로버트 조던 쪽은 쳐다보지도 않고 옆으로 고개를 돌렸다.

"저기까지 가라는 명령은 받지 않았습니다." 그가 무뚝뚝하게 말했다.

로버트 조던은 권총집에서 권총을 꺼내 운전병의 가죽 외투에 총구를 들이댔다.

"명령이다." 조던이 말했다. 그러자 운전병은 럭비 선수가 쓰는 것 같은 가죽 패드 철모를 쓴 머리를 가로저으면서 말했다. "기관총 탄환이 없습니다."

"탄환은 투우장에 가면 있다. 자, 어서 가. 거기 가서 탄대에 탄환을 넣도록 하자. 어서 서둘러." 로버트 조던이 그에게 말했다.

"기관총을 쏠 사수가 없습니다." 운전병이 말했다.

"어디 갔어, 네 짝은?"

"죽었습니다. 차 안에 있습니다." 운전병이 대답했다.

"끌어내. 거기서 끌어내." 로버트 조던이 명령했다.

"시체에 손대기 싫습니다. 게다가 기관총과 바퀴 사이에 끼어 있어요. 시체 쪽으로 빠져나갈 수가 없습니다." 운전병이 대답했다.

"자, 이리로 와. 함께 밖으로 끌어내자." 로버트 조던이 말했다.

장갑차 안으로 기어 들어가다 그는 어딘가에 머리를 탕 하고 부딪혀 눈썹 위가 조금 찢어졌고 피가 얼굴 위로 흘러내렸다. 시체는 무겁고 너무 딱딱하게 굳어 버려 몸을 구부릴 수가 없었다. 엎드린 자세로 좌석과 바퀴 틈에 틀어박힌 시체를 밖으로 끌어내기 위해 머리를 망치로 두드려야만 했다. 간신히 시체의 머리 밑으로 무릎을 들이밀고는 무릎을 올려 틈에 꼭 끼여 있던 머리를 빼내고 뒤에서 시체의 허리를 잡아당겨 겨우 문 쪽으로 끌어냈다.

"좀 도와줘." 그가 운전병에게 말했다.

"손도 대고 싶지 않습니다." 운전병이 대답했다. 로버트 조던이 바라보니 그는 울고 있었다. 화약 연기로 시꺼멓게 더럽혀진 얼굴의 코 양쪽으로 눈물이 흐르고 있었고, 콧물까지 줄줄 흐르고 있었다.

문 옆에 서서 그는 시체를 힘껏 잡아당겼다. 시체는 꼽추처럼 등을 구부린 자세로 전차 선로 옆 보도 위로 굴러 떨어졌다. 시멘트 보도에 밀랍 같은 회색 얼굴을 들이박고 장갑차 안에서처럼 두 손을 몸뚱이 밑에 오그린 채 엎어져 있었다.

"빌어먹을, 어서 차 안으로 들어가. 어서 차 안으로 들어가라고." 로버트 조던이 운전병에게 권총을 겨누고 몸짓을 하면서 말했다.

바로 그때 로버트 조던은 아파트 건물 그늘에서 나타난 그 사나이를 보았다. 긴 외투를 입은 그는 백발이 성성한 머리에 모자를 쓰지 않았고, 광대뼈가 튀어나와 있는 데다 움푹 들어간 두 눈은 양미간 사이에 바짝 달라붙어 있었다. 한 손에는 체스터필드 담배 한 갑을 들고 있었는데, 그가 담배 한 개비를 꺼내더니 운전병을 차 속으로 몰아넣으려고 권총을 겨누고 있는 로버트 조던에게 내밀었다.

"잠깐만요, 동지. 전황에 대해 좀 말해 줄 수 없습니까?" 그가 스페인어로 로버트 조던에게 말을 건넸다.

로버트 조던은 담배를 받아 푸른 작업복 점퍼의 가슴주머니에 집어넣었다. 이미 사진을 봐서 이 동지가 누구인지 알아볼 수 있었다. 바로 그 영국인 경제학자였다.

"똥이나 처먹어라." 그는 장갑차 운전병에게 처음에는 영어로 말하고 나서 스페인어로 다시 말했다. "저 아래쪽이야. 저기 투우장 말이지. 보이지?" 그리고 그는 무거운 덧문을 꽝하고 닫아 잠그고는 그대로 긴 비탈길을 내려가기 시작했다. 탄알이 차체에 맞기 시작했고, 쇠 보일러에 자갈이 부딪치는 소리가 났다. 이어서 그들 쪽으로도 기관총을 쏘아 대기 시작하자 이번에는 망치로 두들기는 듯한 날카로운 소리가 났다. 지난해 10월의 포스터가 매표구 옆에 아직 그대로 붙어 있는 투우장 뒤에 이르자, 탄약통을 열어 놓고 손에는 총을 들고 혁대와 주머니 속에 수류탄을 집어넣은 동지들이 벽 그늘에서 기다리고 있었다. 몬테로가 말했다. "좋아. 이제야 탱크가 도착했군. 이제 우리도 공격할 수 있게 됐어."

그날 밤늦게 아군이 언덕 위의 집들을 모두 점령했을 때 그는 군데군데 구멍을 뚫어 총안을 만들어 놓은 벽돌담 뒤에 편안히 드러누워 그들과 파시스트들이 후퇴한 산등성이 사이에 펼쳐진 평평하고 멋진 사계(射界)를 내려다보았다. 그러고는 육감적이라고도 할 만큼 안락한 기분에 사로잡혀 아군 왼편을 보호하고 있는 언덕의 기복과 그곳에 있는 파괴된 별장을 머릿속에 그려 보고 있었다. 그는 땀으로 흠뻑 젖은 옷 위에 담요를 둘둘 감아 몸을 말리면서 수북이 쌓아 올린 밀짚 더미 위에 누워 있었다. 그렇게 누워서 영국인 경제학자를 생각하며 웃었고, 그에게 버릇없이 군 것을 미안하게 생각했다. 그러나 정보를 듣기 위해 팁이라도 주는 듯한 태도로 그가 담배를 내밀던 순간, 전투원으로서 비전투원에 대한 증오심이 너무 커서 참기 어려웠던 것이다.

지금 그는 게일로드 호텔과 그곳에서 카르코프가 이 경제학자에 대해 하던 말을 떠올렸다. "바로 그곳에서 그 사람을 만났군. 난 그날은 푸엔테데톨레도* 너머로는 가지 않았어. 그 친구는 굉장히 전선 가까이까지 갔군. 확실히 그날은 그 친구가 마지막으로 만용을 부렸던 것 같네. 그 이튿날엔 마드리드

---

* 스페인 마드리드에 있는 다리.

를 떠나 버렸거든. 가장 용감했던 것은 아마 톨레도*에서였을 거야. 톨레도에서는 대단했지. 알카자르** 점령 때는 작전을 세운 사람 중 하나였어. 톨레도에 있을 때 자네가 그 친구를 봤어야 하는데. 아군의 공격이 성공한 건 그 친구의 노력과 조언에 힘입은 바 크네. 그런 게 전쟁에서 가장 졸렬한 부분이었지. 졸렬함의 극치였다고 할까. 한데 그 친구에 대해 미국에서는 어떻게 생각하나?" 카르코프가 말했다.

"미국에서는 모스크바와 대단히 가까운 사람으로 알고 있죠."

"그런데 실제로는 안 그렇거든." 카르코프가 말을 이어 갔다. "그 친구는 얼굴도 잘생기고 예의범절도 깍듯해. 내 얼굴 생김새라면 아무 일도 할 수 없을 거야. 보잘것없긴 해도 그나마 내가 이룩한 일은 내 얼굴과는 무관했어. 민중에게 영감을 주거나 민중을 감동시켜 날 사랑하게 하거나 신뢰하도록 해 주는 얼굴이 못 되거든. 하지만 미첼이라는 그 친구의 얼굴은 그 자체로 한 밑천이었단 말이야. 그 얼굴이야말로 음모자의 얼굴이지. 책에서 음모자 얘기를 읽어 본 적이 있는 사람들은 처음 보자마자 모두 대번에 그를 믿게 되거든. 또 그 친구의 태도 역시 의심할 여지없이 음모자의 태도고 말이야. 그 사람이 방으로 걸어 들어오는 것만 봐도 즉시 자신이 일류급 음모자와 만나고 있다는 기분이 들거든. 그저 감상적으로 믿고 있

---

* 스페인 중부에 있는 도시.
** 스페인 세비야에 있는 왕궁.

는 소비에트 연방을 원조하고 싶거나, 또는 공산당의 궁극적인 성공에 조금이라도 대비하고 싶어 하는 네 나라 부자 애국자들은 그 친구의 얼굴이나 태도를 보는 즉시, 이 친구야말로 코민테른이 가장 신뢰하는 대리인이라고 믿고 말 거야."

"그럼 그 사람은 모스크바와는 아무런 관계도 없단 말이에요?"

"전혀 없지. 자, 들어 봐, 조던 동지. 넌 바보에 두 종류가 있다는 걸 알고 있나?"

"평범한 바보와 졸렬한 바보?"

"아니야. 지금 러시아에 있는 두 종류의 바보는 말이야." 카르코프는 히죽 웃고 다시 말을 이었다. "첫 번째는 겨울 바보야. 이 겨울 바보는 남의 집 문간에 와서 시끄럽게 문을 두들겨 대지. 나가 보면 웬 사람이 있는데 본 적이 없는 사나이란 말이야. 꼴불견이지. 덩치 큰 이 사나이는 긴 장화를 신고, 털외투에 털모자를 쓰고 있으며, 온몸이 눈으로 덮여 있어. 우선 발을 굴러 장화의 눈을 털지. 다음엔 외투를 벗어 터는데 더 많은 눈이 떨어져. 그러고는 털모자를 벗어서 문에 대고 탕탕 털지. 거기서도 눈이 더 많이 떨어져. 그런 다음에 다시 한 번 발을 쿵쿵 구르고는 방 안으로 들어오는 거야. 그제야 자네는 그를 보고 바보라는 것을 알게 되지. 이것이 바로 겨울 바보라는 거야.

그리고 여름 바보는 거리를 따라 걷고 있다네. 두 팔을 내저으면서 고개를 이리저리 끄덕이며 걷기 때문에 200미터쯤 떨어진 곳에서도 그가 바보라는 것을 알게 돼. 이게 여름 바보라는 거야. 그 경제학자는 바로 겨울 바보지."

"하지만 스페인에서는 왜 그 사람을 믿습니까?"

"놈의 얼굴 때문이지. 그 잘생긴 '게울레 데 콘스피라테우르'(음모자의 얼굴) 때문이야. 그리고 아주 신임이 두텁고 영향력 있는 어떤 곳에서 방금 막 이곳에 도착한 것처럼 속임수를 쓰기 때문이지." 카르코프는 빙그레 웃었다. "물론 이 작자는 그런 속임수를 계속 쓸 수 있도록 여행을 무척 많이 해야 하지. 너도 알다시피, 스페인인에겐 아주 이상한 데가 있으니까." 카르코프는 말을 이어 나갔다. "이 나라 정부는 막대한 돈을 갖고 있어. 그것도 순금으로 말이야. 하지만 정부는 자기 편 사람들에게는 아무것도 주려고 하지 않거든. 넌 이 정부 편이야. 그것으로 족해. 너 같은 사람은 아무 대가 없이 일만 하니 어떤 보수도 줄 필요가 없단 말이야. 하지만 세력이 있는 회사라든지, 친하지는 않지만 영향력을 미칠 나라의 대표라든지 하는 사람에겐 굉장한 돈을 뿌리지. 옆에서 가만히 보고 있으면 참 재미있어."

"난 그런 게 싫습니다. 게다가 그 돈은 스페인 노동자들의 것이죠."

"네가 그런 걸 좋아할 리 없지. 그저 너도 알아 뒀으면 해서 하는 말이야. 난 널 만날 때마다 조금씩 가르치고 있는 거야. 그러니까 넌 결국 교육을 받고 있는 거지. 대학교수나 돼서 교육을 받다니 아주 재미있는걸." 카르코프가 말했다.

"귀국한 뒤에 교수가 될 수 있을지 어떨지 모르겠습니다. 어쩌면 빨갱이라고 쫓겨날지도 모르죠."

"음, 그렇다면 소비에트 연방으로 가서 연구를 계속할 수 있을 거야. 그게 너한테 가장 좋을지도 몰라."

"하지만 내 전공 분야는 스페인어인데요."

"스페인어를 사용하는 나라야 얼마든지 있지. 모든 나라가 다 스페인처럼 다루기 힘들지는 않을 테지. 또 한 가지, 넌 벌써 아홉 달 가깝게 교수 노릇을 하지 않았다는 사실을 잊어서는 안 돼. 아홉 달이면 새로운 일을 배울 수도 있는 시간이야. 넌 변증법에 대해 얼마나 읽었나?" 카르코프가 물었다.

"에밀 번스가 편집한 『마르크스주의 핸드북』을 읽었습니다. 그게 전부죠."

"그 책을 다 읽었다 해도 변증법을 이해하기에는 턱없이 부족해. 그 책은 천오백 쪽이나 되는데, 한 쪽을 읽는 데도 상당한 시간을 바쳐야 하지. 하지만 그 밖에도 네가 읽어야 할 책이 더 있거든."

"이젠 책을 읽을 겨를이 전혀 없어요."

"나도 알아. 하지만 앞으로라도 읽어 두는 게 좋다는 말이야. 현재 일어나고 있는 것과 같은 일을 네게 납득시켜 줄 만한 책들이 얼마든지 있거든. 하지만 지금 이 내전에서도 아주 필요한 책이 나올 거야. 꼭 알아 둬야 할 여러 가지를 설명해 주는 책 말이야. 어쩌면 내가 쓰게 될지도 몰라. 그 책을 쓰는 사람이 나였으면 좋겠어." 카르코프가 말했다.

"사실 당신만 한 적임자도 없죠."

"비행기 태우지 마. 나는 저널리스트야. 하지만 모든 저널리스트처럼 나도 문학 작품을 쓰고 싶어. 지금 열심히 칼보 소텔로 연구에 몰두하고 있어. 그는 아주 훌륭한 파시스트였지. 스페인의 진정한 파시스트라고 할까. 프랑코니 그 밖의 다른 사람들은 어림도 없어. 난 소텔로의 저서와 강연을 모두 연구해 왔어. 머리가 굉장히 좋은 사람이더군. 그 사람을 죽인 것도 굉장히 머리를 써서 한 일이었지."

"난 당신이 정치적 암살을 인정하지 않는다고 생각했는데요."

"암살은 아주 광범위하게 행해지고 있어. 아주, 아주 광범위하게 말이야." 카르코프가 대꾸했다.

"하지만……."

"우린 개인의 테러 행위는 인정하지 않아." 카르코프는 빙그레 웃었다. "물론 범죄적 테러리스트나 반혁명적인 조직의 테러 행위도 인정하지 않아. 하이에나처럼 살인적인 부하린* 유의 파괴분자들이 보이는 잔인무도한 기만성이나 잔악성, 그리고 지노비에프, 카메네프, 리코프** 및 그 도당 같은 인도주의의 쓰레기들에게 공포를 느끼고 끔찍이 미워하지. 우린 이런 진짜 악당들을 미워하고 싫어해." 그가 다시 미소를 지었다. "하지만 정치적 암살 행위가 아주 광범위하게 행해지고 있다고 여전히 확신해."

"그렇다면 그 말은……."

"별다른 뜻은 없어. 하지만 우린 이들 진짜 악당들, 인도주

---

* 니콜라이 이바노비치 부하린(1888~1938). 소련의 혁명가이자 정치가.
** 그리고리 지노피에프, 레프 카메네트, 알렉세이 리코프. 러시아 혁명 당시 혁명가와 정치가.

의의 쓰레기들, 비열한 개 같은 장군들, 신뢰를 배반한 제독들 같은 추악한 무리를 처형하고 말살하지. 이런 놈들은 처단하게 되는 거야. 암살되는 게 아니라. 그 차이를 알 수 있겠나?"

"네, 있고말고요." 로버트 조던이 대답했다.

"그리고 내가 가끔 농담을 한다고 해서 — 넌 심지어 농담으로라도 농담한다는 게 얼마나 위험한지 잘 알고 있을 테지? — 내가 농담한다고 해서, 스페인 민중이 지금도 군을 지휘하고 있는 몇몇 장군을 총살하지 않았던 걸 후회할 날이 오지 않는다는 법이 없어. 너도 알 테지만, 난 총살을 그다지 좋아하지 않거든."

"별로 신경 쓰지 않습니다. 총살을 좋아하진 않지만 이젠 더 꺼려하지도 않아요."

"그건 나도 알아. 그 얘기는 듣고 있었거든." 카르코프가 말했다.

"그게 중요한 일이에요? 난 그저 이 일에 대해 거짓말을 하고 싶지 않을 뿐입니다."

"유감스러운 일이군. 하지만 그건 사람들을 신뢰할 수 있게 해 주는 것 중의 하나지. 그런데 그런 범주에 들기까지는 시간이 오래 걸려."

"그럼 나를 신뢰할 만한 인물이라고 생각하는 겁니까?"

"네가 한 일로 보아 대단히 신뢰할 만한 인물이라고 믿지. 네가 어떤 생각을 갖고 있는지 알기 위해 우선 대화를 좀 더 해 봐야겠어. 우리가 서로 흉금을 털어놓고 얘기해 본 적이 없는 게 유감이야."

"아군이 전쟁에서 승리할 때까지 내 마음은 공중에 붕 떠 있는 기분이에요."

"그렇다면 어쩌면 넌 그다지 오랫동안 그런 상태로 있지 않아도 될 거야. 하지만 좀 더 조심해서 머리를 써야 할 거야."

"《노동자 세계》*를 읽고 있어요." 로버트 조던이 말했다. 카르코프가 그 말을 받았다. "거 잘했군. 좋은 일이야. 좀 농담을 해 줄 수도 있지만 《노동자 세계》에는 꽤 지적인 기사도 실려 있지. 이 전쟁에 대해 유일하게 지적인 기사를 쓰고 있어."

"그렇죠. 나도 동감합니다. 하지만 이 전쟁의 전모를 파악하기 위해선 당 기관지만 읽을 수는 없죠." 로버트 조던이 말했다.

"물론이지. 하지만 이십여 종의 신문을 다 읽어 본다 해도 역시 전모는 찾아볼 수 없을걸. 설사 찾았다 한들 네가 그걸 어떻게 다룰지 모르겠군. 난 언제나 그런 전모를 파악하고 있긴 하지만, 언제나 그걸 잊어버리려고 애쓰지."

"지금 정세가 그렇게 나쁜가요?"

"전보다는 좀 나아졌지. 최악의 것들을 일부 제거하고 있는 중이야. 하지만 아주 형편없는 상태야. 우리는 지금 방대한 군대를 편성하고 있는 중인데, 어떤 부대는 신뢰할 만하지. 이를테면 모데스토나 엘 캄페시노나 리스테르나 두란이 이끄는 부대처럼 말이야. 아주 대단해. 너도 곧 알게 될 거야. 그 역할이 좀 달라지고 있기는 하지만, 우리한테는 또 국제 여단도 아

---

* 스페인 공산당(PCE)에서 매월 발행한 정기간행물.

직 있지 않은가. 하지만 좋은 부대와 나쁜 부대로 이루어진 군대로는 도저히 전쟁에서 이길 수 없어. 모든 군인을 일정한 정치적 발전 수준까지 끌어올려야 해. 또 모든 군인은 자신들이 왜 싸우고 있는지는 물론이고 그 투쟁의 중요성도 깨닫고 있어야 해. 또한 자신들이 벌이고 있는 투쟁을 믿고, 규율을 받아들여야 하지. 우린 지금 징병 군대가 반드시 갖춰야 하는 규율을 인식시킬 시간적 여유도, 실전에 임했을 때 적절히 행동할 수 있도록 훈련할 시간적 여유도 없이 징병해서 군대를 편성하고 있는 거야. 그런데도 우린 그것을 인민의 군대라고 부르고 있어. 하지만 진정한 인민군다운 자격도 갖추지 못하게 될 것이고, 또 징병 군대가 필요로 하는 강철 같은 규율도 갖지 못하게 될 거야. 너도 이제 알게 될 거야. 이건 참으로 위험천만한 과정이야."

"오늘은 별로 기분이 좋지 않은가 보네요."

"맞아. 발렌시아에 가서 여러 사람을 만나고 지금 막 돌아온 참이야. 발렌시아에 갔다가 기분이 좋아져서 돌아오는 사람은 하나도 없을 거야. 마드리드에서라면 만사가 기분 좋고 말끔하고 승리의 가능성 외에는 아무것도 느껴지지 않거든. 하지만 발렌시아는 달라. 마드리드에서 도망쳐 간 겁쟁이들이 아직 그곳에서 권력을 잡고 있으니까. 그들은 아직도 정치적 나태와 관료주의에 안주해 있어. 마드리드 사람들을 경멸할 뿐이지. 지금으로서는 그들의 집념 때문에 병참부가 약화되고 있어. 바르셀로나는 또 어떻고. 너도 바르셀로나는 꼭 한번 봐 둬야 할 거야."

"그곳이 어떤데요?"

"아직도 꼭 희극 오페라 그대로야. 처음엔 머리가 돈 사람들과 낭만적인 혁명가들의 천국이었지. 하지만 이젠 가짜 군인들의 천국이야. 군복 입는 것만 좋아하고, 빨갛고 까만 목도리를 두르고 으스대고 뽐내고 싶어 하는 군인들 말이지. 말하자면 싸우는 것을 빼고는 전쟁이 아주 좋다는 패들이지. 발렌시아에서는 속이 메스껍지만, 바르셀로나에서는 절로 웃음이 터져나오거든."

"POUM* 폭동은 어떻게 됐어요?"

"POUM은 한 번도 진지한 적이 없었지. 정신 나간 사람들과 난폭한 녀석들의 이단이었어. 소아병 수준에 지나지 않았으니까. 정직한 사람도 얼마 있었지만 현혹된 민중들이었거든. 꽤 머리가 좋은 사나이 하나하고 파시스트의 자금이 약간 있었을 뿐이야. 그것도 대단치는 않았고. 가엾기 짝이 없는 POUM이었지. 정말 어리석은 사람들이었어."

"하지만 많은 사람이 폭동 중에 살해됐죠?"

"그 후에 죽은 사람들과 앞으로 죽을 사람에 비하면 그리 많지도 않지. POUM, 그건 그 이름대로지. 대단한 것이 아냐. 차라리 MUMP(볼거리)나 MEASLES(홍역)라고 부르는 편이 나았을 거야. 홍역이 훨씬 더 위험하지. 홍역은 시각과 청각에 영향을 끼치니까. 하지만 놈들은 너도 알다시피, 음모를 꾸며

---

* 카탈루냐에서 결성된 '마르크스주의 통일 노동당(Partido Obrero de Unificación Marxista)'의 약칭. 트로츠키를 따르는 스페인 공산주의 좌파와 노동자 및 농민 블록이 연대하여 창설했다.

날 죽이려고, 월터를 죽이려고, 모데스토를 죽이려고, 프리에
토를 죽이려고 했어. 그들이 얼마나 엉망으로 뒤죽박죽이었
는지 아나? 우린 서로 같은 데라곤 하나도 없잖아. POUM은
정말 한심한 녀석들이야. 끝내 한 사람도 죽이지 못했어. 전선
에서고 어디에서고. 바르셀로나에서 몇 사람 죽였을 뿐이야.”

"그곳에 있었어요?"

"물론이지. 난 그 트로츠키적인 살인 패거리의 파렴치한
조직의 악랄성과 경멸할 가치조차도 없는 놈들의 파시스트
적 음모를 폭로하는 전보를 보냈지. 하지만 우리 사이에선
POUM은 그다지 대단한 문제가 아니었어. 닌*이라는 자가 그
중에서 유일한 문제 인물이었을 뿐이지. 우리는 그놈을 붙잡
았다가 놓쳐 버렸어.”

"그는 지금 어디 있습니까?"

"파리에 있어. 틀림없이 파리에 가 있을 거야. 꽤 유쾌한 녀
석이지만 형편없는 정치적 정신이상자이지.”

"하지만 놈들은 파시스트와 연락을 취하고 있었겠죠?"

"그렇지 않은 사람이 어디 있나?"

"우리는 그렇지 않죠."

"그걸 누가 알아? 그러기를 바라고는 있지만. 너도 가끔 전
선 너머로 가곤 하잖나?" 그가 히죽 웃었다. "하지만 파리에
있는 공화군 측 대사관에 있는 서기관의 형이 지난주 부르고

---

* 안드레스우 닌 이 페레즈(1892~1937). 스페인의 공산주의 혁명가로 POUM을
이끌었다.

스*에서 온 사람들을 만나려고 생장드쥐**로 떠났어."

"난 전선 쪽이 더 좋아요. 전선에 가까울수록 좋은 사람들이 많아지니까요."

"파시스트 전선 후방은 어떤가?"

"아주 좋아하죠. 거기도 좋은 사람들이 있어요."

"그래, 그렇다면 마찬가지로 적군도 우리 전선 후방에 좋은 놈들을 배치했을 게 아닌가. 우린 놈들을 찾아내어 총살하고, 놈들도 우리 편을 찾아내어 총살하지. 네가 놈들 영내에 있을 때는, 얼마나 많은 사람들이 우리 측에 밀파되어 있는지 늘 생각해야 해."

"나도 그건 생각하고 있어요."

"그래. 넌 오늘 하루 동안 생각해야 할 일이 많을 테니 주전자에 남은 맥주를 마시고 그만 돌아가 봐. 난 2층으로 올라가서 이제부터 사람을 만나야 하니까. 2층 사람들 말이야. 조만간 또 만나."

그렇다, 난 정말로 많은 것을 게일로드에서 배웠어, 하고 로버트 조던은 생각했다. 카르코프는 그가 출간한 단 한 권의 책을 읽었다. 그 책은 그다지 성공을 거두지 못했다. 이백 쪽밖에 되지 않는 책인데, 아마 이천 명이나 읽었을지 의심스럽다. 그는 도보로, 삼등 기차로, 버스로, 말이나 노새를 타고 또는 트럭을 얻어 타고 십 년 동안 스페인을 여행하면서 이 나라에 대해

---

* 스페인 북부에 있는 도시로 카스티야의 옛 수도.
** 프랑스 남서부에 있는 마을로 스페인 국경에 가깝다.

472

발견한 모든 것을 책에 썼다. 그는 바스크* 지방을 비롯하여 나바레,** 아라곤,*** 갈리시아, 두 곳의 카스티야 지방과 에스트레마두라를 잘 알고 있었다. 세상에는 이미 보로와 포드****를 비롯한 그 밖의 사람들이 쓴 좋은 책이 많이 나와 있어서 그가 보탤 것은 거의 없었지만 그래도 카르코프는 좋은 책이라고 말해 주었다.

"그래서 내가 너와 교제하는 거야. 넌 전적으로 사실 그대로 글을 쓰는 것 같아. 그런 일은 퍽 드물지. 그래서 난 네가 몇 가지 일에 대해 알았으면 하는 거야."

그렇다, 이 전쟁이 끝나면 그는 책을 쓸 것이다. 하지만 정말로 잘 알고 있는 일들에 대해서만, 알고 있는 것에 관해서만 쓸 것이다. 하지만 그것들을 다루려면 지금보다 훨씬 훌륭한 문필가가 되어야 할 거야, 하고 그는 생각했다. 이 전쟁에서 그가 알게 된 것들은 그렇게 단순하지 않았던 것이다.

(2권에서 계속)

---

* 스페인 피레네 산맥 서쪽 지방.
** 스페인 북부의 자치구.
*** 스페인 북동부의 자치구.
**** 조지 보로는 『스페인의 바이블』과 『라벤그로』를, 리처드 포드는 『스페인 여행자를 위한 핸드북』을 출간했다.

세계문학전집 **288**

누구를 위하여 종은 울리나 1

1판 1쇄 펴냄 2012년 5월 31일
1판 23쇄 펴냄 2024년 4월 15일

지은이 어니스트 헤밍웨이
옮긴이 김욱동
발행인 박근섭, 박상준
펴낸곳 (주)민음사

출판등록 1966. 5. 19. (제 16-490호)
서울특별시 강남구 도산대로1길 62(신사동) 강남출판문화센터 5층 (우편번호 06027)
대표전화 02-515-2000 팩시밀리 02-515-2007
www.minumsa.com

© 김욱동, 2012. Printed in Seoul, Korea

ISBN 978-89-374-6288-7 04800
ISBN 978-89-374-6000-5 (세트)

* 잘못 만들어진 책은 구입처에서 교환해 드립니다.

세계문학전집 목록

세계문학전집은 계속 간행됩니다.